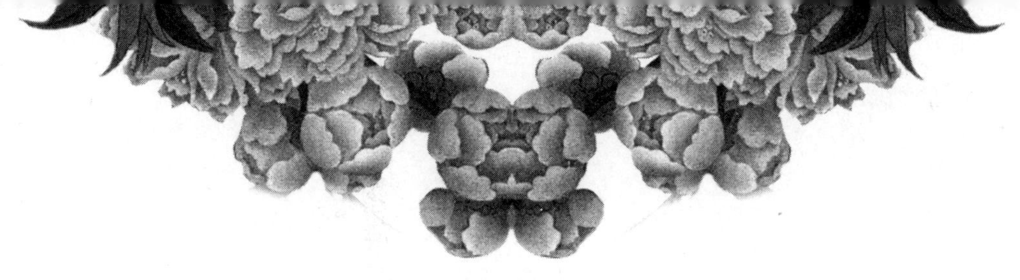

百花洲文艺出版社
BAIHUAZHOU LITERATURE AND ART PUBLISHING HOUSE

目录 — CONTENTS

—第三十二章— 民心所向感天地 001

—第三十三章— 夜半无人私语时 020

—第三十四章— 国中无色可为邻 042

—第三十五章— 盐池暗涌蚩尤血 058

—第三十六章— 帝怒杀僧震众臣 081

—第三十七章— 夜半火光惊宫闱 103

—第三十八章— 两情若是久长时 129

—第三十九章— 相期毋负此良缘 146
—第四十章— 谁家男子从远征 167
—第四十一章— 宝钗鸾镜会重逢 184
—第四十二章— 神不外驰气自定 204
—第四十三章— 国破不悔当年意 223
—第四十四章— 长恨人心不如水 240
—第四十五章— 诸王夺嫡波澜起 263
—第四十六章— 风雨惊澜奏太平 278
—番外— 303

【第三十二章】民心所向感天地

伴随着说话声，为首进来的是一个年轻人，后面跟着夏侯渝。

前者长相与夏侯淳和夏侯渝有两三分相似，但看上去更像一个风流倜傥的翩翩佳公子，一身轻软锦袍仿佛正准备去逛上元灯会一般，与此时此地格格不入。

宋帆连忙起身行礼："五殿下，六殿下。"

夏侯淳一看见他们，脸色立时就沉下来，眯起眼，将不悦和恶意掩藏在眸光之后。

"什么风把你们给吹来了？六郎，你不好好待在上京，跑这里来作甚？"

夏侯沪微微一笑："自然是大兄你的事情已经惊动了陛下，陛下派我过来的啊！"

夏侯淳狐疑地打量了他片刻，目光又落在夏侯渝身上："那你呢？"

夏侯渝无辜摊手："六郎在南平京城找到我，让我陪他一块儿过来，我也好久没看见大兄了，甚为想念。"

夏侯淳闷哼一声，兄弟几人平素钩心斗角惯了，夏侯淳对他们的鬼话是半点都不相信的。

夏侯沪排行第六，与夏侯淳和夏侯渝的母妃不受宠不同，他的母亲是丽妃，如今在后宫也有一席之地，连带着子以母贵，夏侯沪在皇帝那里也格外得了几分青眼。

而夏侯渝，他在京城里扮演的是低调小透明的角色，平日往来较多的也是老七——谨王夏侯洵，跟老六夏侯沪八竿子打不到一块儿去。

夏侯淳不晓得他们出现在这里的目的，登时脑补出一个巨大的阴谋疑团。

“大兄在南平的战绩惊人啊，短短几个月，就快把南平给打下来了，怎么着，攻打邵州的进展如何了？”夏侯沪大大咧咧道，对老大的冷脸视而不见，自来熟地找了个位置坐下。

夏侯淳不答反问：“陛下让你们来作甚？”

夏侯沪笑了笑：“大兄怎的如此心急？话说小弟有一事不明，还望大兄为我解惑。”

“说。”因为他们一开始就表明是奉皇帝之命而来，夏侯淳虽然满心烦躁，也不能把人赶出去，只能耐下性子和他们周旋。

夏侯沪问：“这邵州是自立为王不成？”

“何出此言？”

“既然邵州没有自立为王，就应该以南平朝廷马首是瞻。如今大兄既然接连拿下易州等地，南平灭亡已是大势所趋，大兄只要迫使南平天子让位，邵州总不可能单打独斗吧？你却偏偏跑来打邵州，可不正是本末倒置？”

夏侯淳沉下脸：“我要如何做，轮不到你来指手画脚！邵州兵强马壮，游离于南平之外，早有自立之心，若能拿下邵州，则南平不足为患，我自然要斩草除根！”

夏侯沪道：“可我听说，邵州有意归顺，是大兄不让，非要接着打，这才令他们不得不奋起反抗的。”

夏侯淳阴恻恻道：“你是听谁说的？”

他这副脸色，或许可以止止小儿夜啼，但对兄弟们完全无效，不说夏侯沪面色如故，就连旁边一直没吱声的夏侯渝也好整以暇，从头到尾不置一词，单看着老六跟老大交涉，面上带着微微的笑容，仿佛心情还很不错的样子。

夏侯沪道：“我听谁说的并不重要，重要的是到底有没有这回事。”

“没有！”夏侯淳断然否认，“邵州抵死不降，顽抗到底，我自然要给他们一点颜色！”

夏侯沪慢腾腾地从怀中摸出一封文书：“那这又是何物？”

夏侯淳没好气地拿过来一看，脸色立时变了。

这是上次他第一回跟邵州交锋，战败之后，邵州那边送来的求和文书。

当时那封文书被他撕成碎片，现在为何好端端地出现在自己手里？

不，不对，字迹肯定不一样，这份是后来誊抄的？

夏侯淳还记得，当时看过文书的就他和宋帆两个人，文书被撕成碎片之后，会有小兵进来打扫，是不是有人拿了碎片去还原？

又或者是宋帆……

他抬起头，狐疑的视线落在宋帆身上，后者却似乎没有察觉到一样，面露忧虑，正在为他担心。

夏侯淳身边来来往往的人太多了，连一个小兵都有作案嫌疑，一时之间，他也想不出谁会是埋伏在自己身边的暗线。

“大兄看完了没？你又做何解释？”夏侯沪催促。

夏侯淳将文书往桌上一拍：“我做什么事，为何要向你解释？”

夏侯沪道：“你自然不需要向我解释，却要向陛下解释这到底是怎么回事。”

夏侯淳道：“收到求和文书不假，但文书中所提内容无不荒谬可笑，你看看他们自己说的，还要齐国不得干涉邵州内政，真把自己当成什么了，这种条件，齐国怎么可能答应！而且我怀疑他们求和是假，拖延时间才是真的！”

夏侯沪也冷下脸色：“不管是真是假，总要由陛下来判断，你私自扣下文书，没有递交给陛下决断，便擅作主张，先斩后奏，此其一！与邵州之战，屡战屡败，齐国损失惨重，你瞒而不报，还敢伸手要增援，此其二！攻克南平时，你未经陛下允许，直接动用屠城手段，导致南平国内怨声载道，齐国要的是民心归顺，而非一座空城，此其三！桩桩罪证确凿，你还有何抵赖的？”

夏侯淳腾地起身：“你敢这样对我说话！”

夏侯沪道：“我奉陛下之命诘问，如何不能这样说话？！夏侯淳，陛下有旨，命你交接兵权，即刻归国！”

夏侯淳勃然大怒：“老子辛辛苦苦把南平都快打下来了，你这龟孙子就想来抢功劳？”

夏侯沪不屑：“大兄，你弄清楚，现在是陛下让我过来，不是我自己想怎样就怎样。南平一个小国，本来极易拿下，却生生被你弄成如今这般局面，你该庆幸自己尚未攻克邵州，否则若是城中那些藏书楼有所损毁，只怕陛下还要大发雷霆！你还是好好想想，回去之后，如何在陛下面前为自己辩白吧！”

他又摸出另一份文书，递给夏侯淳：“这是陛下的旨意，我就不念了，你自己看吧！”

夏侯淳抢过敕旨，一目十行看下来，胸膛起伏越来越大，脸色由红变白，那都是被气的。

“竖子敢尔！”若非一丝理智尚存，他大有要扑上来咬死夏侯沪的架势。

任谁辛辛苦苦忙活，最后却为他人作嫁衣裳，反应都不会比夏侯淳更平静。

他常在战场厮杀，一身气势扑面而来，连夏侯沪都有些发怵，禁不住退了两步。

看够了好戏的夏侯渝终于站起来，出声道：“大兄，事已至此，陛下有命，你还是早日回京吧，是非曲直，自有公论，这里有我们顶着，既然眼下只剩下邵州一地，南平归顺也是指日可待的事情，你尽可放心便是。”

他说得庄重严肃，夏侯淳却气个半死，他哪里是担心南平不肯归顺，而是担心这桩天大的功劳被人抢走啊！

试想一下，如果最后由夏侯沪来接受南平天子的投降，将玉玺带回齐国，那别人还会记得他一个城一个城，用真刀真枪打出来的功劳吗？

夺人功劳无异于杀人父母。

此刻的夏侯沪，在夏侯淳眼中，比杀了他父母还要可恶。

这梁子可就结大了。

有了夏侯渝的撑腰，夏侯沪胆色大了不少，挺直腰杆道：“五兄说得不错，大兄还是尽快回去吧，免得夜长梦多！”

夏侯淳盯着他们两个，脸色阴得几乎可以拧出水来，半晌，他一言不发，转身便走。

宋帆连忙抬步跟上。

结果刚走出没几步，夏侯淳却突然回身，朝夏侯沪扑过来，揪住他的前襟，拳头直接就往他脸上招呼。

夏侯沪猝不及防，连反应都没有，完全被打蒙了，脸上传来一阵剧痛，他忍不住“啊”地大叫起来。

夏侯淳武将出身，打人比喝水还轻松，夏侯沪的挣扎对他来说根本无济于事，他就这样骑在弟弟身上，拳头一下一下往他脸上招呼。

旁边的人都惊呆了，包括夏侯沪的亲兵在内，大家看得一愣一愣，就算想要上前阻拦，想想夏侯淳的身份，也得犹豫一下。

直到夏侯淳往夏侯沪脸上打了四五拳，“反应过来”的夏侯渝这才连忙上前阻止，一把抓住夏侯淳的手大声嚷嚷：“大兄，你这是作甚？有话好好说，都是亲兄弟啊！”

“滚！不然连你一块儿打！”夏侯淳喘着粗气，想要抽回拳头，却发现居然抽不回来。

夏侯渝另一只手抬起他的腋下，将人顺势扯开。

旁边的人这才反应过来，赶忙上前把夏侯沪也扶起。

“你……你这个王八蛋，我要向陛下告状！”夏侯沪捂着脸，口齿不清道，说完又咳了几声，吐出一口血沫和一颗断牙。

他简直气坏了，想要扑上去跟夏侯淳拼命，又畏惧对方的武力，只能靠嘴巴叫骂。

夏侯淳被夏侯渝紧紧钳制，动弹不得，只能冷笑：“去啊，你也就只会这一招了！”

“事到如今，大兄在这里与六郎打闹又有何用，还不如想想回去之后如何向陛下交代！”夏侯渝沉声道。

感觉对方渐渐松懈下来，他放开夏侯淳，绕到夏侯沪面前，皱眉察看了一会儿，对夏侯沪的亲兵道：“还不去将随军大夫找过来？”

那些人这才如梦初醒，唯唯诺诺慌忙去了。

夏侯淳会打夏侯沪，固然是一时冲动，他也知道圣旨一下，便没有自己置喙的余地，他唯一的选择就是回齐国。

三日之后，兵权交接，夏侯淳离开，正是夏侯沪接过他手中的兵权，比夏侯沪年长的夏侯渝，却屈居副使。

其实要争取这个正使，夏侯渝未必没有机会，只是他不愿出面，反将机会让给夏侯沪。

夏侯沪离开齐国时，齐君并未耳提面命，交代他要如何做，只让他们便宜行事，这就相当于将权限放开，给了两人足够的发挥余地。

“五兄久在南平，对局势必然比我了解，依你看，战好还是和好？”

挨打的伤势没有那么快好，夏侯沪鼻青脸肿的样子看上去有点滑稽，连说话声音都含含糊糊的。他恨极了夏侯淳，对方回国前连面都不见，更不要说出去相送了。

“陛下既然让你来，肯定是对大兄有所不满。”夏侯渝慢条斯理道，手中动作未停，修长手指捻着细线穿过绢花中间，飞快地缠绕几圈，一朵栩栩如生的荷花就扎成了，动作流畅而优美，连带着面色神色，仿佛也变得温柔起来。

夏侯沪看得瞠目结舌，好半晌才道：“我竟不知五兄何时练成了这女儿家穿针引线的本事。”

夏侯渝道：“当年从魏国回齐时，路上颠簸异常，看书也不行，正巧看见路边有妇人在扎绢花，觉得好玩，便让她教会了我，闲来无事也可以做个消遣。”

这番话自然是随口胡扯，他当时从魏国跑出来时，巴不得快些回到齐国，哪来的空闲学扎绢花，分明是上次为了讨顾香生欢心才特意去学的，如今他已经攒了满满一匣子，却还未来得及送出去。

夏侯沪却信以为真，心想，这五兄不仅模样生得像妇人，连爱好也与妇人相差无几，难怪从小会被送去魏国为质，难免存了几分轻视之心。

想归想，嘴上却不耽误正事，他道：“五兄所言有理，陛下对邵州甚为看重，一旦战火燃起，城中藏书楼难免遭殃，定要设法保全为好，既然邵州有意和谈，不如就遣人前去递信，让他们过来交涉如何？”

夏侯渝笑道：“你是正使，自然以你为主，你说如何，那便如何。不过我记得我来南平前，陛下曾经提过一句，说若有机会的话，想看看徐澈等人修撰的前朝史书。”

夏侯沪道：“这便是了，别说陛下了，我都想看，听说复始楼里还真藏了不少好书，若是最后那些书能运回齐国，我必要先睹为快。”

其实齐君派夏侯沪过来的原因很好理解，夏侯沪是典型的文人性格，爱好风雅，自己也写了不少诗词，水平高不高且勿论，单这一点就看出他和夏侯淳是背道而驰的两种人，如果齐君想要不动刀枪拿下邵州，夏侯沪的确是比较合适的人选，因为他知道藏书楼的价值。

夏侯渝颔首：“上兵伐谋，下兵攻城，若能不战而屈人之兵，自然比一味强攻来得好，大兄先前连败两场，齐军士气大降，只怕短时间内不宜再战。”

听见他赞同自己的意见，夏侯沪还是挺高兴的：“也就只有夏侯淳那种匹夫才会成天想着打打杀杀！”

夏侯渝将牡丹花放到一边，顺手又捏起另一片纱绢：“那你打算什么时候遣人过去？”

“再过两日吧，对方现在刚遣使过来，我们若是立马就同意，倒显得急切了。”

夏侯渝微微点头，没表示反对。

他这种谦逊低调，绝不抢人风头的态度让夏侯沪很满意。

出来前他还担心夏侯渝年长，自己会压不住他，但现在看来，这种担心纯属多余了。

邵州那边，徐澈他们等了几天，没有等到齐人的回应，反而等来另一个意想不到的消息：魏善遣使前来，表示要与邵州结盟。

在夏侯淳进犯南平的时候，魏国同样也不太平。

趁着齐国的注意力在南平身上，暂时无暇顾及魏国，魏临加紧了对魏善的用兵，希望能够一举消灭叛军，统一大魏。

在此之前，与魏善一起自立的程载忽然染急病而亡，兵权悉数为魏善掌握。

外界传闻程载是被魏善所杀，但不管怎样，魏善不擅带兵是个事实，程载死后，魏善的地盘进一步缩水，而魏临这边则步步紧逼，形势一片大好。

魏善的地盘与邵州并不接壤，中间还隔着大半个魏国，魏善希望能与邵州结盟，借此对中间的魏国形成合围之势，但这个提议着实有些不切实际。

因为邵州并没有对抗魏国的实力，更何况现在南平陷落，他们自顾不暇，怎么还可能跟魏善结盟?

宋暝就毫不留情地对魏善遣来的使者道："南平诸州陷落，邵州现在等于是以一州之力，在与整个齐国对抗，怎么可能还有余力惹上魏国？即便结了盟，邵州也帮不上你们，何必多此一举？你们大王与魏君乃同胞兄弟，若是走投无路，还不如向魏君低头，想必魏君也不会赶尽杀绝。"

那使者却对顾香生道："我们大王说，他与娘子同仇敌忾，有共同的敌人，娘子就算不念在昔日交情，也请看在大家都对魏临恨之入骨的分儿上加以援助。听说邵州有种火弹，能瞬间杀敌于无形，我们大王愿以高价向邵州购买。"

徐澈与宋暝等人面面相觑，都感到啼笑皆非。

他们没有想到，与齐军一战，那些火弹竟因此成名，连远在江州的魏善都知道了。

但这些火弹现在他们自己都不够用，怎么可能卖给别人。

毕竟是曾与魏善近身接触过几年，顾香生有些明白魏善的想法。

他觉得她离开魏国，没能当成皇后，心里对魏临肯定充满了怨恨，俗话说敌人的敌人就是朋友，所以才会提出这种建议。

顾香生道："我的意思与宋司马一样。邵州眼下自保尚且不及，怕是没有余力考虑结盟之事。"

使者遭到拒绝，只得怏怏离去。

他们所不知道的是，就在使者回去复命的路上，魏善再一次在与魏军的战役中大败，情势几近危急，在走投无路的情况下，他不得不带着残余势力投奔齐国，向齐国皇帝称臣，并号称将江州等辖地进献给齐国。

虽然那些地方现在已经被魏临拿回去了，魏善此举也有挑拨魏、齐两国的嫌疑，但这并不影响齐君对他归顺的行为表示大悦，下旨对魏善及其残部加以优抚，并封魏善为安乐侯。

不过这些都是后话了。

眼下，顾香生他们送走了魏善来使，却终于迎来了齐营那边的人。

齐人表示同意和谈，但需要邵州这边的人去怀州，而且指名徐澈与顾香生二人亲自去。

徐澈是邵州刺史，就算齐人不说，他也肯定要去的，但点名顾香生，这就有些令人费解了。

毫无疑问，顾香生在邵州的地位，既微妙，又举足轻重。

她虽然没有受封正式的官职，却是有实无名的邵州长史，在邵州城仅次于徐澈，但也正因如此，对方想要让她去的意图就值得玩味了。

为此徐澈坚决表示反对，认为只要自己一个人去就够了，顾香生没有必要跟着。

但齐国使者并不同意，坚持顾香生必须同行，否则和谈就将作废。

这种要求过于诡谲，以至于徐澈等人都不能不往奇怪的方向去想，甚至认为夏侯淳是不是看上了顾香生的美色，想对她有所企图。

众人斟酌再三，最后向齐人提出要求，不在怀州会面，而改为在怀州郊外三十里处的桃林外头会面，因为那附近有座隐龙山，山下有座隐龙亭，素来是文人墨客流连忘返之地，会面就在隐龙亭里进行。

此时所有的人都还没料到，这座原本以景致出名的隐龙亭，将会因为这次会面而名扬天下。后来也不知哪一任的地方官，还特地命人在此立碑，上书“怀州会盟”四字，引得无数文人前来瞻仰。

却说三日之后，顾香生与徐澈早早来到隐龙亭，等了半个时辰之后，齐营那边也终于来了人。

为首的是两个年轻人，骑着高头大马，后面跟着一串亲兵，旌旗猎猎，威风凛凛。

徐澈、顾香生曾远远见过夏侯淳一面，不太记得对方的长相，但从身形气质来看，最前方那个人，绝对不会是以勇猛著称的夏侯淳。

走在离那个年轻人稍稍落后的位置的，同样是个衣着华贵的年轻郎君，只是顾香生一看见他就愣住了。

夏侯渝注意到她的目光，还朝她眨了眨眼，不乏促狭之意。

顾香生："……"

谈判在一片和谐的氛围下讨价还价。

夏侯沪是个斯文人，与他谈话注定不用担心像夏侯淳那样一言不合就拔刀相向。

他不仅是个斯文人，而且爱好文学，连说话时也常引经据典，文化程度稍微差一点的人估计都听不明白，这也是夏侯淳要揍他的原因之一，这两兄弟打从很久以前就互相瞧不上。

美中不足的是，夏侯沪脸上依旧带着伤痕，尤其嘴角那一大片瘀青，几天时间还不足以让它消散，每回笑起来都显出几分狰狞，但又因为里头漏风的断牙而化为滑稽，令人忍俊不禁。

徐澈和顾香生都不太敢与他对上视线，免得自己一不小心就笑出声。

夏侯沪很明显也发现了这个问题，说话的时候都拿着扇子有意无意挡着伤口，心里早已将他大哥的祖宗十八代都问候了一遍。

只是他似乎忘了，他大哥似乎与他是同一个祖宗。

至于大冬天拿着扇子之类的小节，大家都学会视而不见了。

"早就听说徐郎君诗词上佳，从前我常拜读阁下诗作，尤其是那首《元夕怀古》，当时细读再三，手不释卷，尤其是'人间草木，天涯咫尺'一句，更如点睛之笔，令人惊艳。不知徐郎君近来可有新作？"夏侯沪摇着扇子笑道，颇有点自命风流的意味，却并不令人讨厌。

虽说是会盟，可若一上来便直奔正题，那也显得太过急切了，正巧夏侯沪与徐澈都是喜好诗文之人，这话题倒还投机。

只听得徐澈摇摇头，自失一笑："不敢当殿下谬赞，那都是早年的戏作了，这几年忙着打理邵州，再无写诗的心情，自然也就写不出什么好东西。"

夏侯沪道："没有诗词，却有史书，这也是流芳百世的好事。邵州归顺之后，陛下有意让修史一事迁至齐都进行，连并藏书楼也一同迁去，齐都人才荟萃，更有齐国皇宫藏书，修起史来更是事半功倍，徐郎君以为如何？"

徐澈笑道："若是与邵州民政相关，我尚可做主，只是这修史与藏书楼的事情却须问顾长史才行。”

自打邵州欲以一地之力修史起，这个地方就开始为世人所知。起初当然不会是什么好名声，不少人嘲笑邵州不自量力，想出名想疯了，纵然徐澈在文人中还有些名声，可他的名声也不足以担当起修史这样的重任。

然而不知从什么时候起，这种声音逐渐发生了变化，可能是藏书楼建成之后，那里头的典籍日益增多，吸引天下贤士文生络绎不绝前来瞻仰；可能是孔道周的大儒效应，使得大家对邵州的看法改变了许多；又可能是顾香生的身份曝光，令邵州越发名震天下，也有不少好事狂生特意赶过来，想瞧瞧昔日的魏帝正妃到底是何模样，但他们连顾香生的面都没见到，就被长史府门口的侍卫给赶了出去。

更有儒生措辞严厉地批判顾香生，认为她抛下丈夫和家人是不贤不孝，贸然离开魏国则是不忠不义。

自然，也有不少人乐意为顾香生说话，这其中就包括齐国的文人。因为齐、魏两国多年对立，本着“敌人反对的我就要赞成”的原则，不少人出于政治目的，跟魏国文人唱反调，甚至有人写下《淮南王妃别传》这样的野史笔记，将顾香生描绘为天上有、地下无的人间绝色，又写她曾与魏帝立下海誓山盟，魏帝却因富贵而抛弃发妻，甚至下毒残害，顾氏千辛万苦、九死一生方逃了出来，结果在邵州遇见故人徐刺史，二人再续前缘谱写一段乱世恋曲，徐澈冲冠一怒为红颜，不惜帮顾香生出头，为她请封邵州长史云云。

虽说其中诸多杜撰，但这种狗血剧情广受市井坊间欢迎，甫一面世便被抢购一空，更有不少人因为这本书而知道顾香生此人，加诸她身上的光环与非议越来越多，毁誉参半，好坏皆有。就连女性，有骂她不守妇道、荒诞不经的，自然也有暗地里偷偷羡慕的，觉得顾香生做了自己想做而不敢做的事情，私下将她奉为榜样。

不过无论世人如何揣测议论，一个能够毅然放弃魏国的荣华富贵而出走他国，又在邵州立下自己的功绩，使得旁人提起邵州、藏书楼、修史，甚至是火弹时，都不能避开顾香生的名字，这本身就是一桩传奇了。

夏侯沪也是看过那本《淮南王妃别传》的，心里自然有些想法，生性多情的恭王殿下早将顾香生描绘为一个才情出众的绝代佳人，今日一见面，眼看对方一袭素色衣裳，没有过分修饰，甚至连头发也如同男子一般绾作发髻，用白玉簪子固定，简单清丽的装扮越发衬得对方肤白发黑，美貌异常，已令夏侯沪十分惊艳，时不时看一眼。

为免唐突佳人，他勉强按捺住跟顾香生说话的欲望，直到徐澈此时开口，他心头一喜，顺理成章将话题转移。

“顾娘子的大名，在齐国也早就如雷贯耳，我倾慕已久，如今得见真人，方知传言不虚，正所谓绝代有佳人，幽居在空谷，像顾娘子这样的神仙人物，此生能见上一个，便算是不枉来世间走一遭了！”

他说起情话比喝水还溜，想来是平日里说惯了的，这本来也没什么，只是他忘了自己现在面上还带伤，尊容不雅，跟说话内容风格完全不相符，看得别人忍不住又想笑。

顾香生很艰难地忍住了笑：“平庸之姿，当不起恭王夸赞。诚如殿下所言，齐国人才济济，藏书丰富，将复始楼与修史迁往齐都，的确是个更为合适的选择。然则复始楼建立初衷，乃为了让天下看不起书的读书人都能一睹典籍，而非令藏书楼辟为一家一姓之书楼。若将复始楼藏书迁往齐都，殿下能否保证这些藏书依旧会对天下人一视同仁？无论贫富贵贱、男女老幼，只要能通过书楼考验，便能阅览内中藏书，而非只有权贵高官才能进入？”

夏侯沪连连点头：“自然可以，此为千秋功德，陛下胸怀天下百姓，自然乐意如此，顾娘子还请放心。”说罢又问，“顾娘子可会作诗？可有诗作？”

顾香生一愣，摇摇头：“我不会作诗，也不曾有诗作。”

夏侯沪不死心：“那文作呢？辞赋也可以。令尊乃‘北齐南顾’之一，想必顾娘子同样文采斐然，遣词造句不流凡俗才是！”

顾香生没想到自己居然有生之年还能见到一个活的顾经脑残粉，只能实话实说：“要说文理，我从前家中兄妹没有一个及得上父亲，我虽不至于不通文墨，可也写不出辞赋，昔年闺中诗会，我素来也是不参加的。”

夏侯沪大失所望，对佳人的兴趣也没那么浓厚了：“那你参与修史，总该有擅长的文章吧，可否予我一阅？”

夏侯渝接口道：“这我倒是知道，顾娘子受孔老夫子所托，撰写《梁史》中的‘奇女子列传’，如刘宗怡之妻谢氏等。”

夏侯沪只爱辞藻华丽的诗词歌赋，对传记一类的却没什么兴趣，闻言便没了兴头，觉得自己那颗断牙也跟着隐隐作痛起来，不由得捂了嘴巴：“我身体有些不适，先去车上歇一歇，有劳五兄代我招呼二位，若是有什么难以定夺的，再报我知晓。”

眼下天气又冷，山风四来，呼呼地刮在面上，这隐龙亭会面听着优雅，坐久了也实在难熬，徐澈等人尚且受得住，夏侯沪却有些受不了了，当即就躲到车上去取暖。

但若是因此以为他万事不管，当甩手掌柜，那就大错特错了。

此行会面，夏侯沪本来就是正使，即便他什么也不做，只要会谈顺利，首功就还是他的，这是谁也抢不走的功劳，所以他很放心地将差事丢给夏侯渝，自己则溜之大吉。

但他一走，现场氛围反而越发缓和下来。

夏侯渝虽然是齐国皇子，但对徐澈和顾香生而言都不陌生，只见他朝二人露齿一笑，开门见山道："这趟差事我是副使，六郎方才在，我不好越俎代庖多说什么，不过咱们是老交情了，我不妨将话敞开了说，陛下那边的确想要不费一兵一卒拿下南平，而邵州则是拿下南平的最后一道障碍，所以夏侯淳才会被撤换，改换夏侯沪过来。他的脾性，你们也略知一二了，喜好风雅，不似夏侯淳那般暴躁，的确是最合适的人选，不至于让邵州重蹈易州等地的覆辙。"

徐澈沉声问："如果我们不肯和谈，抵抗到底，会如何？"

夏侯渝道："不如何。齐君虽爱才惜才，可归根结底，依旧是个杀伐决断的帝王，若是邵州不肯投降，那下一步他就会将齐国宿将调过来攻城，藏书楼没了虽然可惜，但于齐国来说，也不是损失不起的。"

这番话虽然冷酷，可也是大实话。

徐澈和顾香生相望一眼，前者叹了口气："我们只希望邵州军民能够得到妥善安置，不能让夏侯淳那种嗜杀之人来掌政。"

气节固然重要，却不能让全城人陪着他们一块儿死，再说南平那个昏庸的朝廷早就撑不住了，邵州独木难支，就算顽抗到底也无用。一个国家最悲哀的事情，莫过于当臣子的有骨气，当皇帝的却是软骨头。南平国小势弱，立国至今，能够在强国的缝隙中存活几十年，也算是够本了。总归一句话，气数已尽，回天乏术。

邵州实力再强，也扛不住齐国大军，这次能够两战连胜，还是占了"万人敌"的便宜，以一城之力对抗一个国家，这本来就不是明智之举，徐澈他们所能做的，仅仅是借着这两场胜利，为邵州军民争取更加优厚的条件。

合久必分，分久必合，吴越与南平注定成为被历史车轮滚滚向前时碾轧而过的小石子。

夏侯渝点点头："这是自然的，不消你们说，陛下也不可能让夏侯淳来管民政，他那样的人，注定只适合当一把尖刀。"

顾香生道："复始楼与修史一事，齐君若执意要迁至齐都，我们也无可奈何，但修史至今耗时四年，已经完成十之二三，虽则距离付梓为时尚早，但这毕竟是我们的心血所在，也是孔道周、袁臻等诸位先生的心血所在，希望迁至齐都之后，一切能够原样不变，如此也不枉我们四年来的战战兢兢。"

夏侯渝温声道："这些话，我都会逐一转达，并尽力帮忙的。二位对自己可有什么要求吗？邵州归顺，二位深明大义，到了齐国必有封赏，若有什么要求，譬如爵位或宅第之类的，都可以提出。"

徐澈苦笑："人为刀俎，我为鱼肉，哪里有鱼肉不知好歹提要求的道理？"

夏侯渝摇摇头："春阳兄不必妄自菲薄，邵州地位特殊，异于易州等地，如今你等肯主动归附，陛下龙心大悦，定然会给你们一个合适的结果。"

他在顾香生面前，素来是嬉笑打闹撒娇卖萌惯了，顾香生从未见过对方如今严肃正经的模样，心下颇有些不适应。她原本还担心夏侯渝会说些不合时宜的话，但现在看来，那个柔柔弱弱只会躲在她身后拉着她的袖子怯生生地探看的阿渝，果然已经彻底长大，变成一个真真正正的男人了。

既然达成共识，也就不必再坐在亭子里吃风了，双方约定了十日之后交接，届时齐人入城，徐澈带人相迎，并将官印、文书等一干物事奉上，随夏侯沪等人一齐回齐都上京。

夏侯沪躲在车厢里，抱着个小手炉昏昏欲睡，冷不防车帘子被掀开，一股冷风倒灌进来，他忍不住打了个摆子，眼睛都没睁开就怒斥："不会先在外头禀报吗？"

耳边一声轻笑响起："六郎这起床气也忒大了吧！"

他一个激灵，彻底清醒过来，看见对方的面孔，不由得讪讪一笑，有点尴尬："是五兄啊，我方才没留意，以为是外头的随从呢！"

夏侯渝笑了笑，并不在意："我是来告诉你一声，已经谈好了，可以回去了。"

夏侯沪"啊"了一声，抬头看看外头的天色："这么快？"

夏侯渝道："本来也不是什么难事，邵州早有归顺之心，只是要找个皆大欢喜的台阶来下。"

夏侯沪嘟囔："早知如此，还端什么架子，打什么仗，一开始降了不就好了？”

夏侯渝挑眉：“若是邵州一开始就降了，如今焉有你的功劳？”

夏侯沪自知失言，摸摸鼻子笑道：“此番多亏了五兄，回去之后我定会上奏陛下，为你表功的。”

夏侯渝摇摇头：“你我兄弟，不必如此客气，能将陛下交代的差事办好最是要紧。”

夏侯沪平日与夏侯渝打交道的机会不多，对这个半道从魏国回来的质子哥哥不是很了解。从前只觉得他为人做事很低调，在兄弟中几乎不起眼，更因出身不显，小小年纪便被送往魏国为质，所以都没怎么将他放在心上。直到这两年夏侯渝接连办成几桩差事，远王的名头，这才渐渐进入旁人的注意范围，但即便如此，跟别的兄弟比起来，既无母家可依靠，又没有得到皇帝的特别青睐，众人都认为皇帝选谁也不可能选他当太子。

这个哥哥虽然出身太低，也没有存在感，但胜在办事靠谱，也不抢功，在一帮如狼似虎的兄弟里边，这样的人打着灯笼也难找，夏侯沪心头一动，便半开玩笑道：“五兄这番脚踏实地、勤勤恳恳的作风，倒与七郎有些相似，难怪你们会玩到一块儿去，不过七郎那人是个闷葫芦，一竿子也打不出个屁来，五兄与他交往，难道不觉得无趣吗？咱们兄弟难得一块儿出来办差，这是缘分，往后还得多多亲近才是啊！”

夏侯渝叹了口气，低声道：“你也知道我是什么出身，我母亲至死，连个妃位都没有，仅仅是个嫔，我在魏国多年，什么人情冷暖都看过，如今侥幸能回国，又得陛下授封爵位，已经是感激涕零，只求尽心办事，低调做人罢了，万万不敢奢望其他。”

若是顾香生在这里，看见他这一副模样，定会嘴角抽搐，只因夏侯渝压根儿就不是那等轻易认命之人，更不要说露出这种灰心丧气、哀莫大于心死的表情了。

可惜夏侯沪对他了解不多，听他这样说，难免撇撇嘴，暗道一声胆小无趣，便不再提及此事。

却说徐澈与顾香生回去的路上，不同于夏侯沪的意气风发，二人的心情都称不上好。

徐澈当初之所以到邵州，是因为朝廷的任命，不仅别人觉得这是一份苦差事，他自己也没有对此抱太大的希望。

顾香生当初之所以到邵州，是因为想帮席家村的村民谋一条出路，而且想要去蜀中，也得从这里经过。

谁也没有想到，一晃眼就是四年多过去了。

这几年当中，邵州从城防松弛到兵强马壮，从商业凋敝到百业兴旺，从世人眼中的苦寒之地到如今繁华如织、车水马龙，一点一滴，都离不开徐澈他们的心血。

或许一开始大家都抱着不得已、得过且过的心情，但看着邵州经由自己的手，通过自己的努力而慢慢变成现在这样，谁能无动于衷？

不知不觉间，他们早已将感情倾注到这座城池之中。在他们心目中，邵州不仅仅是南平的一个州府，更是徐澈、顾香生等人辛苦经营出来的成果，这里的一草一木、一砖一瓦，对徐澈、顾香生、宋暝、于蒙，乃至其他为邵州出过心力的人来说，都有着非同一般的意义。

但现在，他们很快就不得不将自己的心血拱手让人了。

谁也没有说话，谁都希望回去这段路永远也走不完。

两人骑着马走在前面，步履缓慢，一众随从则跟在后面，谁也不敢上前打扰。

徐澈忽然苦笑："也不知今日之后，我徐春阳将来会不会成为邵州城的千古罪人。"

顾香生安慰他："不会的。保全了百姓，保全了城中藏书，甚至没有伤筋动骨，现在已经是对邵州城最好的选择了。"

说这句话的时候，她赫然发现自己也难受得很，浑然没有想象中那么豁达，就像把辛辛苦苦养大的孩子拱手送人。

徐澈长叹一声，不再言语。

回到邵州城的时候，天色已经完全黑了下来。

然而一进城门，徐澈和顾香生就都愣住了。

只见从眼前蜿蜒开去，一直延伸到街道那边的尽头，两旁密密麻麻俱是百姓。

几乎人人手里都提着一盏灯笼，在夜色中就像星光，无数星光聚集在一起，变成一条蔚为可观的"星河"。

徐澈和顾香生不知不觉勒住缰绳，有点不知如何反应了。

忽然，离他们最近的百姓慢慢地跪伏下去，紧接着，后面的人也纷纷跟上，那些星光仿佛霎时间下降，整条星河都落到了地上。

“请使君自立吧，我们誓死追随！”

“请使君自立为邵州之主吧！”

“有您和焦长史、宋司马他们在，咱们不怕齐人！”

“我们不愿让齐人统治，我们只想跟着使君！”

此起彼伏的声音，在黑夜中逐渐响成一片，即使他们的内容并不统一，但在此刻，却显得分外和谐。

徐澈的眼眶蓦地湿润了。

顾香生则微微转头，飞快眨眼，企图眨掉眼里的泪水。

“诸位……”徐澈张了张嘴，发现自己的声音有些沙哑，连忙顿住，将涌上眼眶的酸涩都咽了下去，方才道，“诸位请听我一言。”

他先朝百姓拱手，而后下了马，顾香生也下了马，静静地跟在他身后。

近前的百姓听见徐使君有话要说，忙住了口，巴巴望着，后面的不明所以，渐渐也跟着安静下来。

“我徐澈何德何能，得大家如此拥护，便是粉身碎骨也无以回报！

“然而邵州如今的情势大家也很清楚，单凭一州之地，若与齐国相抗，无异于螳臂当车，即便我粉身碎骨，也难以力挽狂澜。

“唯一的出路，便是归顺齐国。

“我死不足惜，却不能拉着你们一起死，不能拉着你们来成就我的气节和清名。

“今日与齐使会面，大势已定，齐人也答应会善待邵州军民，不会让邵州经历易州、涣州那样的遭遇，大家尽可放心！”

他的声音并不大，也没法传得太远，所幸语速不快，一句一句，慢慢道出来，边上的百姓就听一句传一句，这么口口相传，一路传向街道的尽头。

除了传话的声音之外，整条街鸦雀无声。

以往繁华喧嚣的邵州城，此刻仿佛处于极度的安静之中，就像全城的人都聚集在这里，而这些人又正聚精会神听着徐澈的话。

说到最后，他仍旧难以避免红了眼眶，连忙仰起头，想将眼泪收回去。

百姓本来就因为他的话而悲痛，见此情景，更是忍耐不住，一声声“使君”之后，便是号啕大哭。

一时间，哭声震天。

乱世之中，皇帝轮流做，只要日子还过得下去，南平没了也罢，被齐国人统治也罢，平民百姓顶多茶余饭后议论两句，该过的日子还得过下去，谁也不可能跟自己过不去，那些年纪更大一些的老人，他们甚至还经历过大一统的朝代，对南平也谈不上有多么强烈的归属感。

换作几年前，谁也想象不出这样一幅场景。

徐澈曾经听过几个典故，说是当官被百姓爱戴到一定程度，当他卸任时，满城百姓哀痛不已，恨不能跟着他走。当时徐澈只当是逸闻一笑而过，却万万没想到，有朝一日，自己也能得到这样的待遇。

原想着维持基本的仪态，泪水却已经禁不住从脸颊滑落下来。

他抬袖拭去，觉得自己已经没法开口说话，便转头朝顾香生望去，想让她代自己说几句，却在扭头的时候发现，对方的双目中同样蓄满泪水，紧紧咬着下唇，早已泣不成声。

两人甚至不记得自己是什么时候，又是怎样回来的。

刺史府内，于蒙、宋暝等人早已等候在此，同样双目通红，想来早已看见街头的一幕，只是没有出现。

众人面面相觑，瞧见对方兔子似的眼睛，都有些忍俊不禁。

徐澈不好意思道："我这刺史当得也太没用了，连累你们总是操心。"

"使君切莫如此说，在你手下当四年的司马，胜过当十年的宰相，卑职何其有幸，能够遇见使君，更与顾先生、于都尉这样的人共事，得见邵州日新月异，乃卑职之幸！"

顾香生现在在别人口中的称呼有些混乱，有人称她为焦娘子，也有人喊她顾先生，她并不多做纠正。

徐澈叹了口气："只盼齐人信守承诺，善待邵州百姓，我便是死也无憾了！"

顾香生则对宋暝、于蒙道："夏侯淳已经被撤换回国，此番和谈的正使是齐君六子夏侯沪，为人尚算和善，齐人也允诺了，如今邵州的一干官员，他们俱会妥善安置。"

话虽如此，到了别人的地盘，要被如何处置，那都是别人说了算，再由不得他们了。

宋暝便道："不瞒你们，我打算辞官归田了，不日便走，就不与你们一起去齐国了。"

几人都吃了一惊，于蒙更是腾地起身："老宋，你不讲义气啊，说好了共同进退的，你这撂了挑子就走，算怎么回事！"

宋暝苦笑："这难道是我愿意的吗？若还能留在邵州与你们共事，撵我我都不走，可现在时移势易，去了上京还不知道是怎样一种光景。齐君若是大度的，咱们好歹还能得个爵位闲职，从此荣养起来；若不是个大度的，只怕以后就不是咱们说了算的了。"

众人都沉默下来。

看见自己一席话令大家心情更加沉重，宋暝反倒有些于心不安，忙弥补道："其实也有可能是我想太多了，事情未必糟糕到那等地步，齐君若是有意于天下，又能有唐太宗那样的胸襟气魄，你们未必不能得到重用，只是我膝下女儿尚且年幼，媛儿她近来又不太好，大夫说要在乡下清静地方好生养病才行……唉，总之是我宋暝亏欠了各位，临阵脱逃，没有实践诺言，与你们同生共死……"

宋暝有两个女儿，其中小女儿宋媛天生残疾，不良于行，且有心疾，宋暝与妻子非但没有半分厌憎，反而对这女儿爱之入骨。先前宋暝在邵州为官，宋家一家子都住在邵州乡下，若是此番去齐国，他自然没法将妻女继续丢在这里，势必携上，这就会有许多不方便。

再想远一些，到了齐国上京，人生地不熟，即便他们得了封赏，以宋媛的状况，必然会遭遇许多耻笑和非议，那不是宋暝乐意看见的，为此他宁愿抛弃唾手可得的荣华富贵。

所以众人没法苛责他半分，人生总有取舍，宋暝的选择也根本谈不上临阵脱逃，他若真是不讲义气，早在邵州最困难的时候便已离去，而不会选择留下来守城，可以说邵州有今日的光景，不唯独是徐澈，或者顾香生的功劳，没有宋暝的筹划，没有于蒙的带兵，没有大家众志成城、齐心协力，未必做得成这么多事。

只是几年下来，大家彼此间的情谊早已非同一般，今日才刚刚将邵州出让，转眼又遇上别离，心情无论如何也谈不上高兴。

待顾香生回到家中，已经将近戌时了。

家里静悄悄的，碧霄不在，诗情也不知道上哪儿去了，热水倒像是刚烧好没多久的，摸着还滚烫，灶上也热着食物。顾香生探头看了看，是石斛炖鸡汤，还有翡翠虾环和酿豆腐，都是她平日里爱吃的。

但她眼下没什么胃口，只看了一眼，便回房间，除了衣裳沐浴，还差点因为太累在浴桶里睡着，出水的时候浑身懒洋洋的，恨不得倒头便睡，只是头发刚刚洗过，还湿淋淋的，她不得不趴在桌上看着烛火发呆。

下一刻，一只手从支起的窗户外头探进来。

顾香生睁大了眼睛，看着一颗脑袋紧接着冒了出来，对她露出一个足以迷死世上绝大多数女子的笑容。

“小娘子为何愁眉苦脸？若是有什么烦心事，不妨与我好好倾诉。”

顾香生又好气又好笑，简直不知该说什么好了。

“有门不走，偏要敲窗，这叫什么？”

“这叫偷香窃玉夜半访美啊！”夏侯渝流利地接道，一只手撑起窗台，人跟着弯下腰，顾香生都还没来得及看清楚，他就已经挤进窗户里边，再轻轻松松一跃，拍拍手，整个人好端端地站在她面前。

眼前嬉皮笑脸的夏侯渝与早上那个面色冷肃的五皇子判若两人。

顾香生摇摇头，拿他没办法：“你三更半夜来作甚？”

夏侯渝自然地从旁边拿起干净的布巾帮她擦拭头发，又软软道：“早上我对你视而不见，怕你生我的气，所以来赔罪。”

顾香生故作不满：“难道在你心目中，我就是这么没有器量的人？”

夏侯渝笑了笑：“自然不是。可男人在乎一个女人的时候，总怕她有一点点的不高兴，恨不能将天下最好的东西都奉上。”

无法否认，听见这句话的时候，她心头宛如被蜜水浇灌，方才的疲惫与悲伤仿佛瞬间得到缓解，胸口微微发热。

那是一种难以言喻的感觉。

【第三十三章】夜半无人私语时

透过因为湿漉漉而愈显乌黑的头发，夏侯渝瞧见顾香生两只嫩白的耳朵以肉眼可见的速度变红，心中禁不住欢喜起来，手中动作却变得更加轻柔。

二人一时无话，只有擦拭头发响起的细微窸窣声。烛火轻轻摇曳，仿佛也透着一股旖旎和温馨。

“可以了，再擦下去脑袋都要秃了。”顾香生忍不住扑哧一笑。

“我没用力。”夏侯渝扁扁嘴，摸了摸手下松软的头发，高兴道，“干了。”

“说吧，你到底是来作甚的？三更半夜爬窗而入，总不能是来给我擦头发，问我高不高兴的吧？”顾香生斜了他一眼。

夏侯渝答非所问：“你困不困？”

“还好。”

“那我带你去一个地方。”

顾香生蹙眉：“什么地方？”

“离这儿不远。”

他没有多做解释，却用无声请求的眼神看着对方，直看得顾香生的心都软成一片，又是无奈又是懊恼。

顾香生还记得早上在隐龙亭的时候，夏侯渝半点笑容也没有，与平日私底下相处截然不同，虽然还是那张脸，可因为面色冷肃端谨，气势慑人，完全不会让人联想到柔弱，也忽略了他本身姣好的样貌。

她其实早该发现了，这家伙总喜欢对着自己装可怜，明明跟别人打交道的时候一点儿都不是这样的。

可谁又能对着一张漂亮温柔的脸狠心拒绝呢?

这个念头刚转过一回，她人已经跟在了夏侯渝后面，后者牵着她的手，出了焦宅，一路往城外走去。

“这是要去云雾山?”顾香生有点讶异，她倒不虞对方会把自己给卖了，只是大半夜的上山作甚?

夏侯渝“嗯”了一声：“到山脚下就好，不用爬上去的。”

顾香生心想，幸好自己出来前给几个护院打了招呼，要不他们发现自己在他们眼皮底下消失了，那可就闹大了。

饶是如此，夏侯渝方才进来时，张泽他们都未曾发现，瞧见顾香生身边忽然多了一个人时，那表情跟活见鬼也差不多了。

一面走，夏侯渝一面还絮絮叨叨：“香生姐姐，那几个护院也太不合格了，连我进去了都没发现，若是有歹人可怎么办?要不我给你换几个可靠些的吧。”

顾香生其实也发现了，焦宅还挺大，光靠四个护院，每次轮值两人，很难面面俱到，但这也怪不得张泽他们，一来人数太少，二来在邵州城内，四五年也都好端端过来了，可见没什么危险。

“十日后便要交接，之后还要去齐都，现在没必要折腾这些了。”她道。

夏侯渝不吱声了，片刻之后方道：“其实你可以不去。”

“什么?”夜风吹来，将声音一下子吹散了，顾香生没听清，又问了一遍。

他却不说了，只道了一声“小心脚下的石头”，走几步就回头来看，依旧拉着她的手不放。

天太黑，虽然提着灯笼，可也只能看清脚下方寸的路，顾香生不得不时时低着头，生怕被高低起伏的石子绊倒。

一路专心致志，也不知走了多远，直到听见夏侯渝说“到了，你看”，她方才停住脚步，抬起头。

这一抬头，霎时间失了一切言语。

无数星光在头顶汇聚成星河，横亘于广袤无际的苍穹，深深浅浅，熠熠生辉。

前面的溪水潺潺而动，天上星辉照映其间，恍如地上也蜿蜒出一条星河。

醉后不知天在水，满船清梦压星河。

这是上天的杰作，亘古以来的鬼斧神工。

无论世间人事变幻，它一直都在那里，差别只在于看的人。

顾香生蓦地发现，从小到大，她竟然从未在夜晚认真地看过一回星空，自然也不知道这样的场景来得如此震撼人心。

“好看吗？”她听见夏侯渝在旁边问道。

“好看。”顾香生点点头，视线却没有移开半分，“你知道吗？我们现在看见的星光，其实都是星辰数十年前，乃至成千上万年前发出来的。”

夏侯渝明显没有听懂，一脸迷惑。

顾香生也不多做解释，抱膝在小溪边坐下，叹道：“唯有看见这漫天星河，方才觉得天地始宽，人生始阔，许多执着大可不必。菩提本无树，明镜亦非台，本来无一物，何处惹尘埃？”

夏侯渝神色古怪：“你别净说些禅语，我听着瘆得慌，不知道的还当你要去出家呢！”

顾香生歪着脑袋看他：“出家也没什么不好呀！”

夏侯渝飞快接道：“那可不行，你出家了，我可怎么办？”

“凉拌！”顾香生白了他一眼，表情忽而正经起来，“阿渝，你自己可曾弄明白，你对我的情意，究竟是出于感恩，还是真心喜欢？若只是为了感恩而想以身相许，这种情意不要也罢，我不稀罕的。”

夏侯渝想了想，慢慢道：“原先是弄不明白的，你看我从小就跟在你后面，成日里喊着以后要娶香生姐姐为妻，其实也是见你漂亮温柔，对我又好，小孩儿总喜欢这样的人。后来我病得快要死了，连个大夫都请不起，累得张叔四处奔波，只有你雪中送炭，在床边照料，我心中就更是感激莫名，暗暗发誓，将来长大了一定要对你好，因为从小到大，除了你和张叔，再没有人对我这么好过，魏初也算半个。

“直到后来咱们在魏国边境分道扬镳，我起程前往齐国时，心里才想明白，我固然感激你，可我素来瞧不起那些因为救命之恩便哭着喊着要以身相许的女子，我想和你在一起，自然是因为心悦于你。这份喜欢，从很小的时候就开始了，只是我那时候没能想明白，现在还不晚。”

冬夜的风带着寒意，顾香生没有全干的头发仅用簪子松松绾起，被风一吹就有些冷，不由自主地打了个哆嗦。夏侯渝将自己的大氅解下来披在她身上。

他柔声道：“我最懊悔的，是当年你嫁人的时候，我年纪还小，也没有足够的家世能耐配得上你，本以为魏临会对你不错，可我没有想到，后来竟会是那样的。”

“我也没有想到。其实我一开始就不想嫁入皇家，所以当初才百般躲避魏善，可没料想到头来还是躲不开。”顾香生微微一笑，将下巴搁在手臂上，慵懒的表情在星夜下带了种难以言喻的纯真，然而从她口中说出来的话，却永远清醒无比，“横亘在我与魏临之间的，是他的江山，而横亘在你我之间的，却不止是江山。

“你也想当皇帝，对不对？”

话问得如此直白，直白得令夏侯渝不由得一愣。

片刻之后，他点点头，没有隐瞒：“对。”

顾香生道：“你现在对我许下承诺，那万一以后齐君让你另娶他人呢？”

夏侯渝伸手将她被风吹至鬓边的发丝拂到耳后：“我会有法子解决的，若非如此，我绝不会来招惹你。而且，陛下与魏国的永康帝也不太一样，魏临会面临的问题，于我而言不一定是问题。”

坐在这里很冷，景色却很美，有种清冷到极致的澄澈之美。他们出来得匆忙，随身也没带暖炉，但就算如此，顾香生仍沉湎于眼前景致，纵是双手冻得冰凉，却不愿意回去。

夏侯渝握住她的手，温暖的触感如同电流一般瞬间流淌过四肢百骸，顾香生不由自主地依偎过去，夏侯渝顺势将她揽住，用身躯为她挡风，这些动作自然而然，再无半点扭捏局促。

他忽而低笑出声：“我还记得有一年，你带我上街去玩儿，当时天气冷，我穿得单薄，又不好意思说，便死扛着，你发现之后，直接就把我抱起来，那时候我简直惊呆了，心想，你明明也才大我三岁，居然毫不费力，我臊得不得了，挣扎着想下来，还被你教训了一顿。”

顾香生抿唇一笑：“嗯，我记得，可我说了你别打我，我那时候不知道你正在挨冷受冻，只觉得你柔弱可爱，跟个漂亮娃娃似的，又弱不禁风，想抱起来看看，谁知道还真轻得不得了，而且你脸红的样子也好玩，就舍不得撒手了。”

夏侯渝佯怒：“枉费我念念不忘那么多年，敢情你一开始就没安好心！”

顾香生故意叹了口气：“这么说我还吃大亏了，你小时候多漂亮可爱，现在却……”

后面的话没能说下去，因为她的嘴唇已经被封住。

即使在这种时候，一条有力的臂膀依旧不忘紧紧搂住她的腰，垫在下面，让她不至于被身下高低不平的鹅卵石硌到。

在这个漫天星光的清澈夜晚，彼此的气息火热交缠。当对方将自己的满腔情意传递过来时，顾香生几乎要被这份扑面而来的炽热烫疼了。她目光迷离，眼底倒映着星河，几乎分不清自己到底身处何方。

是在天上，还是在人间，又或者在梦里？

伴随着脖子微微往后仰起，承受不住头发沉甸甸的重量，簪子掉落下来，浓密的发丝黑压压铺满背部和身下，还有几缕调皮的，被风吹拂到近前的小溪里，跟着里面的星光一并潋滟荡漾。

灯笼放在边上，被下面的溪水浸透，“呲”的一声熄灭了。

然而，这样的夜晚并不需要灯笼，借着明亮的星光，也足以看清一切。

包括人心。

怀中的娇躯玲珑有致，即便隔着衣裳，夏侯渝也能想象那是一具怎样的软玉温香，对于血气方刚的年轻人而言，身体的本能反应已经压倒了意志力。

感觉到身体的变化，夏侯渝悄悄红了脸，勉强按捺住脑海里叫嚣着要继续的声音，停住了动作，假装不经意地看了身下佳人一眼。

顾香生忍了又忍，实在没忍住，扑哧笑出声。

什么旖旎暧昧的气氛登时不翼而飞。

可怜夏侯渝的忍耐，却遭到毫不留情的嘲笑，他恼羞成怒，二话不说，直接低下头将那笑声悉数吞入肚腹。

良久之后，相贴的面颊缓缓分开，夏侯渝没有起身，而是抵着她的额头，声音微哑：“你若不想去齐国，就不必勉强，我会安排人手送你出城，届时你想去蜀中也好，想去大理也罢，只要告知我一声下落，方便我将来找你，别又跑得不见人影。”

顾香生道：“若是我想去齐国呢？”

夏侯渝一怔：“可我记得你不喜规矩束缚，若以归顺臣属的身份去了齐国，你也许会受些委屈。”

顾香生拧住他的脸颊往左右两边拉，好端端一个俊俏郎君登时变成大饼脸，她笑嘻嘻道：“什么时候在你眼里，我就是连一点点委屈都受不得的人了？”

夏侯渝哭笑不得，任由她捏脸，乖乖不敢反抗，好不容易将话说完整：“是我见不得你受哪怕一点点的委屈……”

顾香生一怔，停了动作，又揉揉他被捏红的脸，夏侯渝趁势将脸贴过去磨蹭两下，这种顺着杆子爬的行为遭来一记嗔怪的白眼。

“是我的想法变了。”

“嗯？”

“从前我虽然出身富贵，却总想着平平静静过自己的小日子，这种想法本来就与我身处的环境格格不入，就算是经历过魏临的事情，我依旧没有改变，若非邵州的事情绊住手脚，现在的我也许已经在大理或蜀中隐居，又也许在前往的途中遭遇各种不测。但也恰恰是邵州这个地方，改变了我的想法。

“今日会谈回来，举城百姓提灯相迎，他们说，要拥徐澈为邵州之主，说让徐澈自立，他们愿意誓死追随。虽然这是不可能的事情，但你知道吗？那一刻，我真的非常感动，而且震撼。之前，我并未觉得自己为邵州做了多少，也不觉得别人会记住这些事情，可事实上，他们的确是记得的。”

她指着邵州城的方向：“你看，我们的努力，使得千千万万户人家因此得到安宁和太平，如果邵州当初一开始就开城门投降，必然不可能得到如今这般优厚的条件；如果邵州誓死顽抗到底，更不可能有现在这番景象，我很庆幸我们选择的时机恰到好处。而这些苦心，百姓都记得。

“如果可以，我也希望能够种种花，养养草，过与世无争的日子，可这世道注定不太平，天下之大，去了蜀中或大理，得一时平静又如何？那些地方迟早也会被卷入战火，而我的出身，又注定不可能置身事外。圣人都说，穷则独善其身，达则兼济天下，既然退不了，倒不如往前一步，做些力所能及的事情。”

她转过头，深深望入夏侯渝的眼底，认真道：“更何况，既然说好了，等你三年，总不能让你一个人在前方奋战，我却躲在后头，一点儿力都不出，等着坐享其成吧？”

她嫣然一笑，目光里仿佛也有星光，夏侯渝看得痴了。

“也许世间有许多女子是这样，可我顾香生不是。”

良久，夏侯渝深吸口气，将她揽入怀里。

“香生姐姐。”

“嗯？”

“我很庆幸，这辈子能遇上你。”

“嗯，的确如此。”饱含笑意的声音。

“我也很庆幸，魏临将珍珠误以为鱼目，舍弃了你，要不然，我怎么会有机会呢？你知道吗？我在离开魏国的路上遇见你那会儿，心头雀跃得都要飞起来了，从那时候开始，我就在想着要如何将顾香生变成我的香生姐姐。”

“原来是蓄谋已久。”某人嗯哼一声。

“去了齐国之后，因为你的身份，也许会遇到不少阻碍，包括陛下那边，也许会对你表现出比较浓厚的兴趣，你心里有数即可，却不必太过担心，这些事情，我都会安排好的。”

“我怎么听着像是你要逼宫？”

“……你想太多了。”

两人有一搭没一搭地聊着天，原本寒冷的夜晚也不再感觉到冷意，顾香生不记得自己是什么时候睡过去的，当她再度睁开眼睛的时候，发现自己躺在家中的床榻上，而外头早已天色大亮。

兴许是听见她下榻穿鞋的动静，诗情推开门，端着热水走进来，调侃道：“娘子昨夜过得可还好？”

顾香生面不改色：“嗯，不比你去找于都尉好。”

诗情脸色微红：“娘子真是越来越不正经了！”

顾香生笑道：“你快些嫁过去吧，我都烦你了，等你嫁人了，我才好找两个更年轻水嫩的婢女来服侍。”

诗情明知她在开玩笑却拿她没办法，面色红彤彤的。

“昨夜我什么时辰回来的？”顾香生随口问。

“什么昨晚？您是早上才回来的，而且是被夏侯五郎抱着回来的，那会儿您睡得正沉，他还嘱咐我们不要吵醒你呢！”

迎着诗情暧昧的眼神，顾香生终于有点不好意思了，连忙转移了话题：“十日后就要起程去齐国了，你与于都尉的亲事，你自己心里可有个章程？现在要办未免仓促了些；如果不办的话，等去了齐国，情势会更加不明朗，我也不知等待我们的会是什么，你若是反悔了，也还来得及。”

正如顾香生为诗情谋划，诗情担心的却也不是自己的亲事，而是顾香生：“既然说好了，那无论贫富贵贱，哪怕是下狱丢脑袋，婢子也不悔。但娘子您也打算跟着去吗？去了齐国，齐人说不定会因为您的过往而为难您的！”

顾香生开玩笑：“若我不想去，你和碧霄会跟着我走吗？”

诗情居然点点头：“我不好代碧霄做决定，但我自然要跟着您的。”

“那于蒙怎么办？”

诗情笑了笑："我固然对他有好感，他也想娶我，可相较而言，自然是您更加重要，咱们说好了要当一辈子的主仆和姐妹，您也早就被我们伺候习惯了，若是一个人走，让我怎么放心？"

顾香生心头一热，拉着她的手："你放心吧，我不委屈，关于齐国的情况，阿渝说了不少与我听，许多事情我也早就想好对策了，再说邵州的事情既然有我的份儿，就算去了齐国，齐人要为难，我也得一起受着，怎能置身事外，一走了之？"

诗情忧心忡忡："可我听说，齐国皇帝不是个好相与的人物……"

"能为乱世枭雄者，谁容易相与？但不容易相与，不等于蛮横胡来，越是眼界广阔的人物，看得也就越远。我在魏国已是'死人'，齐君折辱我也毫无意义，他若是脑子灵光，就绝不会做出这等事情。"

诗情点点头："您走，我就走；您留，我就留。"

顾香生道："我上辈子肯定积了许多福，这辈子才能遇见你们。"

诗情却扑哧一笑："夏侯五郎必是从您这儿学了不少甜言蜜语的本事，才能反过来将您哄得服服帖帖！"

顾香生终于脸红了，狠狠瞪她一眼："死丫头，平日里看着文静，说话比碧霄还能噎死人，不要你了，去找于蒙去吧！"

元月，当河上坚冰尚未完全融化之际，齐使夏侯沪抵达邵州城外，刺史徐澈率官员百姓出迎，奉上官印，邵州归附齐国，成为南平最后一个归顺齐国的州府。

自此，南平朝廷俨然只剩下京城及周边地区，成了一个孤零零的空壳子。

元月中旬，南平天子派人送文书至齐国，表示愿尊齐为正统，并年年上贡财物，却被齐国拒绝。

元月底，齐国威胁出兵，南平天子被迫降齐，低头称臣，被齐君封为顺安侯，起程前往齐都上京。

而此时，徐澈、顾香生他们一行人，也才刚刚抵达上京。

作为降臣，他们的待遇甚至比南平天子还要稍好一些，毕竟邵州地位特殊，而且因为藏书楼与修史的事情，使得徐澈等人声名大振，天下皆知，饶是齐君也不愿慢待。

但另一方面，不管如何体面，他们终究是人在屋檐下，不得不低头，到了别人的地盘，许多事情也就由不得自己了。

前途未卜，吉凶难料，新的篇章又将揭开。

上京原来不叫上京，而叫燕州，是北方规模稍大的城池，齐国定都于此之后，方才改名为上京，这里头自然不乏为自己脸上贴金的意思，但一个名字叫得久了，大家也就自然而然接受了，现在再提燕州，未必有人知道是哪儿。

时下有句话叫“不入潭京，不知繁华；不过上京，不知壮阔”，意思就是论繁华程度，魏国潭京自然首屈一指，但如果说到整座城的雄浑高阔，却非齐国上京莫属。

不过当徐澈他们抵达齐都的时候，却发现传言有所出入，上京的城墙的确十分高大坚固，即便是先前夏侯淳攻打邵州所用的冲车、云梯等物，只怕也很难将其攻破，站在城墙下面仰望，足以令人产生自身渺小之感，而入城之后，就顾香生所见所闻，人来人往，摩肩接踵，繁华也绝不亚于魏国京城。

这毕竟是齐都啊，作为天下屈指可数的强国，其都城又能逊色到哪里去呢?

夏侯沪与夏侯渝带着他们入城之后，便有官员前来接应，将众人送至驿馆下榻。

然后二人则直接前往宫中复命。

驿馆是新修的，内中陈设一应俱全，在京城这种达官贵人云集、寸土寸金的地方，它的位置也称得上绝佳，毗邻东大街，闹中取静，周围的宅第多为齐国官员所住，驿馆所在的从云巷，这一整条巷子都是驿馆的外墙，可见这座驿馆有多大。

而现在，偌大一座驿馆，只住了徐澈他们几个人。负责接待的官员来自鸿胪寺，叫汤晗，说话很客气，兴许是上头事先交代过了，对方一点儿也没有因为他们是降臣便露出轻慢的态度，这令徐澈他们大有好感。

“敢问汤公，陛下何时召见我等，又准备如何安置我等？”汤晗将要离开之际，徐澈忍不住问。

汤晗笑道：“不敢得徐郎君这一声汤公，我表字将明，直呼其名便可。”

在魏国那么多年，回来又任一方长官，徐澈不至于连这等人情世故都不明白，亲亲热热地喊起“将明兄”，又问道：“我等初来乍到，诸事不晓，心中惶惑，还请将明兄指引一条明路。”

这边话音刚落，那头徐奇赶紧上前将一个沉甸甸的绣袋塞到汤晗手里。

汤晗有点犹豫。

徐澈笑道："那里头并非俗不可耐的阿堵物，而是一块美玉，正所谓美玉配君子，将明兄可不要嫌弃。"

汤晗这才微微舒展了眉头："我与徐郎君一见如故，往后可别整这些繁文缛节了，免得辱没了咱们之间的交情！"

话虽如此，那个绣袋却没有还回来。

"实不相瞒，上头如何打算，我并不是很清楚，我的职责便是招待好徐郎君和各位，关于你们的去向，现在朝廷还未发明旨。"说罢，他又安慰道，"不过你们也不必太过担心，这座驿馆是新修的，本来是给南平天子准备的，但他现在受封顺安侯，来了上京之后便有现成的府邸住，自然不必再住这里，而且上头既然能将这里安排给你们，这说明朝廷对几位的看重，起码也不会低于顺安侯。"

徐澈叹道："虽说如此，可一日没有着落，我们这心总像是悬在半空，虚得慌啊！"

汤晗神神秘秘地笑了一下："我不妨再给你们提个醒，上头吩咐了，各位的起居用度，一应是比照侯爵以上来的，总之不会比顺安侯差。安乐侯你们认识吧？"

见徐澈等人点点头，他道："当日安乐侯来投，住的地儿可还没有这里好呢！"

他口中的安乐侯，自然便是魏善了。

这天下说大不大，说小不小，想想也是好笑，昔日在魏国的老熟人，如今兜了一大圈，居然又在同一个地方，真是人生何处不相逢。

送走汤晗，徐澈问其他人："你们怎么看？"

顾香生笑道："便是看在你那块美玉的分儿上，他也不至于骗我们，不过看来这位汤寺丞知道的也并不多。"

徐澈颔首："既来之，则安之，且在这里住着吧。"

顾香生笑吟吟道："周姐姐与我一道去看厢房吗？还是你要选个别的院子？"

周枕玉脸色一红："说什么呢，我自然是与你一道！"

此番来齐国，徐澈并没有带上崔氏，自打上回顾香生的身份曝光之后，他便打定主意与崔氏一刀两断，可崔氏不愿和离，当时南平也正值内乱，徐澈没法狠下心将人直接赶回京城，便只好由得她住在刺史府隔壁的别院里，实际上也表明了恩断义绝的意思。

饶是崔氏脸皮再厚，遭受这样的待遇，也没法再强撑着住下去，苦苦支撑过邵州与夏侯淳作战那段时间，待南平一归顺，她便拿着徐澈的和离文书踏上了回京的道路。

徐澈素来是个厚道人，即使闹到这等地步，他也不忍心让崔氏独自带着婢女上路，而是派了人护送。

没了崔氏这个正室，徐澈自然不乏桃花运，其中便有对他暗自倾心已久的周枕玉。

只是妾有情而郎懵懂，徐澈对待周枕玉，不能说不亲近和善，但这份亲近和善却是建立在熟人的基础上，看得旁人都不由得替他们着急起来。

顾香生有意捅破这层窗户纸，便笑道："我还有诗情陪着，不需要周姐姐，徐郎君孤家寡人，不如周姐姐去住在他隔壁，你们也好多多往来。"

周枕玉瞪她一眼，脸红得都快滴出血来了："我是过来做生意的，住外头也成！"

顾香生忙拉住她："别呀，这里这么宽敞，你住外面还要多出一份钱，岂不是当了冤大头？徐郎君，你还不帮忙劝劝吗？"

徐澈这才回过神，忙道："阿隐说得是，你就住下来吧，彼此也好有个照应！"

周枕玉平日里多爽利的一个人，听见徐澈如此说，却半句话都应不出来，只会低头讷讷不语。

虽说以"齐国上京繁华，生意好做，想来这边开拓药铺分号"为借口，可旁人谁看不出周枕玉的用心？他们在齐都尚且吉凶难料，她却肯千里迢迢跟过来，单是这份心意，便比崔氏要可贵不知凡几。周枕玉人品端正，虽说算不上美貌，可也清秀有余，先时有崔氏在，顾香生没有提起此事，现如今男未娶女未嫁，她自然乐见其成。

不说别的，单冲着自己与徐澈这么多年的交情，顾香生也希望他能够安定下来，有个贤内助相伴，帮忙打理中馈。难得的是，徐澈不是那等凡俗男子，就算婚后周枕玉想继续行商，他肯定也不会觉得可耻或反对。这样天造地设的姻缘，又上哪儿找去？

可饶是于蒙这等大大咧咧的人，也都看出周枕玉的那份心意，徐澈自己怎么就看不出来呢？

皇帝不急，急死太监也没用，众人各自安排好房间，诗情与于蒙尚未正式成婚，自然跟着顾香生一起住，大家各自占了一个小院，彼此又相连在一起，往来也方便。

自打汤晗来过之后，齐国上下仿佛将他们选择性遗忘，安乐侯和顺安侯，听说都面过几回圣了，唯独徐澈他们，一直没有人前来召见，后来便连汤晗也来得少了，徐澈向驿馆的小吏问起，对方却一问三不知。驿馆所在的地段，住的多是齐国的达官贵人，一巷之隔的外面时常有车来车往的动静，偏偏此处门可罗雀，他们住在这儿，倒真成了“大隐隐于市”了。

不过也不是所有人都不见踪影，夏侯渝还是常来的，每回登门都会大包小包，给顾香生捎上许多齐都之内有名的吃食，又总想带她出去玩耍。只是顾香生不想给他招惹麻烦，故而屡屡拒绝。

如此过了半个月，连徐澈都有些坐不住了。

齐国倒不曾拘着他们，想出门还是可以出门的，只是得有驿馆的小吏跟着。之前初来乍到，人生地不熟，又怕惹麻烦，大家就还安安分分地待在驿馆里，连于蒙这样好动的人，有情饮水饱，成日跟诗情一道，时常在驿馆的别院和园林里游荡，成双成对，这里占地足够大，半个月下来倒也不嫌腻。

周枕玉要开分号，带着掌柜时不时出门查看地段门面，了解齐国药铺的经营状况，像她这种排不上名号的商贾，齐人当然不会花费精力去关注她，她反倒成了一行人中最自由的人，也时常给徐澈、顾香生他们带来外头的消息。

譬如安乐侯归顺齐国之后，魏国那边将江州等地夺了回去，齐国不知是想休养生息还是暂时不欲生事，也没什么动静，双方峙而不战，暂时维持着一种微妙的状态，就像高手过招，随时都会打起来，但谁又都不想先出手，所以一边静静等待，一边观察对方的破绽。

这一日周枕玉从外头回来，便说西市有个马市，前阵子从回鹘那边俘来不少战马，朝廷拿去最好的一批，剩下有些品相一般的就拿出来公开售卖，问他们想不想去逛逛。

回鹘人素来以骑兵闻名，他们的敦马自然也不同于中原的马匹，就算品相一般，上不了战场，但用作日常驮物骑人，都要比普通马好很多。

顾香生有些兴趣，于蒙也兴致勃勃，徐澈内心有些焦灼，亦想借着这个机会出去散心，众人便相约出门，一路来到西市。

自从那天入城之后，他们就没再踏出过驿馆，这还是头一回有机会仔细游览上京城。

跟着他们出来的驿馆小吏显然对这座城市有着非同一般的归属感和自豪感，主动为他们介绍起来：“这上京城分成东、西、南、北四块，中间是内城皇宫，四面俱有民宅和商业区域，咱们今儿要去的西市，主要是卖宝刀马具的，也时常有人在那里坐庄开斗兽戏，观者如云，下注者更多，几位郎君娘子若有兴趣，不妨也去玩上一玩。”

所谓斗兽戏，就是拿上两只动物，促织也好，公鸡也罢，让它们在一个狭小的空间里互相缠斗，分出个高低胜负，围观者可以下注押某一边，其实也是赌博，只不过换个地方，不在赌坊里而已。

众人对这种游戏并不陌生，便道：“魏国和南平也都有。”

“那可不一样！”小吏笑道，“上京城大，玩得自然也更大，有些人斗上狠劲了，拿着自家美貌姬妾出来做赌注，还有的散尽家财，就为了买上一只品相好的促织呢！”

众人面面相觑，一时无话。

小吏又介绍道：“东市多是卖些精致玩意儿的，什么南海珍珠、雨丝缎，只要您想得到，便没有买不到的。南市和北市卖得零散，什么都有，一时倒不好概括；若是想吃好吃的，什么竹节庄、彩云楼，这些大饭庄，东、南、西、北都有，倒不必专门冲着某个方向去。”

听他说得头头是道，顾香生便问：“那我们今日出来，若想逛个遍，不知得花费多少时辰？”

小吏扑哧一笑：“恕我直言，就算城内有马车，方便得很，但您想必也没办法逛个遍的，上京城实在是太大了，单是西市，您若想驻足细看，怕是一上午过去，还未必能看完一半呢，反正来日方长，还不如分作几天。”

马车到了西市便停住，再往里头是商业区，一般是要下车步行的，因为两旁道路都被商贩占据了，就算马车进去也走不开，还不如走路来得快。

当然，也有一些飞扬跋扈的达官贵人，偏偏要在这种地方纵马，结果时常闹出伤人事件。据说屡禁不止，平民百姓没处说理，只能祈祷自己别遇上这样的人，或者就算遇上了，也能及时躲开。

这些八卦逸闻都是从驿馆小吏口中得知的，这人是土生土长的上京人，平日里在驿馆也清闲得要命，想多说话都没机会，好不容易遇上徐澈他们这些“土包子”，自然铆足了劲卖弄。

西市果然热闹得很，前几天下雨，今天刚刚放晴，生意一下子火爆起来，卖的人想趁此将自己的东西推销出去，买的人也趁着天气好赶紧过来看看，结果造成道路堵塞，这种情况别说纵马了，估计马进来了都会被人海淹没，寸步难行。

小吏在前头带路，众人很快就来到传说中口碑还不错的季氏马行。

这地方有些朝廷的关系，所以可以弄到淘汰下来的马，不过就算是朝廷淘汰下来的，也有大把人抢着要。徐澈、顾香生他们到的时候，这里已经人山人海，大家指着那些马评头论足，有些已经看好了自己要的马，就等着拍卖开始就立刻出价。

幸而天气还不热，刚刚初春，犹带着些寒意，不然这样人挤人站上大半天，任谁都要受不了。

顾香生他们看了一会儿，见竞价的人实在太多，自己一行人毫无准备，怕是抢不过人家，也就不再逗留，转而多走几步，在另外一间稍微冷清些的马行门口停下来。

徐澈有点奇怪："这里的马看起来比那些竞价的还要好，怎么反倒问津的少？"

小吏道："这里的马匹据说是正宗从回鹘运回来的，品相上佳，但价格也很高昂，一般人买不起。"

现在齐国和回鹘不通商，马匹更加属于珍贵的战略物资，能够从回鹘带马回来贩卖，必然需要规模极大，又与朝廷有联系的商团才行。

顾香生他们仔细一瞧，只见其中一匹标价居然高达二十两银子，要知道旁边那些拍卖的回鹘战马，顶多也就十二两左右。

但一分钱一分货，价格贵有价格贵的道理，这些马神采奕奕，单这样看，便透着一股活泼的气息，膘肥体壮，毛色油亮发光，可见非同一般。

这些马匹中，有一匹白马最为神骏，见顾香生他们盯着自己，便也望过来，双方大眼瞪小眼，顾香生试探地伸手过去，它居然一歪头，毛茸茸的马脸在她手上蹭了蹭，眼睛一边还往上翻，露出几近害羞的神色，简直令人啧啧称奇。

旁边的小吏见状心喜，也跟着伸过手，却差点被咬一口，惹得大家哈哈大笑。

小吏有些羞恼，又不好发作，只能跟着讪笑。

顾香生问马行伙计："这马怎么没有标价？"

伙计笑道："客人好眼光，这是咱们马行今日才送过来的上等好马，要三十两银子。”

于蒙道：“怎么这么贵，不能低一些？我也看中那匹灰的，想一道买了，不如算便宜点。”

伙计道：“客官，这白马名叫明月当空，是马中珍品，三十两银子已是公道，灰马也是上好的马种，若您真心想要，两匹就算是五十两吧。”

顾香生其实并不缺钱，邵州这几年经营得不错，盐洞的收入她也占了其中一分利，听起来少，实际上蔚为可观，当下也不再与伙计扯皮，便道：“五十两便五十两，这两匹马我们都要了，能否额外送些马具？”

虽说是京城，这样大方的主顾却也比较少，伙计很高兴：“有，有，您且等等，小的这就去取！”

这话才刚说完，旁边便传来一个声音：“这白马我要了，多少钱？”

伙计一愣，循声望去，却见一名浓眉大眼的贵胄公子站在那儿，手执马鞭，身着胡服，眉间隐有煞气，一看就不是好相与的人物。

他忙道：“这位郎君，白色和灰色这两匹马都已经被这边的客人订下了，您若是要的话，还请从其他的选吧。”

对方哼笑：“我今儿就看上这匹白的了，非要不可！”

伙计微微皱眉，心道，碰上蛮不讲理来砸场子的了，也跟着沉下脸：“客人，我们这是打开门做买卖，讲究个先来后到、和气生财，您这样胡搅蛮缠，我们可要报官了！”

能在京城开马行，又能卖回鹘马的商家，自然都有些背景。

可对方非但不惧，反而还冷笑道：“你去啊！别以为我不知道，顺道将夏侯潜叫过来，我教教他怎么做买卖！”

伙计见他张口就将自家东家的名号给喊出来，心下一惊，态度小心了不少：“敢问这位郎君高姓大名？”

那头顾香生忽然开口：“小哥，既然这位客人要，就让给他吧，我们不要了。”

这个半道杀出来的程咬金，说起来还是老熟人，徐澈等人见了他俱是面色冷凝，笑容全无，当下也没什么异议，转身便要走人。

谁知那人见他们欲走，却道：“站住！”

顾香生本想装作听不见，奈何徐澈还真站定脚步，她与于蒙也只好跟着停下来回头。

夏侯淳挑眉道："我当是谁呢，这么脸熟，原来是昔日走狗，今日降臣！怎么，见了主子都不认识了？来到上京也不上门拜访？"

徐澈拱手："大殿下安好，我等尚有要事，就不奉陪了，告辞。"

"慢着！你们不要的马就想给我？我夏侯淳从来不捡人家不要的东西！"

伙计听见夏侯淳的名号，哪里还会不知道是谁呢？忙凑上前赔笑："大殿下，您息怒，这马不是他们不要的，他们还没……"话没说完，脸上就吃了一巴掌，直接被打得晕头转向，摔向一边，整个人都蒙了，半天起不来。

夏侯淳连看也没看他一眼，依旧盯着徐澈、顾香生等人，眼里恶意满满。

夏侯潜的名字，徐澈等人是听说过的，排行第八，封桓王，但夏侯淳明知这是弟弟开的产业，还如此作为，很明显是故意来找碴儿的。那伙计顶多只是当了立威的倒霉鬼，徐澈他们才是真正被盯上的目标。

顾香生和于蒙相视一眼，都知道夏侯淳这是对上回的战败耿耿于怀，逮着机会来算账了。

若是他们一到齐国就得到齐君的接见，被封赏也罢，赐爵也罢，今日夏侯淳还未必敢如此蛮横，但半个月过去，朝廷迟迟没有动静，许多人都觉得这是邵州不被重视的表现，以夏侯淳记仇的性子，要是没趁机报昔日的仇，那才稀奇。

自己这边今日女眷众多，顾香生、诗情、周枕玉都在，一旦发生冲突，很难顾及她们，徐澈想了想，还是决定再退让一步。他假作没看见夏侯淳对伙计发作，依旧恭谦道："这马我们尚未付钱，也就没有不要之说。好马配英雄，大殿下一世英雄，正与此马相得益彰，方才是我等鲁莽，不该夺大殿下所好。"

他姿态放得如此之低，夏侯淳却不甚满足，眯眼哼笑："既然要赔罪，是不是该拿出点诚意？宝马配英雄，那英雄也该配美人才对，姓顾的都不知道被人用过多少回了，倒贴我都不要，不如就要她吧！"

他手里的马鞭一指，却是指向诗情。

诗情面色一白，下意识就退了半步。

是可忍孰不可忍，这下子，不唯独顾香生和于蒙，连徐澈的脸色也彻底阴沉下来。

"我们走！"他对其他人道，转身便迈开脚步，直接将夏侯淳视若无物。

夏侯淳蛮横惯了，见状如何肯罢休？扬起鞭子，直接就朝徐澈后背当头劈下！

鞭风所及之处，连周枕玉也被笼罩在阴影之下。如果这一鞭落到实处，不仅徐澈受伤不轻，周枕玉同样免不了要遭殃。

于蒙反应极快，当下就将徐澈和周枕玉两人狠狠推开！

顾香生的回应则更直接，她以迅雷不及掩耳之势抽出徐澈随身佩剑，剑光出鞘，手腕一转，剑锋横扫，直接就将半空的鞭子斩为两截！

这场变故一出，不止顾香生这边的人反应不及，马行伙计连带夏侯淳那边的人也都还处于愣怔之中。

及至夏侯淳的鞭子断为两截，而徐澈和周枕玉也被于蒙推开，没有出现想象中的血光之灾，马行伙计吓得不轻，赶紧转身跑进去喊掌柜的出来镇场子。

徐澈等人松了口气，夏侯淳却是气得不轻，他自来跋扈惯了，还从未试过被人当众这么下面子，当即便勃然大怒，直接伸手要来抓顾香生。

只是手还未伸至近前，就被于蒙挡住了。

“滚开！”夏侯淳红了眼，一拳就砸向于蒙的脸。

但于蒙又岂是手无缚鸡之力的弱书生？他侧开避过，一只手抓住夏侯淳的手腕顺势往前一拉，夏侯淳另一只手绕至他的后背，揪住于蒙的衣裳，借势往后一绕！

两人就这样当场缠斗起来。

夏侯淳武将出身，身份固然高贵，但身手肯定不会是花拳绣腿，于蒙就更不必说了，两人拳拳生风，难分高下，旁边的人都插不进手，只能干着急。

徐澈等人本来不想惹事，连准备买下的马都拱手相让，奈何夏侯淳存心找事，咄咄逼人，忍无可忍，无须再忍，退无可退，不必再退，徐澈没有让于蒙住手，顾香生更决定事后将一切责任都担下来，毕竟方才那一剑是她斩出的。

两人打了一会儿，眼看围观百姓渐渐聚集，夏侯淳带来的人也急了，其中一名随从忍不住大声道：“大殿下，别忘了您下午还有更重要的事要做呢！”

夏侯淳闻言果然动作一顿。

于蒙当然不可能置夏侯淳于死地，就连让对方受伤说不定都会招来麻烦，他正愁没有机会住手，见状便顺势跳开几步，罢了手。

夏侯淳的随从赶紧上前，附耳对他小声说了几句，前者脸色阴沉，目光从徐澈等人身上一一扫过，末了冷笑一声：“今儿是你们运气好，我尚有要事，就暂时放你们一马，可别以为自己就这么逃过一劫了，这笔账，我记下了！”

反正已经撕破脸，再低声下气反而让人得寸进尺，顾香生便也道：“大殿下方才说的话，我们也都记得，什么门下走狗，什么不认新主子，将来到了陛下跟前，我们倒要辩解一二。如今南平归顺，徐郎君自然要奉陛下为君，可大殿下难不成已经是储君了？若不是，这新主子指的是谁？又该向谁行礼问好？”

夏侯淳眯着眼：“你在威胁我？”

“不敢。我等如今无权无势，白丁之身，又能威胁谁呢？”

要嘴皮子功夫，夏侯淳自然不是对手，反倒三言两语被顾香生重新撩拨起火气，想想方才随从说的话，只好调动一丝理智勉强将火气按压下去，恶狠狠地瞪了他们一眼，转身大步离开。

马行的人总算松一口气，又问徐澈他们：“几位客人可还要买马？”

被这么一闹，谁还有心情买马？徐澈摇头谢绝，也不继续逛了，带着人直接回去。

回到驿馆之后，带他们出来的小吏直接寻了个借口躲起来，不见了人影。

这也难怪，今天的事情他肯定受了惊吓，得罪夏侯淳可不是好玩的，他一个驿馆小吏，虽然方才竭力往人群里躲，可还是怕被夏侯淳认出那张脸，回来之后便赶紧平复受惊的心灵去了。

众人也没心思管他，徐澈自己更是懊悔不已：“今日若是我不带你们出去便好了！”

于蒙倒不以为意，伸了个懒腰：“这又与你何干？事情想找上门的时候，躲过初一也躲不过十五，不过今天这一架打得可真不痛快，若非顾及夏侯淳的身份，我早把他打得脸蛋开花！”

徐澈苦笑：“以他睚眦必报的性格，这次肯定恨极了你和阿隐，这都是为了我和周掌柜。”

一个直接上手，一个斩落他的鞭子，夏侯淳可不是要记恨吗？

顾香生道：“咱们都是同生共死患难的交情，这种客套话就不必多说了。于都尉说得好，夏侯淳早就看咱们不顺眼了，就算不是今日，改日他也会来找碴儿的，根本不差这一件事，你不必耿耿于怀，有什么事，我们一起担着便是。如今朝廷还未发话，夏侯淳胆子再大，也不敢轻易乱来。而且此举还有一个用处，可以借此试探朝廷那边对我们的态度，如果齐国还要用我们，自然不可能坐视夏侯淳继续对我们下黑手。”

于蒙一拍大腿：“对啊，徐郎君可以写一封奏疏，将因由阐明，改日那个汤晗再来，咱们就让他代为转交，看看朝廷是个什么态度，也免得继续这么晾着咱们，这就叫投石问路，对吧？”

众人都笑了起来，气氛一瞬间好了许多。

中午用过午饭，大家各自散去，回房间午休。

周枕玉还未躺下，外头便响起敲门声。

她起身开门，门外来客令她有点意外："徐郎君？"

"我打扰你了吗？"徐澈有点不好意思。

"没有，您请进。"周枕玉进京的时候，身边也带着婢女，此时便让婢女去沏茶。

"不知徐郎君此来有何要事？"她虽然对徐澈有些意思，但也不至于自作多情地认为徐澈会在这种时候过来和她叙什么私情。

徐澈沉吟道："今日之事，因我而起，我想了些弥补的办法，却又不好找阿隐他们商量，生怕他们阻拦，只好先来找你问问了。"

周枕玉笑了一下："徐郎君太抬举我了，我只是一介商贾，于政事一窍不通，只怕见识浅薄，反倒给您帮了倒忙。"

徐澈道："你别这样说，在邵州的时候，你也帮了我们不少忙，其实我一直想多谢你，只是封赏你又不肯收纳……"

他开了个玩笑："咳，不过话说回来，即便你现在愿意接受，我一个平头百姓，也给不起了。"

这话不太好接，一个不好就变成暧昧的玩笑了，周枕玉沉默片刻，反而提起方才的话题："其实回来之后，我也想了一些法子，您知道，我们经商的，一要对道路熟悉，二要有车马人手方便走货，现在驿馆看守的人不多，等同于无，若是夏侯淳想找四娘和于都尉他们的麻烦，我有把握在夏侯淳来人之前，先将他们偷偷送出京。但这个法子只能是最后迫不得已的选择，否则这样一来，他们怕是就要为齐国所不容了。"

徐澈没想到她竟设想得那么长远，不由得有些意外："谢谢你愿意出手相助。"

周枕玉失笑："谢什么？真论起来，四娘也帮了我许多，不过您方才说要弥补，想必也有法子了？"

徐澈点点头："我想请求面圣，主动上禀此事，以免被夏侯淳恶人先告状。"

周枕玉何等聪明，却立时听出他的弦外之音，徐澈这是想先将责任担下来，免得让顾香生和于蒙受责。

她摇摇头：“现在朝廷有意冷落你们，即便将这个想法递出去，上头也未必会召见。若我所料不差，这驿馆里头，必然也有各方眼线，一动不如一静，徐郎君不妨先等等，正如四娘所说，静观其变，不必急着有所动作。”

穿过宽阔的广场，举步踏上高高的汉白玉台阶，三十九道台阶之后，便是齐君处理日常事务的文德殿。

皇帝上朝与议政的地方原本在大庆殿，当今天子夏侯礼登基之后，便将地点迁移到这儿来，大庆殿那边只作重大节日庆典朝会之用。

每当夏侯淳站在台阶之上往下看的时候，总能感觉到一股令他战栗的热流在体内涌动，不是胆怯，而是激动，是狂热，更是野心。

作为皇帝长子，夏侯淳有足够的资格去做这个设想。

像往常一样，登上最后一级台阶，他照例回头看了一眼，方才掸去衣裳上的灰尘，走入殿内。

在外殿等了片刻，内侍乐正从里头出来，躬身道：“大殿下，陛下让您进去。”

夏侯淳“嗯”了一声，却没有急着跨步入内，反而低声问乐正：“方才陛下为何过了这么久才召我进去？”

乐正一愣，忙道：“陛下今日的政务要比往日略繁忙一些。”

“那你可知他召我何事？”

“奴才不知。”

夏侯淳有些不满意，可也没再说什么，摸出一个绣袋塞给乐正，大步进了内殿。

他进去的时候，皇帝头也不抬，正专心致志地看着手上的奏疏。

夏侯淳不敢出声打断，只得垂手肃立在一旁，心里却百无聊赖，忍不住开始天马行空。

正当他在想要不要将早上那匹白马从老八夏侯潜那里要过来时，前方传来一个声音：“在想什么？”

夏侯淳忙收敛心神，眼观鼻，鼻观心：“回陛下，臣什么也没想。”

皇帝看了他一眼：“这么说，你也不觉得自己有错了？”

夏侯淳心头一突，低头道：“儿臣努力反省过了，在南平的事，手段的确有些过火了。”

他从南平回来之后，非但没有因为攻下多座城池而受到嘉奖，反而遭遇皇帝劈头盖脸一顿训斥，末了还命他闭门思过反省。夏侯淳自然不觉得自己有错，反倒被关出满肚子火气，一直到了最近两天，皇帝才解了他的禁足令，所以他会在马市上找碴儿，其实也不唯独看徐澈他们不顺眼，而是忍不住把这段时间受的气都发泄在他们身上。

夏侯礼不置可否："那你说说，哪里错了，又哪里过火了？"

夏侯淳讷讷："臣不该屠城。"

"还有呢？"

夏侯淳说不出来了。

夏侯礼也不再揪着这个问题不放，转而问起别的事情："朕听说，今日你在外头又闯祸了？"

夏侯淳一愣，下意识就认为是夏侯潜在皇帝面前告黑状了。

因为那个马行的幕后东家是夏侯潜，今早出了那种事情，那里的掌柜一定会将事情上报给他。

"有劳陛下费心过问，儿臣只是看上了一匹马，又正好撞上徐澈那些人，他们不安分待在驿馆里，却大大咧咧跑出来招摇，儿臣看不过眼，便教训了他们一顿。"

夏侯礼挑眉："朕怎么听说是你被教训了？连鞭子都被人砍成两截，你不是号称勇猛无敌的夏侯大郎吗？怎的连一个女子都能轻易让你难堪？"

他的眉目与夏侯渝有些相似，但两鬓已然星白，眼尾也有几条纹路，挑眉说话时更是有股难以掩盖的霸气迎面而来，无时无刻不在提醒人们：这是一个在位数十年的帝王，他手段铁血，行事霸道，对待不听话的皇室宗亲乃至手足兄弟也毫不留情。

夏侯淳被说得满面通红，又羞又恼，却不敢对着皇帝发火，只能忍气吞声道："儿臣只是毫无防备，才着了道……"

夏侯礼打断他："胜就是胜，败就是败，朕不想听借口，你若是连事实都不肯面对，也枉费朕命你闭门思过的苦心！"

夏侯淳忙道："儿臣愚钝，父皇教训得是，然则徐澈等人仗着邵州归顺，便以为自己劳苦功高，若是不杀杀这股锐气，只怕往后那些归附而来的降臣，态度会更加狂妄，还请父皇明鉴！"

夏侯礼道："邵州之事，朕自有计较，你既然出来了，明日就还是回金吾卫那里去吧，让钟锐好好教教你。”

夏侯淳还有些不甘心，皇帝却不想与他多说了，挥挥手，继续低头看奏疏。

那意思就是让他可以出去了。

夏侯淳无法，只得怏怏告退。

他前脚刚走，皇帝便道：“还不出来？”

夏侯渝从偏殿走出，拱手道：“父皇，儿臣也该告退了。”

“装什么？”夏侯礼瞥了他一眼，“你早知道他会告状？”

夏侯渝：“儿臣不知，只是儿臣与徐澈、顾香生等人有故，知道他们并非惹是生非之人，故而顺道提了一嘴，并没有想到大兄会那样说。”

他嘴角弯弯，说话的时候两颊还会浮现出不明显的酒窝，无辜无害的表情看着明显就比夏侯淳讨喜多了。

即便夏侯礼不是一个看脸的人，但两相对比，语气还是难免缓和不少：“你明知朕有意冷着他们，京城里又人人避之唯恐不及，你还敢为他们求情？”

夏侯渝坦然道：“儿臣当年在魏国，本来就承蒙顾、徐等人多加照顾，顾四娘子对臣更有活命之恩，正所谓知恩图报，若是力所能及的事情也不肯施以援手，父皇定然要瞧不起儿臣了！”

夏侯礼绷着脸：“你倒机灵，还会将朕也拖下水了！”

虽是如此，语气却没有多少怒意。

“既然这样，就由你去递个话，明日朝会议政之后，让他们到文德殿来吧。”

夏侯渝眨眨眼：“儿臣能否多嘴问一问，是好事，还是坏事？”

“不能！”夏侯礼忍不住瞪了他一眼，“得寸进尺，贪得无厌！”

这八个字却反令夏侯渝高兴起来：“儿臣这就去，儿臣先告退了。”

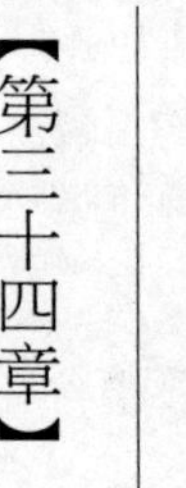

【第三十四章】国中无色可为邻

瞧着他脚步轻快的背影，夏侯礼微哼一声。

乐正忍笑道：“奴才看着，五殿下还真有点陛下年轻时的影子。”

夏侯礼不以为然：“朕怎么没瞧出来，他身上有哪一点像朕？”

乐正道：“奴才说了，陛下可不能生气。”

“爱说便说，不说拉倒！”

“俗话说，龙生九子，各有不同，大殿下勇猛，三殿下平和，五殿下活泼，六殿下文雅，七殿下谨言慎行，八殿下跳脱，依奴才看，陛下年轻的时候，面上有些严肃，七殿下正随了您，可内心有股活泼气，这点却是被五殿下继承了。”

夏侯礼微哂：“你这话说得委实太客气了，什么三殿下平和，老三那是平庸，老大则是有勇无谋！”

“大殿下之勇，世人皆知，能够连连拿下南平好几座城池，在南平归顺的事情上功劳的确不小。”

夏侯礼睨他一眼：“他给了你多少好处，让你这么帮他说话？”

乐正忙从怀中掏出一个绣袋，赔笑奉上：“大殿下给了这个，奴才还未打开来看呢。”

夏侯礼接过来掂量了一下：“分量不轻，估计是玉。”

打开一看，果然是一块通体玲珑剔透的美玉。

夏侯礼嗤笑：“他还挺舍得下本钱，既然给了你，就收着吧！”

这种事情想来也不是头一回了，乐正没有诚惶诚恐地推托，只谢了一声便将其收入怀中。

夏侯礼想起乐正方才说的话："其实仔细想想，你那些话也还算中肯，老五小时候胆小怯弱，朕也不甚喜欢，便将他送至魏国，本就没想过他还能回来，可现在他不仅回来了，行事也还算可圈可点，朕心里便有些悔意，早知如此，当年就不让他去魏国了。"

乐正道："陛下何须自责？其实在奴才看来，五殿下反倒应该感谢陛下才是，若非有在魏国的那一段磨砺，五殿下如今还不定长成什么样呢，若是寻常无奇的纨绔子弟，陛下又何必惋惜？"

夏侯礼忍不住笑了起来："你这阉奴惯会说话，哄起人来是一套一套的！那你说说，他现在面上对朕恭敬，心里会不会怨恨朕，觉得自己当年受了苦？"

这话说得轻描淡写，但乐正跟随夏侯礼多年，如何不明白这位陛下的性情？他胸襟固然开阔，不同于寻常帝王，可同样也有帝王的多疑毛病，指不定哪句话答得不好，对方就会起杀心。偏偏皇帝城府甚深，有时候一桩事情他当面不说，事后也不说，却会忽然某一天在你猝不及防的时候提起来发作，那才真真是令人防不胜防，胆战心惊。

乐正道："依奴才看，应该是不会的，若五殿下心怀怨怼，反倒辜负了陛下对他的期望，也辜负了自己一片大好格局。真正聪明的人，看的不是脚下眼前，五殿下若真正聪明，便会明白这个道理。"

夏侯礼道："乐伴啊，朕发现你帮人说好话的功力是越来越高深了，这欲扬先抑，欲褒还贬，完全天衣无缝啊！"

乐正扑哧一笑："若真是天衣无缝，如何还会被陛下发现？只能说陛下火眼金睛，奴才那一丁点儿小心思，永远逃不过陛下的法眼！"

"朕知道老五生母从前对你有过恩惠，这么多年过去了，你还肯为老五说两句好话，是你仁厚，有你这样的人在身边，朕反而放心。怕就怕那等狼心狗肺、忘恩负义之徒，给了块肉，他不仅不回报，反而时时想着咬主人一口，那才是禽兽不如！"

他的语调逐渐变冷，乐正也不知道他在指谁，只能默不吭声。

过了好一会儿，乐正偷偷抬眼朝御案上的奏疏瞄去，才发现夏侯礼很可能是在说朝政。

约莫是又有人要倒霉了，他如此想道。见皇帝继续低头批阅奏疏，便悄悄退了出去，打算让人给送点银耳雪梨汤过来。

“陛下要召见我们？”徐澈一愣，“怎么不早不晚，刚好在这个时候？不会是知道我们与夏侯淳的冲突了吧？”

驿馆之内，人基本到齐，外加一个到访的夏侯渝。

夏侯渝道：“你们不必担心那么多，我听陛下的语意，不像是要兴师问罪的，届时问起什么，你们答什么便是了，不必砌词捏造，陛下这人很精明，又有些多疑，若是一个不好被他听出破绽，他反而会不相信你所有的话。”

于蒙就道：“那为何我们到京城这么多天，陛下也没召见我们，这其中是否有什么隐情？”

夏侯渝道：“我也不太清楚。眼下最要紧的，是你们先想好面圣之后要说什么，如果陛下问起什么，你们又要如何应答，若能给陛下留下个好印象，往后在京城就会顺利许多。”他顿了顿，“而且照我看，这次如果顺利的话，陛下很可能会封爵赏赐，以昭归附之功，这些事情，你们都要先有个底，免得到时候措手不及。”

众人若有所思。顾香生道：“于兄，你这几年不是写了练兵要略吗？此时不献，更待何时？”

于蒙迟疑：“可是那份兵略尚未校对……”

顾香生道：“便是还没写完也不要紧，齐君要的只是一个态度，而非当真想看一部绝世兵法。”

夏侯渝也道：“香生姐姐说得不错，此行需要谨言慎行，但该说的话也不能不说，今早我大兄也已经被陛下训斥过了，想来他暂时不敢再找你们的麻烦了。”

正事说完，众人散去，夏侯渝则带着顾香生来到驿馆后门。

“有什么事情不能在院子里说，非要到后门来？”顾香生哭笑不得。

“是好事。”夏侯渝朝她一笑，然后推开后门。

门一开，顾香生就“呀”了一声。

只见后面站着一匹通身雪白无瑕的马，正百无聊赖地看着自己脖子上垂下来的缰绳，见顾香生他们走出来，也歪过头打量，乌溜溜的大眼睛就像澄澈无杂质的宝石，看得人顿时心里发软。

顾香生的确也是心头一软，她实在很喜欢这匹马，它的灵性让它能够敏锐地察觉谁对它怀有善意，当时被夏侯淳抢走的时候，她还觉得挺惋惜的，没承想还会在这里看见它。

看见她又惊又喜的表情，夏侯渝就知道这件事做对了。

惊喜过后，顾香生又有些惊异："它怎么会在这里？"

"我从八郎那里要来的，送给你。"

顾香生伸出手，白马立时伸出舌头在她白嫩嫩的手心舔了几下，似乎在期待她抚摸自己，见顾香生没反应，又舔了几下，然后把头扭开，转了个方向，用马尾巴对着她，像是小孩子赌气。

她看得笑了起来，走过去摸摸马头，又亲了它的额头一下。

白马这下满意了，脑袋也在顾香生手臂上蹭了蹭。

夏侯渝看得有点嫉妒，忍不住控诉："香生姐姐，你待我都没有这样温柔过！"

言下之意，他也想要摸摸，要抱抱，要亲亲。

旁边传来牵马小厮的闷笑声，顾香生白了夏侯渝一眼，没回答这个毫无营养的问题，转而问："八殿下肯给你？他就不怕夏侯淳追究吗？"

夏侯渝伸手过去也想摸马，对方脑袋转过来的时候嘴巴就跟着张开，就在快被咬上的那一刻，他将手飞快地缩回去，等马闭上嘴巴，又伸手过去，如是反复几次，白马从鼻孔里喷出气，明白自己被耍了，看那模样大有过来咬死夏侯渝的架势。

顾香生哭笑不得，拍了他臂膀一下："几岁了？别欺负马！"

夏侯渝还很不要脸地撒娇："是它想咬我！"

白马斜眼看他。

夏侯渝发誓自己在马脸上看到了近乎不屑的表情，但等顾香生也回过头来的时候，它又歪头朝对方的手蹭过去，顾香生立时欢喜地摸摸它表示安慰。

简直太……无耻了！

夏侯渝道："八郎在陛下面前比较说得上话，上回他与大兄闹了点小矛盾，正愁没机会恶心对方，碰巧出了这么个事，他听说之后就让人将马给送过来了，你放心收下就是，大兄不敢找你麻烦的。"

齐国皇子众多，彼此之间也不消停，比魏国更胜数倍，顾香生今日总算得见冰山一角。

夏侯渝既然这样说，她也就收下了。

"那回头你帮我带些银子过去还给他。"

“我已经给过他银子了，不必担心，你若还想谢他，往后见了面再道一声谢便可。”

顾香生点点头，未再多言。

隔日，徐澈他们起了个大早，梳洗完毕，用完早饭，过了一会儿，便有宫中的马车过来接。

三人各自一辆车，从御街进宫门。

马车在进了第一重宫门之后停住，他们各自下了马车，在宫人的接引下，从这里前往文德殿。

顾香生和徐澈也就罢了，于蒙却是浑身不自在，别说觐见齐国天子，就算以前在南平，他也没见过皇帝，这会儿虽然衣着隆重，却拘谨得很，仿佛手脚往哪儿摆都不知道了。

一行人进了文德殿，皇帝似乎没有分开召见的意思，一名内侍迎上来，将他们带入偏殿歇息，笑道：“陛下正有要事处理，还请三位稍候。”

徐澈也笑道：“有劳了，不知阁下如何称呼？”

对方道：“小人乐正，不敢当徐郎君称呼这声阁下。”

徐澈从袖中摸出一个绣袋递过去：“原来是乐内监，早就听闻大名，今日终于得缘一见。”

这个动作自然而然，简直看不出半分凝滞，就跟平日里提笔作画一样优雅。

内侍笑了笑，却不收：“徐郎君客气了，这是小人当做的分内事，您不必如此客气。”

徐澈并未尴尬，反笑道：“你误会了，这里头装的是一块印章，而且非金非玉，图个有趣好玩，算不上贵重，上回偶然看见便买了下来。听说乐内监喜欢，正好便有了去处，东西还得落在识货有心之人手里，才有价值，否则只能算是石头一块。”

于蒙叹为观止，他也曾听说阎王好见，小鬼难缠，进了宫要适当给宫人一些好处，否则上头不为难你，这些人还要想着法子为难你，如今见徐澈动作娴熟，顾香生神情自若，一点儿都不惊诧，显然都是久经场面的，比起自己都要淡定了许多，不由得暗自惭愧。

乐正被他逗得直笑：“从前听说徐郎君长于诗赋，没想到说话也这样厉害，竟让小人无法反驳！”

他也就顺势收下了。

这一来一回，彼此立时融洽了几分。

乐正道："陛下正与人在里头议事，应该也差不多了，你们且等等，不会太久的。"

徐澈等人笑过，他便告辞离开。

于蒙压低了声音跟徐澈、顾香生开玩笑："一块水晶印章换这一句话，好像有点亏了。"

顾香生也笑着低声道："你可别小看这一句话，这位乐内监跟了皇帝许久，在这宫里头的内宦中算是头一把手，每日都有许多事要处理，他能跟咱们多说一句，已经算是很给面子了，由此也可以得出一个信息，陛下召见我们，大抵不会是什么坏事，否则他避之唯恐不及，别说水晶印章，就是给龙肉，他都不敢接。"

于蒙听得心服口服。

论打仗，他有一手，但论起宫里头的人情世故，他在其他两人面前只有当学生的份儿了。

片刻之后，外头果然传来脚步声，紧接着是一名年轻宫人出现，说陛下要见他们。

三人跟在后头，正巧看见夏侯淳和另外一个武将模样的中年人从里头走出来。

夏侯淳一见他们就高高扬起眉毛，无声冷笑。

徐澈等人也不搭理他，低眉敛目错身而过。

没人敢在文德殿放肆，夏侯淳也一样，即使他有点手痒，也只能眼睁睁地看着三人从他面前走过去。

皇帝果然在里头，却不是坐在桌案后面，而是站在窗台旁边，正瞅着一个盆栽细看。

三人进去之后也没法多看，等前面的宫人停住脚步，他们就要下跪行礼。

"邵州徐澈、焦芫、于蒙等，拜见陛下。"

"焦芫？朕明明记得是顾香生，怎么会是焦芫？"

虽然低着头没法看清对方的神情，但顾香生不难听出其中明知故问的戏谑意味。

"顾香生已死，焦芫还活着。"她如是道。

私下里被人如何称呼并不妨事，可若在皇帝面前也自称顾香生，那无疑承认了自己原来的身份，她自然不能那么傻，没事给自己找麻烦。

夏侯礼哈哈一笑，没有继续在名称上纠结："三位请起！"

待三人起身之后，他又仔细打量："美徐郎的名头，朕在齐国也有所耳闻，今日一见，果如清风玉树，难怪当年那么多女子非君不嫁啊！"

旁人说这句话也就罢了，被皇帝拿来开玩笑，徐澈却并不觉得荣耀，反而很不好意思："陛下过奖了，父母所赐皮囊，不敢自厌，可也当不起如此赞誉。"

夏侯礼笑了笑，转而望向于蒙："听说邵州在短短几年之内，由原先兵疲意阻变为兵强马壮，甚至能阻挡齐军于城下，汝居功不小。"

于蒙忙道："不敢当陛下夸奖，邵州不过占了守城之利，齐军又是久战疲惫，方才……"

夏侯礼一挥手："两军交战，自然要分出胜负，彼时你身在南平，自然要为南平全力以赴，何过之有？朕不至于这点容人之量都没有！输便是输，赢便是赢，输了不必找借口，赢了也不必谦虚。五郎、六郎回来之后也与朕说了，邵州府兵军纪严明，秋毫不犯，的确称得上精兵。"

于蒙道："草民这几年在邵州带兵，略有些心得，并将此记载下来，起名《练兵要略》，其中包含阵法、军纪等，愿呈与陛下。"

夏侯礼欣然："哦？这倒是意外之喜，这书你可带来了？"

于蒙道："草民随身带着一些手稿，方便随时修改，只是内容稍显凌乱，怕为陛下所笑。"

夏侯礼道："这倒无妨，呈上来瞧瞧。"

内侍便将于蒙所呈手稿拿了过来。

老实说，字体算不上好看，不过就一个武将而言，能做到字迹端正，已经很不错了，写得再难看的字皇帝也见过，倒不算惊诧。

夏侯礼翻开看了几页，神情逐渐从一开始的漫不经心变为认真，于蒙虽然将其命名为《练兵要略》，但里面不唯独练兵的内容，也涉及两军交战时如何进攻，如何防守，特别是这一次夏侯淳攻城的两次战役，都被于蒙写了进去。从夏侯淳的角度来看攻城的要点，包括攻受双方的心理状态对战役胜负的影响，这都是前人未曾提过的，可见于蒙的确有几分将才。这样的人落在南平，自然是可惜了，夏侯礼心下想道，没再继续往下看，合上手稿："一时半会儿也看不完，朕想留下来慢慢看，你不介意吧？"

"草民惶恐。"

夏侯礼有些忍俊不禁，这于蒙当真是没有面过圣的，连话都不会说，由此也可见南平朝廷的昏庸，这等将才放着不用，反将其丢到邵州那等偏僻之地，又怎能不亡国?

"朕想让你去金吾卫，你可愿意?"

金吾卫属于十六卫之一，是皇帝的亲卫，负责宫中和京城的巡视警戒，权力很大，所以当年光武帝就曾说过，为官当作执金吾，不过这还得看在金吾卫里当什么官儿，以于蒙的资历，虽然不至于被发配去当小兵，从头做起，可皇帝肯定也不可能直接就让他当金吾卫大将军的。

虽然是询问，却未必会给于蒙回绝的余地，他忙道："但凭陛下吩咐。"

皇帝满意颔首："夏侯淳也在金吾卫，你们二人从前虽为敌人，以后却要同朝为官，还是要多亲近些才好，恩怨俱往矣，朕可不想看见你们在金殿上争执。"

于蒙看夏侯淳，那是一百个不顺眼，可皇帝既然如此说了，他难道还能说"不"吗?只能恭声应是。

夏侯礼又看徐澈："徐卿才高八斗，仁厚礼让，在邵州一隅之地，委实可惜了，依朕看，宜于中枢就职。"

魏善、南平天子来降，皇帝就给他们一个爵位，让他们荣养着，徐澈却被如此期许，这不能不说是一种抬举。

徐澈却道："承蒙陛下错爱，草民原为一闲散宗室，因缘际会方才当了邵州刺史，邵州治理有功，却非草民之功，陛下抬举，实在令草民汗颜。草民别无长处，吟诗作对也皆为风月之词，于家于国无半点益处，只怕担不起如此重任，但求做一乡野闲人足矣。"

顾香生和于蒙都有些意外，早前徐澈没有露出半点风声，他们也没想到徐澈会当着皇帝的面直接拒绝，任职中枢，往后能更进一步，便是当宰辅也不无可能，这桩泼天的富贵放在眼前，徐澈竟也毫不动容。

然而仔细一想，似乎又不意外，徐澈本来就是这样的人，在魏国的经历造就他淡泊名利的心态，官场对他而言并非青云之路，反是自由的束缚。

但顾香生和于蒙可以理解，不代表皇帝也会理解，他们不由得暗自担心徐澈此举会惹恼皇帝，让他觉得徐澈不识抬举。

皇帝并未勃然大怒，反而呵呵一笑："朕也听说徐春阳不慕富贵，不求高官厚禄，人各有志，朕不强求。不过你文名在外，当乡野闲人也可惜了，不如就在翰林院诗文待诏，朕不拘你每日非得当值点卯，来去自由，如何？”

这已经是相当优厚的待遇了，徐澈也明白自己没有讨价还价的本钱，当即便道：“但凭陛下差遣。”

徐澈的安排告一段落，顾香生意识到下一个很可能就是她了。

果不其然，这个念头才刚闪过，皇帝便道：“焦娘子才貌俱佳，品德兼备，在邵州种种作为，朕也有所耳闻，可惜本朝没有女子当官的前例，朕也不好破这个例，若你愿入宫为妃，朕愿许你以贵妃之位，不知你意下如何？”

此话一出，三人皆是一愣。

顾香生不至于自恋到自以为国色天香，皇帝一见钟情，即便强取豪夺也要得到手。

那么皇帝忽然如此提议的动机和目的是什么呢？

站在男人的角度和立场，她觉得很可能是由于自己以前的身份，让皇帝觉得得到了自己，便有种成就感，因为历史上不乏这样的皇帝，乐于接受前朝皇帝的妃子或女儿，对方未必如何美貌，然而对于男人而言，却能从中得到征服的快感。

当然，夏侯礼也未必当真想要将她纳入后宫，有可能只是一时兴起，或者出言试探。

这个问题很不好回答，尤其是在摸不清对方心思的情况下。

回答太过强硬，可能会使皇帝恼羞成怒；回答太过软弱，有可能会令其觉得是在欲迎还拒。

如何拿捏好分寸，则显得十分重要。

从方才皇帝与其他人的对话里，顾香生发觉夏侯礼果然如同夏侯渝形容的那样，专横多疑，但也不乏容人之量，考虑事情多从大局出发，如果不是因为私心而做错事，他一般不会多加苛责，反过来，如果不够坦诚，被他发现了小心思，他却很有可能让你吃不完兜着走。

短短一瞬间，顾香生脑海里转过许多念头，但在别人看来，她的脸色仅仅是微微变了一下，旋即恢复平静。

“陛下龙章凤姿，容色英伟，我甚仰慕之。陛下垂爱，以我区区平庸之姿，更不该拒绝，只是在邵州四年，我已习惯了闲云野鹤的生活，受不得半点拘束，若是到了后宫，一来是怕自己失了规矩，令陛下蒙羞；二来则是自己嫁娶之心已淡，若是为妃为嫔，难免力有不逮，反令陛下不快；三来，唯愿以微薄之力，开一蒙学，令更多读不起书的穷苦百姓孩童知书达理，还请陛下成全。”

徐澈屏住呼吸，强忍住扭头去看顾香生的念头，心口怦怦直跳。

他不知道对方在说这番话时是什么样的心情，但徐澈自己却替她捏了好一把冷汗。

进齐君后宫当然不是一个好去处，徐澈很明白，若是顾香生想当这个贵妃，当初又何必离开魏国，绕这么一大圈？那时候她宁肯离国远走，现在自然也不可能应承齐君。

但这样直截了当地拒绝，不会令齐君恼羞成怒吗？

皇帝呵呵两声，没有就她入不入后宫的事情继续讨论，反而问道：“你不是魏国人吗？开蒙学，教的却是齐国的孩子，等他们知书达理了，将来长大从军为官，带兵去打魏国，你岂非成了魏国的千古罪人？你于心何安？”

这个问题竟比入宫为妃还要尖锐百倍，连于蒙额头上都沁出一点冷汗。

顾香生会怎么回答？

他没有徐澈那么沉得住气，当即就忍不住微微转头，拿眼角余光去瞥顾香生。

后者微垂着头，面色清淡，好像在思考要如何回答，好像也被问得愣住了。

这皇帝该不是看魏国不顺眼，见了顾香生就故意刁难吧？于蒙想道。

片刻之后，他们听见顾香生道：“天下之势，合久必分，分久必合，从古至今莫不如此。前朝灭亡至今数十年有余，各国分而久之，吴越、南平既灭，天下一统是迟早的事情，区别只在于谁能来做这件事。可无论兴衰起伏，无论谁坐稳皇位，黎民百姓才是江山的根基。百姓便是百姓，如何有南北之分？难道陛下将吴越、南平纳入版图，那些百姓也要区别对待？

“教他们知书识礼，是让他们将来能明是非，懂道理，知道要孝敬父母，友爱亲人，知道如何依靠自己的双手自食其力，而非等灾荒来临时只能坐等官府赈济，与其等事到临头再行之教诲，不如自幼苗初长便开始栽培，正所谓十年树木，百年树人，这一代代下去，何愁百姓不贤？陛下以正治国，以奇用兵，以无为安天下，正合一代明君之风范，必然也能明白民重于社稷的道理。

“退一万步说，莫道我没有逆势而行的想法和能力，区区草芥之身，仅是想开个蒙学安闲度日罢了，更不值得陛下如此看重。”

一语既毕，内殿之中无人说话应声，几乎连呼吸声都清晰可闻。

徐澈与于蒙心中忐忑，即使他们觉得顾香生这番话回答得很好，却还是忍不住担心皇帝会忽然暴起发难。

如今人为刀俎，我为鱼肉，对方是有容人之量的君王也就罢了，若是没有，对方想无理取闹，他们同样是半点办法也没有。

为今之计，只能寄望于皇帝像夏侯渝说的那样，不是一个小气之人。

“好一个百姓不分南北！”皇帝却笑了起来，“先前听说邵州出了位女长史，首倡修史，首倡建藏书楼，朕还当传言有所夸大，如今看来，反倒是朕有些浅薄了。这么说，你是宁愿在宫外过清苦日子，也不愿入宫享福了？”

在宫外便是清苦，在宫里便是享福吗？顾香生觉得未必。她这辈子生于富贵之家，更差点成了皇后，什么荣华富贵都已见过，到头来最可贵的，反倒还是能够自己做主的生活。

不过对皇帝，尤其是一个极度自信的皇帝，自然不能这么说。

她想了想，道：“请陛下赐笔墨纸砚。”

“依她所言。”

乐正自然马上去办了，不一会儿文房四宝便都摆在顾香生面前，一应俱全。

她不慌不忙，提笔蘸墨，直到狼毫吸足了墨汁，方才在宣纸上下笔。

大家不知道她想写什么，连皇帝都有几分好奇，目光停在那里。

顾香生写下两行字，纸墨未干，夏侯礼对乐正道：“拿过来。”

乐正与年轻内侍走过去，一人拎起一边，拿到皇帝面前，将横幅竖了起来。

皇帝原还以为顾香生在写诗，此时才发现是一副对联。

伏羲女娲功业何分男女

秦皇汉武一统不辨先后

对联的意思很好理解，伏羲结绳计事，占卜八卦，自不必说，女娲造人补天，同样功盖千秋，都是庇佑后人的老祖宗，功业自然没有男女之分；秦皇汉武都曾一统天下，更没有必要分辨谁先谁后。

溜须拍马也是分能力的，最低等的，话语直白，阿谀奉承不要钱地倒出来，也许有人会喜欢，但帝王每日早已听惯了好话，寻常马屁根本无法令其动容，尤其是夏侯礼这种精明的皇帝更是如此。

顾香生这副对联，妙就妙在，她不仅把夏侯礼和秦皇汉武相提并论，暗示他将来有可能一统天下，而且还以女娲伏羲来做对比，表明自己的意向，也提醒皇帝：不要因为我是女人，就用平时对待女子的态度来对待我，那将会是你的损失，也不符合你的明君风范。

夏侯礼终于哈哈大笑起来。

这世间最高明的马屁就是，你明明知道对方在拍马屁，可你还得承这份情，还会被拍得通体舒畅。

顾香生下拜道："白纸黑字不值钱，但陛下富有四海，我也想不出应该送什么，只能以此联聊表心意，还望陛下笑纳。"

夏侯礼龙颜大悦："这礼送得极好，对子更好，就是字太过端整了，狂气不足，依朕看，该用草书来写会更好。"

顾香生道："从前未曾练过草书，倒让陛下见笑了，还请陛下另择一名家书写此联吧。"

"那倒不必了，这样即可。乐正，你去让人裱起来，以后藏书楼建成，便以此为联，挂于两边。"

顾香生忙道："陛下厚爱，愧不敢当！"

"朕说你当得起，你便当得起，世间芸芸女子，也就出了一个顾香生，巾帼国士，又如何能委身后宫？朕原想封你为济宁县主，不过现在想想，县主这个爵位，怕是与你不甚相衬。"

徐澈等人不知他想说什么，难免又将心提到嗓子眼。

夏侯礼道："济宁伯如何？"

顾香生一愣。

女子封号，无非是公主、县主，男子封爵却是公、侯、伯、子、男，自古几乎就没有出过几桩男爵女授、女爵男授的前例。夏侯礼做事不走寻常路，却偏偏要将一个男人的封爵给她，也不知道是怎么想的。

只能说此人手段实在出其不意，已经到了旁人没法循迹猜测的地步。

不单是顾香生，连旁边的乐正也露出意外神色，显然并没有料到皇帝会提出这种建议。

夏侯礼又道："济宁县主为从二品，济宁伯却仅是四品，朕可以给你一个选择的机会，你想要哪个爵位？"

顾香生道："我的所作所为，不足以令陛下有如此封赏。"

夏侯礼笑了，笑容竟然还有点恶作剧的意味："那不行，君王一言九鼎，断断没有收回去的道理，你必须选一个。”

顾香生暗暗叹了口气：“从二品县主委实过于尊贵，臣愿为济宁伯。”

夏侯礼点点头：“那好。”

他又看向徐澈、于蒙：“你等二人携邵州归附，同样理应有所封赏，爵位相关稍后自有旨意，若无要事，就先退下吧。”

直至回到驿馆的那一路上，众人还有些回不过神，徐澈、于蒙等人表情空白茫然，不知是神游物外，还是不知道该说什么。

顾香生看不过眼，只得先开口：“其实今日也算圆满，没有咱们担心的那些事情发生。”

徐澈轻轻叹了一声。

他是希望能够远离朝政的，但现在看来仍旧不能如愿，翰林院待诏听着自由许多，然而有人的地方就有江湖，离他自由自在无拘无束的理想相差甚远。

于蒙倒是得其所愿，只是不知道当他去上任那天，看见自己和夏侯淳还是同僚，会作何感想。

顾香生得了个爵位，可也没有喜出望外，她在默默想着皇帝今日的用意，这样一个本该落在男子头上的爵位，如今却给了她一个女子，传出去还不知道会引来多少风波，夏侯礼那样一个皇帝，行事总不可能是心血来潮一时兴起。

别看平日里朝廷官僚拖拖拉拉，但当皇帝想办一件事的时候，效率自然会很高，等他们一行回到驿馆时，旨意也随之而来。

徐澈携邵州官民归附，封宣德侯。

于蒙献《练兵要略》，封武定伯。

顾香生封济宁伯。

三道旨意，里面颇多溢美之词，自然不止这寥寥几句，但提炼出来，无非也就这么个意思。徐澈看上去好像什么也没做，但他官位本来就比于蒙、顾香生高，邵州坐镇大局的也是他，封侯理所应当。

只是顾香生身为女子，却得了个男性爵位，不单念旨时，旁边驿馆小吏听着吃惊，这消息传出去之后，还不知道要惊掉多少人的下巴。

古往今来，即便是再厉害的女子，也没有授予男子爵位的道理，即便有，那也是少之又少的特例。

皇帝若真喜欢她，直接将人纳入后宫便是，何必如此麻烦？这事儿传出去，齐国还不得沦为天下人的笑柄吗？

但顾香生先前想不通的问题，伴随着那道旨意，却有些明白了。

今日面圣时，皇帝压根儿没有提到“万人敌”的事情，事后却将这份功劳也算在她头上，说她献顾氏火弹有功。

而且她明明说过她想当焦芫，旨意里说的却还是顾香生，这说明皇帝压根儿没有打算让她隐姓埋名，相反，大有让她以原来的姓名扬名之意。

甭管是不是同名，那些熟悉顾香生的故人，听见这个名字，总会联想到曾经的那位淮南王妃身上去。

魏临自然也会知道。

当他知道自己曾经的妻子如今成了齐国降臣，还被齐国皇帝授予爵位，名扬天下，这心里头的滋味，不用想也知道一定非常精彩。

假若夏侯礼将顾香生纳入后宫也就罢了，一个后妃是不可能时时出来露面的，更不可能为世人熟知，魏国那边眼不见为净，大家相安无事。如今顾香生非但没有入后宫，反而成了济宁伯，不管旁人猎奇惊诧也罢，嘲笑讥讽也罢，这就注定她的名字以后会时时被人提起，时时会有消息传到魏国那边，魏临想装作不知道都难。

对他而言，这必然不可能是一段美好的记忆。

顾香生想想就不由得苦笑。

当时在金殿上，她还为自己逃过一劫而沾沾自喜，实际上自己的反应也早就被皇帝料到并纳入算计之中。最让人哭笑不得的是，饶是如此，她还真不能因此怨恨，反过来还得感谢皇帝宽宏大量有容人之能，这才是名副其实的“被卖了还心甘情愿帮着数钱”。

下午夏侯渝到驿馆来时，她将此事与夏侯渝一说，后者并不意外：“香生姐姐不必妄自菲薄，仔细想想，若你没什么能耐，也不值得陛下封爵，现在也许会被纳入后宫，如此一来岂不是好事？”

顾香生笑叹：“的确是好事，不过由此也让我见识了齐君的手段，你在这样的人身边，须提起十二万分小心才好。”

夏侯渝握住她的手：“你放心吧。”

“还有一件事，昨日我出去时，看见西市熙熙攘攘，人来人往，却不时有车马横行，听当地人说，时常都会闹出伤人事故，我初来乍到，不好指手画脚，还请你有机会向陛下建言，在东、西、南、北四处商业密集处，禁止车马驶入，纵马伤人，否则一旦出事，吃亏的只会是寻常百姓。”

夏侯渝没想到她出一趟门，便能注意到这种细节上的弊端，要知道齐国那些达官贵人成日里都在集市闲逛，也从未听过有人以此劝谏，以前偶尔也有谏官提过，只是后来都不了了之，结果现在却由一个刚到齐国没多久的异乡人提及，也不知道他们会不会为此感到惭愧。

“这件事不该由我去说。”他却摇摇头。

“嗯？”顾香生有点诧异，因为夏侯渝从未拒绝过她的要求。

夏侯渝道：“明日之后，你被封济宁伯的消息一定会传出去，其中不乏等着看笑话的人，你既然有了爵位，便也有了上疏奏事的权力，此事由你去做，反倒可以让世人看清楚你的能力，知道你不是那等尸位素餐之人，更不是陛下怜悯方才施舍爵位。”

顾香生尚且有些迟疑：“这样一来，会不会太出风头了？”

夏侯渝扑哧一笑：“你自去了邵州，所做之事，有哪一样不出风头的？你既不同于世间寻常女子，便注定行事必然与寻常女子不同。往后在齐国京城这种地方，你名声越大，那些想给你下绊子的人就越忌惮，这反而才是最安全的，譬如夏侯淳。”

顾香生想想也是：“罢了，那我明日就上疏，顺便让陛下不必赐府邸给我，我想在京郊找一处清静的道观住下即可。”

夏侯渝大惊失色：“你要出家？”

顾香生好气又好笑：“在道观里住，怎么就算出家了？你想啊，我现在得了一个济宁伯的爵位，京城里肯定有许多心思各异的人找上门来，其中必然不乏权贵，我初来乍到又不能摆架子，还不如索性躲进道观里去，图个清静。而且道观旁边空地多，正可建个学馆，开设蒙学，全了我先前在陛下面前求的愿望，又可以把孔公交代的传记写完。”

夏侯渝想想，这样其实也不无好处，起码他以后去找顾香生就要方便许多。

“这样也好，你自从来京之后，还未见过孔公吧？”

顾香生笑道：“是啊，我还挺想念他老人家严肃训人的面孔的，他现在可是不方便见客？”

“那倒不会，只是前段时间陛下同意继续由他主持修撰前朝史，他便一头扎进去，闭门不出，如今只怕连你来京的消息都还不知道。”

“那改日我找个时间上门拜访。”她想起另外一件事，“对了，早上进宫的时候，隆庆长公主那边送来一张请帖，徐澈、于蒙他们也有，邀请我们参加三月初一的赛宠宴。这隆庆长公主又是何方神圣？”

齐国宗室的关系委实有点错综复杂，皇帝光儿子就有十来个，更不必提女眷了。

夏侯渝道：“隆庆长公主是陛下的异母姐姐，原本排行并不居长，不过她生母从前抚养过陛下一段时间，对陛下有养育之恩，故而得封。她在陛下面前很能说得上话，第一任丈夫早逝，如今的驸马是再嫁的，所以她最讨厌有人在她面前说起女子要三从四德、从一而终一类的话。从前宴会上有位臣子的母亲从乡下来，当着长公主的面教训儿媳，说她不守妇道，结果反被长公主说了个没脸，这些事情你心里有数便好。如今有陛下亲封的爵位，想来不会有人敢轻易为难你的，届时男女宾分坐，我那大兄也不可能凑到你跟前去。”

顾香生笑道：“你这样说，我便晓得了。”

二人说说笑笑，在外头用过晚饭，夏侯渝方才送顾香生回驿馆。

府邸从赐下来到入住，毕竟还需要一段时间，在此期间他们依旧暂居驿馆。自打得知他们被赐爵之后，驿馆小吏明显比先前殷勤许多，听说顾香生二人回来，便赶忙迎出来，笑道：“娘子回来得晚了，可用过饭没有？若是没有，小厨房还可以开火的！”

这样的小人物虽然喜欢奉迎，却未必有什么恶意，顾香生自然不会对他摆脸色：“我们已经用过了，不必劳烦，你且自去安歇吧，不用理会我们。”

“好的，好的！”小吏又给她汇报，“下午外头送了不少帖子过来，小人都让人送到您屋里去了。啊，对了，还有那位姓周的娘子，她下午走了，给各位留了一封书信，应该是在徐郎君，啊，不，是宣德侯那里。”

【第三十五章】盐池暗涌蚩尤血

周枕玉走了？

顾香生一怔，先让夏侯渝回去，又谢过小吏，便去了徐澈那里。

后者正在书房里，坐于书案后面，姿态端整，双目放空，实际上就是在发呆。

顾香生往他身前瞄了一眼，那封书信正好端端放在案上，看样子已经被拆开来看过了。

“周姐姐走了？”她道。

徐澈好像方才意识到书房里多了个人，定定神，“嗯”了一声。

“她信上说什么？为什么走的？”

“她说在京城开分号的事情有了着落，店面也找好了，她再频繁出入这里未免给我们带来不便，就先搬到那边去住下，让我们不要担心。”

顾香生蹙眉，先前周枕玉对徐澈明显是有些意思的，如今忽然不声不响地就搬走，是因为徐澈的态度不明朗让她觉得没有希望，所以才离开，还是因为知道他们得了爵位，不想让别人非议他们与一个商贾厮混在一起，给他们带来麻烦，方才离开的？

“周姐姐是不是知道我们面圣的结果了？你回来之后和她说过什么吗？”

徐澈苦笑：“现在外面怕是都传遍了，她如何会不知？我去敲门，她当时说不便见人，我便走了，没想到她转头就直接离开了，人都走了老远，驿馆的人才将信送来，我想找人都不知从何找起。”

顾香生不知道说什么才好。

周枕玉太有自知之明了，她绝不肯给人添麻烦，不肯给人造成半点困扰。之前崔氏不在，她跟着进京，一路上两人也没少说话，众人都觉得徐澈仿佛对周枕玉也有那么一点好感，都乐见其成。谁知道一转眼，周枕玉见徐澈迟迟没有明确表态，如今又封了爵，两人之间的距离似乎再一次回到原点，即便徐澈有意，以他现在的新贵身份，娶一个毫无背景来历的商贾，怕也会为人所耻笑。以周枕玉的性格，断不愿因此给徐澈带来麻烦，只会索性选择离开，毫不拖泥带水。

想及此，她轻轻叹了口气。

这一口气却令徐澈微微一颤，如梦初醒。

“你说，她一个女子在外头，人生地不熟，会不会有什么危险？”

“周姐姐为人精明能干，又有药铺掌柜、下人跟着，要说危险肯定不至于。”顾香生实事求是道。

先时她出言撮合，是觉得两人之间有些情意，不无发展的可能，但现在不开口多说，同样是因为徐澈还没有厘清自己的想法，贸然把人找回来，只能让彼此尴尬，于事无补，还不如顺其自然，让徐澈慢慢去想明白。

徐澈没有言语，她也未再多说，只道夜深人静，让他早些安歇，便打算离开。

人刚要迈出房门，便听见徐澈忽然在后面问：“阿隐，你现在过得快活吗？”

顾香生想了想：“天子脚下，需要处处小心，要说像在邵州那样无拘无束是不可能的，但不管怎样，平安无事，没有性命之危，又能做自己喜欢的事情，还有你们在一起，大家不分开，自然不能说不快活。等丘书生来年进京赶考，碧霄一起过来，人就更齐了。”

“我，”徐澈开口说了一个字，声音有些苦涩，“我一直对过去的事情耿耿于怀，当年若非我犹豫不决，就不至于误了你，也不至于发生后来那些事情。后来朝廷赐婚，我又犹豫不决，没有坚持抗拒到底，结果与崔氏闹成那样，其实不唯独是她的责任，我也有些错处，说到底，还是四个字，误人误己。”

顾香生温声道：“春阳，你性子本来就如此，又何必苛责自己？人不可能完美无缺，也正是因为如此，在邵州主政的时候，你才能包容我们，甚至像我这样的女人，在你手底下做事，你的胸襟气度，世间少有人能及，包括周姐姐也是，换了别人，怎么可能还愿意让一个女性商贾在自己眼皮子底下晃？即便当初不得不与周姐姐合作，事后肯定也会一脚踹开她，这些都是你的好处，也因为你，才让我们在邵州都有遮风避雨的地方，我们感激你都来不及，又怎么会觉得你误人误己呢？”

说到这里，她微微一顿：“至于你我之间的前事，只能说造化弄人。当初你不肯留在魏国，我也不肯随你去南平，事实证明我们的选择都是正确的，你看阿渝，后来两国打仗，他不也得偷偷回国吗？你若留在魏国，现在的待遇未必会比他好到哪里去。世间许多事情，都要讲缘，缘聚缘散，非人力所能操控，只要随心而行，问心无愧，也就罢了。”

徐澈轻轻叹了口气：“我不如你。”

顾香生不再多说，她能感觉到徐澈此刻的心情很低落，可除了这些话，她也不知道要说什么才好。

更多的抚慰她给不起，也不能给，过去了便是过去了，再也不可能回头，正如魏临，正如徐澈，若是暧昧不清、藕断丝连，只会伤人伤己。

“你早点歇息，我先出去了。”她道。

徐澈“嗯”了一声。

今日面圣，看着风平浪静，实际上其中暗藏刀锋，一不小心就会万劫不复，所以顾香生远没有表面上看起来那样镇定，现在一放松下来，立时觉得身心俱疲。

诗情即将嫁为人妇，碧霄也留在邵州没有跟过来，她身边换了两个新的婢女，一个苏木，一个朱砂，手脚还算勤快，人也伶俐，但肯定不如诗情、碧霄多年跟随来得有默契。

等朱砂端着热水进来时，却发现顾香生甚至没来得及洗漱，就已经上床歇息了。

她只好将水放下，熄了烛火，又悄悄退了出去。

封爵的事情日复一日，果然传得沸沸扬扬，此前不少人见皇帝冷落徐澈他们，便都视而不见，如今旨意一下来，驿馆立马门庭若市，络绎不绝，多的是上门拜访套交情拉关系的，也有不少公卿世族觉得徐澈等人前途光明，可以结交，送了帖子过来邀请他们赴宴的，一时间车水马龙，堪比上元市集，不知道的还当里头进驻了什么了不得的大人物。

尤其顾香生，更有许多人想过来亲眼目睹被皇帝赐爵的女子究竟是何模样，简直如同围观稀有动物，令人哭笑不得之余，也烦不胜烦。

不得已，徐澈他们只能将隆庆长公主祭出来当挡箭牌，说已经接下长公主的邀约，不日便要赴宴，所以要好好准备，在此之前就不再接下别的宴会邀请了。

二月底的时候，徐澈、于蒙的府邸各自赐了下来，顾香生却上疏自请住到郊外道观去，皇帝允其所请，将城外的长春观赐下，充作顾香生的居处。那地方本来人就不多，常年失修，几近荒废，只有几个道人勉力维持，如今朝廷拨款修缮，他们高兴还来不及，巴不得将顾香生供奉起来。

顾香生一个人住不了那么大的地方，那些道人依旧留下来打理道观，她则在观后觅了一处两层楼高的院子，旁边正好还有另一处空地，从前有老道人在那儿种些瓜果，近些年却闲置下来，正合了顾香生的意——既能在道观范围，又不至于打扰道人的正常清修，大家两不妨碍。

她带着苏木、朱砂以及另外几个仆妇在那里落脚，房屋已经全部经过重修，焕然一新，随便收拾一下就可以住人，后院还能安置明月，就是上回夏侯渝送来的那匹马，它的品种是明月当空，顾香生选了前两个字给它做名字。初来新地方，明月一点儿也没有不安的情绪，相反对周遭环境十分好奇，不时踢踢腿，甩甩尾巴，眼睛好奇打量，又将脑袋挨着顾香生蹭了蹭，十足活泼又爱撒娇。

苏木和朱砂对这匹通身雪白漂亮的马也喜欢得很，每日不假人手亲自给它喂食。明月对美人儿总是有几分宽容的，几回下来，也允许她们偶尔上手摸一摸自己。

这种挑剔又爱撒娇的性子总让顾香生想起夏侯渝，偏偏这一人一马见了总要互相争风吃醋，不得安宁。

“院子里空落落的，可惜在邵州的那些花木没法带过来，不然现在正好填满了。”顾香生有些惋惜。她每到一处总要栽花，可每次离开，那些花也不可能跟着搬走，只能忍痛舍弃，即便是草木，相处久了也有感情，她至今甚至还能回忆起自己在顾家都养了哪些花。

“往后咱们住在这里，现在开始种，快的话过两个月就可以开花了！”苏木欢快道。她的性子有点像碧霄，这也是当初顾香生将她要过来的原因。

现在是二月，可以种茶花，再移些桃树过来，想想这里姹紫嫣红的模样，连顾香生也禁不住翘起嘴角。

白马挨过来蹭她，顾香生摸摸它颈上的鬃毛，忽然听见苏木“哎呀”一声：“娘子，过两日便是长公主的赛宠宴了，咱们可还没宠物呢，拿什么去参加？”

顾香生他们这段时间忙着搬家安顿，竟也没有去细想这件事。

赛宠宴在魏国也经常举行，便是达官贵人带着自家爱宠，譬如猫狗过去进行品评，据说长公主养的是狗，赴宴宾客会带的，自然也多为狗了。

朱砂笑道：“所谓赛宠，其实只是找个由头罢了，没有宠物的自然也可以赴宴，也不见得家家户户都养狗。”

她们俩俱是夏侯渝送过来的，之前朱砂在王府里服侍了几年，苏木却是刚从乡下庄子过来不久，自然没有朱砂懂得多。

不过以夏侯渝的为人，会如此安排，自然是因为苏木的品行可靠的缘故，不懂可以学，但品行无可弥补。

这种宴会顾香生以往已经参加过许多回了，并不以为意：“到时候从陛下赐下来的东西里挑一件贵重的带过去当礼物吧。”

没两天，长公主的宴会如期而至。

像这种提前不少天发帖子邀请的，一般都是精心准备的宴会，到场的人会有许多，官员家眷，公卿贵族，同时也是交际的好时候，家里出点什么丑事的，这种时候也肯定要设法推托不来，以免成为众所瞩目的焦点。

顾香生没什么不可告人的丑事，但她一下马车，名帖一递，依旧有不少目光立时集中在她身上。

自打封爵之后，她就没在京城社交圈子中露过面，今日还是倚仗长公主的面子。外面关于她的逸闻早已满天飞，有说她生得太丑，所以才被魏帝休弃，不得不出走的，这回也不好意思出现在人前的，有说她身为女子却太要强，最终落得孤家寡人的，自然也有好奇她如何从一个弃妇单枪匹马闯出一条生路，还得到皇帝陛下赏识的。即便齐国的达官贵人，也未必人人都能看得那样透彻，看出皇帝赐爵的用意，大多数人还是抱着一种猎奇或看笑话的心理来看待顾香生。

主人行宴，前来赴宴自然不能穿得素淡，顾香生选了一身嫩绿色的襦裙，既显得活泼，又不至于抢了主人家的风头。

听得新封的济宁伯到来，堂中不少女客的目光便齐刷刷地往这边看过来。

只这一眼，便破除了顾香生容貌丑陋羞于见人的谣言。

先前有人根据顾香生帮忙守城的经历，又揣测她纵然不是貌若无盐，起码也是虎背熊腰女中壮汉一般的姿态，然而现在一瞧，明明是个端庄美貌的小娘子，与那些娇滴滴的世家女无异，哪里看得出半分杀伐决断的迹象？

就在众人观察揣测之际，长公主竟然亲自起身，迎向顾香生，拉住她的手，笑容亲切："我道方才怎么看见枝头喜鹊在叫，原来是济宁伯到了，来，过来这边坐！"

公主府的宴席，男女宾客没有特意分开，只用屏风将偌大厅堂隔开，分坐两边，驸马主持男客那边，长公主则照料这边。

长公主身份尊贵，哪怕王妃或国公太夫人一类的人物来了，她能起身便已经算是客气抬举了，哪里需要亲自走上前？即便没几步路，可也表明了一种态度。

众人心头惊诧莫名，都不知道顾香生哪点值得长公主如此看重。纵然她被封了个爵位，可细论起来，依旧无依无靠，又曾是魏国人，往后在齐国要想立足，想想都觉得艰难。

不过长公主一表态，那些还云里雾里的，也不敢再以轻慢的态度对待顾香生了。

顾香生想要行礼，却被长公主拉住："行了，行了，这又不是什么朝会礼堂，不用讲究那么多虚的，先前五郎还向我提起你，说你在魏国时便很照顾他，我那时候便想着定是个心地善良的人儿，如今一见，果然蕙质兰心，美玉天成！"

"担不起长公主的夸奖，您再夸下去，我手脚都不知往哪儿放了！"

顾香生做出羞涩之态，心下却有些奇怪，不知内情的听见这话，只当长公主和夏侯渝的关系很好，但顾香生知道并非如此。假如姑侄二人关系匪浅，夏侯渝不可能事前没告诉她，那么长公主这番特意表示亲近的态度，就显得有点耐人寻味了。

长公主扑哧一笑，众人便看着她拉着顾香生在自己旁边的位置坐下，还对她说："你是陛下亲封的济宁伯，不必起身主动去向那些女眷行礼，若是品级比你高的，见了面再行礼也不迟。"

顾香生谢过她的提点。

不过在外人看来，这待遇委实过于特殊了，即便顾香生的封爵在本朝绝无仅有，可细论起来也只是从四品的伯爵，与她相邻的可是皇帝的女儿嘉祥公主呢！

"济宁伯安好。"嘉祥公主主动和她打起招呼。

听见别人给自己的称呼，顾香生自己反倒有点忍俊不禁："公主安好，我从前在家中排行第四，小名阿隐，公主挑一个喊便是。”

嘉祥公主柔柔一笑：“那我唤你阿隐吧，你也可以直接唤我的小名柔光。”

顾香生见过的公主不少，打过交道的更多，还从未见过如此温柔没有架子的公主，而且不是装出来的，以公主的地位，也用不着故作温柔，这令她一下子便有了好感，几句话下来，两人就聊得不错。

嘉祥公主还亲自为她介绍在场的女客，有某某王妃、某某郡王妃、某某国公夫人，还有朝中大臣的女眷。饶是顾香生记忆力再好，这么多人看下来，也有点头晕眼花，但总算将人都认了个大概。

“是不是有些记不住？无妨的，等会儿若是有人过来给长公主请安，我再为你介绍一次。”嘉祥公主见了便笑道。

宴会开始，舞姬先上场献舞，赛宠的还要往后放一放，顾香生便与嘉祥公主小声聊了起来，后者对她在邵州的经历很感兴趣，顾香生不免多说了些，嘉祥公主听得一脸羡慕向往：“难怪陛下要封你为济宁伯，便是与男子相比，你也不遑多让啊，我若是有你这样的勇气和能耐便好了！”

顾香生笑道：“什么勇气能耐，那都是被逼出来的，若是可以，谁不愿安安生生地过日子？”

嘉祥公主便叹了口气：“说得也是。”

顾香生见她欲言又止，仿佛有难言之隐，却因刚刚相识，也不好交浅言深，问起别人的隐私，便只能不说话。

送上来的热食源源不断，其中有一道烤鸭十分美味，近似于后世的片皮鸭，皮脆肉嫩，她们都多用了几筷，嘉祥公主也恢复笑容，方才的叹息声似乎只是顾香生的错觉。

见众人都吃得差不多了，长公主便命人将筵席和歌舞撤下去，又将隔开男女宾客的屏风撤去，这才真正进入赛宠的高潮。

公主府下人训练有素地将场中铺上几条红毯，各家带来的宠物需要从规定的起点出发，抵达规定的终点，中间还有一些胡椅、苹果之类的人设障碍，最后以越过障碍最多，抵达终点最快的宠物为胜。

这是最常见的玩法，素来为达官贵人所热衷，还有人现场开了盘口下了赌注，偶尔也会有冷门的情况出现，这样的游戏在魏国、南平那些地方也有，顾香生不算陌生。

各家带来的宠物五花八门，最常见的自然是猫和狗，还有人带小猪或狐狸的，现场登时热闹起来，平日里正襟端坐的贵人们，此时个个兴奋起来，挽起袖子恨不得亲自下场，连带站在外围的女客们也都伸长了脖子，眼睛一眨不眨地注视着场中，同样兴致勃勃。

不过这屏风一撤，男女客再无隔阂，时下民风开放，齐国比魏国又要更上一层，更何况又是大庭广众之下，不必避忌，但顾香生瞧见了夏侯淳的目光也正往这里瞧，登时便有几分兴味索然。她虽然不怕对方，可也没必要跟这种蛮横不讲理的人死磕，便借口更衣，对嘉祥公主打了声招呼，起身往前院走去。

出了这里就是前院的园林，时下达官贵人的宅第布局大抵如此，她索性站在廊下看池边的锦鲤，竟也看得津津有味。

冷不防不远处有人道："四娘。"

声音有些熟悉，却一时想不起来，顾香生下意识循声望去，微微一愣，微笑寒暄："安乐侯，好久不见。"

仿佛被这个称呼刺激了一下，一瞬间魏善的神色掠过一丝黯淡，也跟着点点头："好久不见，你还好吗？"

"尚可，多谢关心。"

两人之间实无别的话可说，即便是少年时那一段时光里，她和魏善也远远谈不上知交，后来入了魏宫，她理所当然站在魏临一边，与魏善天然就是对立的立场，非为私怨，只因皇权。

如今时过境迁，彼此都算是齐国降臣，谁也没比谁高贵，但也没有因为曾经同是魏人，就有许多话题可讲。

有什么旧可叙呢？难道聊刘贵妃当年怎么陷害她，还是聊魏临是如何扳倒魏善而登上皇位的？

不知怎的，顾香生忽然涌起一股好笑的感觉，却丝毫不带半点讥讽，而是想到了一句话——

古今多少事，都付笑谈中。

他们现在，可不正是如此？

然而顾香生心境平和，不代表别人也能彻底抛开过去。

看着她微微扬起的嘴角，魏善不知怎的就觉得有些刺眼，忍不住道："你可知你弄出那火弹，会令多少魏国百姓死于非命？将来若是魏国有何不测，你于心何安？"

顾香生没料到他竟会问出这种问题，好笑反问："你娘还好吗？"

这话乍听起来有点像在骂人，魏善不防她会问这种风马牛不相及的问题，好是愣了一下。

顾香生却接着道：“我离开魏国的时候，刘贵妃依旧待在她的麟德殿里，虽然被软禁起来，但起码性命无忧。她从前为了你，屡屡设计陷害魏临，魏临自然恨极了她，现在几年过去了，她和同安公主都还好吗？你有没有关心过她们？”

魏善皱起眉头：“我自然会设法将她们救出来！”

“你想怎么救？你现在连魏国疆土都拱手送人，难道去求齐君救人吗？刘贵妃为了你，可算是将自己的后路也给切断了，你在外面造反那几年，可曾想过你母亲和你妹妹的安危？”

魏善怒道：“这一切还不都是魏临逼的！若非他蛊惑先帝，将我逼得走投无路，我如何会这么做！先帝明明是属意于我的，否则他又如何会废太子？你以为这些年在外头，我就不牵挂母亲和妹妹的安危吗？魏临那种睚眦必报的性子，就算她们侥幸得活，还不知道要遭受什么折磨呢！”

顾香生摇摇头：“单凭这一席话，你就远不如魏临。败了便是败了，再找任何借口也是枉然。魏临占了名分之先，性情又足够隐忍，先帝加诸他身上的那些猜忌怀疑，他都默默承受下来，换了你，只怕早就忍不住了，他能得皇位，自然是应有之义。”

魏善冷笑：“你都被他舍弃了，还能为他说话，这份情意可真是令人感动，可惜他远在千里，莫说听不见，即便听得见，身边有了新人的他，也不会为你有半分动容！”

顾香生淡淡道：“我只是在陈述事实，他动容与否，跟我又有何干？你总是这样，魏善，我们自少年时相识，虽然谈不上至交好友，可我对你也算有几分了解。刘贵妃虽然老谋深算，对你却极尽爱护，你也因此养成容易冲动的性子，少年时尚且还能谈得上真性情，但随着年纪渐长，这份冲动却渐渐变为极端，刘贵妃给你灌输你也有权争夺皇位的想法，却没有教你相应的能力，魏临虽为太子，从小却没了娘，处境的艰难反而令他谋算隐忍，强你百倍，这是你争不过他的原因。便是重来一次，结局依旧如此。”

她无视魏善越发阴沉的神色，继续道：“成王败寇，自古皆然，既然没有自戕的勇气，选择了归降当顺臣，那么自此以后就彻底抛掉过去，好好活着。看在过往交情上，我提点你一句，别自作聪明又满怀怨念，否则被人看出来，谁也救不了你。”

魏善冷笑：“不错，我现在是降臣了，我输给了魏临，但起码我没有拿着魏国百姓的性命当儿戏，我没有让他们为了我自己的私欲拼死抵抗到底。你呢？顾氏火弹一献，立时名闻天下，你道魏国人会怎么看你？因为跟魏临的私怨，便将怨气发泄到百姓身上，助纣为虐，不知你午夜梦回时，可会梦见血淋淋的残肢断首向你索命？”

一个人颠倒黑白竟能至于此，顾香生觉得方才和他说话完全是个错误。

自己认为相逢一笑足以泯恩仇，别人却未必这样认为。

魏善虽然也降了齐国，但他从未真正清醒地认识到自己的处境，总还留恋在过去的繁华里，甚至认为自己打一开始就时运不济，方才会沦落到如今这般境地。

被刻意歪曲，顾香生并不生气，反而觉得遗憾和怜悯。

遗憾的是少年时光一去不复返，当年冲动却还保留几分纯真的益阳王，如今早已面目全非；怜悯的是魏善的遭遇非但没有将他磨砺得像夏侯渝那样心智坚强，反而变得越来越喜欢钻牛角尖，心性也随之偏狭，这就注定了他如今的结局。

“你方才提到的火弹，我是从一本古籍上所见，并未隐瞒其配方。当日邵州官员，乃至参与制作火弹的工匠都知道，别说齐国想要，就是魏国想探听配方也不是没有法子。另外，它现在只能用于守城，无法用于攻城，就算齐军现在要攻打魏国，这种东西也暂时派不上用场；即便想要改进为适合攻城的火弹，也需要耗费起码数年时间，不是动动嘴皮子就可以的，只怕在那之前，反倒便宜了魏国。”

她平淡地说完这番话，不想再与对方多加纠缠，转身欲走。

身后却忽然有人接下她的话：“安乐侯，你分疆裂土划地为王时，可曾想过魏国的百姓？你向邵州求助要求邵州将‘万人敌’卖给你时，你可曾想过可能会因此丧生的人命？你将江州拱手送人的时候，又可曾考虑过魏国百姓的意愿？别人能指责她，唯独你魏善没这个资格！”

这声“安乐侯”叫得分外讽刺，顾香生不回头也知道是谁。

夏侯渝款款走来，面上带着客套疏离的笑容，字字句句，如针刺血，刺得魏善如鲠在喉，无话可说。

遥想当年在京郊猎场上，他是意气风发的益阳王，备受皇帝宠爱，更隐隐有取太子而代之的呼声，而夏侯渝不过是敌国质子，名为皇子，实际命如草芥，无人关心，只会怯懦地躲在顾香生身后，连魏善也不曾多看他几眼。

然而时移世易，数载光景过去，彼此身份却互相调换，世事之奇妙，莫过于此。

此时的夏侯渝，模样已经变得让魏善完全认不出来了，印象中那个柔弱无能的少年，几时也变得这样咄咄逼人，跟顾香生如出一辙?

夏侯渝见魏善无言以对，冷笑一声："依我看，安乐侯还是先管好自己吧，若是将来齐国能吞并魏国，其中一定少不了你分疆裂土拖后腿的功劳，说起来陛下还该谢谢你才对！一个兄弟阋墙导致魏国内乱的人，怎么就敢厚颜无耻高高在上地指责别人？当真要令人笑掉大牙！香生姐姐，咱们走吧。"

说罢，他再不看对方一眼，拉起顾香生便走。

二人一直走过这条路又拐了个弯，见魏善没有不知好歹地跟上来，夏侯渝这才缓下脚步，语带责怪："你何必与疯狗说那么多？万一他想趁私下没人对你做点什么，借此污你名声，那如何是好？"

顾香生道："我也没想到他会变成这样，下回远远见了他避开了就是。"

夏侯渝兀自发扬老太婆风格，絮絮叨叨个没完："我从一开始就觉得此人并非善类，从小被他娘宠得无法无天，自以为天下都要围着他转，明明不占长也不占嫡，都不知道哪来的脸争皇位，还一副振振有词、理直气壮的样子，以后少和这样的人碰面了，省得有心人也拿你们俩做文章，陛下是个多疑之人……"

顾香生只觉得耳朵边上嗡嗡嗡，像有五十只蜜蜂在边上飞，她终于有点理解孙悟空面对唐僧啰唆时的感受了，心里又好气又好笑。

"行了，别说了，我晓得了，夏侯老妪！"她忍不住去捏他的嘴巴。不明白这人在人前明明装得话忒少忒端庄严肃，怎么私底下竟能啰唆成这样，小时候也没看出这种潜质来呀！

夏侯渝被她喊作老妪也不以为意，反而笑嘻嘻地将她的手从自己脸上拿下来握紧："现在那里头在赛宠，进去也没什么意思，听说今日惠和郡主府上客居的僧人灵空也被请来了，正在后堂歇息，稍后说不定要露面，届时可以过去看看热闹。"

顾香生问："灵空是何方神圣？"

惠和郡主她倒是知晓的，方才嘉祥公主给她介绍过，父亲是当今皇帝的兄长，原先封寿王，因病早逝，仅余一女，便是这惠和郡主，郡马唐缜则是礼曹侍郎。皇帝念她幼年丧父，孤苦无依，虽然是郡主位分，给的却是公主的用度俸禄，算是格外优待。

夏侯渝笑道："你这消息也太落后了，灵空近来在京城可是大有名气，据说他看相断命，从未不准，不过每月只看一个，满京城不知有多少达官贵人欲见一面而不得，要不你道这次赛宠宴怎么那么多没带宠物的人来？他们不单是给隆庆长公主的面子，更是想一睹灵空风范的。"

顾香生奇道："你也给他看过？"

夏侯渝道："没有，所以才要去看看热闹。"

二人说说笑笑，从假山后面绕到边上的杏树下，正准备去那边看看刚开的桃花，便听得树上忽然传来窸窣动静。

夏侯渝反应很快，当即就将顾香生拉退了几步，同时抬头往上看。

树上枝叶繁茂处，分明蹲着一个人。

"谁？下来！"夏侯渝沉下脸斥道。

"五兄，你小声点儿！"那人从枝叶后面探出头来，熟悉的面孔令夏侯渝化惊怒为惊愕。

"你怎么会在这儿？"

"我在守株待猪，你们若想在这里看，就别出声，不然就走远点，可别坏了一场好戏！"他嬉皮笑脸道，目光掠过两人交握的手，笑容瞬间变得有些意味深长。

顾香生注意到了，想将手抽回来，却被夏侯渝紧紧握住。

对方正是桓王夏侯潜，也就是那天他们去的那个马行的幕后东家，因为与夏侯淳的矛盾，夏侯潜还把明月这匹通灵性的马直接送给了顾香生。

她曾听说这位桓王玩世不恭，行事荒诞，虽然没少受皇帝训斥，可稀奇的是，皇帝越是训他，却反倒越喜欢他，颇有种寻常人家父亲对儿子又骂又爱的感觉。

"什么猪？"夏侯渝听糊涂了。

"一头蠢猪！"夏侯潜却不欲与他们多说了，做了个手势，"快，快，他们来了，你们找个地方藏起来！"

夏侯渝想来是见惯了这个弟弟胡闹，闻言也懒得多说，拉起顾香生便往回走。

两人满腹狐疑，现在要往回走也来不及了，直接便绕回假山里头，这里足够宽敞，可以暂时隐蔽身形。

顾香生见多了龙子龙孙，却从没见过像夏侯潜这样的，忍不住递了个眼色过去，那意思是“你弟是不是脑子有点毛病”。

夏侯渝回了一个苦笑，悄悄在她耳边道：“若非这样的疯子，怎么会与我那大兄纠缠不休？要知道寻常人都不愿意招惹我大兄的。”

顾香生想想也是，只能叹龙生九子，各有不同，着实开了眼界。

此时，不远处传来说话声，似乎是一男一女，顾香生看了一眼，男的方才见过，好像也是夏侯渝的兄弟，女的却是婢女打扮，面容娇媚，做小鸟依人状。

正在回想男方究竟是谁，夏侯渝便在她手心写了个“瀛”字。

顾香生恍然大悟。

夏侯瀛，靖王，排行老三。

她初来乍到，对齐国政局没什么了解，但也听说过夏侯渝这一辈兄弟里头，要数夏侯瀛最不被父亲喜欢。

因为像夏侯礼这样的皇帝，甭管性情多坏，只要有些能力，他就会重用，譬如夏侯淳，又譬如半途归国的夏侯渝，既然连皇帝都不肯用夏侯瀛，可见其的确有些平庸。

眼下，这位“有些平庸”的靖王殿下与那美婢走到了树下，彼此靠得很近，从顾香生和夏侯渝他们的角度，只能瞧见夏侯瀛的背影，不用细看也知道，两人约莫是在亲吻，但问题是，他们靠着的那棵树，正是夏侯潜藏在上头的那一棵。

顾香生嘴角抽搐，只觉得这一幕实在好笑又滑稽，她忍不住猜想夏侯潜藏在上面是不是忒辛苦，万一被蚊子咬一口喊出声然后不小心掉下来砸在他兄长头上，绝对足够震撼。

夏侯渝显然也想到这种可能了，他的表情比顾香生还囧，明显没想到夏侯潜早就知道夏侯瀛和婢女有私，竟然还荒唐到跑树上去埋伏偷窥！

他对顾香生使了个眼色，那意思是咱们先撤退。

顾香生点点头，她也没有兴趣在这里逗留看人家幽会，便准备从假山另外一头走。

谁知这个时候，夏侯瀛他们刚刚走过来的方向却传来尖声怒骂：“夏侯瀛，你这杀千刀的贼子！”

这声音一传出来，不单顾香生他们都被震得心头一抖，连带树上的夏侯潜也吓得直接掉下来，不偏不倚，正好砸在夏侯瀛身上。

兄弟俩跌作一团。

连带着那美婢也未能幸免，可怜她的腰半刻前还被夏侯瀛搂着，此时被夏侯瀛一扯，腰带随之松垮，连肩膀上的衣裳都被扯落，露出半片香肩，惹得她也尖叫起来，现场登时一片鸡飞狗跳。

顾香生、夏侯渝二人赶紧趁机悄悄离开。

“方才那是靖王妃？”走出一段距离，顾香生总算松了口气。

“对。”夏侯渝也露出惨不忍睹的表情。

他们回到筵席上的时候，赛宠会刚刚结束，众人正兴致勃勃地谈论着夏侯渝方才说的那位灵空僧人。

嘉祥公主还有些奇怪：“你怎么去了这么久？”

顾香生将方才见到的一幕说了出来，略过自己与夏侯渝在一起的细节。嘉祥公主听得咋舌：“三兄也太大胆了些，怎么三嫂也在，他还敢这样？”

一听这语气，就知道靖王肯定不是头一回犯了。

嘉祥公主给她透露了点八卦：“三嫂很是凶悍，还曾打死过三兄一名侍妾，三兄惧内，却改不了风流毛病，在外头总有不少莺莺燕燕，就连陛下现在也懒得管他们的家事了。”

二人正说着，便有婢女匆匆过来，在隆庆长公主耳边说了些话，公主眉头皱起，想来是因为在前院花园里发生的事情。

不过她并没有亲自去处理，只交代了婢女几句，便对惠和郡主笑道：“既然大家都想见灵空大师，不如就将他请出来如何？”

惠和郡主也笑道：“灵空大师不过是寄住在我家罢了，我无权做主，既然来了长公主府上，自然悉听长公主的吩咐。”

长公主便叫人去请。人人翘首以盼，对这位一言断前程的灵空大师显然很感兴趣。

一名男客便忍不住问：“听说灵空大师一月只看一人，未知这个月的名额是否已经用过了，今日又是否会破例？”

长公主微微一笑：“那就等灵空大师来了之后当面问他吧。”

少顷，众人瞧见走廊尽头的花荫后面，一名僧人在婢女的引导下徐徐走来。

后边还有个年纪更小的小和尚，约莫是他的徒弟。

顾香生本以为对方是上了年纪须发皆白的僧人，却没想到居然是个面目白皙清秀的年轻和尚。

但见对方穿着一身素白僧衣，步履不疾不徐，真如云端漫步，星夜徐行，令人见之忘俗，透着一股飘然出尘之气。

再看女客这边，已经有不少人露出意外和惊艳之色。

惠和郡主的丈夫——郡马唐缜起身相迎，为他介绍长公主和场中一些宾客，灵空一一行礼，并未因为满座皆是达官贵人而稍有失措，越发令人觉得他必然是有真才实学的。

长公主温声道："听说大师长于相面，更擅长断人前程，不知今日在座诸位里，有哪位值得大师一算？"

听她这样说，众人便都屏气凝神，瞅着灵空，心里又很是矛盾。

谁都知道他一个月只算一人的规矩，如果能被挑中自然幸运，但万一说出来的不是好话，岂非在大庭广众之下丢脸？

就在此时，门外传来一阵动静，众人循声望去，便见靖王夏侯瀛面色沮丧地走在前面，靖王妃贺氏跟在后头，这夫妻二人在宗室里是出了名的感情不谐，大家瞧见他们吵架也不是一回两回了，见状都不甚讶异。

谁知原本低眉敛目的灵空却忽然抬起头，望向夏侯瀛的方向，徐徐出声道："施主贵不可言。"

这话一出，不单是夏侯瀛自个儿，众人也都愣住了。

谁能想到这灵空僧人的批语竟是用在这位无足轻重的靖王身上！

说是无足轻重，那便真是一点儿分量都没有，虽然排行老三，因为老二早夭，按照排序来说他应该是仅次于夏侯淳，但谁都知道，皇帝对夏侯瀛完完全全看不上眼，估计他宁愿把皇位传给自己兄弟，也不会给这么一个不成器的儿子。

可不都说灵空从无虚言吗？

如果他所言非虚，难道这夏侯瀛还真会是凭空跑出来的一匹黑马？

众人一时都被震住了。

这时候，唯独一人发出冷笑："他这种草包若也贵不可言，那岂不是母猪都能开口说人话了？"

不用说，说话的人必然是夏侯淳。

夏侯瀛还没从这种"天上掉馅饼被砸中"的惊喜中回过神，随即就涨红了脸："大兄，你这话是什么意思？"

夏侯淳"哼"了一声："你理解何意，那就是何意！"

被当众说成草包，夏侯瀛如何肯善罢甘休？他也冷笑一声："灵空大师，那你说说，我大兄又如何？”

灵空没有说话，他身后的小徒弟道：“师父每月只看一人，今日已经看了，还请施主见谅。”

“装神弄鬼！”夏侯淳叱喝一声，直接抄起桌案上用来切肉的小刀朝灵空削过去，刀锋堪堪贴着他的耳朵掠过，直接插入他后面的廊柱上。

众人的惊呼声此起彼伏！

长公主脸色微白：“大郎，在我的地方，你也敢如此放肆？！”

夏侯淳嘴角噙着冷笑，头也没回，只盯住灵空：“姑母少安毋躁，你们怕是都受了这秃驴的蛊惑了，待我来揭穿他的真面目！灵空，既然你算无遗策，怎么不给自己算一算死期呢？”

灵空的养气功夫倒好，也没有因此惊惶变色，只是掀起眼皮看了夏侯淳一眼，双手合十，淡淡道：“算人不算己，生死自有天命，贫僧不作强求。”

夏侯淳狞笑：“那好，你来帮我算算，看我什么时候死！”

灵空这次倒没有坚守一月只算一人的原则了：“这位施主面相尊贵，可惜眉间藏着戾气，更有一竖剑纹。恕贫僧多嘴，论理说，您原该比方才那位施主还要贵不可言，可惜五岁那年命中出了克星，那克星牢牢压在施主的命盘上，阻碍了施主的命途。”

夏侯淳原是一个字也不信的，他只当对方胡言乱语，连最没用的老三都能被说为贵不可言，这种鬼话有什么可信度？

然而当灵空提及他五岁那一年时，他心下一沉，表情登时变幻不定。

五岁那年发生了什么？夏侯淳的记忆其实有点模糊了，但他依稀还记得，也听身边的老宫人说过，那年他失足落水，差点没了一条小命，当时他太顽皮，把身边的宫人全都支使得团团转，以致出事时没有伺候的人在场，只有一位于淑妃碰巧路过，并让人救起他。

这件事后来被压了下来，不了了之，皇帝并未大肆追查，只处置了夏侯淳身边的宫人，又因年岁久远，几乎无人记得。

谁知时隔二十几年，却被灵空拿出来说。

于淑妃，便是二皇子和七皇子的生母，后来二皇子早夭，被追封为愍王，七皇子则是谨王夏侯洵。

夏侯淳惊疑不定，他疑心这是有人事先告诉灵空的，否则他怎么会知道二十几年前发生的事情？

"我五岁那年发生了何事？你若能说出来，我就饶你不死！"夏侯淳冷冷一哂。

灵空却闭紧了嘴巴，不再多言。

他身后的小和尚道："这位施主，师父今日已然破戒，泄露天机，论理是要折寿十年的，实在不能再说了，还请施主见谅。"

夏侯淳却不吃这一套，他本来就不是一个遵从规矩的人，听见这话只会更起逆反心理而已，闻言便嘿嘿冷笑："他今日若是不说，怕就不是折寿十年这么简单了！"说罢一刀便要刺过去，亏得长公主及时大喝一声："夏侯淳，你安敢放肆！"

夏侯淳再目中无人，隆庆长公主的话还是有些效果的，他的手势一顿，将小刀插进灵空身前的食案上，入木三分。

隆庆长公主冷着脸道："不管灵空说了什么，他毕竟都是我府上的客人，今日之事，我定会告知陛下的！"

夏侯淳无所谓地拱了拱手："侄儿失礼了，姑母见谅。既然姑母不让我继续审问这秃驴，那侄儿就先告退了，免得再惹姑母生气！"

说罢，他也不看其他人，大步流星地便往外走。路过老三夏侯瀛的时候，他还特地停下脚步看了对方一眼，吓得夏侯瀛当即就噔噔噔退了好几步，满脸警惕地瞪着他，夏侯淳这才满意离去。

众人面面相觑，谨王夏侯洵皱了皱眉头，喊了一声"大兄"，也几步追了上去。

一场原本兴味盎然的宴席被夏侯淳这么一搅和，已经没什么意思，灵空又不能开口批命了，大家围着一个不说话的和尚还有什么意思？

夏侯洵一直追出大门，才追上夏侯淳："大兄今日所为，着实有些孟浪了，一个无足轻重的僧人，你何必与他计较？我们都知道他在胡说八道，你这样较真，长公主在陛下面前告上一状，你却要受责备了。"

夏侯淳回身过来："七郎，难得啊，平日里也很少听你说这么多话，今日可是破例了！"

他脑海里浮现起方才灵空和尚的话，看他的眼神也变得意味深长。

夏侯洵恍若未察，面色依旧严肃："我只是不希望咱们兄弟为了一番胡说八道而失和。"

夏侯淳定定地看了他一会儿，忽然哈哈大笑，拍了拍他的肩膀："这事儿你就甭管了，姑母想告状就由得她去吧，我便是看夏侯瀛那厮不顺眼，成日里懦弱黏糊，家里还有个母老虎，见了就烦，不找他麻烦，找谁麻烦呢？”

夏侯洵面露一丝无奈，摇摇头：“大兄，你……”

话没说完，夏侯淳却不再理他，直接跨上旁边仆从早就牵来的马，策马一声，转眼走远了。

公主府里，面对这一团尴尬，长公主也很恼火。

原本热热闹闹的气氛眼下只余鸡肋。

灵空说了折寿，她自然也不能勉强人家再开口批命，否则不成仗势欺人了？

她只好让人将灵空送回去安歇，灵空却提出告辞，说想起程回自己在嵩州修行的寺庙。

惠和郡主也道：“灵空大师远道而来，本就是要来京城访友的，没想到故友早逝，又被郡马遇上，所以才寄住在我那里。今日遭逢变故，我内心也实在过意不去，还请大师今日暂且在我那里再住一晚，明日再起程也不迟。”

灵空轻叹一声，没有拒绝：“那就劳烦郡主了！”

长公主强忍怒火，却不是冲着灵空，而是冲着夏侯淳的。

她勉强点点头，露出笑容：“既然如此，三娘，此事就交给你了。”

见长公主如此脸色，众人也不敢久留了，纷纷寻借口起身告辞。

一场宴席乘兴而来，败兴而归，且不提长公主如何入宫告状，今日席上发生的一幕，已经足够让人引为谈资。

但如果说席上有谁对谶言算命一类的东西避而远之，那就非顾香生、魏善、夏侯渝三人莫属了。

他们三个，都曾经历过魏国寿宴上的祥瑞谶言，顾香生更差点因此被卷入旋涡中万劫不复，对此怀有深深的阴影，就算这位灵空和尚再飘逸出尘，她也只会敬而远之。

还好今天全程也基本没有她的事，她只是作壁上观，顺便从方才一幕得窥齐国上层权力争夺的一角。

如今齐国皇帝膝下，不算那些年幼皇子，成年皇子共有六位，老二和老四早夭，余下的便是老大夏侯淳、老三夏侯瀛、老五夏侯渝、老六夏侯沪、老七夏侯洵和老八夏侯潜。

夏侯淳虽然是老大，但并不占优势，因为他勇猛有余，智谋不足，皇帝素来偏爱比较喜欢动脑筋的孩子，所以不太喜欢这个长子。他自己也知道自己的处境，所以有时候会显得用力过猛，过犹不及。

夏侯瀛虽然也不受宠，可他投胎投得好，排行占优势，夏侯淳下来就到他了。齐国为胡汉混血，并不十分看重嫡长制度，要说夏侯瀛心里没有一点儿想法，那是不可能的，虽说他不受老爹待见，可也并不意味着一点儿机会都没有，不是吗?

余下几个儿子里边，皇帝最喜欢的，既非母妃得宠的夏侯沪，也不是沉默寡言的夏侯洵，而是最最荒诞不经的夏侯潜。

他平日里胡闹归胡闹，皇帝骂归骂，该有的宠爱却一点儿都没少，皇子们都不是瞎子傻瓜，一个个的眼睛都看着，只不过大家不大相信皇帝会越过前面那么多兄弟，去选一个连读书都不经心的夏侯潜罢了。

至于夏侯渝，那更是没被兄弟们当成对手过，固然他回来之后办了几件差事，入了老爹的眼，还封了王，可看看他那封号，远王，远王，听着都不是什么好寓意，更不必说他自小就形同放逐地在他国为质的经历了。如无意外，能得到这么个王爵，已经是他这辈子荣华富贵的顶点了，当然，若是将来站对了队，说不定封号可以改得更好一点。

这些事情，但凡一个在齐国待得稍久的人也能了解到，并不是什么秘密。

嘉祥公主对她这些兄长的脾性显然也很了解，见夏侯淳气势汹汹扬长而去，便微微苦笑一下，低声对顾香生道："你往后见了我这位大兄便离远些，免得平白遭了无妄之灾，很少有人能被他放在眼里的。"

顾香生心有戚戚焉地点头，旋即又为她话里的意思而诧异："公主乃景王殿下亲妹，难不成也被为难过？"

嘉祥公主道："我与他们都非同母所出，我的母亲原为宫人，身份卑贱，是生了我之后才被封为婕妤的。"

顾香生安慰道："方才他还与靖王吵架，可见不唯独对姐妹，对兄弟亦是如此。"

嘉祥公主笑道："嗯，谢谢你，听说你在马市上还差点被大兄抽了一鞭子，当时我听着都觉得惊险呢！"

顾香生便将那日的遭遇与她略略一说。

听到惊险处，嘉祥公主不由得捂住嘴巴，惊叹连连。

此时宴会已经接近尾声，客人识趣告别，嘉祥公主带着顾香生去向长公主辞别，后者还对顾香生道："今日让你们见笑了，这事委实太不像话！"

两人安慰了她一番，这才告辞出来。

嘉祥公主的年纪比夏侯渝还小一些，只有十六岁，却已经梳起妇人发髻，顾香生与她聊得多了，也熟稔起来，一边与她相偕出来，一边随口问："驸马今日也一起过来了吧，要不要等等他？"

公主面色一黯，强笑道："他今日有事，并未前来。"

顾香生见势住口，没有再问下去。

等送走嘉祥公主，她也上了自家马车，一路朝郊外驶去。

顾香生贪看风景，特意让车夫驶得慢一些，结果快到城门的时候，马车忽然停了下来，她还以为外头发生了什么事，车帘子已经被掀了起来，一个脑袋顺势钻进来。

"香生姐姐走得好快，我差点赶不上了！"来人抬起头，朝她露出一个灿烂的笑容，又将手上的纸包递给她。

对方一进来，苏木、朱砂便知趣地避出去了。

顾香生打开，里头是玫瑰卤味，有鸭翅膀、鸭舌那些，一看就是京城知名的五味居出品。

"你跑得不见人影，我便先走了，方才那个气氛你不是没见着，长公主脸色阴得都快滴下水了。"

夏侯渝叹道："是七郎将我找去说了一会子话。"

"发生了什么事吗？"

夏侯渝便将灵空提到夏侯淳五岁那年落水的事情与她提了一下。

"这么说，你大兄疑心当时推他下水的是于淑妃？"

夏侯渝点点头："我看是。于淑妃当年生的二兄很为陛下喜爱，可惜早夭了。"

也就是说，如果那个倒霉的二皇子不早夭的话，现在很有可能已经是储君了，那么当年于淑妃出手的动机和理由，也就很充分了。

不过时隔多年，这些事情都只能靠臆想，没有什么真凭实据，夏侯洵才会对老大迁怒自己这件事感到分外冤枉。

顾香生却想起另外一件事："嘉祥公主的驸马是怎么回事？"

提起这个妹妹，夏侯渝又是一声叹："去岁嘉祥及笄，陛下为她挑的是兴国公家的次子刘筠，那厮皮相倒是不错，拎出去也很能唬人，奈何生性风流，成婚之后也丝毫未改，经常眠花宿柳，彻夜不归，夫妻俩面和心不和，嘉祥嘴上不说，心里约莫是不痛快的。”

“陛下也不管吗？”

“陛下曾将刘筠召进宫教训了一顿，可是教训之后刘筠依然故我，他在人前也没有对嘉祥不敬，难道陛下因为刘筠喜欢寻花问柳，就让他们和离吗？更何况兴国公是先皇后母家，陛下总还要给几分情面的。”

顾香生也是一叹，女子难为，甭看公主好像已经是世间女子最向往最尊荣的身份，老爹是皇帝，好像可以随心所欲，实则也有百般不得已。

夏侯渝道：“若是嘉祥自己性子强硬，那倒好办了，她就算将驸马打骂一顿，谁也不能说什么，偏偏她性子柔顺，立不起来，所以刘筠才肆无忌惮。”

顾香生却忽然想到另一个问题，奇怪道：“嘉祥公主小你两岁，尚且已经成婚，你怎的却能拖到现在，陛下难道没有提起吗？”

就算夏侯渝有当质子的经历，那也是几年前的事情了，再不受宠，总也是要成婚的，更何况皇帝又不知道他们俩的事，怎么可能不给夏侯渝赐婚？

夏侯渝摸摸鼻子，打马虎眼：“啊，这个你就不需要担心了，先前我说让你等我三年，自然不会负你的。”

顾香生挑眉瞅了他一眼，没说话，拈起一枚鸭肫放入口中。

夏侯渝见她这模样反倒先慌了，只得老老实实道：“是太医说我身有隐疾，须好好调理，暂时不宜成亲。”

可怜顾香生刚刚将鸭肫咽下，冷不防听见他这番话，差点把食物呛进气管，当即剧烈咳嗽起来。

夏侯渝吓坏了，也顾不上其他，忙抚着她的背帮她顺气：“你别急啊，那都是假的，是我装出来，让太医误诊的！”

装什么不好，竟然装自己不举？

顾香生真不知说什么才好了。

先前她也没怀疑过夏侯渝的可信度，只是奇怪他要如何向皇帝交代，却万万没想到他会想出这么个馊主意来！

顾香生简直有种风中凌乱的感觉。

好不容易等到这波呛咳缓过来，她的双颊浮上两团嫣红，双目也因为咳嗽而泪眼汪汪，夏侯渝很想一亲芳泽，却不敢凑过去，免得刺激她，还得小心翼翼道：“香生姐姐，你别误会，我真没隐疾哩！”

顾香生心里好笑，面上不露，还故意沉着脸：“你瞒得了一时，难道能瞒得了一世？就算太医守口如瓶，难道陛下不会起疑？别人不会起疑？”

夏侯渝道：“又不是要瞒一辈子，只是先将眼下糊弄过去，反正陛下只当我在魏国吃不饱、穿不暖，自小熬坏了身体，方才先天不足，还嘱咐我早日养好身体。”

顾香生不知道要说他什么才好：“你这是挖坑给自己跳，你既……”

她顿了顿，声音压低，几近耳语：“你既有意皇位，而子嗣传承恰恰是天子所看重的其中一项因素，你说自己有隐疾，陛下怎么可能还会考虑你？”

夏侯渝搂着她轻轻摇动，软语撒娇，嬉皮笑脸：“为时尚早，你就别担心了，此事我有法子。现在不是挺好的吗？六郎、七郎也都成婚了，我却迟迟没等来陛下的赐婚。那些觉得我有隐疾的，便不会考虑将女儿嫁给我，还有些觉得我不受陛下重视的，也正中了我的下怀，让我免遭许多麻烦，正好在兄弟中低调些。”

这些打算，他全都藏于心中，原本对谁也没打算说，连他那几名幕僚门客，听说夏侯渝拒绝了皇帝想为他赐婚兴国公之女的消息，也都扼腕不已，觉得他错过了一次大好机会。

要知道先皇后母家现在在皇帝心目中有着特殊地位，兴国公本人也是个聪明人，平日里低调谨慎，做事不张扬，能力出众又肯勤勤恳恳办差，还从没站过队，十足的纯臣，若非出了个风流成性的次子，这一家子就堪称完美了。

皇子之中不乏千方百计想与兴国公攀亲的，难得皇帝想要把这桩好事给夏侯渝，却偏偏被他拒绝了。

当然，夏侯渝的借口也无可挑剔，太医也说了，他内中阳虚，肾气不足，要长年累月慢慢调理，皇帝当然也不能坑人家女儿，把兴国公的宝贝闺女嫁给自己暂时不能人道的儿子，这个念头就此作罢。

不久之后，兴国公之女就嫁给了桓王夏侯潜，成为桓王正妃。

这些事情都是顾香生来京之前发生的，先前也从苏木、朱砂二人口中得知，皇帝曾有意赐婚夏侯渝与兴国公之女，却不知其中内情竟是如此，一时有些无言。

诚然，夏侯渝拒婚的举动，就像他说的，不乏出于政治考量，可以让自己更加低调，但这桩婚事如果成了，足以盖过可能带来的弊端，夏侯渝这样说，不过是为了让她心里不要有负担。这份心意，她明白，也必须领受。

默默付出的感情固然动人，可当对方也愿意同样倾注心力来回报的时候，那种感觉自然更加甜美。

马车速度渐渐放缓，直至停下。

外头传来朱砂的声音：“娘子，咱们到啦！”

夏侯渝堪堪碰到佳人的朱唇，便被对方轻轻推开。

“好啦，我要回去了，你也快点回去吧！”

夏侯渝哀怨：“都已经到这儿了，你不留我夜宿一晚吗？”

“我那儿地方不够大，你若要住，就只能住到观里给香客歇息的客房去了。”顾香生似乎明白他的心思，横波一瞥，潋滟动人。

夏侯渝摸摸鼻子，住到客房，连佳人的面儿都见不到，那还不如回去呢。

“那我先回去好了，明日有空再来看你。”

顾香生抿唇一笑：“你没骑马来，我让明月驮你回去。”

她招手让朱砂去将明月牵来。

明月却不大乐意让夏侯渝骑，鼻孔喷气，斜眼看他。

夏侯渝好气又好笑：“当日还是我将你送到她手里的呢，你有了新主人便不认得我了？”

明月扭开脑袋，也不知是没听懂，还是装没听见。

夏侯渝总不能去和一匹马计较，只好放弃沟通，打算上马，谁知明月却扭来扭去，就是不肯让他上去，他又不能用强，别提多憋屈了，还是顾香生扒着它的耳朵低声说了几句，夏侯渝这才成功上马。

这头上了马，明月还是不安生，走几步停一步。对顾香生的心肝宝贝，夏侯渝不能也舍不得用鞭子抽打，只能由得它去，头一回把马骑出了驴子的效果。

顾香生在后头看着，笑不可抑。

能换来她一顿大笑，也算是值了，夏侯渝苦中作乐地想道。

灵空的批语不知怎的流传了出去，很快，许多人都听说了夏侯瀛“贵不可言”和夏侯淳“命中有妨碍”，内容越传越广，版本也越来越荒腔走板，连当年夏侯淳落水的事情也重新被拿出来说。

长公主最终也没有入宫告状，但皇帝依旧被惊动了。

宴会结束的两天后，夏侯渝与其他当日在场的几个兄弟就一并被召入宫。

与之一起的，还有隆庆长公主和惠和郡主，以及那位声名大噪的灵空和尚。

【第三十六章】帝怒杀僧震众臣

“听说近日京城出了一位大德高僧，朕好奇得很啊，还以为是白发苍苍的老僧，却没料想，居然是个如此英俊的年轻人，这位想必就是灵空大师了？”

问这句话的时候，皇帝正坐在离文德殿不远处的万寿海边一处凉亭里，打量着眼前的灵空和尚。

灵空倒还沉得住气，双手合十躬身行礼之后，平静道：“贫僧灵空，见过陛下。”

湖光山色映衬之下，更显得皇帝一派悠闲，这令原本悬着一颗心的众人也慢慢放下紧张。

大家本以为皇帝是听见消息之后准备兴师问罪的，如今从表情看来，倒是好奇居多了。

皇帝微微颔首：“倒是的确有高僧风范。我听说你为大郎和三郎各批了一命，是也不是？”

灵空道：“说不上批命，仅仅是根据面相妄言一二。大殿下与三殿下本就是人中龙凤，贵不可言，贫僧不过是将看见的说出来罢了。”

皇帝笑了一下：“你说三郎贵不可言，这也就罢了，他是皇子，一出生就比世间大多数人站得高，倒也当得起这一句贵不可言，但你说大郎五岁时命中有克星，又是怎么回事呢？”

灵空低眉敛目：“陛下有所不知，贫僧看人，非是像那些算命的一样要看生辰八字，而是根据人在某些时候面上呈现出来的‘气’来判断，当日大殿下的‘气’便是让贫僧得知了那样一些事情，贫僧仅是据实道出而已，并没有什么稀奇的。”

皇帝挑眉，来了兴趣：“这么说，你精通望气术？”

众人也都望向灵空，惊奇莫名。

他们本以为灵空擅长看相，却没想到是望气。

所谓望气，其实就是认为一件事物会根据它本身的时运气运而呈现在外的表象，风水上有望气，面相学上也有。但这种“气”不是谁都能看见的，古书上不乏某某人擅长望气，看见谁就说他有帝王宰相之气的记载。

现在看来，灵空每说必中，肯定就是因为会望气的缘故了。

灵空道：“不敢说精通，只是略知皮毛。”

皇帝问：“大师天生便会望气吗？”

灵空摇摇头：“贫僧非生而知之者，贫僧所有的技艺都来自师父传授，可惜贫僧所学，还未及师父的真传。”

皇帝又问：“你师父的法号是什么？”

“师父法号慧音。”

皇帝凝神想了想，确认自己没听过这名号，不过天下和尚千千万，没听过也不奇怪，除了那些在京城有名有号大寺庙的住持，皇帝不可能特意去记一个和尚。

“那你师父现在何处？”

灵空就道：“师父原是雪个寺的僧人，常年云游四海，贫僧也不知他现在何处。”

皇帝笑道：“既然你师父不在，那就由你来给朕看一看，看看朕年寿几何，齐国国运如何啊？”

“陛下！”方才皇帝与灵空二人一问一答，众人不方便插嘴，此时却是不由得齐齐惊呼起来。

皇帝皱眉看他们：“咋咋呼呼作甚？一个个贵为皇子，却半点稳重都没有！”

隆庆长公主就笑道：“阿兄，灵空说得再准，也不过就是上下嘴皮一碰的事，您贵为天子，岂可让别人来断命？那都是我们闹着玩儿的呢！”

惠和郡主也道：“姑母说得是，这世间谁能看出天子的气运呢？陛下还请三思。”

皇帝瞥了她们一眼：“大郎、三郎都看得，朕怎么就看不得了？你们别打岔，今日朕就想听他说。灵空，你说。”

面对皇帝的询问，灵空也不可能再拿出他那“一月只看一人”的一套。

“陛下乃真龙天子，九五至尊，身上龙气缠绕氤氲，在隔绝了一切邪祟宵小的同时，也令常人不得随意窥伺，贫僧并非神佛，只是从师父那里学了一些望气之术，请陛下恕贫僧无能，无法为陛下效劳。”

这话既是婉拒，也间接捧了皇帝一下。

夏侯礼微微一笑，不紧不慢道：“如此说来，你给大郎和三郎望气，是笃定他们将来不可能成为真龙天子了？”

“大殿下与三殿下仅为龙子，并非真龙天子，是以贫僧尚可望气。”

夏侯礼好整以暇：“那你说说，朕这些皇子里头，哪一个将来会是真龙天子？以你的望气功夫，想必看得出谁具有帝王之气吧？”

众人屏气凝神，心跳飞快，谁都没料到夏侯礼会丢出这样一个棘手的问题来。

灵空到底会不会回答？如果回答，他又会说谁呢？难不成他说谁有帝王之气，皇帝就会格外青睐那个人不成？

夏侯渝已经隐隐察觉出不对来，以他对皇帝的了解，夏侯礼绝对不是这么一个会听凭别人摆布的人。

那他为何要将灵空召进宫，还将其他人也一并叫过来呢？

也许他们打一开始就被皇帝的轻松表情蒙骗了，这压根儿就不是闲聊，而是彻头彻尾的陷阱。

夏侯渝不着痕迹地抬眼，余光飞快地往皇帝那儿扫了一下，又瞥向自己其他兄弟们。

老大夏侯淳皱眉无声冷笑。

老三夏侯瀛面上犹带一丝期待。

老六夏侯沪伸长脖子往灵空那儿张望，一脸看热闹的样子，想来他也没觉得这件事会牵扯到自己身上，所以纯当看大戏了。

老七夏侯洵低着头，看不清表情。

老八夏侯潜的脑袋不动，眼珠却滴溜溜乱转，正好跟夏侯渝的视线对个正着，前者还朝他挤了挤眼睛。夏侯渝嘴角微微抽搐，移开视线，继续眼观鼻，鼻观心装死。

这些兄弟没有一个是傻子，除了老大和老三已经被牵扯其中没法置身事外，其他人都觉得今日的事情很可能没法善了。这种时候千万不能沾上一丁点儿干系，低调做人才是自保之道，所以谁也没吱声。

面对皇帝的咄咄逼人，灵空退无可退，只得道："贫僧学艺不精，实在看不出来，请陛下恕罪。"

"既然你不肯说，朕也不强求，不过今日眼巴巴将你召进宫，末了你却连半句有用的也不肯说，朕实在失望得很啊。不如这样，"皇帝呵呵一笑，指着夏侯瀛道，"你就说说，三郎近来发生了何事，说对了，朕就不再为难你。"

一个在京城里被追捧为圣僧的和尚却被皇帝当成猴似的耍，想必灵空心里也是万分无奈。

奈何人在屋檐下，不得不低头，灵空只得转过头，仔仔细细地端详起夏侯瀛，然后道："三殿下气色平和，唯有眉角一点晦暗，只怕内帷有些不顺，除此之外，别无大事。"

若不是皇帝在场，夏侯瀛几乎要抱着灵空痛哭流涕了。他何止是有些不顺啊，那天回家之后简直鸡飞狗跳，就没安生过一回，王妃贺氏觉得他在公主府丢了人，死揪着不放，那一夜靖王府闹到三更半夜依旧灯火通明。

皇帝的目光从夏侯瀛委委屈屈的脸掠过，嘴角噙着一抹意味深长的笑意："不止吧？"又朝夏侯瀛招招手，"三郎，你过来。"

夏侯瀛一头雾水地走过去，冷不防被皇帝一巴掌扇过来，整个人直接被扇倒在地，脸颊火辣辣地痛。他捂着半边肿起的脸，完全蒙住了。

"陛下，您……您为什么打臣？"他满腹委屈地大叫起来。

皇帝又看灵空："你看，这不就不止内帷不顺了？"

众人目瞪口呆地看着皇帝耍赖，一时都忘了反应。

灵空当然也说不出什么话，他再蠢也能看出来，皇帝这是在针对自己。

"贫僧方外之人，机缘巧合之下得遇惠和郡主，是郡主知道贫僧略通望气之术，心中好奇，方才让贫僧为旁人看上一二。此术虽灵，可也有损阴德，是以贫僧才定下一月只看一人的规矩，并非特意拿乔，而是这样一来也能看得更准一些。陛下乃真龙至尊，贫僧才疏学浅，实在无法看清，还请陛下恕罪。"

他也算是极为镇定了，这样的情况下，换了别人，早就吓得双腿瘫软，他却依旧还能流畅表达，这份定力已经远胜常人。

然而下一刻，皇帝的举动更加出乎意料，也更令人惊骇！

他直接起身，并作几步上前，抽出离自己最近的殿中侍卫的佩剑，然后一剑捅向灵空！

动作之快之狠，几乎没能让人来得及做出任何反应！

灵空和尚自然也没防备皇帝竟然会这样对他，而且还是亲自出手，他连退都来不及退，更不要说跑了，腹部当即便被一剑捅出个大窟窿，人缓缓往下倒，血也顺着身体流了一地。

众人完全呆住了，隆庆长公主和惠和郡主更是禁不住发出一声短促的尖叫。

她们捂住嘴巴，眼睁睁地看着灵空倒在血泊里。

谁也不敢上前。

更不要说召唤太医了。

皇帝面无表情地将剑抽出来，当啷一声丢在地上。

他抬头望向众人，被他视线扫过的人都忍不住心头一颤。

所有人几乎都以为皇帝忽然疯了，连殿中侍卫，包括皇帝身边的内侍也都呆呆地望住他。

然而他的表情实在太过冷静，冷静得一丝波澜都没有，还冷哼一声："一个妖僧，就将你们耍得团团转！

"你长这么大，吃的饭都吃到狗肚子里去了？这和尚既然周旋于达官贵人之间，要听点阴私自然易如反掌，你竟然被他三言两语就拿住，传出去别笑掉人家大牙！我夏侯礼没你这样的蠢货儿子！"

这骂的是夏侯淳。

"还有你！"皇帝掉转"枪头"，对夏侯瀛骂道，"你更蠢！他说什么你就信什么，还当着众人的面跟你兄长吵架，生怕别人不知道你们不和吗？当日在公主府，他便看见你和贺氏了，善于察言观色者，如何会不知道你们夫妻不谐？你倒是好哄，被人家一句内帷不顺，就将他当成神僧了？你道他为何不敢给朕算？因为他怕露了马脚！"

皇帝冷笑："枉费你们一个上过战场杀过敌，一个号称读书百卷，竟连这点伎俩都看不透！以后出门别说自己姓夏侯，免得丢了朕的脸面！"

夏侯淳和夏侯瀛二人被他骂得灰头土脸，抬不起头。

惠和郡主慌忙跪倒请罪："陛下恕罪，我们不知此人是招摇撞骗之徒，在此之前与他更不相识，只因无知莽撞，不及深思，这才被蒙骗了，请陛下宽宥！”

事已至此，甭管灵空是不是骗子，他的骗子名声都就此坐实，惠和郡主非但不敢为他辩解，反倒还要想想怎么给自家开脱，免得被皇帝以为他们与灵空是一伙的。

皇帝冷冷一哂：“你们的确是够无知的，信什么不好，竟会去信这等妖僧的妄言！若他方才说朕不配为天子，那你们是不是就要朕退位让贤了？”

众人齐刷刷跪倒一片：“臣惶恐！”

“朕平生最厌恶的便是这等假借神明来诓骗世人以满足私欲的神棍。你们都学聪明点，以后少拿这些到朕面前来显摆，朕见一个杀一个，绝不姑息！”

“是，臣知罪！”惠和郡主脸色煞白，汗水从额头上滑下，弄花了妆容，她却不敢伸手擦拭。

“还有，”皇帝话锋一转，扫向跪伏在地上的众人的后脑勺，阴恻恻道：“若让朕发现还有谁拿着这妖僧的胡言乱语在京城四处散布，一旦被查出来，后果自负！”

“臣等遵旨，定不敢忘！”

灵空身下的血渐渐凝固，他的眼睛甚至还没来得及闭上，依旧保持着一脸惊恐至极的表情，“盯”着大殿之中的众人。这样的表情令他看起来不再像生前那样飘逸出尘。

即便如此，也没有人再向他看上一眼，在夏侯渝他们退下之后，他的尸体立时被人拖走，沾了血迹的地面也很快被内侍打扫干净，完全看不出先前半点血腥。

若是过几天有某位大臣进宫奏事，他也绝不会想到自己站的地方刚刚死了一个人。

名噪京城不出一个月，灵空和尚就像一抹流星划过天际，短暂存在过，又消失得无影无踪。

顾香生得知这个消息，是在隔日傍晚，夏侯渝将明月送回来的时候，顺便告诉她的。

她现在没住在京城里，注定不可能在事情发生后马上就能知道。

但这样也有好处，等于远离了是非，不容易被攀扯。

听说灵空和尚被皇帝当场一剑捅死，顾香生吃惊之余，又觉得这很像是齐君会做出来的事情。

但她更关心的是夏侯渝："你没被牵连上吧？"

两人手挽着手，在道观外围的墙边散步，里头有不少杏花刚开，一簇簇地从墙里伸出来，沉甸甸的花枝微弯下腰，正好压在头顶上，粉中带白，犹如豆蔻少女羞红的笑靥。

"那灵空和尚，我也是在公主府头一回见，之前没有接触，该担心的应该是那些先前找他看相的人。"夏侯渝笑道，又问她，"学堂筹建得如何了？可需要我帮忙？"

顾香生摇摇头："不用。道观已经打扫出单独一间大堂，可以作为上课之用了。"

说到这里，她不由得流露出一丝苦恼之色："只是我没想到，人数竟会出乎意料地多！"

先前顾香生便向皇帝说过她想开蒙学，皇帝也同意了。

在道观安顿下来之后，顾香生便开始着手准备此事。

所谓蒙学，其实就是给孩童启蒙的学堂，她没打算标新立异，更没准备传播什么惊世骇俗的观点，所以选择了最为安全稳妥的蒙学。因为京城里也有不少家境寻常乃至贫穷的百姓供不起孩子上学，顾香生自己积蓄不少，放着也是放着，还有朝廷根据爵位发放的俸禄，足以应付这间蒙学学堂的支出。

听说这里要开蒙学，附近的老百姓都过来询问，原是半信半疑，不相信有这等天大的好事，后来听说还是朝廷亲封的济宁伯亲自教导，便都大喜过望，纷纷将孩子送了过来。

这些百姓也并没有因为学堂免去他们孩子的束脩便安然受之，依旧会送些力所能及的东西过来，要么是自家养的鸡鸭，要么是猪肉蔬菜，总归都是一份心意。

因此处是长春观，这间蒙学堂也就挂上长春堂的牌匾。

但好笑的是，京城里不少达官贵人听说此事，也都纷纷将自家孩子送过来，说要在顾香生的学堂里上课。

这些人无非是听说顾香生被皇帝看重，觉得可以趁机交好，便以此作为捧场的噱头，殊不知顾香生打一开始就没想过要教贵族子弟，可又不好推拒，这些人一来，反而让她添了不少烦恼。

一来人员太多，地方不够用，不得不把隔壁原本的静室也纳入学堂的范围；二来这些孩子出身不同，身份不同，从小耳濡目染所受的教育不同，早熟程度自然也不同，该不该一视同仁，用同样的方法启蒙，也让她颇为头疼。

夏侯渝哼笑："都是些趋炎附势之徒！家中的长子嫡子舍不得送，便送些庶子过来，浪费你的精力，我明日便去向陛下禀明缘由，就说你一个人教不了那么多人，那些人家里自然请得起先生，没有必要专门到你这儿来！"

顾香生却道："算了，等他们发现自己要与平民子弟一块儿进学，说不定就知难而退了。"

夏侯渝想想也是，就算是庶子，那也是从小锦衣玉食养着的，在家里受气的，未必在外头也受得了磋磨，没两天肯定就会打退堂鼓。

起初大家觉得包括顾香生在内的邵州降臣要倒霉，等到皇帝将顾香生等人封爵时，风向又发生了大转弯，众人发现顾香生既没有被问罪，也没有被纳入后宫，反倒还被封了个伯爵，实在稀奇得不得了，饶是再迟钝的人，也知道皇帝这是对她另眼相看的意思。

于是趁着办学堂，家里头庶子多的，挑一两个往这里塞，不费什么事，既向皇帝表达了支持的意向，又能与顾香生结好，顾香生还不能不领这份情。

真是哭笑不得。

夏侯渝握着她的食指摇了摇："渤州外海上盗匪横行，都快欺到齐国边境来了，陛下有意让我与七郎去视察一番。"

顾香生点点头："这是好事呀，有差事会想到你。什么时候起程？"

"过几日吧，可我不太放心你。"

顾香生啼笑皆非："我有什么不让人放心的？"

夏侯渝道："你毕竟刚来不久，总会有人欺生欺负到你头上来，还有我大兄那暴脾气，没遇上也就罢了，若是见着了，难免会找你麻烦；魏善那厮不一定有胆子找你麻烦，闲言碎语却是少不了的，让人听着也烦，还有……"

"行了，行了！"顾香生捂住他的嘴巴，"你再说下去，我都要以为自己仇人遍天下了！"

夏侯渝趁机抓住她的手心亲了一口："我这一去，没有两三个月，怕是回不来的，总而言之，你在京城要多保重，我身边有两个人，一个叫上官和，一个叫黄珍，黄珍我带去办差，上官和我让他留在京城，有什么事你就直接去王府找他，我都交代好了，你的吩咐等同我的吩咐，他会明白的。还有，我大兄身边有个参将叫宋帆的，上回你也见过一面，他与我有些往来，也算是我的人，不过这是条暗线，非到万不得已，最好不要动。如果你在宫里遇到什么麻烦，可以找两个人，一个是陛下身边的乐正，我母亲从前对他有恩，我回齐国之后，我们也有些往来，还有一个是宁嫔，她与我母亲同年入宫，情同姐妹，自己却没有儿女，虽说在宫里不太受宠，但总归有几分人脉，出了事找她，总比六神无主来得好……”

顾香生听得又是好笑，又是感动。

好笑的是对方明明只是去办一趟差，却弄得和交代遗言差不多；感动的是遍寻这世间，只怕再也找不出个像夏侯渝一样“傻”的人了。

她直接钩住对方的脖颈，将其微微往下一拉，随即仰头，封住他喋喋不休的嘴。

颤巍巍的杏花下面，一抹春意悄然来临。

灵空和尚的死很快传了出去。

众说纷纭，私底下说什么的都有。

有说此人的确是神棍的，不过靠着察言观色混出了名声，没想到在陛下面前露了馅，也有说灵空的确会望气，只是陛下深为忌惮，害怕他被有心人利用，方才先下手为强，直接杀了他，以绝后患。

最倒霉的是惠和郡主一家，因为最先结识并接待了灵空和尚，结果却闹出这么一件事情，惠和郡主还眼睁睁地看着灵空和尚死在自己面前，回去之后就大病了一场。郡马忙不迭地进宫磕头请罪，说自己识人不明，以致招惹了这么一个骗子。

所幸皇帝这回似乎没有和他们计较的意思，加上太后求情，最后郡主夫妻二人仅是被训斥一顿，扣了薪俸，以示薄惩。

夏侯淳和夏侯瀛就没这么幸运了，他们受了老父的喝骂，又被勒令闭门思过。夏侯淳心里憋闷，据说回去当天晚上，一名姬妾就因为犯了错，被心情不佳的他直接活活打死，结果此事也不知被谁捅出去，他直接被皇帝夺去金吾卫的差事，让他修身养性，练出点好性子再说。

三月中旬，夏侯渝与夏侯洵起程离京，前往渤州。

而顾香生，也正式迎来自己的执教生涯。

这间学堂就建在道观里面，从外面看，很不起眼，不过胜在周围青山绿水，边上还有花开灿烂，野趣横生，这些都是城里，尤其是大宅子里没有的，换作一个大人在此，顶多就感叹一句“结庐在人境，而无车马喧”，小孩儿们毕竟童稚未脱，尤其是五六岁的小孩子，瞧见彩蝶翩翩，雏鸟清啼，心里总还是有些雀跃的。

不过这其中又显得泾渭分明。

衣着华丽的那一拨，明明带着一丝忐忑一丝期待，却偏偏还要露出不屑一顾的样子，微昂起下巴，傲气流露无遗。

穿着寻常，一看就是出身平民人家的那一拨小孩儿，却丝毫不掩兴奋，打一入门，便叽叽喳喳说个没完，左顾右盼，学堂里洋溢着一片热闹的氛围。然而他们也很聪明，瞧出另外一边的轻视与嘲笑，便坚决不越雷池一步，只在自己这边说笑。

先生还没来，方才进来的时候只有一个年轻道人带路，此时道人也不知去向，一群小孩儿就这么被晾在学堂里。

“吵死了！”冯颐大叫一声，抄起手中的书本往书案上狠狠一摔。

全场寂静。

众人都被他吓了一跳，纷纷扭头望过来。

冯颐怒道：“我就不明白先生到底是怎么想的，龙生龙，凤生凤，怎么可以龙蛇混杂，让我们和平民百姓家的孩子一起进学？”

他是滕国公家最小的孙子，今年刚满六岁，说话还带着点奶声奶气，用这样的嗓音发出怒气冲冲的吼声，在旁人听起来很是滑稽。不过与他一个阵营的那些勋臣世家出身的小孩儿却纷纷叫好，有的还跟着起哄应和。

“就是，就是！要不是我娘非让我来，我才不来这鬼地方，蚊虫还多！”

“先生怎么还不出现呀！”

“听说这回教咱们的是个女先生呢，就跟你阿娘和妹妹一样！”

“女的怎么能当先生？我阿娘说是陛下亲封的济宁伯呢！”

“没错，济宁伯就是女的，我听我爹提过的！”

“可我们来这儿进学，这些寒酸家伙凭什么能和我们坐在一块儿啊？他们怎么配！我不管，我不想和他们一起！”

话匣子一打开，世家小孩儿这边也开始叽叽喳喳，可见小孩子大多喜欢说话，只是方才端着架子而已。

可最后那人的话一出口，平民小孩儿那一边立时就炸开了。

“你以为我们愿意和你们待在一块儿吗？我们是来听先生讲课的，不是来找你们玩的，不要脸！”

“你说谁不要脸！”冯颐腾地站起来，怒目以对。

“说的就是你！”那边也有个小孩儿站起来，个头比冯颐稍矮一些，肤色微黑，但挺清秀。

两方人马原本谁也不肯搭理谁，经由这句话点燃引线，迅速升温，变成吵架，吵架演变为动手，男孩们扭打成一团，女孩儿则在旁边尖叫躲避，现场一团混乱。

而此时的顾香生，坐在隔壁听见动静，啜一口酸甜可口的桃汁，摇摇头：“麻烦来了！”

嘉祥公主明白她指的是什么，也跟着微微蹙眉。

顾香生原本只想教附近农户的小孩子开蒙，谁知道那些世家听见风声，也纷纷送孩子过来，这样两拨出身完全不同的孩子，凑在一块儿能安生才怪。

这蒙学还没开始上课呢，就有一个如此“热闹”的开端，换了谁都会觉得闹心。

自打顾香生在道观安顿下来之后，嘉祥公主便时常会到这里来找她，一开始只是上门拜访，后来次数越来越多，现在三五天都会来上一回，偶尔还在这里过上一夜。

道观四周依山傍水，清幽静美，这是京城里那些就算建得再漂亮的宅第也无法享受到的景致，对嘉祥公主而言，坐在这里，反而比坐在公主府里要来得舒适很多。

虽然与驸马刘筠住在同一屋檐下，两人却已经有十天半个月没见过面，后者时常出去寻花问柳，一刻也不愿待在公主府里，一开始兴国公打过骂过，甚至绑着次子入宫请罪过，但事情过后，刘筠依然故我，说白了就是“虚心认错，坚决不改”，刘家也拿他没办法。由于先皇后的缘故，皇帝对兴国公家感情颇深，断不可能因为驸马喜欢拈花惹草就治驸马的罪，此事便不了了之。

日久天长，公主夫妻之间隔阂较深，见了面也是相敬如宾，要说感情，那真是一点儿也没有。刘筠是次子，没有传宗接代的压力，刘家人也知道他的德行，不敢也不可能责怪公主，只是这样一来，两人也就迟迟没动静，嘉祥公主嘴上不说，心里未必不黯然。

虽说是公主，可她自打出生就不是个受宠的，又没像夏侯渝那样经过外面风雨的磨砺，在宫里就像个被人遗忘的小透明，只因皇帝正好需要一个公主与兴国公家联姻，这才轮得上她。当日不明刘筠底细，单看兴国公一家，那真是没什么可挑的，家风严谨，又受天子看重，还是先皇后母家，若无意外，再延续两三代富贵也不成什么问题。那时候姐妹们都说她有福气，嘉祥公主自己心里也甜滋滋的，带着少女固有的羞涩与憧憬。谁知靠谱的刘家偏偏出了刘筠这么个意外，嘉祥公主不止一次地怀疑自己命不好。

就算回宫，陛下有许多事情要处理，必然是没空听她这个女儿诉说婚后闺怨的。至于生母，左右只会劝她要好好与驸马相处，不要摆公主架子罢了。每每在京中出席宴会，又总能感觉到别人若有似无的同情目光，嘉祥公主心头苦闷无处可说，待在道观便成了为数不多的消遣。

顾香生不会去问她与驸马相处得好不好，不会让她放下身段去讨好驸马，也不会让她拿出公主威风教训驸马。品茗吃点心，聆听周围清风与远处隐隐传来的寺庙钟声，嘉祥公主竟感觉到前所未有的放松与惬意，待在这里的时间也越来越多。

此时隔壁学堂里的孩童吵闹成一片，怒骂声、哭喊声不时传来，连苏木等婢女都被惊动了，跑过来察看究竟，唯独顾香生毫不动容，依旧优哉游哉。嘉祥公主早将她当作知心朋友，怕她不知利害，得罪了那些世家，便劝道："你要不要过去看看，可别打坏了，那些小孩儿虽然是庶子，可也都出身公卿世家，若打伤了，他们家里的人必生怨言，再要闹到陛下跟前去，可就难看了！"

顾香生还是慢条斯理地喝完茶盏里的最后一口茶，这才道："往好处想，总要出事才好收拾局面，风平浪静，反倒找不到突破口了。"

话音刚落，外头便进了人，面目陌生，从打扮上看，显然是某一家带来的仆从。

对方显然没料到嘉祥公主也在这儿，气急败坏地进来，却愣了一会儿，只能过来先行礼："公主安好，济宁伯安好。"

嘉祥公主问："你是哪一家的？"

"小人是滕国公家的，小郎君被打了，还请公主和济宁伯快过去看看吧！"

他原想过来兴师问罪的，但碍于公主在场，不好太过无礼。

顾香生笑了一下："有你们照看着，还会被打吗？怕是你们打人家才差不多吧。"

听她这样说，对方的面色便难看起来："滕国公信任济宁伯，方才将小郎君送至这里来进学，却没想到第一天就被打，这事小人回去之后定当据实禀告！"

滕国公府家大业大，顾香生却只是个空头爵位，还是妇道人家，两相对比，连下人也不免有所看轻。

顾香生却只笑了笑：“我又没有拦着你，你想怎么说，自然是你的事，冯家若是不满意，大可将贵公子领回去，也不至于在我这里受委屈。”

她说罢起身：“公主稍坐，我去隔壁瞧瞧。”

嘉祥公主点头：“你去吧。”

那些世家小孩子虽然是庶出，来的时候自然也是乘坐马车、仆从成双的，此时见小主人挨揍，自然要挺身而出，不过这毕竟是别人的地盘，他们还不至于敢闹出人命，只是那些书案坐席全都因此遭了殃，连书本都被当成攻击的工具，一时间鸡飞狗跳。

此时从双方吵起来到顾香生出现，也才过了短短一刻钟。

她将时辰火候掌握得刚刚好，不至于出现难以收拾的局面。

“住手！”

大伙打得正起劲，这样温温柔柔的声音自然是没人听的。

边上一个世家小女孩将手上的千字文直接砸向正在和冯颐打架的小孩儿头上，书本在半空划过一条抛物线，弧度优美地正中目标，那小孩儿“哎呀”痛叫一声，冯颐趁机一拳揍上去。

小女孩拍手叫好：“冯六郎用力点！打他，打他！”

顾香生：“……”

你这么兴奋怎么不自个儿上呢？

她直接将手上的茶杯扔出去，青光从冯颐耳边堪堪掠过，直接在他身后砸出朵花，当啷一声，碎瓷四溅，又正好在边角，被高几挡住，不会伤到人。

众人惊了一下，动作随之顿住。

片刻的寂静中，顾香生依旧慢声细语：“我姓顾，是学堂的先生，你们也许听过我，也许没有，不过不要紧，打从今日起，我们就算认识了。来京城之前，我曾在邵州上过战场杀过人，七尺壮汉的脖子，我咔擦一下就扭断了，还有，我射箭的准头也不错，方才你们也见识到了，若是还不停下来，等会儿茶杯可就直接换成别的了。”

什么扭断七尺壮汉的脖子一类，顶多只能吓吓小孩子，但在场的还当真都是小孩子，所以几乎全被吓住了。

冯颐回过神，反应最快：“你骗人！你才不敢杀我们！我是滕国公家的六郎，你若敢动我一根毫毛，我让我阿翁阿爹杀死你！”

顾香生抿唇一笑：“说得好吓人，我是陛下亲封的济宁伯，品级虽及不上你阿翁，可也不是你阿翁一句话说杀就能杀的吧，我只知道，你为什么会被送来这里，因为你是庶出，又是最小的，最不起眼，冯家多你一个不多，少你一个也不少，就算被我失手打死了，你阿爹怕也不会如何惋惜吧。”

冯颐脸色旋即涨得通红，想说什么，又什么也说不出来。

他这个年纪，虽然顽皮，但出身豪门世家，从小耳濡目染，已经慢慢知晓一些事情了，出门前母亲殷殷叮嘱，让他在学堂里好好表现，别丢了冯家的脸，又说自己若是表现得好，说不定传回国公府来，祖父和父亲会对他另眼相看。

结果在这里进学的第一天，他就跟别人打架，如果传回去……

想到这里，冯颐登时小脸煞白。

如果传回去，迎接他的肯定不是赞许，而是藤条了。

顾香生只想让他们安静听话，没想把小孩子吓傻，点到即止，见好就收，转而对那些仆从道：“今日学堂书案的损失，以及那些被你们打的孩子的伤，我都一并算在你们那里，回头让你们家主人送来赔偿。”

有些人心头不服，忍不住道：“先生，可不是我们先动手，是那些孩子先打我们家小郎君的！”

顾香生不为所动：“我就在隔壁，谁是谁非，听得一清二楚，不劳你转达。朱砂！”

她声音方落，朱砂便捧着药箱带着两名仆妇进来，开始给屋子里受伤流血的孩子清洗包扎伤口。

众人一看，果然世家的孩子都没怎么受伤，平民家的孩子却有些额头青肿，有些则手肘擦破流血，幸而都没什么大碍。

这并非他们打架不如人，而是因为有那些仆从的加入，方才呈现一边倒的局面。

等朱砂帮他们上药包扎好，顾香生便让那些仆人将被推倒的书案一一摆好，又令他们退出去，只余一众小孩儿与她大眼瞪小眼。

大家打架的时候是痛快了，现在冷静下来，就开始知道后怕了，女孩儿中一些胆小的，双目已经出现泪光，咬着唇要哭不哭，此时若是有个人忍不住先哭出来，保管学堂里登时汪洋一片。

顾香生微微一笑：“好啦，我知道你们彼此看不顺眼，可是如今架也打了，力气也发泄完了，就该上课了。若是你们今日表现得好，我非但不会向你们家里告状，也会让你们带来的人守口如瓶，你们不必担心回去受责罚，但若表现不好，那就不要怪我不客气了。”

想哭的人闻言连忙收住泪水，瞪大了眼睛瞅着她。

顾香生道：“学堂门口挂着一副联子，谁还记得？谁能读出来？”

一群五六岁的小屁孩，好一点的，读过《三字经》《千字文》，很能认得一些字了，差一点的，一个字都还不认得，不过大伙进门的时候，都顾着看门口飞来飞去的蝴蝶了，谁会去注意那一副联子？

冯颐脑海灵光一闪，居然想起来了：“是，是‘读天下可读之书，行世间能行之路’！”

这小子居然记性不错！顾香生有点意外地看了他一眼，毫不吝啬赞许：“冯颐答得很好，今日打架的事便揭过了，回头我还会派人去你家说明，让你免遭惩罚。”

见答对联子还有这等好处，冯颐眼睛一亮，小脸放光，也没有之前的沮丧了。

顾香生道：“你们出身不同，所以很难处到一块儿去，这很寻常，我原本也没打算教这么多人，可人既然已经来了，自然会一视同仁。孔夫子说过，有教无类，即便出身不同，但做人的道理却是一样的。

“这里有些人，自幼长于公卿世家，有些人则出身寻常百姓之家，出身不一样，读书的目的也不一样，有人仅仅为了明理，有人却还要从书中寻找向上的途径，养家糊口，甚至出人头地。但无论以后你们功成名就也好，默默无名也罢，只要仰无愧于天，俯无愧于地，便算是学有所成，也是我要教给你们的道理。”

这番话着实有些深奥，小孩儿们似懂非懂，一脸迷茫地瞅着她。

顾香生却没有再详细解说的意思，她道：“陈弗，你进来。”

有些人生下来就身有残疾，家徒四壁，有些人生下来则是金枝玉叶，仆从如云，这都不是他们自己可以选择的，今日这帮小孩子，如果没有意外，是绝对不可能凑在一块儿读书的。

顾香生本来也没打算挑战世俗观念，把这两种出身的小孩放到一块儿读书，但这些世家想要讨好皇帝，就把家里不受重视的庶子庶女送过来，导致冯颐等人被迫和附近农户家的平民小孩共处一室，反倒给她惹了不少麻烦。

冯颐他们瞧不上平民孩童的出身，自以为高人一等，殊不知他们自己的出身，在权贵圈子里却也是低人一等的，被别人歧视，却还不自觉地去歧视别人，这本身就是一种病态，任其发展下去，即便长大了，也不会有什么大格局。

陈弗从外面走进来，他现在已经是一个半大少年了，清秀文静，脸上还带点可爱的小酒窝。

作为顾香生仅有的两名入室弟子之一，这两年他跟着师兄席二郎，奉顾香生之名寻觅流落在外的典籍，顺道四处游历，增长见识，气质风度与几年前相比，早已发生了很大变化。

顾香生道："这是我的学生，叫陈弗，比你们大好几岁，你们该叫陈师兄。"

小孩儿们便稀稀落落地喊起"陈师兄"，声音稚气可爱。

顾香生道："陈弗也是平民百姓人家出身，现在却已经读过许多书，也在外头闯荡过，他不仅熟读诸子百家各种典藏，还能倒背如流，这说明不管出身如何，只要肯努力，就能学有所成，和陈弗一样。"

冯颐等人原先还觉得这位陈师兄长得好看，气质也好，一定是其他国家的世家出身，没想到从顾香生口中听见不一样的答案，当下便有人忍不住嚷嚷："我不信！平民怎么可能那样厉害？你会背《诫子书》吗？"

说话的是个小女孩，顾香生认得，方才便是她在旁边起哄起得最厉害。

顾香生问："你叫什么名字？"

小女孩歪着脑袋："你想向我家里告状吗？我不是冯六郎，我不怕你。"

顾香生失笑，她看样子应该也才五六岁，说话却鬼精鬼精的。

"你不说我也知道，你姓纪，应该是寿阳郡主的孙女，是也不是？"

"你怎么知道？"小女孩大惊失色，一句话露了馅。

顾香生没告诉她，对方一张圆圆脸，和她祖母寿阳郡主长得挺像，而上回公主府宴会的时候，她才见过寿阳郡主。

"你和她说吧。"顾香生对陈弗道。

陈弗点点头，回答小女孩方才的问题："《诫子书》我背过。"

纪芸芸绞尽脑汁搜罗自己见过最难的书，给他找麻烦："那不算什么，许多人都会，我祖父也会。你会背《贞观政要》吗？嗯……嗯，就背其中的《论务农》第三十！"

一个六岁小孩儿居然还知道《贞观政要》里的其中一章名目？顾香生不由得对她有点刮目相看，觉得她刁钻归刁钻，倒还真是读过不少书的。

可如此聪颖，却还依旧被家里送到这里来启蒙，要么就是纪家比她聪明的小孩数不胜数，要么就是纪家压根儿不重视这个庶女，顾香生估摸着还是后者的可能性更大些。

陈弗长他们几岁，却已经历练得风度绝佳，闻言含笑点头，便开始背起里头的篇章。

“贞观二年，太宗谓侍臣曰，‘凡事皆须务本。国以人为本，人以衣食为本，凡营衣食，以不失时为本……’”

纪芸芸没想到对方还真能张口就背，小嘴不由得微微张开，眼睛眨也不眨地瞪着陈弗。

陈弗一篇《论务农》背完，顾香生道：“瞧见了吗？你们陈师兄如此厉害，若是你们好生读书，以后说不准能比他还厉害。可要是不肯好好读书，便索性回去，不必再来。若是非要来，又要捣乱，还哭哭啼啼的……”

她捡起方才散落在地上的一块碎瓷片，又指着外头一朵杏花道：“看见那朵粉色的花了吗？”

众小孩循着她所指的方向望过去，却见一块瓷片飞快地自他们头顶掠过，直接就将那朵花打落在地。

顾香生还是笑眯眯：“那我就会像打这朵花一样打你们哦。”

众小孩：“……”

在场一半人的心思：嘤嘤嘤，好可怕，我要回去，我不想在这里了！

另一半人的心思：哇哇哇，好厉害，隔这么远也能打中！

总而言之，顾香生先兵后礼，先武后文，威逼利诱，恫吓安慰，诸般手段上阵，总算镇压住一干小屁孩，使得他们暂时不敢再造次。

学堂开张的第一天，她首战告捷，赢得了接下来一段时间的清静。

冯颐回到家，母亲宋氏便将他找过去，想问他今日学得如何，谁承想竟看见儿子鼻青脸肿的模样，当即又惊又怒，拉着儿子反复询问。

冯颐起先还不肯说，但他毕竟是小孩儿，被问了几遍就忍不住吐露真相。

在学堂跟平民百姓家的孩子打架，先生不但没管，反而还训了他们一顿，又将冯颐从家里带去的仆人赶出来，然后还摔东西威胁他们要听话。

宋氏简直不敢相信自己的耳朵：“你那时候就该直接离开，为何还继续坐在那里听课？不行，此事我定要告知你父亲才行，让他出面去与老国公说！”

她虽然是妾室，但在冯颐父亲面前还算是比较得宠的那种，当初听说顾香生要在京郊道观里开办蒙学，而冯颐又正好到了开蒙的年纪，这让她意识到其中的机会，所以当冯家想要挑一个庶子去那里上课的时候，宋氏从中起了很大的推动作用，最后去的不是与冯颐年纪相仿的兄弟，而是冯颐本人。

但这不代表她会坐视儿子受伤，尽管冯颐名义上的母亲是冯颐父亲的正室，但冯颐与宋氏的血缘关系是无法切割的，他依旧是宋氏的依靠。

冯颐却拉住她，跳脚道："别去！不准去！"

宋氏气急败坏："你都被打成这样了，还让我不准去？那女人哪来那么大的胆子，竟敢打你？难道她不知道你是滕国公冯家的子弟吗？"

冯颐嘟囔："又不是她打的，是别人打的，我也打他们了，他们伤得比我还严重！"

"那能一样吗？你可是冯家六郎，那等低贱百姓，打了便打了，有什么了不得！"

冯颐依旧不同意："辛三郎他们也都挨打了，您若是说了，别人又没说，单是我一个人告状，那多丢人啊，别说了，别说了！"

不过他的反对无济于事，当天晚上，宋氏就将这件事告诉冯斐，求他让老国公进宫去找皇帝告状，却直接被冯斐骂了一通狗血淋头。

"我没脸为了这种事情去求父亲，更何况还要闹到陛下跟前去，你不嫌丢人，我还嫌丢人！当初你执意要让六郎去，现在些许小麻烦，就该当作是磨砺。妇道人家，头发长，见识短，一点儿小事便咋咋呼呼，他若是连那些人家的孩子都打不赢，以后长大了还怎么做大事！"

宋氏还待辩解："可是……"

"不必说了，你若再啰嗦，今夜我便去隔壁院子歇去！"冯斐狠狠地瞪了她一眼。

宋氏不敢吭声了。

但冯家没动静，不代表其他家也没动静，那些孩子回去之后也不乏告状的，其中有些人便趁着隔日进宫奏事的机会，状若不经意地向皇帝陛下提及此事，言下之意，暗示顾香生没有为人师的资格，也教不好这些孩子，更还将平民百姓的孩子招进来与公卿世家的孩子一起上课，龙蛇混杂，不成体统。

谁知皇帝的反应大大出乎意料。

不仅出乎那些告状之人的意料，更出乎了顾香生本人的意料。

皇帝直接将赵婕妤所出的十四公主送到顾香生这里来开蒙。

十四公主年方四岁，连封号都还没有，还是一个小奶娃，说话也磕磕巴巴，并不比寻常孩子聪明伶俐多少，但皇帝的这一举动，公然摆明了支持顾香生的态度，令许多人跌碎了下巴。

自打顾香生来到齐国，皇帝屡屡站在她这一边，不止一次两次。

若说皇帝对她有意也就罢了，然而事实是对方压根儿就没有纳她入后宫的意思，这样的另眼相看不单令顾香生，也令其他人颇感费解。

当顾香生上门拜访孔道周，询问起这件事时，孔道周却给了她一个更加出乎意料的答案。

“其实陛下这样做，只是想借你的手推动他一直想做的事情。”

“请先生有以教我。”

“如今齐国国内门阀势大，虽还没到天子必须仰人鼻息的地步，但他们的影响力也在不断扩大，不知你有否注意到这一点。”

顾香生想了想：“的确是。来我学堂里上课的那些世家孩童，家世普遍都是齐国新贵，据说那些根深蒂固的世家门阀，根本不屑通过此道来讨好陛下，而这样的世家，在齐国足有十来家，他们虽然不曾手握兵权，却也基本把持着满朝上下的官员。徐澈徐春阳也曾与我说过，翰林院里基本都是世家出身的翰林，通过科举进去的士子仅有十之一二。”

这种情况下，那些世家出身的人自成一派，而剩下的少数科举出身的翰林也结成一派，像徐澈这种半道空降的人，自然受到了一致排挤，世家出身的人觉得他不是本国人，瞧不上南平小国，不愿意搭理他；科举晋身的翰林又觉得他曾为世家宗室，跟自己不是一拨的，也不爱和他说话，结果徐澈就被孤立了。

顾香生听见这件事的时候，还很是哭笑不得，要知道徐澈是出了名的人缘好，连他都能被孤立，可以想象翰林院是个什么环境。

孔道周点点头：“不错，翰林院尚且如此，其他地方就更不必说了，这是立国之初留下来的弊端。”

魏国其实也有这样的情况，譬如魏国兵权就掌握在程、严两家手里，尾大不掉，连皇帝都无可奈何，先帝死后，更是一个扶植魏善，一个支持魏临。而且程家与严家，并不单单是两个家族，他们还代表着背后，在面对外敌与内患的情况下，魏临不得不选择与严家合作，这就是君权向门阀妥协的一种表现。

齐国情况稍好一些，它的兵权依旧牢牢被掌握在皇帝手里，门阀世家控制的是朝中任官权力，也就是说，皇帝要想任命某个职位，只能从世家出身的人里选。这些年齐国虽然也开设了科举，但成效并不大，那些寒门出身的士子，至今还在地方的小职位上打转，中枢基本为世家所把持。

世家子弟从小出身好、环境好，受的教育也比寒门子弟好，长大之后比寒门出身的人有出息，这是自然而然的事情。对于世家而言，这样的良性循环能够延续家族的生命力，齐国内有两个世家，便已经有了三百年的历史，这些家族人才济济，英才辈出，综合起来人数就比寒门子弟来得多。

但这对皇帝而言，却并非什么好事。

一个有为之君都会希望中央集权，将权力集中到自己手中，而世家门阀所组成的臣僚集团，则会想方设法有意无意地去分薄君权，这是必然趋势，一个王朝就在这种拉锯战中持续向前。

皇帝要想削弱世家门阀，就得提拔寒门士子，慢慢抬升他们的地位，等寒门成长到能与世家并驾齐驱的地步，就可以利用帝王心术在两者之间寻找平衡点。综观史书，与之相似的法子并不少见。

顾香生是个聪颖之人，孔道周稍稍一说，她便明白了七八分："您的意思是，陛下想借由我开蒙学这件事来做文章，趁机扶植寒门势力，表现自己的一视同仁？"

孔道周微微苦笑："你说得也太直白了，不过大抵是这样的意思吧。蒙学虽小，却集合了寒门子弟与世家子弟，陛下将公主送过去听课，明面上看是对世家告状的回应，实际上……"

顾香生接道："实际上却是走了一步意味深远的棋，表明了自己对寒门与世家一视同仁的态度。"

她原想着远离纷争，但现在看来，自己实在是太天真了，打从她入宫嫁给魏临的那一刻开始，她就一直身处旋涡之中，从未离开过，现在看似离开权力中心，实际上也是皇帝陛下计划中的一颗棋子。

但实际上，顾香生非但没有半分怨怼，反而还得因此感谢齐君，对方是在利用她没错，可帮助她的事实也是客观存在的，假如没有他的开明，她现在还未必能够拥有相对平静的生活。

这样想想，被人"利用"一下，好像也没有什么不能接受的。

孔道周以为她心有芥蒂，还安慰道："你也别介怀，陛下虽借你之手，但这事与你干系并不大，你只管开你的蒙学就是，纵然多一个公主，照样也是这么教。"

顾香生含笑点头："我晓得了，多谢先生。"

她心里对这位热心肠的老先生很是感激，从孔道周方才的话来看，他并不是那种只知道一味埋进书堆里的腐儒，恰恰相反，孔道周对天下时局和各国内政都有着独到而清醒的认识，这样一个人才，明明魏国可以抓住，却被先帝亲自赶跑，魏临若能有他在身边辅佐，今日未必不是另外一番局面。

“先生，修史进展如何了？”

孔道周摸着胡须：“还行吧，你那几篇传记写得尚可，不过有些地方还要修正。”

可怜顾香生修修改改数十次，终于得了一个“尚可”的评价，简直都要感动得泪流满面了。

“可我听说齐国文人对先生主持修史不太服气，他们没有为难您吧？”

从邵州搬到上京，有齐君发话，规模又大不相同，原先的人手自然不太够用，齐君又召集齐国知名学者到孔道周麾下任他指挥调派。但文人相轻，尤其是这么大一桩差事，做好了必然名垂青史，自然人人眼红，免不了有人挑刺，又说孔道周名气再大，也不是齐国人，由他来主持修史并不合适云云，虽然掀不起大风浪，但私底下没少小动作，连顾香生都听到了一些风声。

孔道周却不将这些事情放在心上：“都是微不足道的小事，书能修成才是正道。”

二人又顺势聊到修史过程中出现的一些问题，孔道周也交代她务必将“奇女子列传”里需要修改的地方一一完善，还语重心长道：“自古只有‘后妃列传’，而无‘奇女子列传’，此处便是开了先河，修好了，足以为后世千古典范，不可马虎待之，你若想为天下女子争一口气，这‘奇女子列传’，便是至关重要的一环。”

顾香生郑重应是，又有些好奇：“先生何故肯为女子如此发声？”

说罢，她不好意思地补充：“非是我看低先生，只因先生是男子，而天下男子，很少能设身处地为女子着想的，先生行事为人，与世人不同，简直谈得上超凡入圣了！”

孔道周笑骂：“你别拐着弯拍我马屁，我不吃这一套！”

正说笑间，外面有童子进来，说林郎君前来拜见。

孔道周颔首：“让他进来吧。”

顾香生在邵州日久，也没有见了外男要避忌的规矩，等对方进来之后，定睛一瞧，竟然还是熟人。

对方先向孔道周行礼，孔道周向顾香生介绍："这是我门下弟子林旭林文曦。"

顾香生笑道："不劳先生介绍，我们曾见过。"

林旭也笑道："是，曾见过不少回。"

最开始是在六合饭庄猜灯谜，顾香生坐在包厢里，那夜胡维容出了大风头，一干文人都对她仰慕不已，林旭却独独注意到从包厢里走出来的顾香生，对方那种文静娴雅之中又带着飞扬洒脱的气质令林旭印象深刻。后来是在客栈里，顾香生与一干书生言语交锋，舌战群儒而不落下风，林旭又在一旁亲眼得见，他不像一般男人那样觉得这女人很厉害，不好相处，反而心有所悦，可惜不久之后便得知顾香生嫁为思王正妃，一段无缘开始的缘分就此戛然而止。

然而辗转几年，却终又重逢，人生际遇之奇妙莫过于此。

他将两人见面的经历一说，孔道周也觉奇妙。

三人小叙片刻，顾香生唯恐师徒俩有话要说，便起身告辞。

谁知她前脚刚走，林旭后脚也跟着出来。

"顾娘子可是要出城？不如同行？"

顾香生奇道："林郎君也要出城？"

林旭点点头："我与般若寺的惠行师父约好了对弈。"

般若寺离长春观不远，京郊有名有号的道观佛寺，基本都在那一处。

但顾香生仍旧是婉拒了："林郎君先行一步吧，我还有些东西想买，暂且别过，后会有期。"

林旭不是那等死缠滥打的人，闻言也只好遗憾地目送她离去。

若换了夏侯渝这种无视脸皮的人，此时便会顺着杆子爬说："好巧，我也想逛逛京城，能否请香生姐姐顺便带我一程？"

所以说性格决定命运。

马车上，朱砂掩嘴笑："林郎君一定是对娘子有意，方才会追出来说那些话！"

顾香生白了她一眼："你倒是明察秋毫！"

主仆俩一路说笑回到京郊道观，留守的苏木迎上来："娘子，嘉祥公主来了，正在花厅歇息呢！"

顾香生有点诧异："这都傍晚了，怎么才来？"

苏木小声道："公主没说，不过婢子瞧着她仿佛来的时候刚哭过。"

【第三十七章】夜半火光惊宫闱

顾香生走进花厅的时候，嘉祥公主正对着厅中一盆君子兰发呆。

兰花还没开，但公主的视线极其专注，仿佛要一直看到那盆君子兰忽然冒出花苞为止。

顾香生道："公主若想看兰花，还得过些时日才行，院子里的蔷薇倒是开了，您若有兴致，不如我陪您过去瞧瞧？"

嘉祥公主回过神，强笑道："罢了，那蔷薇我昨日才刚见过。"

小孩子的琅琅读书声从不远处传来，陈弗正在教他们读《千字文》，这是因为附近农户的孩子许多连字都不曾识过，要从头教起。他们也有好胜心，见世家小孩连《论语》都会背了，心里也着急，学起来很是刻苦。顾香生原以为将两拨出身不同的人放在一起，只怕天天鸡飞狗跳，从孔道周那儿回来之后就盘算着要不要将他们分开，谁知方才去看了一眼，那些小屁孩居然也学会化愤怒为动力，铆足了劲想在学问上超越对方。

志气可嘉，只要不再打架，顾香生也就由着他们去了。

顾香生笑了笑："那便先吃些桃子吧，我让朱砂切瓣之后蘸了冰镇过的梅汁吃，比平日里的吃法还要爽口。"

嘉祥公主现在哪里有心情说吃的，对方一说，她的眼泪就忍不住下来了。

顾香生吓了一跳："您别哭，发生了何事？"

嘉祥公主兀自哭了一阵，方才拭泪道："没什么，我便是听见陈弗在旁边教书的动静，心里有所感触。”

都说女人是水做的，可顾香生还真没见过如此多愁善感的公主，照理说天之骄女，要什么有什么，除了生死不能勉强，感情不能勉强，其余的比常人要顺心很多，活成嘉祥这样憋屈的还真没有。

“公主有什么烦心事，不妨与我说说。”顾香生温声道。

下午嘉祥公主出门前，在公主府门口正好遇上彻夜未归的驸马。刘筠三天两头往外面跑，她也睁一只眼，闭一只眼，假装没看见，但当面遇上还是头一回，嘉祥觉得有些拉不下脸，就让刘筠以后尽量不要往外面跑，谁知刘筠却笑道公主府规矩大，跟个牢笼似的，他却不愿住在牢笼里。嘉祥听了心中便有气，对刘筠说：“你既然不愿意，当初就应该让你父亲拒婚，而不是娶了我之后却当懦夫。”刘筠说：“我倒是想拒婚，可陛下所赐谁敢辞？公主若是有能耐，不是该早早就去向陛下陈情了，又何必在我这个小驸马面前逞威风呢？”

嘉祥公主一听这话，心里就难受得不得了，她想，自己打从嫁给刘筠，本也想着好好过日子的，谁知道刘筠对婚事心生抗拒，人前恭敬，人后冷漠，嘉祥说也说过，气也气过，根本无济于事。她又不是那种会仗着公主威风横行霸道的性子，夫妻二人的关系就奔着冰点一路疾奔而去，成婚之初两人起码还说过几句话，现在竟沦落到见了面连打招呼都生疏冷硬的境地。

她泣道：“我知道，刘筠觉得自己尚主委屈了，他对这桩赐婚心不甘，情不愿，可我又何尝愿意？他怎能迁怒于我？”

顾香生微微蹙眉。

从皇帝那里寻求解决显然是行不通的，齐君若是那种温柔情长疼爱儿女的父亲，早就替女儿出头了，但他是个雄才伟略的皇帝，忙着对付魏国，提拔寒门对抗世家尚且不及，自然不会有什么空闲去管小儿女的内帷琐事，说到底，还是得嘉祥公主自己强硬起来，才能震慑住刘筠，让他收敛一些。

“公主且先在我这儿住下吧，天色也晚了，明日再回去也不迟，此事合该从长计议，咱们晚上再慢慢说。”

嘉祥公主点点头，擦拭眼泪，有点不好意思：“我总来吵你，反倒累得你没有清静日子过了。”

顾香生就笑道：“您来了，我反倒有个人陪着说话，还热闹些，远王离京前，也曾交代过我多照看您呢，其实关心您的人还是很多的，即便是为了亲人，您也该振作些。”

嘉祥公主道："旁的我不知道，我与五兄从前甚少往来，如今他必是爱屋及乌，才会说这些话的。"

顾香生听着不对劲："什么爱屋及乌？"

嘉祥公主扑哧一笑："五兄定是因为我与你交好，才会这么说的，从前我与他可不见得如此亲近，这不是爱屋及乌又是什么？"

顾香生嗔道："我与你说这个，你偏要扯那个，再啰唣我就不留你了。"

这么一闹，嘉祥公主的伤感反而去了大半，她拉着顾香生的手道："你若能当我的嫂嫂，我高兴还来不及呢，有你这样威风八面的嫂嫂撑腰，往后都没人敢欺负我了。"

顾香生哭笑不得："亏得您好意思说这种话，您是天之骄女，本该为我撑腰才是，怎的倒反过来了？"

嘉祥公主自失一笑："你说得对，是我太没用了。你别笑话我，从小我在宫里就无人问津，周围只有奶娘、宫女，长到六岁才第一次见到陛下，宫里多的是攀高踩低的人，就算身为公主，只要不得宠，照样会被欺负。皇后早逝，我又不能找陛下告状，就只能默默隐忍，久而久之，便养成这样软弱的性子，连我自己都讨厌自己，更不要说别人了。"

顾香生柔声道："你不令人讨厌，你是我见过最温柔最没有架子的公主了，是驸马没眼光，不是你不够好，不要总把过错归咎在自己身上，只要肯努力，日子总是越过越好的。"

嘉祥公主将郁闷倾吐出来，心情好了许多："借你吉言，你说得对，日子总要努力去过，贫贱夫妻百事哀，寻常百姓人家，过得比我还艰难百倍，我不该成日沉溺于此。"

这便是嘉祥公主的可爱之处了，她贵为公主，却肯设身处地站在别人的立场上考虑，本身就很难得了。

嘉祥公主又道："见你开学堂教书，我也想到一件事，偌大京城，权贵不少，平民百姓却也不少，看看学堂里那些孩子就知道了，他们日子过得一般，若是遇上生个什么病，只怕全家就不堪负荷，所以我想开个善堂，不为施粥，而是专门给那些重病又无钱买药的平民百姓看病抓药，好让他们病有所医，你觉得如何？"

顾香生吃了一惊，她从前在邵州时便有过这样的想法，但主要是现在刚到齐国，办个蒙学已然不易，以她稍显敏感的身份，多做多错，暂时不宜太出风头，否则反而会给自己也给别人惹来麻烦，但她没想到，这个主意却会被一个公主先提出来。

“这自然是天大的好事，你若想付诸实施，我还可以为你介绍一名药商，她先前在邵州便是开药铺的，不过此事你还得先禀告陛下才行。”

嘉祥公主抿唇一笑：“我就知道你会支持我，此事需要从长计议，等回去之后我思虑周详，再上呈陛下。”

有事可做，她的注意力转移，心情立时便不一样了，连晚饭都比平日里多吃了一些，看得公主侍婢啧啧称奇，直以为顾香生有什么灵丹妙药。

因为过来的时候已经是傍晚，嘉祥公主便没有回去，而是留在道观里过夜，打算明日一早再回去。

她的客房就在顾香生隔壁，陈设简单，自然比不上公主府里奢华，书案书架都是竹制的，连门边挂的也都是竹帘，喝茶的杯子还是竹杯，处处透着一股在公主府里未曾感受过的生趣，呼吸之间仿佛都溢着竹香。

婢女素雪便道：“得亏现在还是春天，若再晚些时候，这儿晚上该有一堆蚊虫了。”

嘉祥公主摇摇头：“你没注意吗？房间外头栽的是净香草和薄荷，这些都是蚊虫不敢靠近的，就算到了夏天也无妨。我倒觉得这里很好，冬暖夏凉，足够清静，难怪顾姐姐当日会挑选这里作为隐居地。”

素雪知道公主这是被驸马弄得屡屡闹心，反将公主府视如蛇蝎的缘故，便笑道：“这有何难？左右济宁伯也是一个人住，您若是来了，反倒热闹呢，她定是高兴的，公主想来便来了，天气再热些，也不必去郊外庄子上避暑了，此处也正适宜呢！”

嘉祥公主笑道：“这样一来，我可不成坏人好事的恶棍了？”

先时两人提到夏侯渝时，婢女并不在近侧，素雪听了满头雾水，嘉祥公主也不多做解释，只让她去收拾床铺，准备歇息。

就在这个时候，嘉祥公主发现外面似有一抹红光亮起，透过竹帘若隐若现，她“咦”了一声，起身趋近窗前，掀开竹帘往外探看。不望还好，这一望之下，直接就脸色大变。

只见远处红光隐隐，在黑夜里分外显眼，连带着那上头的天空都被映亮了。

而那个方向，分明是皇宫！

两名婢女注意到她的动静，凑过来一看，也都面色煞白。

"那里不会是……是……"

"皇宫走水了？！"

嘉祥公主嘴唇紧抿，心乱如麻，手脚冰凉。

长春观在京郊，但视角不错，正好能遥遥瞧见皇宫，现在离得如此远还能看见火光，可见火势一定小不了。

霎时间，嘉祥公主脑海里掠过许多人，有她的生母，有皇帝，还有其他兄弟姐妹。

她的身体微微发着颤，脑海一时空白，完全失去了反应。

还是素雪一句话提醒了她："公主，咱们要不要连夜进城去看看？"

对！

嘉祥公主想起住在隔壁的顾香生，却发现自己脚有些发软，只怕没走几步就要软倒在地，忙道："快将顾姐姐请过来！"

其实也不用她说，那头顾香生已经披上外裳走过来了。

"顾姐姐，我得进城去看看，那方向怕是宫里走水了！"她快步上前，握住顾香生的手。

"眼下城门已经关了，不说能不能进去，就算能进，恐怕也要大费周折，你现在赶过去也帮不了忙，先别着急！"不愧是经历过大风大浪的人，顾香生的冷静感染了嘉祥公主，让她不由得深吸了口气，勉强跟着镇定下来。

"你的手怎么这样凉？"顾香生蹙眉，转向素雪道，"去给公主拿件披风过来。"

素雪赶紧应了转身去拿。

顾香生则拉了嘉祥公主的手在一旁坐下。

"像这样的大火，以前可曾有过？"

嘉祥公主定了定神："皇宫没有，倒是前年秋天，城中起过一回大火，当时烧了不少民宅，还死伤一些百姓。"

这年头建筑都是木结构，好处是冬暖夏凉，坏处是一着火非得烧一片才能停下来。

顾香生就道："秋干物燥，容易起火，眼下是春时，像这样的大火很罕见，更何况是在皇宫里，稍有点火星也会很快被扑灭了，但现在隔这么远还能看见，说明已经不仅仅是烧几间宫室了。"

嘉祥公主一个激灵："你的意思是……"

顾香生的言下之意，这很可能是人为纵火，而非无意失火。

如果是这样的话，事情就严重了。

她不敢往深里继续想，脸色已经是一片苍白："那我该怎么办？"

顾香生沉声道："这也只是猜测，是与不是还待商榷，现在进城动静太大，等天亮开了城门再进，我陪你一道去。"

嘉祥公主连连点头，握住对方的手心里已然全是冷汗。

虽说天亮再进城，但这一夜，谁也没能高枕无忧，二人相对无言，好不容易挨到天色蒙蒙亮，眼看远处火光已经完全消失，嘉祥公主长嘘了口气："现在进城吧？"

顾香生看了下沙漏，也差不多是该开城门的时辰了："走吧。"

二人匆匆梳洗，简单穿戴一下，便乘着马车往城里赶。

昨夜的动静着实惊动了不少人，连陈弗也没睡着，黑着眼圈出来送行，再三叮嘱顾香生要小心。

往常这个时辰，城门应该已经开了，但此刻他们赶到城下时，却见大门紧闭，城墙上也有士兵来回巡视，人数比以前多很多。

两人心里咯噔一声，嘉祥公主先让人上去叫门，下人很快去而复返，说是奉上峰的命令，今日全城戒严，任何人不得进出，什么时候开也未可知。

嘉祥公主这回倒是坚持得很："你就报上我的名号，说是我要进宫去探望皇父！"

下人赶紧又去了，这回去的时间久了一些，回来的时候身后还多了个人。

"敢问车上可是嘉祥公主？"对方拱手询问，听着不像小兵。

素雪下了马车代答："正是，阁下何人？"

对方道："卑职监门将军田欣，奉命值守此处，不便之处，敬请公主见谅。"

车上嘉祥公主与顾香生对视一眼，都觉得事情有些不寻常。

顾香生亲自下车："我是济宁伯顾香生，想与嘉祥公主一道入城，这辆马车寥寥数人，身份都是可查的，不知田将军能否行个方便。"

田欣有点为难："不是卑职不肯放人，是上峰交代要封锁城门……"

顾香生趁机问道："不知田将军可知道宫里头现在是什么情况？"

田欣摇摇头："卑职也是半夜接到命令过来的，如今宫门紧闭，公主与顾娘子就算进了城，也进不了宫。"

顾香生道："公主已经彻夜没回府了，现在府中还指不定如何混乱，无论如何，她也得先回去报个平安，不然驸马若是让人出来找，届时只会给你们添乱。再说了，上面命将军在此值守，防的只是宵小之徒，而非公主与我吧？”

田欣苦笑：“罢了，城门是开不了了，只能开一下旁边小门，你们赶紧过去吧！”

顾香生谢过他，转身上车，命车夫赶紧从侧门进城。

嘉祥公主很紧张：“怕是真发生了大事。”

顾香生道：“先回去再说。”

她在城中没有府邸，去的自然也是公主府。嘉祥公主一进门，公主府上下便都额手称庆，府中管家差点喜极而泣：“昨夜宫中起火，您又没有送消息回来，我们都要吓死了，幸得上天庇佑，平安无事！”

嘉祥公主问：“宫里头到底发生了什么事？可有消息传出来？”

管家道：“好像前半夜的时候忽然走水，烧了整整一夜，天快亮的时候才熄灭的，后来外头就忽然戒严了，听说城门也关了，出入不得，当时我们还担心您不知要怎么回来，小人派了人出去打听，据说大殿下和六殿下前后脚进了宫，至今也没出来过。”

嘉祥公主问：“驸马呢？”

管家面露难色，正要说话，外头下人便来报，说是驸马回来了。

嘉祥公主强忍怒气：“将驸马请到我这里来。”

宫里出了大事，她是想回回不得，驸马却彻夜未归，这无论如何都说不过去。

刘筠跟在婢仆后头进来，神志看着还挺清醒，就是身上脂粉味有点重，顾香生隔大老远都闻见了。

他脸上却不见尴尬，进来先拱手行礼，一派自然：“公主找我？”

嘉祥公主问：“驸马昨夜去哪儿了？”

刘筠看了顾香生一眼：“昨夜与朋友吃酒，时辰有些晚，怕回来之后惊扰公主，便顺道在外头歇下了。”

嘉祥公主忽然伸手，在所有人都还没来得及反应的时候，狠狠给了刘筠一记耳光！

“昨夜我根本没在府中，想必你也毫不关心吧，但你是公主府的主人之一，却对府里如此漠不关心，万一我暂时回不来，府里又没个能主事的，要如何是好？”

性格使然，她便是骂人，也骂不出难听的话，但那一巴掌已经是她长久压抑之后爆发出来的结果。

刘筠完全被打蒙了，他无论如何也没想到一直以来温柔得近乎懦弱的嘉祥公主，还能有这样凶悍的表现。

嘉祥公主打完人，掌心火辣辣地疼，心里却没有后悔的感觉，反而觉得很畅快。

“怎么，没话说了？”

刘筠回过神，勃然大怒：“你竟敢打我！”

仗着有顾香生在旁边，嘉祥公主底气也足了许多：“我怎么就不能打你？你我成婚以来，你扪心自问，我待你有哪一点不好？我何曾倚仗公主身份对你颐指气使？可你呢，你又是怎么回报我的？夜不归宿，夜夜笙歌，眠花宿柳，我平日里默不吭声，样样忍让，对你来说却是我懦弱可欺的表现！”

刘筠冷笑：“是又如何？难不成这桩婚事是我情愿的吗？任谁某一天忽然知道自己要娶个公主，还能笑得出来！若可以让我选择，我便是宁愿娶个窑子里的花魁，也不愿意……啊！”

他话还没说完，另外一边脸直接被顾香生一巴掌呼上去，五指印正好红了个对称！

顾香生下手可比嘉祥公主狠多了，刘筠那一边脸几乎马上就红肿起来。

“贱人！别以为老子不打女人！”刘筠气得发疯，直接扑上前要打顾香生。

顾香生后退两步，直接抄起边上的花瓶往刘筠脚下一丢，刘筠反应不及，脚直接踩上去，整个人往前扑倒，摔了个五体投地！

嘉祥公主大声道：“还不按住他！”

在场的公主府家人一拥而上，将驸马死死按住。

那些没来得及反应的，已经看呆了。

“夏侯柔光，你敢这样对我！你敢对兴国公府的人无礼？！”刘筠在地上挣扎。

“你是公主驸马，已经不是兴国公府的人了！”嘉祥公主对眼前这个男人彻底失望，“我便是看在兴国公的面子上，一次又一次地忍你，忍得你以为完全可以不将我放在眼里！你不是不想当这个驸马吗？好，从今日起，你就给我滚出公主府，回你的兴国公府去！你若死赖着不走，你就是没脸没皮的窝囊废！”

她又对管家等人道：“你们去帮他收拾东西，把他的东西都清出去，别碍了我的眼！”

她拉着顾香生的手，头也不回地出了厅堂。

素雪等人看了被按在地上已经成了猪头的驸马一眼，急急跟在公主后头。

一行人来到书房，嘉祥公主又命人关上门退出去，等屋内只剩下两人，她才转过身。

顾香生这才发现她脸上满是眼泪。

嘉祥公主擦掉眼泪，赧然道：“让你看笑话了。”

顾香生将干净帕子递过去：“是我做得不妥才对，方才打了那一巴掌，倒给你添麻烦了。”

嘉祥公主摇摇头：“我本来都快要撑不下去了，心里又害怕又紧张又难过，多亏你那一巴掌，才让我咬咬牙把赶人的话说出来，现在心里觉得真是痛快，只恨自己怎么没有早点说，任他欺在头上这么久！”

顾香生道：“你将他赶出去，会不会让兴国公府那边有话可说？”

“不会的。刘筠的劣迹，刘家人自己心里也很清楚，他们无话可说，只会来求我宽恕。”她蹙起眉头，“我现在更担心的反而是宫里的情形，里面一定是出了什么变故，否则大兄与六兄如何会至今还不露面！”

顾香生面上镇定，心中同样隐忧重重。

毫无疑问，齐君是个聪明人，但自古宫廷政变流血事件，往往充满了偶然性与戏剧性，又不是谁智商高谁就能笑到最后。更重要的是，她知道夏侯渝也有意于皇位，要命的是他现在却不在京城，一旦涉及帝位传承，他远在天边，无疑就等于失了先机。

但她毕竟经历过宫变，比起嘉祥公主要多些经验：“现在下令全城戒严的人，一定就是掌控了皇宫的人，六殿下恐怕没有这样的能力，依你看，大殿下先前在金吾卫的地位如何？”

嘉祥公主道：“我不太清楚，只知道金吾卫大将军钟锐对陛下忠心耿耿，论理不应该出什么问题，除非……”

除非宫里有第三拨势力发动宫变。

这也不是不可能的事情。

她们两人现在身在宫外，能得到的信息有限，一切只能靠猜测和等待。

出城不便，顾香生暂且就在公主府住下，照这种情况，蒙学短期内也不可能重开了，毕竟城门紧闭，谁都出不去，这种时候小孩子的父母更不会让他们乱跑。

不久之后，管家来报，说刘筠果然收拾了东西愤愤不平地回兴国公府去了。嘉祥公主也没管他，只让管家多去打探消息。

夏侯淳与夏侯沪进了宫就没再出来过，所有人都在关注他们的一举一动，连带这两人府邸周围，也都不时出现可疑人影。

伴随着全城戒严，整座上京城都弥漫着一股难以言喻的诡谲气氛。

秉着多一事不如少一事的原则，顾香生待在公主府里陪嘉祥公主，一直都没出去过。

不过消息仍旧断断续续传到她们耳朵里。

宫里走水的第三日，原本应该进行的朝会被通知暂停，据说连丞相于晏和八王夏侯潜想要入宫，都在宫门口被拦了下来。

没有人知道宫里到底发生了什么。

与此同时，关于齐君杀了灵空和尚而遭到报应的传言，正悄悄在京城散布开来。

不得不说，在宫里接连三天没有传出消息来之后，虽然偌大京城暂时没有因为戒严而产生物资紧张的现象，各级官府也都还算有序运行，但百姓都觉得皇宫里一定发生了天大的事情，说不定天子早就已经遭遇不测了，只是碍于某种因素秘而不宣。更有人因此联想到秦始皇死的时候，被李斯与赵高合谋隐瞒的典故，市井之中充斥着诡秘而荒诞的谣言，而这些谣言不单为越来越多的百姓取信，甚至连齐国上层的信心也开始发生动摇。

夏侯礼自登基以来，统治齐国长达三十年之久，在他治理下的齐国，北拒回鹘，南征吴越，灭南平，慑魏国，俨然天下第一强国。对内他则采取轻徭薄赋的策略，又很注意提拔寒门，一次次扩大科举规模，普及乡学、县学、州学等。虽然他早年因为杀害兄弟的传言而名声不好，又因多疑善变，杀人毫不手软，而使得齐国上层私底下称其残忍嗜杀，甚至还有人说齐君其实是地狱恶鬼托生的，不过夏侯礼在齐国普通百姓心目中的名声却一直都很好。

简而言之，这三十年的时间没有白白耗费，起码在宫里沉寂三天之后，京城还没有乱起来，齐国也还没有乱起来，由此可以证明齐君的统治手腕的确有其成功独到之处，撇开两极化的名声不说，单是这份对臣下的震慑力，就足以傲视其他各国了。

这一日傍晚，顾香生正待在花厅里与嘉祥公主吃茶说话，便见外头出去打探消息的仆人匆匆归来，说是桓王府那边有了动静，说是桓王忽然发疯，在院子里大喊大叫，号啕大哭，又骂奸臣贼子，又捶胸顿足说儿子无能，王府的人都被吓坏了，赶紧派人去请大夫。

“我要去看看八兄！”嘉祥公主一听就坐不住了，她这几天一直担惊受怕，唯恐宫里头传出不好的消息，但万万没想到，第一个不好的消息却是来自桓王。

顾香生道：“我与你一起去吧。”

嘉祥公主没有拒绝，这几日她虽然很少出府，外面的消息却一个个都是不好的，搅得她心神不宁。老大与老六进了宫，至今没出来，老三是个没胆量的，见状肯定更不会冒尖，老五和老七又去渤州了，一时半会儿也指望不上，结果现在连老八也出事了，这怎么能不让人多想？

再想深一层，如果皇帝现在在宫里真出了什么事，又没来得及立下遗诏，可以想象齐国立时就会乱成何等模样，嘉祥公主再不受宠也是位公主，皇室乃至齐国的命运是与她息息相关的，她自然万分不愿意看见这样的景象。

二人很快来到桓王府，这里已经乱作一团，嘉祥公主她们刚到门外，就已经听见里头的哭闹声，她等不及下人通报便走了进去，却见夏侯潜正披头散发在院子里发疯，身上只穿了件单衣和亵裤，旁边下人拿着外裳想给他披上，就是靠近不了，一靠近就会被夏侯潜抢过衣服丢进池子里，再看旁边池子，里面已经丢了好几件衣裳。

王府女眷在旁边要么嘤嘤哭泣，要么苦苦哀求夏侯潜穿上衣服，都无济于事。

见嘉祥公主到来，桓王妃连忙迎上来，双眼通红：“你可算是来了！”

“嫂嫂，八兄他……他怎么成这样了？”嘉祥公主看得目瞪口呆，连说话都有些困难起来。

桓王妃拭泪道：“我也不晓得，昨日从外头回来就这样了！”

嘉祥公主很吃惊：“可八兄不是被拦在宫外吗？怎么……”

连皇帝的面都还没见着，怎么就成这副模样了？

正说着话，隆庆长公主也来了。

桓王妃等人赶紧迎上前，只有夏侯潜一个人还在院子里发疯，周围围了好几个仆人，都是生怕他往池子里跳的。

众人也没心思寒暄，隆庆长公主就问：“这是怎么回事？”

桓王妃将方才的话重复了一遍，又道："夫君回来之后，就把自己关在书房里，谁去叫也不开，等傍晚快吃饭时，我就亲自过去喊，谁知竟听见他在里头大喊大叫，我便赶紧进去看，不看不打紧，进去之后才发现他竟是在撕书，一边撕还一边往嘴里塞，这、这简直是……"

她说着说着，眼眶又红了。

隆庆长公主问："找太医来看了没有？"

桓王妃道："宫门都落锁了，太医出不来，只能找外头的大夫，大夫说这是受了刺激以致癫狂，说……"

那些岐黄术语她也复述不来，便看向旁边的管家，管家倒还记得，便道："大夫说这是七情所郁，惊吓过度，故而迷塞心窍，妄言叫骂……"

隆庆长公主蹙眉打断："方子呢？大夫开了方子没？怎么治？"

管家叹道："开是开了，郎君至今也灌了几碗下去，却没什么成效！"

这都叫什么事啊！

隆庆长公主看着这一府上下的愁眉苦脸，心情恶劣至极。

原本其他人不在京城，大家都在揣测，若是宫里当真出了什么变故，说不准这皇位要便宜了老八，谁知道老八却经不起打击，宫里出事他就吓得发疯，完全指望不上，难不成最后还要将老三那摊烂泥扶上墙不成？

桓王妃六神无主，连请人进去里头说话都不记得了，还是管家道："几位贵人不如先入屋稍坐再说吧。"

隆庆长公主看了蹲在池塘边看鱼的夏侯潜一眼，长长叹了口气，当先走了进去。

顾香生站在旁边从头到尾没说话，却是仔仔细细地在看夏侯潜。此时众人入屋，她却还站着没动，嘉祥公主碰了碰她。

她小声道："你觉得你八兄果真是疯了吗？"

嘉祥公主也小声道："应该是吧。"

顾香生问："你八兄平日里是不是很爱干净？"

嘉祥公主点点头："你怎么知道？他这毛病打小就有，读书的时候每日书案都要擦过几回才肯把书放上去的。"

听见这话，顾香生脸上表情变得有点精彩，但她什么也没说，反而拉着嘉祥公主一道跟进去了。

独留夏侯潜蹲在池塘边不肯走，众人只好由着他去。

屋里的氛围有些沉闷，隆庆长公主在宗室里的地位已经很高了，跟皇帝关系又亲近，但这回她也进不了宫，只能在外头等消息，心里的焦虑不比其他人少。

老实说，皇帝若真没事，早该传消息出来了，甚至就算是夏侯淳或夏侯沪这两兄弟其中一个胜出，他们也会第一时间传出消息，以正名分，而不是任由谣言满天飞，任由满京城的人在外头胡乱猜测。但大家现在甚至都不知道宫门是谁下令关闭的，想要探问都无从探问起，夏侯淳和夏侯沪两家府上因为他们的有去无回，这会儿正愁云惨雾，氛围不比这里好多少。

隆庆长公主就道："宗室里这两日有些声音，说是要将夏侯泷从长州召回来。"

除了顾香生，在场的人俱是一愣。

夏侯泷是先帝长孙，先帝当年有六个儿子，正好按照仁、义、礼、智、信、俭来命名，当今皇帝夏侯礼排行第三。

当然，按照齐国的规矩，皇位不一定得立嫡立长，但前边有两个成年兄长，皇帝一般肯定会先从老大开始挑选起，夏侯礼一开始的机会并不大，后来还是前边两个兄长早逝，夏侯礼又能干，这皇位方才落在他手上。不过关于他那两位兄长的死因一直就疑云重重，许多人都说这其中肯定有夏侯礼做的手脚。

无论如何，这些传言只是捕风捉影，没有真凭实据，但夏侯礼登基之后的确有一批人因此被罢官或被问罪，这些人都是从前支持或亲近夏侯仁和夏侯义的。

作为夏侯仁的长子，夏侯泷自然也有一批拥护者，当年夏侯仁死的时候，他年纪还小，掀不起什么风浪，后来就直接被夏侯礼封到长州去了，又暗中派人密切监视。这些年夏侯泷也就是一个普通的王爵，他手上没兵权，又没有人马，便是想干点什么阴私，立马也会被人发现举报给皇帝。除了老老实实低调做人，没有别的选择。

不过这次宫里出了变故，又让人想起这位先帝长孙来，便有人提议，非常时刻，应该将夏侯泷接回京城，国不可一日无君，如今居长的夏侯淳也在皇宫，还不知生死，其他几个儿子，要么不顶事，要么远在天边，有一个夏侯泷在，万一出什么事，起码夏侯家还能有人继承帝位。

这话当然也有人反对，说皇帝现在又不是没儿子，再怎么也轮不到夏侯泷，要知道渤州那边还有夏侯渝和夏侯洵呢，便是将他们接回来，都好过让夏侯泷来接任帝位。

持这种意见的人就包括隆庆长公主，她与夏侯礼交好，不管是为自己着想还是为夏侯礼考虑，自然都希望由夏侯礼的儿子来继承帝位。如果换成夏侯仁的儿子来继位，她往后不说还能不能有现在的风光，只怕长公主的尊荣就不复以往了。

但支持夏侯泷的人里不乏宗室耋老，有些辈分甚至比先帝还高，他们的意见长公主不能忽略，朝臣更不能忽略，接夏侯泷来京的人昨日已经出发了，长公主也派人快马加鞭去渤州通知夏侯渝和夏侯洵回来，现在两个在宫里，一个忽然发疯，剩下一个老三中看不中用，就只能看老五和老七的了。

嘉祥公主听出个中利害，忙问道："朝臣们怎么说的？"

隆庆长公主摇头："他们还未表态。"

如果皇帝当真已经遭遇不测，那么最重要的便是宗室与朝臣的态度。

在夏侯礼的强势之下，朝廷里现在并没有野心大得想要称帝或摄政的臣子，这是好事，也是坏事。臣子弱势，就意味着宗室的意见至关重要，现在宗室里很多人倾向于让先帝长孙夏侯泷回来继位，这不是隆庆长公主一个人就能反对得了的。

在场的都是女眷，她也不欲多说，寥寥两句，足以让在场的人心情沉重。

隆庆长公主坐了一会儿，见夏侯潜果真病入膏肓，一时半会儿只怕好不了，脸上难掩失望，便告辞离去，匆匆前往另一个侄儿三王夏侯瀛府上了。

在她看来，夏侯瀛再不济事，总归还是皇帝的儿子，如果老五和老七两个人赶不回来，也只有这个夏侯瀛还能与那位先帝长孙争一争了。

她一走，桓王妃又哭了一场，嘉祥公主与顾香生安慰了几句，也有些坐不下去，只能起身告辞。

离开桓王府，顾香生对嘉祥公主道："公主不必管我了，我先去别的地方转转。"

嘉祥公主道："如今全城戒严，你还是不要乱逛的好，免得被冲撞了。"

顾香生道："我去阿渝家里看看，如今他家里没个主事的，怕会乱了分寸，他临走前曾托付过我，我不好不管，只看一眼便回去。"

嘉祥公主"啊"了一声："原来是主母巡视府里呢，那快去吧，我可不能拦你！"

她在人前是个很腼腆的人，但如今与顾香生熟了，也会开两句玩笑了。

顾香生脸一红，嗔怪地看了她一眼，却没有否认。

嘉祥公主抿唇一笑，越发坐实了自己的猜测。

夏侯渝若真能与顾香生在一起，她自然乐见其成，怕只怕顾香生身份有些敏感，容易被有心人拿来做文章。

但话又说回来了，她自己与刘筠的婚事，称得上门当户对，可到头来又如何呢？当初未出嫁前，她还暗暗高兴，心想刘筠不是刘家长子，也就不用承担起为刘家开枝散叶的重任，夫妻俩的日子也能更随心所欲一些，谁能料想到头来问题却不是出在子嗣上，可见这世间人与人之间总要讲些缘分，若是有缘无分，到头来也只是镜花水月罢了。

“公主，咱们回府吗？”公主府下人问道，拉回了嘉祥公主的心神。

那头顾香生已经不见人影了，嘉祥公主压下心底淡淡的失落，“嗯”了一声：“回府吧。”

对于一座暂时没有主人的府邸而言，只需要谨守低调本分，不冒头不逞能，尤其在越乱的时候越是如此。

夏侯渝不在，远王府就由上官和做主，他将内务丢给管家处理，自己则成日躲在书房看书写信。

信自然不是普通的信，每两日一封，基本都是京城大小事情，这几日虽然封城，但要想送消息出门，也不是没有办法的，上官和写信的频率还更高了些，变为一日一封。

眼下京城人心浮动，各种消息纷至沓来，有些真，有些假，这时候他就要先进行辨认，然后将自己认为可信的消息放入信中告诉夏侯渝，因为他所说的每一件事，将会直接影响到夏侯渝的判断和行事，所以至关重要。

此时在他面前摊着五六张纸，每张纸上写着一件事，都是上官和自己整理出来的，他咬着笔杆皱眉头，心神却压根儿没落在上头，而是在思忖夏侯渝还要多久才能收到消息，又要多久才能回京，是否还赶得及。

敲门声响起。

“进来。”上官和道。

“上官先生，外面有位娘子求见，对方说姓顾。”

姓顾的娘子一入耳，上官和哪里还会不知道是谁？

“赶紧将人请进来奉茶，我这就过去！”

夏侯渝临走之前再三嘱咐，要多些照顾顾香生那边，她若有什么要求或需要，只管当成夏侯渝自己的需要来办。

上官和听出这里头的弦外之音，自然不敢有所怠慢，先前夏侯渝有事没事在他面前扎的那一堆绢花，他现在也知道是给谁准备的了。别说夏侯渝一个皇子，便是寻常百姓人家的男人，怕是也没有给心上人扎绢花的，这其中的心意毋庸置疑。

他脑子里转过几个念头，脚下不停，已经从书房来到花厅。

顾香生正坐在花厅里，见了他便含笑道："上官先生，许久不见。"

上官和连忙拱手："见过济宁伯！"

"不必多礼。这种时候，我本不该上门叨扰，不过今日正好有一桩要事。"

听她这样一说，上官和便道："济宁伯不如移步书房详谈。"

"也好。"

书房别无他人，隐秘性自然比花厅强上许多，上官和将人请入书房，没等发问，便听见顾香生问："宫中的变故，想必上官先生已经写信告诉阿渝了？"

上官和想想夏侯渝的交代，也没有隐瞒："是，隔天一大早就去信了，快马加鞭兼程赶路的话，今日傍晚想必应该也能到了。"

顾香生蹙眉："我怀疑，宫中现在的情况有异。"

上官和面色一变，禁不住轻轻"啊"了一声，急急问："恕我直言，您这番话有何依据？"

顾香生问："桓王忽然发疯的事情你知道吗？"

上官和点头："有所耳闻。"

"方才我与嘉祥公主去探望他，阖府上下伤心欲绝，连大夫都诊断他伤心过度以致癫狂。我去的时候，他正穿着单衣亵裤站在院中嬉戏，眼神涣散，对我们全不认得，的确像是疯癫的症状，然而我发现，他脚上好端端穿着鞋袜。"

上官和心头一动，好似忽然捕捉到什么。

"试想一下，他连外裳都没有披上，可见王府仆人近不了他的身，王妃也拿他无法，那么他脚上的鞋袜，就一定不是别人给他穿的，而是他自己穿的。敢问一个疯癫之人，会仔仔细细给自己穿袜穿鞋吗？我听嘉祥公主说，桓王自小便是个爱洁之人，这便不难推断了，他虽要装疯卖傻，可毕竟拗不过本性，没法当真容忍自己赤着脚到处跑，所以才露了破绽。"

她分析得有理有据，上官和没有理由不相信，他腾地起身，脸上惊骇莫名。

顾香生继续道："不过我不太明白的是，桓王为何要装疯卖傻呢？"

她对齐国皇帝的性格虽说有几分了解，但远远不及上官和这种天天揣摩皇帝心思的人，上官和一听就明白了。

“因为……因为陛下压根儿就没有大碍！”明明没有剧烈奔跑，他的胸膛却起伏得厉害，甚至是喘着气说出这句话的。

“嗯？”

“现在景王和恭王有去无回，陛下又没有音信，大家很容易就会以为陛下在宫里遭遇不测，很可能已经不在人世了。”

顾香生颔首：“不错。”

“郎君曾与我说过，八殿下虽然看着玩世不恭，实际上却是个极为聪明之人。他曾经试图进宫，最后却没有成功，返家之后便发疯，陛下现在还未有消息，他便伤心过度，这完全是说不通的。倘若陛下安然无恙，他为了避嫌而出此下策，便能说得通了。”

顾香生也觉得他这个推测很有道理：“假如陛下当真安然无恙，那他至今迟迟没有露面，就只有一个解释，他想静观其变，看看外面的人没了他，到底能闹到什么程度。”

上官和苦笑：“不错，陛下生性多疑，这的确像是他会做出来的事情。景王和恭王在宫里，想必是被陛下扣下了，否则不至于一点水花都没有。这种时候桓王做什么都不合适，他若出头冒尖，陛下到时候第一个要收拾的便是他；他若是什么都不做，陛下又会觉得他没有孝心，所以不得已，他才只能装疯卖傻，将自己的嫌疑撇清。”

顾香生道：“若是这样的话，你也得重新给阿渝拟一封信了，现在长公主也已经派人去将他们找回来，必须在他起程回来之前将人拦下才行。”

不然皇帝秋后算账，看见两个儿子差事也不办了，急吼吼就从渤州回来，肯定会觉得他们是回来抢皇位的。

老子还没死呢，你们就急成这样，等我真死了，还能指望你们吗？

上官和起身行了个大礼，肃容道：“今日真是多亏顾娘子了，否则郎君的大事怕是要被我耽误了！”

顾香生起身避开，含笑道：“一切都是巧合，当不起上官先生这一声谢。”

事态紧急，上官和也顾不上多寒暄，匆匆坐下便开始写信。

都说妻贤夫祸少，郎君若是能娶得顾娘子，对日后的大业也不无助益，可惜魏帝当初怎么就错过了这样一块美玉呢？他脑海里乱七八糟地想着，努力将注意力集中到笔下，因为太过紧张，笔尖竟还有些微颤。

但愿郎君能及时收到这封信吧！

就在上官和刚刚将信设法送出去之际，外头就传来消息，说是惠和郡主府被查抄了，负责查抄的不是别人，正是宫中派出的金吾卫！

不止惠和郡主夫妇，连带先前那些提议接夏侯泷回来的宗室，也都悉数被抓走逮起来。

沉寂四天，皇帝不出手则已，一出手就直接釜底抽薪，将所有人，尤其是那些蠢蠢欲动的人给镇住了！

京城戒严解除，城门打开，百姓随之松一口气。

于普通人而言，这一场变故对他们的影响到此为止，但于王公贵族而言，这才刚刚只是开始。

在城门打开之后，顾香生就辞别嘉祥公主，先行回道观去了。

这件事与她关系不大，纯粹是齐国皇室内部斗争，而且夏侯渝也还没回来，她留在城里的意义并不大。

时间到了道观里仿佛就过得缓慢起来，这几天她不在，婢仆也将这里打理得井井有条。几日不见，顾香生觉得仿佛连那后院的蔷薇都比之前要鲜艳几分，四处弥漫着草木清香和道观里独有的若有似无的檀香。虽然住在这里的时间并不长，但顾香生对这里有种归属的宁静感，似乎这里更像一个家。

陈弗急急忙忙迎出来，不似往常那样沉稳，忙不迭地问候先生有没有事，这几天还平安否，留守这里的苏木则笑吟吟道："奴婢已经做好了饭菜，备好了热水，就等着娘子回来了。"

学堂里暂时没有学生，不过这并不妨碍他们将学堂都打扫得干净亮堂，还将一些需要遮阴纳凉的盆栽都暂时挪了进去，洋溢着一股生机盎然。

我心安处是故乡。

顾香生微微扬起笑容。

几人进得屋去，分头叙述了一下这几天的情况，在听见惠和郡主被抄家的事情之后，苏木还倒抽了口冷气。

她没有经历过魏国的宫变，承受力自然也有限，要知道她先前陪着顾香生出席隆庆长公主的宴会时还见着惠和郡主与顾香生打招呼，也见着惠和郡主推荐的灵空和尚，结果转眼之间，别说荣华富贵不保，现在连全家人性命能不能保住也是两说。

陈弗就问：“先生，这件事既然与先帝长孙夏侯泷有关，为什么齐君不将他也抓起来，而且只要他被抓，其他人不就没法再以他为借口兴风作浪了吗？”

顾香生有意借此教导陈弗，并不因为他年纪小就避开不谈：“早年陛下兄弟的死因被传得沸沸扬扬，无论真假，总归对陛下名声有损，为人君者，只要不是昏君暴君，就会在乎身后之名，所以不到万不得已，他不会再对夏侯泷下手，否则定然还要再背上一条残害子侄的罪名。”

陈弗若有所思地点点头。

“再者，夏侯泷本人掀不起什么风浪，他能倚仗的，其实就是先帝长孙的名分，他本人有没有能力不重要，别人或许只是将他当作一枚棋子或者一个借口罢了，所以陛下不屑杀他，这是原因之二。”

陈弗是个极聪明的孩子，顾香生稍稍一点拨，他就明白了。

“多谢先生教诲。不过依您看，如今情势，宫变到底是真是假？”

顾香生摇头失笑：“这个问题我可答不上来，兴许得等一切尘埃落定了，才会有答案。”

这样又过了几日，她有些牵挂夏侯渝的安危，便很留心城里传出来的消息，也与上官和通过一两回消息，得到的答复是夏侯渝他们已经起程回京，但夏侯渝半道病倒了，所以走得慢些，夏侯洵则先行一步，疾驰回京。

顾香生不知道夏侯渝为什么明知皇帝无恙还要回来，但他这样做，想必是有自己的打算，只是听见他病倒，难免又跟着担心，毕竟书信往来不便，许多事情又无法说得透彻，便连上官和也不知道他到底是装病还是真病。

就在这个时候，嘉祥公主来访。

她顺道捎来一大车果酒，说是宫里头酿的，有桑葚酒、青梅酒、樱桃酒，打开其中一坛的封泥，果香夹杂着酒香扑面而来，光是闻一闻都能感觉到那股酸甜得醺人欲醉的香味。

“这是陛下赏赐的，足足两大车，我一个人喝不完那么多，便送些过来。”嘉祥公主的心情很不错，起码没有前两日看上去那样憔悴了。

单单是宫里没事，嘉祥公主顶多是松一口气，要像现在这样容光焕发还不太可能，应该是与赏赐有关。

顾香生就问：“公主进宫见到陛下了？”

嘉祥公主露出一丝笑意：“嗯，陛下和宫里人都安然无恙。”

实际上她进宫去探视的时候，皇帝居然心情还不错，见她面容憔悴红着眼眶，还反过来安慰了嘉祥公主几句。

也许见到她真情流露，又有了其他儿子的表现当参考，皇帝意识到自己以往对这个女儿过于疏忽，父女俩居然有生以来交谈超过半个时辰，嘉祥公主没忍住心头委屈，将刘筠的事情一五一十说了出来，皇帝虽然没有答应和离，可也对她将刘筠赶出公主府的事情予以默认，这对嘉祥公主而言已经是一个很不错的结果了，起码皇帝没有像以往那样出于政治考量要求女儿与驸马要夫妻和顺。

结果她刚从宫里回到府里，就碰上刘筠回去请罪。

刘筠肯定不是自愿去的，而是被兴国公骂得狗血淋头，才不得不硬着头皮回来的，若照他自己的意思，能一辈子都不回公主府，那才是最好的。

夫妻俩虽然感情不好，他对嘉祥公主倒还是有几分了解的，对方性情柔弱温顺，那日会大发雷霆，怕还是有顾香生在旁边煽风点火的缘故，刘筠奈何不了公主，心里却将顾香生恨了个半死，没少在刘家人，尤其是他亲娘兴国公夫人面前上眼药，只将顾香生描绘成一个天上有地下无的泼妇、悍妇。

那一巴掌打得的确很重，还有身上被花瓶磕出来的血口，这是不容作假的，兴国公夫人见了也很不痛快，她知道刘筠不争气，但刘筠再不争气，终究也是刘家人，自有刘家人来教训，你顾香生算怎么回事，一个在齐国毫无根基的人，仅仅被皇帝封了个济宁伯，就自以为也是个人物了？居然还管到驸马身上来！

这个仇就此结下，不单刘筠恨上了顾香生，连带兴国公夫人也着实有几分不满。

刘筠本以为几天过去，又是自己先低了头，以嘉祥公主那个性子，想必事情也就算是揭过去了。

谁知道他到了门口，却被公主府下人拦住，说是公主有命，不敢放他进去，那些人也不称驸马了，气得刘筠面色冷白，还没想好如何应对，就见公主的马车正好从宫里回来。

刘筠忍气吞声行了礼，又自陈不是，他自以为很有诚意了，谁知嘉祥公主却全不领情，反而还道：“驸马不是喜欢夜不归宿吗？如今倒也如了你的意，公主府也容不下你这尊大佛，你乐意去哪儿便去哪儿，往后我不会过问。”

他愣了一下，面色难看起来：“公主这是何意？”

嘉祥公主道：“方才我已经说得很明白了，驸马才高八斗，难道连我这妇道人家说的话都听不明白了？”

刘筠忍气道：“我是驸马，不住在公主府，又能住到哪里去？公主莫要闹小性子了，咱们夫妻俩的事，不妨进门再说，在这里闹，没的让人看了笑话！”

嘉祥公主冷笑：“驸马可错了，就算让人看笑话，那也是你被人笑话，谁又敢嘲笑我？从前算我傻，本以为睁一只眼，闭一只眼，日久天长，你总能洗心革面，回头是岸，谁知道你却将我的宽容忍让看作理所当然。你自己去问问，满京城那些驸马，谁像你过得这样恣意的？你没胆量去和陛下说和离，凭什么我就得忍耐你成天这么发疯？”

刘筠张了张口，却只说了一个“你”字，旁的什么也说不出来。

嘉祥公主却不欲与他多说，直接将他抛在身后，还当着刘筠的面仔细交代门子：“往后见了这个人，无论如何也不能让他进去，否则你们也不用待在公主府了，干脆就随他去吧！”

这话说得极严厉，大家都知道公主这回是动了真怒，不是说说而已了，都赶忙诚惶诚恐地应下来，盯着刘筠的眼神就跟防贼似的。

刘筠简直快要气炸了，他也拉不下脸面再低三下四地哀求，直接便拂袖而去。

顾香生听嘉祥公主转述时，几乎能够想象得出刘筠脸色铁青的模样，她也实在没有想到，嘉祥公主一朝顿悟，能够狠得下心来做出这样的决断。

“顾姐姐，这都多亏了你。”嘉祥公主握着她的手，情真意挚，“从前听别人说你的事，我便觉得你敢作敢当，有股子别的女子都没有的锐气和勇气，那时候心里便很羡慕向往，觉得自己身为公主却没用得很。后来见了你，便觉得别人嘴里说一千道一万，也及不上你的十之一二，若非有你从旁点拨，我怕是到死，都想不到可以这样对他。”

顾香生玩笑道：“好呀，公主自己变得泼辣起来，反倒将责任全往我身上推啦，我可冤枉得很！”

嘉祥公主红了脸，伸手去挠她腰肢。

两人笑闹了一会儿，顾香生顺势问起正事：“这样说来，宫里走水都是陛下有意为之了？”

嘉祥公主道：“那倒不是。”

顾香生这才知道，那夜宫里起火，的确是有人故意为之，烧的是文德殿，但发现的时候还算及时，往常皇帝批阅奏折晚了，索性就在文德殿后面歇下，那一夜却恰好没有，而是歇在某个嫔妃那里。

火烧起来之后，宫人一面扑火，一面去禀告皇帝，皇帝却做了一个很奇怪的决定，不仅让人不要去灭火，反而让他们去助火，让火势烧得更猛烈些。

众人自然很奇怪，心里暗道，陛下是不是疯了，但上面有命令，他们自然得执行，于是文德殿的火越烧越旺，到最后整个文德殿几乎被烧了个精光，这就是顾香生他们半夜里在外面看见的一幕。

不仅让人烧宫殿，皇帝还下令封闭宫门，彻查宫里，连带全城戒严，所以内外消息不通，这就导致外面的人发生误会，误以为宫里发生了什么变故，而这正是皇帝所要达到的目的。

这时候，老大夏侯淳得到消息，觉得老爹肯定出了事情，如果老爹出事，那自己这个长子就不能不在，往前一步可以争取主动，退后一步也能牢牢占据先机，免得被别的兄弟抢了先机。

老三夏侯瀛本来也想进宫，结果有贼心没贼胆，担心宫里有人造反挟持了皇帝，自己手里没兵权，进了也是自投罗网，就没动。

老六夏侯沪跟在老大后头，想进去看看能不能顺道捡个便宜。

结果一进一个准，两人一前一后，都被皇帝抓个正着，问他们进来干什么，老大和老六自然信誓旦旦说是入宫护驾的。皇帝怎么看怎么不顺眼，倒也没怎么为难他们，就把两个儿子给扣在宫里头，也暂时不放出去了。

老八夏侯潜最是滑头，他也跑到宫门外头张望，却是跟着于晏等朝臣一道，所以被拦在外头，没能进去。

说到这里，嘉祥公主就叹了一声：“八兄心里还是念着陛下的，否则回来之后也不会忧愤过度以致癫狂了，还好陛下今日让太医过去诊治了，但愿他能早日康复！”

顾香生心道，你真是把你八哥想得太好了，人家哪里是忧愤过度，那是在避祸呢，反正已经疯了，不管里头是在做戏，还是有人谋朝篡位，总归一时半会儿都不会去为难一个疯子的，也难为他能想出这一招。

不过她也只是在心里想想，并没有说出口，而是继续听公主说下去。

外头等不到他们的消息，越发觉得皇帝已经遭遇不测，但具体发生了什么，也没人能说得明白，随着时间越拖越长，皇帝安然无恙的希望越来越渺茫，于是那一帮平日被皇帝压得不敢吭声的宗室开始蠢蠢欲动了，谋划着要将夏侯泷接回来继位，皇帝也不动声色，就这么等着，等到他们全都跳出来，直接就一网打尽，半条漏网之鱼都没有。

惠和郡主没有直接参与这场变故，但自打上回灵空和尚的事情之后，皇帝就盯上了她。

这些年，皇帝虽然给予了她不逊于公主的待遇，实际上对她的盯梢一直就没有放松过。女子没法继位，若她肯安分守己，皇帝也就懒得管她了，但惠和郡主偏偏不甘心，她还惦记着自己父亲早年亡故的事情，觉得老爹和伯父之所以早逝，肯定与夏侯礼脱不了干系，所以一直暗中谋划，想着终有一日能“恢复正统”。

也亏得她能隐忍这么多年，到头来却功败垂成，只因走了灵空和尚这一步坏棋，原想着借由“高僧”的嘴慢慢筹谋，暗中为夏侯泷造势，谁知道皇帝行事完全无迹可循，直接简单粗暴就把人给捅了。

一计不成，惠和郡主不由得暗暗着急，便安排自己安插在宫中的人手纵火，原想着就算烧不死皇帝，也可以借灵空和尚的事情来发难，谁知道皇帝直接就来了个将计就计，引蛇出洞，倒把急着上蹿下跳的那些人一口气都给收拾了。

这些事情，嘉祥公主进宫的时候，皇帝并没有特意让她退下，而是让她在旁边听着。

不单是她，一帮朝臣世勋，连同夏侯淳、夏侯沪等人也都在。

前者自然欢天喜地，山呼万岁，后者却面如死灰，知道自己自作聪明了一回。

将那些朝臣挥退之后，皇帝也没有训斥夏侯淳两兄弟，只是冷哼一声，令他们回家反省。

听见自己有事的消息就急匆匆跑进宫来，有可能是为了捡便宜，但也不能排除担心老父安危的可能，这本来没什么好苛责的，让皇帝不满的是他们的冲动鲁莽，单枪匹马就闯进宫，得亏是自己没事，如果自己真有什么事，单凭他们两人，又能做点什么？

嘉祥公主说罢，顾香生长长嘘了口气，即便没有身临其境，也能感受到其中的惊心动魄。

其实夏侯淳和夏侯沪两个人不是蠢，只是事发突然，没有时间让他们细想，这种时候往往很考验一个人的判断力和决断力，有时候念头一有偏差，很容易就误入歧途。

“啊，对了，”嘉祥公主道，“七兄已经抵京了，五兄据说是坚持要在渤州办完差事才回来，晚了两天出发，又在途中染病，在卫州逗留了几天，要明后日才能回来。”

顾香生的心又提了起来，心道夏侯渝难道不是装病，而是真病？

嘉祥公主见她面露忧色，便安慰道：“你别着急，听说只是小风寒，陛下已经派了太医过去了。”

听着像是真病了，时下医疗条件差，风寒处理不当，也是能夺人性命的，顾香生并没有因为她这句话就放下心，反而连带着勾起了自责愧疚的情绪。

究其原因，她对夏侯渝过于信任了，先前居然也没想过他当真生病的可能性。

嘉祥公主眼里的顾香生是永远带着温和可亲的笑容，遇见什么事情也能镇定自如，说句不过分的话，那天晚上宫里起火，她六神无主，也多亏了顾香生在旁边安慰分析。

她真没想到，自己一句话就能够让对方为之色变。

若非对五兄有情，将他放在心上，又怎会如此？

郎有情，妾有意，嘉祥公主暗暗羡慕之余，又不由得为他们担心起来。

顾姐姐固然是有爵位，不算平民百姓，可她毕竟曾为魏帝王妃，有这样一重身份在，陛下会肯让他们在一起吗？

别说陛下肯不肯，五兄自己，又是否愿意抛下一切顾虑娶顾姐姐为妻呢？如果愿意，却又为何迟迟没有向陛下开口？

这些顾虑在她心头盘旋，却因怕影响了顾香生的心情，嘉祥公主没敢说出口，只想着等五兄回来了，自己再去探探口风，若是能帮顾姐姐一把，也不枉顾姐姐对自己的这么一番情分了。

见顾香生情绪不高，嘉祥公主也没有久留，她走了之后，顾香生便让人进城去远王府打听消息，傍晚的时候人就回来了，带回的却不是上官和的口信，而是一封信。

信上是夏侯渝的笔迹，只写了寥寥几句，大致意思是自己安好，让她勿念。

顾香生愀然变色。

苏木和朱砂看着不对，忙问：“娘子没事吧？”

朱砂见顾香生没反对，便凑过去看信的内容，不解道：“殿下也说了自己没事啊，娘子怎么还这样担心？”

顾香生想扯出一抹笑容，却笑得很难看：“他平日里没事尚且要将自己说得严重三分，好博取同情，如今口口声声说自己无事，反倒是不想让我担心，才会这样说的。”

而且字迹虽然竭力写得端正，却仍是不经意在收笔时有些颤抖，顾香生曾经手把手教过他练字，这些细节又如何会认不出来?

朱砂一听就慌了：“不会吧，您别瞎想，陛下都派太医过去了，卫州离京城只有一日一夜的路程，殿下想必很快就能回来了。”

顾香生没注意到自己连声线也在微微颤抖：“我要去看他。”

夏侯渝在身边的时候，虽然每每被他弄得哭笑不得，这日子却也是有说有笑，温暖充实，对方不在身边的时候，顾香生虽然偶尔会想念，可也没有像别的女子那样日日倚门相望，相思入骨。她本以为自己就是这么个性子，就算喜欢一个人，也不会让自己陷入狼狈的境地。然而现在，她只要想想对方可能正躺在床上卧病不起，连写字都困难时，心就开始一抽一抽地疼。

疼入骨髓，不能自已。

她这才恍然，不是不爱，只是不自知罢了。

这种时候，对方的一颦一笑，连带那些让人啼笑皆非的撒娇耍赖、他说过的每一句话，就都像潮水一样涌上心头，想阻止都阻止不了。

情到深处，情转薄。

这句诗的含义，顾香生曾经似懂非懂，但现在，她终于恍然顿悟。

不是因为当真日久天长就情淡了，而是因为这些好、这些情，早已一点点渗透进来，与自己的骨血融合在一起，所以平日里没有察觉罢了。

她怔怔立着，若有所思，朱砂却以为她魔怔了，急急道：“娘子！”

顾香生定了定神，又重复了一遍：“我要去看他，看到他，我才能放下心。”

苏木迟疑：“现在都已经傍晚了。”

顾香生的声音平稳了许多，脸上甚至恢复了笑容：“对，就现在，你们给我准备点干粮，再把明月牵来。”

现在她必须再一次庆幸自己当初住在城外的选择，如果现在在京城里面住，要出城就会麻烦许多，也太招眼，现在除了苏木她们，则压根儿不需要惊动任何人。

苏木和朱砂说不出反对意见，连要随行的意见也被顾香生驳回了，理由是她们骑术不精，没法跟得上明月的脚程，也没有必要，还不如守在道观里，也免得让太多人知道顾香生去卫州的事情。

简单交代好一切，明月也已经踢踏着脚步在门口等着了，它有点不耐烦地歪着脑袋瞅主人，好像在说自己已经准备好了。

“小家伙，考察你潜力的时刻到了，这回可别让我失望啊。”顾香生抱着它的脖子，脸挨上去蹭了一下。

明月的回答则是伸出粉红舌头，直接舔上顾香生的耳朵。

【第三十八章】两情若是久长时

夏侯渝也没想到自己忽然之间就病得这样严重。

一开始在渤州，既要搜集当地官员与海盗勾结的证据，又要与那些官员周旋，估计当时就累坏了却不自知，结果接到京城那边传来的消息时就有些风寒的症状，他也没在意，后来某一天夜里就一病不起，发烧烧得神志不清，连床都下不了。

病来如山倒。

正好因为上官和的来信，他知道皇帝安然无恙，还想着要用什么借口拖延两天再回去，这病来得倒也算及时，可惜不是装病，而是真病。

夏侯洵听说京城发生的变故之后，已经迫不及待想要先走，交代夏侯渝的人好好照顾他之后，道了一声“五兄，等你回去我再向你赔罪”，便带着自己的人马先行一步。

这其实也正中夏侯渝的下怀，他抱病将一些收尾的事情做好，然后才慢吞吞地起程回京，走一天歇两天。饶是如此，病情却出乎意料地没有任何好转，身上的热度是退了一些，却时好时坏，夜里总会发起低烧，人也总咳嗽，咳得厉害时好似连肺都要咳出来。黄珍简直吓坏了，写信回京求助，又给夏侯渝代笔上疏，让皇帝派个太医过来。

夏侯渝却还不忘在给上官和的信上，让黄珍嘱咐上官和，千万不要将自己生病了的事情告诉顾香生。

平时撒撒娇，那是情趣，但真正有事的时候，他却并不希望她知道。

真正喜欢一个人，总想将世上最美好的东西、最美好的一面都奉上给对方，不希望她担心着急，只希望她平平安安、欢欢喜喜的，即便是想到她的笑容，心里也会觉得高兴。

行至卫州的时候，夏侯渝身上的热征又起来了，太医过来开了药，又说不是风寒，很可能是时疫。这下子可把众人都惊到了，许多人被遣到外院，只留下贴身服侍的仆从，一行人也只能暂时留在卫州，等夏侯渝彻底痊愈了，才能重新起程。

他烧得迷迷糊糊，恍惚间觉得自己好像起身倒了杯水，又回到床上躺着，但一觉醒来，却又觉得刚刚倒水的行为好像是在梦里，自己压根儿就没有喝水，喉咙依旧干涩冒烟。

"王扬……"他喃喃叫着贴身仆从的名字，声如蚊呐，甚至不知道喊出口了没有。

过了一会儿，脖颈被一只柔软的手扶起来，小心翼翼，脑袋下面随即被垫上更高更柔软的物事，一杯温度适中的水随即递到他嘴边。

对夏侯渝而言，这杯水简直如同甘霖，如火烧一般的喉咙瞬间被清凉的感觉滋润，他下意识地仰起脖子，想要喝到更多。

"别急，还有很多。"

声音温柔，却很熟悉，熟悉得他很想睁开眼去看一看，但上下眼皮粘连得很紧，根本睁不开，眼珠子费力地转了转，最终只是徒劳。

是谁……

夏侯渝此时的脑子不复精明，只剩下一团糨糊状的混乱，他甚至对自己的年龄和现状都有些模糊了，隐隐约约，仿佛自己还在魏国，躺在那座荒芜的府邸里，浑身难受，那一年好像也是发烧，病得很严重，差点连小命都丢了。

后来……

后来是多亏了顾香生和张叔两个人请来大夫，又跑前跑后抓药煎药地照顾他……

顾香生！

这个名字突然在脑海里响雷一般炸起，连带着整个身体都微微震了一下。

扶着他的人似乎跟着吓了一跳，忙说了好一通安慰的话。

夏侯渝想听，却没力气听，喝过水之后，神志很快就昏昏沉沉，陷入新一轮昏睡之中。

也不知昏睡了多久，等他再度睁开眼睛，第一眼瞧见的是头顶幔帐，再微微侧头，第二眼看见的，却是一张熟悉的侧脸。

夏侯渝眨了眨眼，几乎怀疑自己还在梦里。

手微微一动，想要伸过去确认一下，却发现对方的手覆在自己手背上，他一动，对方也就跟着醒过来。

夏侯渝这下可以确定自己果真是在梦里了，否则又怎会看见对方露出刚睡醒的迷茫娇态？

“香生姐姐……”

顾香生又惊又喜：“你醒啦！”

她伸手探了一下夏侯渝的额头：“烧退了，太好了！”

说罢，转身欲走，夏侯渝急急拉住她的袖子。

顾香生安抚他：“我去找大夫进来给你把把脉。”

夏侯渝不肯松手：“……不要去，就和我说会儿话。”

声音喑哑低沉，比起平日的清朗相去百倍，顾香生却觉得只要他能清醒开口，无论说什么都宛如天籁。

“你要说什么？你现在应该多喝些水。”她只好坐下，顺道为他倒了杯水，喂他喝了半杯，见对方摆摆手，这才放下。

“为什么每回我生病，都能看见你在床前？总让你看见我最虚弱的样子，让我的面子往哪儿搁？”话虽是抱怨，语气却是撒娇。

顾香生一乐：“那你就别总生病啊，你看看你，都快成病西施了，以后我便叫你西施妹妹吧！”

夏侯渝微微一笑，原本虚弱苍白的脸被这一笑，竟也勾勒出点勾魂摄魄的魅力：“西施妹妹可没法娶香生姐姐，更没法……”

后面的声音小了一些，但顾香生仍旧听清楚了，她脸一红，白了对方一眼：“你再胡说，我便走了。”

夏侯渝自觉还在梦里，说话便少了几分忌惮，撒起娇来更是凶猛：“不许走。我现在浑身都疼，头疼，胳膊疼，胸口也疼，你帮我揉揉好不好？”

一双柔荑在他太阳穴上轻轻按捏，夏侯渝顺势蹭了蹭，换来对方嗔怪道：“怎么一生病反倒越发幼稚，快要和明月一样了！”

“明月总仗着畜生的身份吃豆腐！”他理直气壮地吃醋，换来对方一个栗暴。

力道很轻，不痛，他更以为在做梦，扁扁嘴，很委屈的样子："我都生病了，你还打我。"

"让你更清醒些，别总说些昏话！"对方又好笑又好气，"你松手，我去找大夫来看看。"

"不要！"夏侯渝死死攥着不肯松手，"香生姐姐，等我病好了，回去之后，我们就成亲，好不好？"

顾香生微怔："你怎么会忽然想到这茬儿？"

夏侯渝心说，这个梦太长，我怕自己是已经病入膏肓，再难醒来了。

"好不好？"他执着地追问。

"好。""梦里"的顾香生居然也真的就答应了。

夏侯渝笑得非常开心："你知道吗？哪怕是在梦里听见你说一声'好'，我都觉得如愿以偿了。我曾经想过，以后要一辈子对你好，可没想到自己会病得这样重，我也不知道自己还能不能撑到回京……"

听见他这句话，顾香生好气又好笑："难道你以为自己还在做梦不成？"

她掐住夏侯渝的脸颊往边上一拧一旋，后者疼得倒抽一口气，被捏到的地方立时红了起来。

"疼吗？"

"疼……"

"所以就不是在做梦。"

她见夏侯渝愣愣地看着自己，又重复一遍："你现在在卫州，昏睡两天了，我从京城过来看你，你不是在做梦。"

夏侯渝终于清醒过来，或者说，他打一开始就没想过顾香生会来看望自己，所以下意识就将其归类为不可能实现的梦境，现在发现这一切居然是真实的，反倒千头万绪涌上心头，一时不知先说什么才好。

"你……"他甚至来不及感受惊喜，首先浮上心头的却是怒气，"王扬是怎么伺候的，怎么就把你放进来了？我得的是时疫，会传人的，你快出去！"

顾香生笑道："我都与你说了这么久的话，现在才出去，会不会太晚了？"

夏侯渝脸色一变。

顾香生忙弯腰按住他："逗你玩儿呢，别着急，你现在已经退烧了，按理说应该没有大碍，王扬不肯让我进来，是我非要进来的，你别怪他。一个人太孤单，就算有事，起码也有我陪着你，这样不好吗？”

说这句话的时候，她脸上还笑盈盈的，仿佛不晓得时疫的厉害。

但她又如何真不晓得？起码夏侯渝知道，顾香生不是那等大门不出，二门不迈的闺中女子，在进来之前，她必然也已经知道可能会有的后果。

然而即使这样，她依旧还是进来了。

从京城到卫州的路程不远，可也不近，为了不引人注目，她定是一骑绝尘疾驰而来。夏侯渝意识到不是在梦里之后，就发现顾香生眼角眉梢不掩疲惫，极有可能是到这里就马上过来了，中间兴许趴在床边小憩过，却没怎么安稳睡过一觉。

想及此，夏侯渝心头一热。

他也曾因为少时在魏国为质的遭遇，而觉得自己命途坎坷，现在他却无比庆幸，如果不是在魏国为质的那段经历，他就不会认识顾香生，此生何德何能，有这样一个人倾心相待，上天何止是待自己不薄，简直是太过优厚了！

他眨了眨眼，眨掉眼眶里的湿润，拉过对方的手，将自己微微长出青刺的下巴放在上面轻轻蹭了蹭。

“你等会儿出去就让太医给你开个预防时疫的方子，一定要按时吃药。”他认真叮嘱。

“好。”对方乖乖应了，“找太医会暴露我的行踪，给你带来麻烦，我去找个普通大夫便可以了。”

“找太医，太医医术更好！”夏侯渝的语气不容置疑，“发现就发现了，反正就算太医不说，回去我也要禀明陛下。这次渤州的差事，我办得不错，回京以后我会向陛下求娶你，想来他不会不通情理的。”

顾香生不置可否：“这些事情等以后再说吧，现在首要之务，是你先养好身体。”

她不认为这件事能轻松过关，毕竟她的身份摆在那里，皇帝之前封她爵位，是有政治考量的，现在同样也不会轻易答应他们的婚事。

夏侯渝似乎看出她在想什么，握着她的手紧了紧：“这个问题由我来操心，你不用担心太多。”

顾香生对他笑了笑：“好。”

“香生姐姐，我会对你好，一辈子不会辜负你。”

顾香生轻轻叹了口气：“不要轻易许下诺言，让自己落入被动的境地。一辈子太长，谁也无法知道将来会发生什么。”

夏侯渝就笑了：“为什么不呢？人这一辈子，总要做些看似不可能实现，却无论如何都不后悔的傻事啊！”

顾香生忍不住抿唇一笑：“你便是不做傻事，也够傻的了！”

夏侯渝摇了摇她的手指：“我们再也不分开。”

过了片刻，顾香生道：“嗯，再也不分开。”

夏侯渝眼中瞬间就迸发出与他现在身体状况完全不符的奕奕神采，连带着整个人仿佛都变得精神起来。

顾香生心头一酸，旋即又被涌上心头的蜜意满满覆盖。

太医的诊断结果令人欣喜，夏侯渝烧退了，病逐渐见好，顾香生也没染上什么时疫。不过夏侯渝仍是盯着太医让他开了几帖预防的药，又让王扬拿去煎熬，硬是盯着顾香生喝下去。

夏侯渝年轻，抵抗力更好一些，一旦有了起色，便一天天见好。

可惜两人并没有太多单独相处的时间，因有太医在旁，病情一有好转，夏侯渝就必须起程回京。

到了京城外面，两人分道扬镳，顾香生独自回长春观，而夏侯渝则直接进宫复命。

此时距离惠和郡主一干人被抓起来，已经过了七八天。

风波渐渐平息，谁也没敢触霉头，去为惠和郡主或一干宗室求情，远在长州的先帝长孙夏侯泷，也如同隐形人一般无人再提起。

再蠢的人现在也明白过来了，这事就是皇帝用来试探人心的试金石，谁按捺不住跳出来，谁就该倒霉，根本无可辩驳。

文德殿差不多被烧了个精光，住是肯定不能住了，皇帝迁回大庆殿暂居，朝臣有提议重新修缮文德殿的，却被皇帝驳回了，说是现在处处要用钱，唯恐国库拮据，身为天子当思俭节约，能省则省，又不是没有地方住，文德殿修缮的事情暂且押后。

这个说法令许多人当时就颇感疑惑。

因为齐君素来很注意休养生息，虽然先前与回鹘几次战争，但都见好就收，没有动摇国本，夏侯礼固然自负，在这一点上却足够小心谨慎，加上后来吞并吴越、南平，疆土扩大，连带也将两国皇室不少财宝收入囊中，这其中一小部分进了皇帝私库，大部分则充盈了国库，眼下的齐国，无论如何也谈不上拮据。

但他们很快就明白了。

就在顾香生他们回京的那一天，小朝会议事上正好确定了征伐魏国的事情。

当时夏侯渝正好还在进宫的路上，因此错过了得到消息的时机。

等他来到大庆殿外面的时候，里面的议事正好告一段落，被皇帝召去议事的重臣从里面陆续走出来，有些事先得了消息的，如于晏等人，脸上自然波澜不惊，有些猝不及防的，神情却难掩惊疑，而最兴奋的莫过于武将了，有战事就意味着有战功，所以武将必然是最坚定的主战派。

众人这才明白皇帝为何会将修缮文德殿的提议不置可否，对魏宣战，自然需要耗费大量人力财力。

不过就算事先没有得知消息，在看见朝臣出来时脸上各异的神色之后，夏侯渝也猜到今日议事必然有什么重要内容。

他大病初愈，身形固然不显瘦弱，脸色却还有些苍白，除此之外，雅态恂恂，行止端庄，既有南人的清秀，又有北人的风仪，站在殿外等候时，便吸引了不少目光。

大家迎面走来，向夏侯渝打招呼，他也都一一回礼，对一些受皇帝敬重的元老大臣，更是谦让有加。

一个原本很可能横死异国他乡，存在感几近于无的质子，却能历经千辛万苦回来，还能一步步往上走，从不受皇帝重视，到现在封了王爵，拥有自己的一席之地，任何一个目光不算短浅的人，都不会将夏侯渝视若等闲。

皇帝现在还未立储，大皇子夏侯淳因为先前贸然进宫的事情才挨了一顿训斥，当然不是说他没有被立为太子的希望，只是从平日皇帝对他的态度来看，这种希望不能说非常大；三皇子平庸怯弱，别说皇帝了，朝臣基本也不会考虑他，剩下其他诸位皇子，雀屏中选的概率都在五五之数，其中又以夏侯渝最为年长。

不过夏侯渝也不是没有短处，他的短处就在于母家出身太低，至今也仅仅被追封为嫔，而且王爵封号比别的兄弟差了一截，别人都是寓意好的封号，唯独他得了个“远”字。

若论母家出身好的皇子，则是七皇子夏侯洵与八皇子夏侯潜了。

后者在这次宫变里表现不好，据说现在还在家里治疯病，前者奉命去渤州办差，回来之后也得到天子召见嘉勉，目前看来胜算反倒是最大的。

在这种情况下，京城中看似平静，实则已经暗潮汹涌，有些人暗中站好了队，有些人则选择居中观望，还有些人则选择做纯臣，只效忠皇帝。

这次惠和郡主等宗室被抓起来之后，连带着其他人也跟着被吓了一跳，安生了不少，不过这并不意味着硝烟就此消散，只会由明转暗，更加激烈，直至皇位争夺战尘埃落定。

夏侯渝并没有在外头等多久，等到这一拨人都走得差不多了，乐正就从里面出来，客客气气地请他进去。

虽然在皇帝身边伺候，可也不是什么人都能让乐正出来接的，更何况是如此和颜悦色。

论起揣摩皇帝的心思，乐正称第二，这宫里头怕是没人敢称第一。

在两人从外殿走向内殿的短短几步路里，乐正飞快而小声地说了一句：“陛下今日心情不错。”

夏侯渝心领神会。

有这句话就足够了。

他进去的时候，夏侯淳也在，他正在向皇帝请命，说要参加征伐魏国的战役，皇帝懒得理他，就任由他在那里跪着。

夏侯淳有些难堪，在看见夏侯渝进来时，这种难堪的情绪就更甚了。

这两兄弟的梁子始于上次邵州的事情，夏侯渝和夏侯沪二人替换他去议和，夏侯淳就觉得这两人抢了原本属于自己的功劳，但这事是皇帝决定的，他也不好说什么，更不能恨老爹，自然就把自己两个弟弟给埋怨上了。

但他也许已经忘记了，在很多年以前，他出使魏国参加诸国会盟的时候，夏侯渝也差点因他而丧生在马蹄下，这笔账若是真要算起来，只怕他还欠夏侯渝更多一些。

“臣夏侯渝拜见陛下，陛下万安。”

皇帝抬起头，微微一笑：“回来就好，你瘦了不少，在外头吃了不少苦头吧？”

这话居然说得很是和颜悦色，跟方才对夏侯淳的态度大相径庭。

夏侯淳正暗自腹诽，却见老爹眉头一皱，朝他望来：“你怎么还不退下！”

“还请父皇允许儿臣随军参战，臣愿马革裹尸，将功折罪！”他重重叩首。

其实夏侯淳压根儿不认为上次邵州两败，自己要负主要责任，因为他觉得如果没有自己那两场仗，后面邵州根本不可能那么轻易就弃城投降，他辛辛苦苦眼看就要摘桃子了，桃子反而被夏侯渝和夏侯沪这两个浑蛋给摘走。

皇帝哼笑："堂堂男子汉大丈夫，竟要靠耍赖来谋取差事吗？朕让你随军参战，你就去军中当个马前卒，半点职位都没有，谁都可以使唤差遣，你可愿意？"

夏侯淳一噎，他当然不愿意，说是随军参战，但怎么也得有个参将才行吧？

皇帝见他不吱声，不耐烦地挥挥手："行了，先退下吧。"

夏侯淳也不敢当真死赖着不走，挑战老爹底线，闻言只好告退，临走前还不忘瞪夏侯渝一眼。

夏侯渝就暗自摇头，以陛下的脾性，在正常情况下，就凭夏侯淳这么一副七情上面的模样，想当太子基本是没门儿的。

皇帝将书案上的奏疏合上，慢悠悠道："这次渤州的事情，朕大概听七郎说了一些，当地官员大户与海盗互相勾结，为祸乡民，打劫商船，牟取海运暴利，这些可都属实？"

夏侯渝道："回父皇，属实。"

"七郎主张徐徐图之，从当地官员和大户下手，通过交好大户与官员，让他们去治理海盗，你却主张快刀斩乱麻，搜集三方勾结的罪证，将罪魁祸首先斩首示众，再查抄与之有关的两户当地望族？"

"是。"

事实上，正是因为夏侯渝和夏侯洵两人在处理这件事情上发生了分歧，谁也说服不了谁，导致各行其是，原本面上交情还过得去的兄弟，因为这件差事而产生裂痕。夏侯洵那头刚与官员大户们交好，转头却被夏侯渝一股脑儿破坏了，若说他不介怀，那是不可能的。

这次先一步回到京城，夏侯洵便已经在皇帝面前告上一状了。

听他应是，皇帝挑了挑眉："七郎主稳，你却主乱，虽然最后将海盗一网打尽，但同样也令得当地人心惶惶不安，你有何话可说？"

夏侯渝不见慌乱："是，儿臣有话要说。渤州天高皇帝远，素来由当地望族把持，便是朝廷委任的官员去了，也只能选择入乡随俗，与当地望族打成一片，否则别说施政惠民，根本寸步难行，这原本就是不合常理的。

"七郎的法子，与当地官员无异，春风化雨，徐徐图之，这不能说他们错了，但依儿臣看，收效甚微。我们去渤州，固然可以仗着皇子的身份，令当地士族对我们假以颜色，上演一出好戏，给我们制造海盗贼寇已除的假象，然而只要我们一走，这些寇匪又都会死灰复燃。究其根由，只因当地望族早已树大根深，枝叶繁茂，非狂风雷霆无以扫之！”

皇帝玩味：“这么说，你还觉得自己做对了？”

当时夏侯渝和夏侯洵离京之前，他就授予两个儿子可以事急从权，调拨府兵的权力，印信同样是一人一半，也就是说，必须两人都同意调兵，才能调得动。想也知道，夏侯洵主稳，夏侯渝要动刀枪，他肯定不同意，两人在渤州必然发生了很不愉快的事情，以至于夏侯洵先回京面禀的时候，就在皇帝面前不动声色地狠狠告了一状。

得亏皇帝不是那等偏听偏信之人，不然现在等待夏侯渝的，也许就是一纸治罪的诏书了。

幸而结果并不算差，夏侯渝杀鸡儆猴的效果是达到了，贼匪一网打尽，与之勾结的那两户望族也悉数落网，族长直接杀了，族人则押送至京城问罪，其他人都吓坏了，纷纷坦白从宽，连带先前那些态度暧昧不清的官员，同样也不敢再左右摇摆。

不过随之而来的，是一封接一封弹劾的奏疏，自渤州发来，摆在皇帝案前，状告夏侯渝草菅人命，危害百姓。

老实说，就连皇帝也没料到夏侯渝会如此胆大妄为，拿着自己的那一半印信，不知怎么就忽悠了当地府兵都尉出兵，真不知该说他敢作敢为，还是鲁莽冲动。

夏侯渝叩首：“若儿臣能在渤州待上几年，或许会选择七郎的法子，但我们这次去，至多不过一两个月，要想在这么短的时间内剿灭贼匪，一绝后患，便只能用雷霆手段。儿臣在渤州时听闻京城有变，不由得担心父皇安危，心中惶急，故而行事也多了几分莽撞，差事办得不算好，还请父皇恕罪。”

皇帝“哦”了一声：“既然你也觉得自己有罪，那便给你两年时间，让你回去将残局收拾好再回来，如何？”

夏侯渝没想到皇帝会这样说，一时竟愣住了。

见他难得露出吃瘪的表情，皇帝终于畅快一些，手指点点他：“现在知道怕了？朕让你去渤州收拾烂摊子，你却给朕弄出一个更大的烂摊子，这份罪过要如何弥补？”

夏侯渝委屈道：“儿臣办砸了差事，父皇想怎么罚，儿臣都无二话。”

实际上夏侯渝并非当真莽撞，他在渤州的时候，就已经摸清皇帝的思路，如果皇帝想要用夏侯洵的法子，那也不必特地派他们两个过去了，士族与贼匪勾结，竟连官员也不敢管，还要反过来讨好他们，这本身就是目无王法的表现，说白了，这些人仗着自己是土皇帝，不把朝廷放在眼里，更不把皇帝当回事。

这些年来，皇帝一直致力于扶持寒门，打压士族，自然不肯放过这个发作的由头，所以夏侯渝的做法，看似蛮横，其实反倒合了皇帝的意。这件事传到京城之后，当即便有不少士族出身的官员兔死狐悲，为那些渤州士族求情，但皇帝一概不理，因为他很明白，如果不借着这个机会将这股士族的势力打压下去，以后只会更难收拾。

包括并吞吴越和南平之后，皇帝下令将当地士族迁至京城，又选拔一些人入朝为官，同时在吴越、南平等地重新划分行政区域，将这些地方纳入科举的范围，甚至是顾香生提议建藏书楼的事情，也被他活学活用，分别在原先的吴越和南平京城各建两座书楼，以供当地学子读书进学之用，寻常进去阅览书籍的，需缴一定费用，但若是在乡学、县学等表现优异，或者身具功名者，则可免费进入，甚至还可以被书楼邀请题名留字，供后人瞻仰。

读书人求的无非是个名，这样一来，无疑大大满足了他们的虚荣心，顺带激励那些寒门子弟上进求学，这些人没有背景根基，考上功名之后，能依靠效忠的自然就只有皇帝，正所谓学会文武艺，卖与帝王家，皇帝要与士族抗衡，靠的自然也是这些人。

皇帝的这些用心，非但孔道周看出来了，夏侯渝也看出来了，所以他才会在渤州放手施为，而不必担心会被皇帝怪罪。只要有皇帝给他撑腰，其余那些弹劾，其实也不足为虑。反过来，如果皇帝觉得不好，那有再多人帮忙说好话，又有什么用呢？

换作以往，如果有人被训斥了还敢摆出这么一副委屈的面孔，不说旁人，就像刚刚的夏侯淳，皇帝也绝不会给什么好脸色。

不过此刻对着夏侯渝，他虽然同样是骂，却透着一股亲昵劲儿，一股父亲对儿子、长辈对晚辈的亲昵，夏侯渝若还不趁机打蛇随棍上，那他就不叫夏侯渝了。

果不其然，皇帝瞧见他这副委委屈屈的面孔，非但没有大发雷霆，反而笑了起来：“你还委屈了不成？朕问你，你听见宫里出事，怎么没像你七弟那样赶紧回京来，反倒还要坚持把差事办完？莫不是在你心里，朕的安危还不如差事重要？”

当时的情况下，夏侯渝那些兄弟，除了老三有贼心没贼胆，老八见机得快悬崖勒马之外，但凡有点胆量算计的，听见宫里出事，个个都往里头赶。就算夏侯洵这种身在外地的，也都匆匆回京，生怕错过时机，被人抛在后头。

唯独夏侯渝，还坚持将渤州的差事办完，虽然只迟了两天出发，但时间宝贵，这两天的差别大了去了，历史上因为晚了一步而错失皇位的例子也不是没有，所以大家觉得，夏侯渝此举，不是缺心眼，就是死心眼。

但夏侯渝不这么认为。

“父皇明鉴，当时听说宫里出事，儿臣五内俱焚，恨不得插翅飞回来，但差事是差事，父皇让儿臣办差，儿臣就必须将差事办好，如此方才不辜负父皇的信任。表孝心的方式有许多种，像大兄、七郎那样自然孝心可嘉，八郎那样因为担心父皇而发疯的，同样其情可悯。”

他假装没听见皇帝的冷哼声，继续道：“兄弟们能干，有他们在父皇身边，儿臣也尽可放心，先将差事办好，方能对得起父皇对儿臣的一番寄望。自古忠孝两难全，儿臣只能择一为之，幸好父皇安然无恙……”

皇帝居高临下，可以看到夏侯渝脸上病色未去，看着比往日憔悴许多，加上面容惨淡哀戚，毫无作伪，令人看了心情也跟着沉重起来。

“行了，行了，朕也没有当真怪罪于你。”夏侯礼的声音缓和下来，甚至朝他招招手，“起身说话。太医说你染了时疫，一条小命差点就丢在半路了。乐正，给他弄张胡椅来。”

夏侯渝慢吞吞地爬起来，动作看着迟缓不少，饶是夏侯礼这个当皇帝又当爹的铁石心肠，心头也不由得为之一软。

“回来之后就好生养着，这些日子就不要往外跑了。”

夏侯渝恭声应是，又抬头笑道：“还是父皇心疼儿臣！”

夏侯礼没好气：“把眼泪擦擦，男人大丈夫，流血不流泪，原本长得就女气，再作这种小儿女之态，成何体统！”

见夏侯渝摆出一副恭聆圣训的态度，皇帝顿了顿，又道：“今日小朝会上议定了一件事，朕决意对魏用兵，齐军已经陈兵边境，集结完毕，不日便可出兵。”

夏侯渝吃了一惊。

方才他在外面，见众人出来时面色凝重，就知道朝会上一定说了什么事，却也没想到居然是对魏宣战。

但仔细想想，这似乎也不出意料。

吴越和南平现在都已经纳入齐国版图，齐国志在天下，首先需要面对的拦路虎就是魏国，解决了魏国，大理那些也就不在话下。现在借着起火事件，皇帝顺便把那些不安分不和谐的声音给收拾了，内部没有人敢在这种时候跳出来反对，打仗的时机的确是最好的。

那些世家士族正担心皇帝下一个会对他们开刀，皇帝却转而针对魏国去了，他们乐得矛盾转移，为了讨好皇帝，自然也会竭尽全力帮忙备战，因为如果能够把魏国拿下来，他们得到的好处也不会小，这是两相得利的好事。

皇帝道："朕本还想让你随军出征，长点见识，不过现在看你病恹恹的，只怕是出去没两天就得被人抬回来了。"

夏侯渝闻言，不由得暗暗松了口气。

在旁人看来，伐魏是一份天大的功劳，但夏侯渝不愿沾惹。

且不说输赢，便是顾及顾香生的感受，他也不会去碰这件事。

人生一世，总该有所为有所不为，他固然有意于皇位，却不想为了皇位就不顾一切。

那样就不是征服皇位，而是被皇位征服了。

皇帝似乎看出他的心思："怎么，你好像还挺高兴？"

夏侯渝笑道："儿臣听说能偷懒，便暗自窃喜了一下。"

"没出息！"皇帝冷哼，"你敢说自己不是为了顾香生？"

见夏侯渝没回答，似乎被问得愣住了，皇帝挑高了眉毛："怎么，被说中心事反倒不敢承认了？"

夏侯渝斟酌词句，慢慢道："儿臣是在想，要如何说才合适。"

"那你想好了？"

"想好了。"

"说。"

夏侯渝一笑："儿臣想娶顾香生为妻，请父皇允许！"

皇帝瞪着他，半晌无言。

"行啊，眼见绕着弯子没用，就开门见山了！"皇帝气乐了，"顾香生什么身份，你可知晓？"

"她出身魏国世家，曾为淮南王妃。"

皇帝喝道："既然知晓，你还提这种非分之请，你觉得朕有可能答应吗？"

"父皇志在天下，待魏国并入版图，魏国也是齐国，既然天下皆归齐国，地不分南北，人不分老幼，皆为齐国百姓，她的身份自然也不成问题。"

"就算她的过往身份不成问题，那你呢？身为堂堂皇子，却娶一再嫁之妇，不觉得丢人吗？"

夏侯渝道："儿臣以为，再嫁与否并不要紧，要紧的是品行，顾氏不慕富贵，不欺贫贱，光风霁月，蕙质兰心，能娶到她，反而是儿臣之幸，还请父皇成全！"

皇帝冷笑："好啊，朕还没说什么呢，你就将她夸得天上有，地下无！你既然对她朝思暮想，朕也不做那棒打鸳鸯的王母，只问你一句，若是娶了她，你便没了问鼎皇位的机会，你肯不肯？"

夏侯渝连神色都不变一下，显然这个问题他之前已经考虑过了。

"儿臣愿意。"

皇帝慢悠悠道："你先别答应得这么爽快，就算朕答应，别人也不可能对顾氏的出身不以为意，你很可能会因此受到非议或连累，日久天长，你今日对顾氏的山盟海誓，就可能变成对她的怨怼。朕现在储位未定，无非是在你们几个兄弟之间择定一人，你的决定就会让你的兄弟少一个对手，日后你还得向他们的其中一个称臣。娶一个女人，等于把下半生的命运都交付给别人，就算这样，你也愿意？"

夏侯渝伏身叩首，面色郑重道："儿臣自少时，便多承顾氏关照，更有活命之恩，儿臣铭记至今，须臾不敢忘怀，顾氏品性高洁，我甚仰慕之，唯愿与其结为夫妇，白头偕老，还请父皇成全！"

这番话平实朴素，并无华丽辞藻，然而竟连皇帝也禁不住微微动容。

良久。

"罢了，你先退下吧。"没有答应，也没有不答应，皇帝直接赶人。

夏侯渝微微蹙眉，正想打铁趁热将此事定下来，以免再生波澜，他正要开口说话，忽然瞥见乐正朝他微微摇头。

心下一凛，无论再不情愿，他只得起身告退。

夏侯渝走后，皇帝依旧很久没有说话。

乐正几乎以为他是睡着了。

正当他准备换上热茶时，皇帝开口了："依你看，五郎和七郎，哪个更稳妥？"

乐正就笑了："要说稳妥，自然是七殿下更稳妥些。"

夏侯礼睨了他一眼："怎么，听你的语气，你觉得稳妥不好？"

好不好，您不是已经有定论了吗？乐正心道，面上却仍是笑："奴才觉着，如今既然要对魏国打仗，国内还是更稳妥些好，这样看来，还是七殿下行事更老到些，五殿下恐怕有些心急了。"

"不对。"皇帝却摇摇头，"七郎哪里是老到，他只是求稳，和稀泥，不想去啃硬骨头，稳重是稳重了，却毫无锐意进取之心，这样的人，若是放在太平盛世，也可当个守成之君。"

乐正笑道："陛下定能统一天下，这样一来，到了下一代，可不就是太平盛世了吗？"

"哦？你这意思是说朕选七郎比较好？"

乐正吓了一跳，忙道："奴才可没这样说，奴才哪里敢在立储的事情上指手画脚？这都是奴才的胡言乱语！"

他手忙脚乱地解释了一通，看见皇帝好整以暇，这才知道自己又被耍了。

皇帝哈哈笑道："朕又没说什么，你紧张作甚？朕就是问问你，你跟着朕也有许多年了，旁观者清，这些皇子里头，难道就没一个适合当储君的？"

当皇帝的，总觉得自己还能再干五百年，尤其是上了年纪，儿子又年长的，非到万不得已，不愿意立太子，就像永康帝一样，太子立了，还能给废掉，无非都是猜疑的心理在作祟，夏侯礼也不例外，所以齐国这么多年来，同样也没有立过储君。

不过现在没有，不代表永远不考虑，无论如何，身为天子，夏侯礼总要为宗庙社稷做打算，立不立储君是一回事，但心里总不能连谱都没有。

乐正赔笑："您这可真是为难奴才了，这种事情，奴才哪里敢妄言呢！"

皇帝皱眉道："别整那么婆婆妈妈的虚话，这里就朕与你二人，隔墙无耳，你便是说错了也无妨！"

乐正只好硬着头皮道："奴才不知道谁能当储君，奴才只知道谁不能当。"

皇帝奇道："谁？"

乐正笑道："方才陛下不是说了吗？五殿下若是娶了济宁伯，便不能继位，这样可就少了一个了！”

皇帝哼了一声：“朕几曾这样说过？只是想吓唬吓唬他罢了，谁知道这小子跟头犟驴似的，居然不进反退！”

“奴才瞧着，五殿下的性子还真跟陛下年轻时一模一样！”

皇帝笑骂：“得了吧，你上回才说过这话！别以为朕忘了，每次都拿这句话来当挡箭牌！”

乐正却不害怕，反而笑道：“奴才可没有敷衍陛下，想当年，陛下与孝惠皇后的婚事，不也是陛下主动求来的吗？”

说起这件事，皇帝的神情也柔和了几分。

已故皇后刘氏，其家世并不显赫，因祖上曾与回鹘人通婚，有回鹘血统，当时原是不可能与皇子婚配的，但夏侯礼偏偏看对了眼，非她不娶，并想方设法将人娶进门，可惜刘氏年寿不永，还没等到夏侯礼登基就亡故了，只能被追封为皇后。

也因着这个缘故，这些年夏侯礼没有再立过皇后，对刘氏娘家兴国公府也礼遇有加，还将公主下嫁刘筠。

回忆往事，皇帝脸上露出一丝笑容、一丝惆怅：“是啊，可惜她身体不好，当时又要为朕主持中馈，忙前忙后，这才早早去了！也许那时候不嫁给朕，她还能多活几年呢！”

乐正见他伤感，忙道：“都是奴才不好，奴才该掌嘴，还请陛下节哀。皇后在天之灵，想必也不愿看见陛下伤怀。”

皇帝摆摆手：“可惜阿檀没有留下子女，否则如今朕便不必为此烦心了。”

唏嘘一阵，皇帝也没了继续处理公事的兴致，他起身负手往外走，走到门口的时候忽然停下脚步，对乐正道：“去将中书舍人章淮叫过来。”

乐正心头一跳。

叫中书舍人来，自然不是为了商议政事，本朝自打有这个官职起，就是为了草拟诏书而存在。

这是要……

步出宫门的时候，夏侯渝不由得长长出了口气，风一吹，感觉身上一凉，全是冷汗。

饶是他胆子大，敢在跟皇帝说话时偶尔插科打诨，可也并不代表他不带脑子和心眼。

尤其是在面对这么一位聪明而又多疑的皇帝时，往往自以为表现良好时，到头来却只会证明是自作聪明。

所以最好的办法就是，坦诚。

夏侯渝想娶顾香生是真，一片真心毋庸置疑，但他对皇位也不是毫不在意，两相权衡，自然前者更重要一些，所以在前者的事情上说实话，后者则打马虎眼，七分真，三分假，才显得更真。

皇帝自有一套判断标准，他不会因为你表示出自己无意于皇位，就不把你列入考虑。

当然，他也不会因为你想要皇位，就真把皇位给你。

夏侯渝大病初愈，又要在方才应对的时候处处小心，真可谓是如履薄冰，此时松懈下来，便觉得浑身乏力，恨不得回去睡上个三天三夜才罢休。

他刚回到王府，上官和与黄珍等人便迎上来，众人担心他在皇宫里的表现，像以往一样，夏侯渝每次从宫里回来，都要跟幕僚聚在一起，将皇帝说过的话拿出来捣碎了琢磨研究，揣测帝心。

今天他觉得有些疲惫，没说两句上下眼皮就直打架，上官和等人见状便劝他去歇息，结果夏侯渝还没动，外头下人就来报，说宫里来了人，宣诏的。

夏侯渝一愣，心里隐隐猜测可能跟自己方才与皇帝的谈话有关，但又不肯定，没来得及多想，赶紧带着人出去迎诏。

过来宣诏的是礼曹一位官员，双方寒暄几句，对方打开诏书照本宣科。

出乎意料的是，诏书非止一道，而有三道。

【第三十九章】相期毋负此良缘

第一道诏书是改封诏书，将夏侯渝封爵里的“远”字改为“肃”字，也就是说，从今往后，远王就成了肃王。

“远”这个封号，原先在本朝是绝无仅有的，顾名思义，夏侯渝从魏国远道归来，千里迢迢，皇帝就赐了个“远”字，可想而知当初有多随意。

“肃”就不一样了，刚德克就、执心决断曰肃，这个封号在一定程度上，是表明了皇帝对夏侯渝渤州之行的肯定，那些听得出弦外之音的聪明人，自然就不敢再叽叽歪歪，上疏弹劾了。

夏侯渝出身再低，毕竟也是皇子，放眼齐国这些成年的皇子，唯独夏侯渝的封号最是寒酸，难免让人觉得皇帝厚此薄彼，对夏侯渝不是很看重，这次改封，也算是弥补了。

第二道诏书则是任命夏侯渝为柴州刺史。

柴州在齐国北面，因常年与回鹘交火，而处于最前线的位置，还曾经被回鹘人攻占过。别人当刺史，就算地处偏远苦寒，起码还是货真价实的一方长官，去柴州当刺史，则等于将脑袋别在裤腰带上，随时有掉下去的风险。每年吏曹门庭若市，官员们踏破门槛打通关节想往上走，就是柴州和彭州这种直面回鹘人的地方无人问津，朝廷倒贴都未必有人想去。

如果说前面那一道诏书众人还惊喜交加的话，等第二道诏书一出来，所有人看夏侯渝的目光就不是贺喜，而是同情了，王府上下更是大惊失色，半点喜色都没有了。

夏侯渝捧着诏书微微苦笑，几乎要以为自己方才在宫里是不是哪句话说得不妥，将皇帝大大给得罪了。

帝心难测这句话，此时得到了淋漓尽致的展现。

他婉拒参与伐魏战争，皇帝就直接将他踢到柴州去直面回鹘人，夏侯渝简直不知道自己是应该庆幸好，还是应该为自己抹一把辛酸泪好。

“第三道诏书呢？”他咳嗽几声，感觉从宫里回来后，头晕好像又加重了。

宣诏的官员笑道：“第三道诏书，原是有两份，陛下不让马上宣读，说是要等宫里头来了人，才决定读哪一份。”

旁人听得莫名其妙，诏书还有两个版本，哪里见过这样的奇事？

上官和忍不住上前询问：“敢问这两份诏书分别说的是什么内容？”

因方才已经收过沉甸甸的钱袋，夏侯渝又刚刚改封，官员也未敢过于拿大，便笑道：“陛下有命，不可说，还请不要让下官为难。”

夏侯渝却隐隐有所预料：“你不能说，我不为难你，你将诏书给我，我自己看便行了。”

那官员面露难色，管家张芹又及时将一个精致绣袋塞过去。

对方这才将诏书递给夏侯渝，还再三交代：“殿下看看也就罢了，还请不要声张。”

夏侯渝哪里顾得上回答，他发现这所谓的“第三道诏书”其实是有两道，也就是对方说的两个版本，一个版本与他无关，与顾香生有关，是将顾香生的“济宁伯”晋封为“济宁侯”。

按照“公、侯、伯、子、男”的顺序，伯爵为正四品上，略低于侯爵，当初顾香生他们这帮从邵州来的人里头，只有徐澈一人被封为侯，但这也是应当的，因为从名义上来说，徐澈本来就是众人之首。

但现在无端端的，又有一道晋封的诏书，这未免令人有些摸不着头脑。

不过皇帝要封赏，用不着他自己想理由，底下的人总会将诏书写得漂漂亮亮，上面洋洋洒洒一大堆溢美之词，将顾香生夸得天下无双，仔细一看就会发现，其实什么有用的内容都没有，净是些浮华修饰。

夏侯渝眉头微蹙，想不通皇帝为何会忽然想起要晋封顾香生。

他又拿起另外一道诏书，不看倒还好，一看之下，面色微变，连带着呼吸也为之一滞。

上官和与黄珍见他脸色不对，也都凑过来看。

只见上面写着：

维承光三十二年五月廿五日，皇帝遣使持节册命曰：於戏！惟尔济宁伯顾香生，地胄清华，志怀高远，地宅南交，心悬北阙，文教聿宣，声绩备举。式遵典礼，作俪大藩，是用命尔为肃王妃。往钦哉！其光膺徽命，可不慎欤！

上官和与黄珍登时傻了眼，面面相觑。

自家郎君倾心顾氏，他们自然是知道的，先时还帮郎君谋划过要如何才能让皇帝同意他抱得美人归，没想到这好事会来得如此之快，皇帝竟连册文都准备好了。

黄珍心细一些，他甚至还注意到这道册文与以往不同的一些细节。

论理说，这种册封王妃妃嫔一类的诏书，格式都大同小异，无非是换个人名，像册封王妃，人名后面跟着的一般就是“质性柔顺，训彰礼教，誉表幽闲”之类的词句，用来形容该女子闺德出众云云。

然而在册封肃王妃的这道诏书上，却出现了一般只会用在男性功臣上的遣词造句，譬如“文教聿宣，声绩备举”，这样的字眼，从前是绝对不可能用在女子身上的。

正因为顾香生的爵位不同以往，所以诏书自然也特殊一些，不能按照惯例来，拟诏的官员也算是费尽心思不遗余力了。

一道册封诏书，一道赐婚诏书，看得黄珍有些糊涂。

夏侯渝却有些明白了，他抬起头问：“陛下是否召了济宁伯进宫？”

奉诏官员点点头：“正是。”

皇帝的意思是，这第三道诏书，最终以哪一道为准，取决的是顾香生入宫面圣的结果。

夏侯渝不由得苦笑。

他觉得皇帝的思路真是完完全全异于常人，以他不算蠢笨的脑子，尚且猜不透这位老爹的下一步，如此看来，他大哥会被耍得团团转还不入皇帝法眼，也算是意料之中的事情了。

官员见夏侯渝的面色有些不好，便道：“殿下不如先去歇息，待宫中来人，下官再请殿下过来也不迟。”

夏侯渝摇摇头，将头上一把虚汗抹去：“我且等等。”

陛下会问什么，而香生姐姐又会如何应答?

此时的大庆殿偏殿内，顾香生坐了将近半个时辰，才终于得到皇帝召见的通报。

越是高位之人，越喜欢讲究排场，下位者求见，不让对方等个一时半刻，好像就说不过去似的。

然而这同时也是一种心理战，下位者在等待的过程中，心中难免惴惴不安，等到见面的时候，就会更加紧张，心思也容易被上位者掌握。

乐正从内殿出来的时候，正好就看见顾香生坐在那里，面色沉静，好像在思考什么，又好像什么也没想。

静水流深，令人望之心绪不知不觉宁静下来。

她不缺美貌，但第一眼被人注意到的，却绝对不是美貌。

对方抬眼朝乐正颔首微笑，起身拱手：“乐内监安好。”

乐正也笑：“济宁伯安好，您快进去吧，陛下等着呢。”

顾香生道了一声谢，随他入内，没有多余言语。

皇帝倒没有故意晾着她，顾香生一进去，便呵呵笑道：“济宁伯来了！”

顾香生行了礼，皇帝没说来意，她便静静等着。

仔细算起来，这其实还是她第二回与皇帝进行私下的会面，上一次则是与徐澈他们一起。皇帝日理万机，区区一个顾香生，并不值得他多费心神。

皇帝问：“你在长春观住得可还习惯?”

“托陛下洪福，臣一切都好。”

“若是有什么不习惯的，就只管说。朕知道你在魏国过的也是金枝玉叶一般的生活，道观再好，也难免清苦，你为了避开流言蜚语，也算是煞费苦心了。”

“陛下过奖了，臣在邵州时，也不是没过过苦日子，如今比起来，已经十分舒适了。”

皇帝“嗯”了一声：“听说你擅长种花，尤其是茶花?”

“也谈不上擅长，只是喜爱而已。”

皇帝笑道：“那可巧了，朕也喜欢茶花，尤其是一斛珠，不过齐国境内的一斛珠极为罕见，这花又极娇贵，能栽活的寥寥无几，是也不是?”

顾香生道："正是，一斛珠喜爱湿润温暖之地，多长于吴越和魏国。"

皇帝点点头："可惜了，朕号称天子，却还没见过一斛珠里最珍稀的'紫珠'，传闻这个品种只有在魏国皇宫才有，想必你是见过的吧？"

"是，臣曾见过，的确称得上国色天香。"

皇帝饶富兴致："比之牡丹如何？"

"春花秋月，各擅其场。"

皇帝拊掌而笑："那便好了，待齐军攻克魏国，朕定会让人好生留意保存这花，将其送到齐国来，到时候济宁伯可要帮朕掌掌眼，看究竟是不是那传说中的'紫珠'啊！"

顾香生一愣，很快答道："愿为陛下驱遣！"

皇帝挑眉："你听说了伐魏的事情，难道就没有什么话要说吗？朕知道你的父母亲人俱在魏国，难道你就不为他们求个情？"

顾香生想了想，道："沙场征战，各为其主，死伤在所难免，臣无从劝起。至于臣的父母亲人，并无在沙场征战的武将，日后魏国若战败归顺，他们定也位列降臣之伍。陛下乃有为明君，就算臣不说，陛下也不可能妄杀，但若陛下想杀他们，便是臣求了情也无用。"

直到此刻，她仍旧没有弄明白皇帝今日将她召入宫的用意。

若说是为了试探自己对齐国伐魏的想法，那皇帝未免也太闲了，因为她现在无兵无权，完全左右不了大局，想法是什么更不重要。

皇帝笑了起来："你倒是实在！好啦，朕也不与你兜圈子扯闲篇儿了，今日五郎入宫，向朕说了要求娶你之事，你可知道？"

顾香生这才吃了一惊："臣不知。"

先前夏侯渝也曾与她提过此事，但她万万没想到对方会如此胆大妄为，直接就向皇帝提出来了。

那最后到底是答应了，还是没答应？

想及此，顾香生不免忐忑，再也伪装不出镇定。

皇帝见她一直沉稳的神色终于有了变化，心下觉得好笑，话锋一转，又道："朕有意委任他为柴州刺史，现在旨意想必也已经到了他手里了。"

顾香生并非对疆域一无所知的人，柴州是个什么地方，她自然很清楚。

夏侯渝虽然身为皇子，但自小命途坎坷，好不容易回齐国过了几天安稳日子，又要被老爹丢到跟回鹘人作战的前线，这换了别人，不崩溃才怪。

心念电转，顾香生反而冷静下来，叩首道："臣虽不才，但曾在邵州守城，于火弹伤敌之事上有所钻研，还请陛下允许，让臣与远王同赴柴州，效微末之力。"

这话一出，半晌无声。

过了好一会儿，皇帝方道："好嘛，朕与乐正打赌，乐正说你听说五郎将要被派往柴州之后，一定会要求同往，朕却不信，这世上哪里有人傻到明知山有虎，还偏向虎山行的？可没想到今日还真让朕给遇着一个，你好歹也别答应得那么快，不然朕的面子往哪儿搁？"

见顾香生一反常态傻愣在当场，还有些反应不过来的样子，乐正小声提醒："济宁伯，还不谢恩？"

她这才如梦初醒，忙要下拜。

皇帝却阻止了她："你别忙着谢恩，朕给你最后一次机会，夏侯渝此去柴州，起码得三年任期圆满才能回来，期间回鹘人进犯，柴州便首当其冲，守住了城未必有功，但丢了城是要丢脑袋的，便是皇子也绝无例外，你与他成婚，就意味着很可能会守寡，你若反悔，现在还来得及。"

不待她回答，皇帝又道："朕不拦你成婚生子，但你身份特殊，要嫁也只能嫁齐国人，你若愿入宫，朕必以贵妃之位相酬，若能诞下龙子，朕就立他为储君；你若不愿入宫，朕也可以赐你平安富贵，让你嫁予太平王侯，不必像与五郎一起时那般担惊受怕。"

乐正小吃一惊，他没想到皇帝还会冒出这样一番话来，赶紧扭过头去看顾香生，不知对方会如何回应。

贵妃之位也许还不够诱人，但储君之位就不一样了，儿子能当皇帝，自己将来就是太后，这样的诱惑，有几个人能抵挡得住？

然而顾香生神色郑重，一字一顿道："臣愿与远王成婚，还请陛下成全。"

乐正屏住呼吸。

皇帝却道："怎么还叫远王？该叫肃王了。"

没头没脑的一句话，让顾香生愣住了。

时间一点一滴过去，前来宣诏的官员已经喝了四五盏汤水，想去如厕又没好意思说，有点坐立不安，心道，宫里怎么还没来人？

夏侯渝坐在那里，脸色也没好看到哪里去，却是微微闭着眼，要睡不睡的。

四月的天还不算热，众人却硬是等出一身汗来。

管家张芹叫来王府婢女，让她去弄条热帕子来给夏侯渝擦脸。

就这样又过了小半个时辰，宫里终于来了人，众人忙迎出去。

这回来的却是乐正，身后还跟着顾香生。

后者正冲着夏侯渝笑。

见此情景，夏侯渝哪里还不明白？

他心头狂喜，几乎压抑不住想要大声欢呼的心情。

皇帝实在太爱折腾人了，好事多磨，一波三折，然而只要是最后能够得偿所愿，夏侯渝就觉得这一切都是值得的。

此时心上人就近在咫尺，几乎一伸手就能触碰到。

乐正笑吟吟地对宣诏官员说了一番话，后者拿出其中一份诏书准备宣读。

夏侯渝的反应是一头栽向前方，五体投地，直接用行动表达了自己对天子的滔滔崇敬之情。

众人全傻眼了。

这是……高兴坏了的表现？

直到顾香生上前将人扶起来，大家才反应过来。

夏侯渝这不是太高兴才五体投地，而是直接晕倒了。

众人七手八脚地将夏侯渝扶回寝室，幸而这段时间大夫一直在府里候着，叫过来一看，说是病还没好，今天又奔波一天，劳累过度，得多歇息，但没有大碍，大家这才松了口气。

虽然没了听旨的人，宣诏官员还是在床前将旨意念完，乐正向顾香生道过喜，便也回宫去了。

见顾香生凝视着床榻上昏睡的夏侯渝，黄珍适时道："殿下这阵子就没好好休息过，还请顾娘子好生劝劝他，我等的话，殿下听不进去，唯独娘子的话，殿下还肯听。"

这番话说得很得体，赐婚诏书一下，即便还没正式成婚，但顾香生成为王府主母已经是板上钉钉的事了，黄珍明着是让顾香生劝说夏侯渝不要太辛苦，实则是以幕僚身份委婉表达认同和忠心。

顾香生微微一笑："我会劝他的，多谢你们长久以来的辅佐，他性子有些固执，下定决心的事情，九头牛也拉不回来，难为你们了！"

黄珍与上官和忙谦辞几句，以不打扰郎君休息为由，悄声告退。

偌大寝室里，只余顾香生和夏侯渝二人。

看着沉沉昏睡的夏侯渝，她轻轻将对方鬓发往后拂去，既好笑又心疼。

然而好笑与心疼之余，又有一种尘埃落定、心满意足的喜悦。

毕竟还没成婚，顾香生不可能一直在王府待下去，见夏侯渝这一觉兴许要睡上很久，夜色将临时，她便起身告辞，又交代张芹，等夏侯渝醒来，就遣人到长春观告知一声。

马车出了城，一路往长春观的方向驶去。

今日跟着一道过来的苏木喜上眉梢："这下可好了，郎君与娘子得偿所愿，有情人终成眷属，等回去之后和朱砂一说，她不定会高兴成什么样呢！"

顾香生横她一眼，嗔道："还没成婚就叫郎君，传出去不笑话死人！"

苏木笑盈盈道："笑话便笑话，那些人只会嚼舌根，他们哪里有娘子的福气呢！"

二人正说笑，马车忽然来了个急刹车，重重往前一顿，马匹嘶鸣之声随之响起。

苏木反应不及，惊呼一声，整个人往前滚去，幸好顾香生反应得快，一手将她抓住。

"什么人？"车夫在外头高声叱喝。

苏木闻声慌乱，心想，莫不是盗贼？

可京郊外面，天子脚下，又哪里来的不要命的盗贼？

顾香生不可能出个门都随身带着弓箭，但外面的车夫并非寻常人士，以他的身手，便是以一敌三都没什么问题，夏侯渝安排他跟着顾香生，此时终于派上用场。

外面肯定不止三四个人，听这动静，对方怕是有五六个人，苏木虽然忠心可靠，但毕竟不像诗情、碧霄她们那样经过事，此时吓得面容雪白，手紧紧攥着顾香生的袖子没吱声。

顾香生拍拍她道："我出去看看有没有能帮得上忙的！"

苏木攥着她的手更紧了，连连摇头："娘子别出去，外面危险，我们等人来救！"

顾香生道："去道观这条路有些偏僻，现在又是傍晚，未必能遇得上人，我会见机行事的。"

马车里有把长剑，是一直放在上面以防万一的，她随手一抓便掀开帘子探出头去。

顾香生粗略看了一眼，外面有十几个人，身手不算好，顶多只是地痞流氓的水准，但胜在人多势众，车夫游走其间，一个个打下来也有些气喘吁吁。

那些人的目标明显是顾香生，所以千方百计绕过车夫想要朝马车上的人下手，见顾香生探头出来，登时眼睛一亮，还招呼同伴：“弟兄们，点子就在前头，水灵灵的，并肩子上，绑了回去先玩一阵再卖个好价钱啊！”

顾香生听了这话，简直要气笑了。

若对方的打架水准再高些，他们今天可能还走不掉，但就这么个三脚猫的水平，仗着人多，还真不把车夫放在眼里。

“老邓，接剑！”她高声喊道，将剑抛过去。

“好嘞！”车夫头也不回伸手接住，抽剑出鞘，眨眼间战斗力大增，对方还没反应过来，他就撂倒几个了。

见点子扎手，有几个人企图悄悄绕到马车后面发难，顾香生好笑，直接摸出随身匕首，往其中一人掷去。

但见那人“哎呀”一声，仰头倒下。

同伴一看，匕首正正插在他的脖颈上，人哪里还有气！

其他人当即就被吓到了，谁也没料到这么个娇娇弱弱的小娘子，出手竟然如此狠辣！

顾香生却不会对他们客气，因为她已经差不多弄明白这些人是何来历。

众人见她从发髻上拔下一支金钗，那金钗又细又长，看着比匕首还要锐利三分，这插进喉咙里，人同样也会当场没命，登时心里发怵，宁可硬着头皮去面对老邓的刀光剑影，也不想在这里被丢飞钗。

“娘子，我这儿也有钗子！”苏木从马车上看见顾香生方才的举动，瞠目结舌之余，赶紧从头上拔下钗子递给顾香生。

那边老邓多了武器加持，唰唰唰几下很快将一干人等都放倒。

“真是不要命，连我们的马车都敢劫！”老邓狠狠地将剑插入地上，锋刃堪堪擦着一个人的脸颊掠过，上面瞬间多了一条血痕。那人被吓个半死，裤子都尿湿了。

老邓嫌恶地看着他：“娘子，要怎么处置他们？”

十五个人，死了五个，还剩十个，其中有重伤的，也有轻伤的，一时间遍地哀号。

顾香生轻描淡写："反正是劫道的贼匪，不如一并杀了了事，也免得还要报官，忒麻烦了。"

那些人一听，都不用如何逼问，当即就痛哭流涕："这位娘子饶命，我等是受人指使而来，并非故意劫道！"

老邓大喝一声："事到如今，还不从实招来！"

那些人七嘴八舌讲述起来，顾香生他们这才知道，这帮人不是什么地痞流氓，平时从事的是拍花子的勾当，也就是人贩子。而且他们心气还挺高，不做寻常生意，专门盯着富贵人家和官宦人家的妇孺下手，但凡初一、十五这样的热闹日子，就是他们开张大吉的时候。

别以为官宦世家的妇孺就不好下手，虽然这些人也有仆从跟随，但往往百密一疏，要想下手总能找到机会。这些拐子全程盯梢，瞅准落单的机会就将人拐走，有油水可榨的，就跟家人勒索一大笔钱财然后放人，那些长得漂亮的，又或者是家人害怕名声受损不肯出钱赎人的，干脆就被这些拐子给卖到江南一带的窑子里，调教之后接客，同样也是稳赚不赔的大买卖。

这种拐人的勾当不需要本钱，利润又高，从古至今就没断绝过，官府抓也是抓的，只不过官在明，他们在暗，抓得严时一哄而散躲起来，等到风声松些时又会跑出来。

对这些人，顾香生杀得一点儿负罪感也没有。

他们自然不是临时起意对顾香生下手的，而是有人知道顾香生经常会进城出城，所以雇了人专门在这条路上候着，就为了将顾香生劫走，到时候是玩弄一阵再送回来，还是直接卖掉，就由不得她了。

"真是狗胆包天啊，谁指使你们这么做的？说！"老邓狠狠踹了其中一人一脚，正好踹在对方的腰眼上，疼得他又是一阵干号。

"我说，我说！别打了……"对方有气无力，"是一个叫董元明的，我们不熟，他与我们大当家熟，我就知道是他来找大当家，让这么干的，还说事成之后如何酬谢……"

老邓又踹一脚："那董元明又是什么来头？"

对方哎哟哎哟惨叫："我是真不知道，真不知道！"

老邓冷笑两声，转而朝其他人下脚。那些人抵不过痛楚，早没了刚才的威风，一个个死狗样地在地上翻滚，有什么说什么，没两下就给问了出来。

那董元明原先也是在京城里厮混，没个正当营生，后来不知怎的居然通过远房亲戚的门路进了兴国公府，跟在驸马身边，不算贴身近侍，但因为办事机灵，还算能混个脸熟，自此他就在一帮狐朋狗党面前挺起腰杆子了，觉得自己是鱼跃龙门成了上等人。

但这帮喽啰被差遣而来，并不知道太多内情，说了半天，顾香生他们也就只知道这件事和董元明脱不开干系。

不过这就已经足够了。

苏木听得气愤不已："娘子，这事实在欺人太甚了！您要不要告诉五殿下，让他出面去与兴国公府交涉？"

顾香生却摇摇头，苏木还是不够了解她，这种事她自己也可以解决，没必要给夏侯渝添麻烦，她早习惯了有什么事独立自主，不是那等非要等着男人做主，没了主心骨就不行的闺阁女子。

老邓问："娘子，这些人如何发落？"

顾香生道："死的活的，一并都送到兴国公府上去。"

苏木吃了一惊，觉得这样会将兴国公府得罪狠了，但她是个极聪明的，先前察言观色，也知道自己说错了，这会儿就不敢再轻易出头吱声了。

老邓也有点迟疑："娘子真要这么做？"

顾香生点点头："苏木，你先回道观去找几个人来，把人都绑了。"

时近傍晚，城门很快就要关了，虽然朝中近日不时有取消宵禁的声音，但毕竟还未取消，眼看出入的人越来越少，城门守卫打了个哈欠，与同僚交谈几句，准备散值之后再去喝几杯。

这话还没说完，他们就看见有人驾着一辆马车过来，马车后面还用绳子系着一串"粽子"，仔细看却是一串人，随着马车缓驰入城，那些人双手被绑，不得不跟着跌跌撞撞一路奔跑。

两名守卫看得眼睛都瞪大了，赶紧上前盘问，对方却道："我乃济宁伯下人，这些人是兴国公府上借予我们的，娘子命我将人带去还给兴国公。"

这两个人哪个都惹不起，守卫听得头皮发麻，又见对方言之凿凿，还拿出印信凭据，便挥挥手赶紧放行。

这一行人一路从城门进去，很是吸引了不少好奇的目光。

老邓带着那一大串人来到兴国公府，看门的自然不敢贸然开门，急急忙忙就跑去禀报。

"这是闹的哪一出？"因着次子刘筠挨那一巴掌的事，高氏对顾香生没什么好印象，此刻听见事情与其有关，脸色便沉了下来。

“主母，对方说这些人是驸马寄放在他们那里的，所以他们把人送回来。”

高氏听得越发莫名其妙，拧了眉毛：“与二郎又有何干？”

虽是蹊跷，她倒也没有不分缘由就把人给赶走，而是先让人去请兴国公刘聃。

那些拐子被老邓和顾香生一顿收拾，还有同伴死在面前，如何还敢隐瞒？见兴国公府的人询问，马上一五一十都交代出来。刘聃与高氏听得大惊失色，万万没想到刘筠竟然胆子大到做下这等事来。

刘聃当即就命人去将刘筠给绑了回来——自打从公主府被赶出来之后，刘筠就被兴国公痛骂一顿，他不敢回家住，只能宿在外面的宅子里，皇帝懒得多做计较，旁人也就睁一只眼，闭一只眼了。

刘筠正与外室在饮酒作乐，冷不防被老爹的人绑回来，还有些糊涂，老爹便直接让把他身边的董元明带上来，刘筠方才脸色一变，知道这是事情败露了。

刘聃何许人也，见儿子神色变化，哪里还不知道其中内情？便指着他冷笑道：“我也懒得打你了，你若不从实招来，我直接就将你绑到陛下跟前去，请陛下来治罪，连带怠慢公主的事情，看你小命焉在！”

刘筠还想砌词狡辩：“儿子只是想教训这妇人一顿，将人拐到哪个地方，吓唬吓唬她，过段时间再放出来，可从没想过要她的性命！我与公主的家务事本就不关她的事，她竟敢为公主出头，这事传出去，不单我的脸面丢光，连外头的人都说兴国公府好欺负呢！”

刘聃勃然大怒：“你别以为将刘家也给扯下水，我就会跟你站在同一边。你敢带人去劫道，就要做好被追究的准备。来人，将这不孝子带下去，关在柴房里，没我的命令，谁也不准给他吃喝！”

高氏虽然偏袒儿子，却不是那等不分青红皂白的人，见刘筠被带下去，也没急着为他求情：“夫君打算如何办？”

刘聃膝下四子，个个出息，唯独夹在中间的次子，虽然尚了主，看似荣宠最高，却是他最头疼的一个：“现在人家不去报官，反而将人送到这里来，明显是想看我如何处置，若是我处置得不妥，这事儿闹到陛下跟前，就是咱们理亏。还能怎么办？自然是上门赔礼道歉，交出刘筠任由处置！”

高氏倒没有异议，这事的确是刘筠闹得太过了，她想包庇也无从包庇起，比起儿子，当然还是整个兴国公府更加重要。

刘聃道："这样吧，你先去和嘉祥公主说一声，再备一份厚礼，请公主陪你亲自登门，公主性子好，想必看在婆媳的分儿上不会拒绝，我再进宫向陛下请罪。"

高氏有些迟疑："我就不必去了吧，不如先让大郎媳妇去一趟，好歹还有个转圜的余地。"

这话刚说完，外面就有府里的人进来禀报，说起今日宫里给远王那边赐下的三道旨意。

刘聃听罢大惊失色，良久方道："这回不必你去了，看来还是我亲自登门一趟比较好。"

高氏不解："五王并不受宠，就算顾氏成为五王妃，也不值得夫君如此高看吧？"

刘聃道："不以出身论英雄，如今看着是燕雀，焉知以后不会高飞？便是不会高飞，结一份善缘，总是不会错的。想我刘聃小心谨慎一辈子，自问待人接物从不目中无人，更不因刘家出了个皇后姐姐便得意忘形，这才是家族长久富贵之道。五殿下看着外表柔弱，可他当日能从魏国千里迢迢跑回来，可见是个心志坚定之人。这样的人就是以后无法得大位，只要继位之君不昏庸，他就能得到重用，更不必说……"

他顿了一顿，音量变小一些："更不必说陛下现在还未择定储君。"

高氏很诧异："难道夫君认为五殿下机会很大？"

夏侯渝刚从魏国回来的时候，人人都没把这个毫无存在感的皇子当回事，还是他办好了几件差事之后，这才慢慢入了众人的视线，大家恍然发现，这位五殿下，能力也还不错，性格也挺好，人很低调务实，这次宫里走水，几位成年皇子轮番上演大戏的时候，他也没像七皇子那样急吼吼地赶回来。

可高氏并不认为皇帝就此会对夏侯渝另眼相看，否则又何必一边给人家甜枣吃，一边又将人给提到柴州那等鸟不拉屎的地方去？就算是这桩婚事，也未见得多么好，娶一个魏国的前王妃为妻，那还不如给他找个齐国世家女子呢！

刘聃摇摇头："陛下心思莫测，我看不透，但既然人人都有机会，五殿下自然也不例外。"

高氏听他说得慎重，便道："既然如此，那还是我登门请罪吧，万一那顾氏不知轻重给你脸色看，夫君堂堂兴国公，又何必去受这等折辱？"

刘聃苦笑："顾氏既被赐婚，你去也不济事了，怪只怪家门不幸，刘筠累我，当日若不让他尚主，兴许还没这些祸事！我虽未与顾氏打过交道，不过此人出走魏国，又从邵州到齐国，你看她做的那些事情，一桩桩，一件件，哪里是寻常女子能做下来的？这样的人必然通晓人情世故，我若亲自上门，她兴许还愿意息事宁人。至于婚事好坏与否，眼下还说不准，不妨先看看再说。"

高氏叹息："可惜皇后生前膝下犹空，否则现在陛下又怎会抉择不定？"

"你错了，阿檀没有留下子息，其实未尝不是好事。自来国君年长而太子当立，父子必生嫌隙，远的不说，魏国不就是活生生的例子？如今刘家顶着外戚之名，却不必担外戚那些风险，陛下因为阿檀的缘故，又会对刘家另眼相看，只要刘家继续谨慎低调，忠于陛下，即便新君上位，也不会动摇刘家的地位，如此，三代富贵可期矣！"

兴国公不厌其烦地教妻训子，伴随着三道旨意流传开来，越来越多人知道夏侯渝被赐婚并很快要前往柴州赴任的消息。

与高氏想法雷同的人不在少数，他们并不知道这桩婚事是夏侯渝千辛万苦求来的，只道这娃实在命途坎坷，自小不受老爹待见，被丢到千里之外的别国去当质子，好不容易回来了，却还做事不讨好。柴州哪里是人待的地方？去了那里，能保住性命就算不错了，升迁是不要想了。至于皇位，虽然天子目前没有表露出任何意向，但委任柴州刺史的诏令一出，几乎所有人都认为夏侯渝完全无缘皇位了，更有人想到上回宫里走水，唯独五皇子没有赶回来，皇帝嘴上不说，心里想必还是不痛快了，否则何必将人发配到柴州呢？

至于婚事，若是皇帝给夏侯渝配上一个家世清白的齐国女子，那必然是门当户对，可将顾氏指给他，又算是怎么回事呢？且莫说顾氏是魏国人，又曾有过那样的身份境遇，她现在虽有个空头爵位，可也只是听着好听罢了，何曾有过半点实惠？更不必说什么娘家背景助力了，一个没有妻族助力的妻子，用处又能有多大？

如此一来，就连夏侯渝改封号的事情，都被认为是微不足道的补偿了。

旁人且不说，夏侯渝那些兄弟，听说他回来之后休养数日，就算不亲自上门，也都派了人送礼探望，见了面也什么话都没说，只同情地拍拍他的肩膀，好像什么都了解，让夏侯渝着实有些哭笑不得。

世人只会相信自己看见的一面，他也懒得多做解释，索性由着他们去揣测。

夏侯渝病好之后，曾去探望过夏侯潜一回，后者的"疯病"据说已经逐渐有了起色，有时候也能认得人了。

他在顾香生那里听说了老八病中不忘穿鞋袜的事，特意多看了几眼，发现老八还真如顾香生说的那样，不管身上、头发如何凌乱狼狈，脚下的鞋袜总是穿得端端正正，他心里觉得很好笑，也不去拆穿他，任由对方在自己面前装模作样。

夏侯渝私下揣测，以他老爹的精明，未必不知道八郎在装疯卖傻，但既然连皇帝都不在意了，自己又何必去当这个恶人呢?

夏侯潜估计还觉得自己演技特别好，有外人在的时候，总是演得尤其卖力，夏侯渝几次差点笑破肚皮，只好强忍住草草问候几句就离开桓王府，免得自己当真一不小心笑出声，枉费了夏侯潜一番辛苦。

婚事既然赐下，就没有收回的道理，且不提夏侯渝私下如何高兴，一有机会就往城外长春观跑。到了四月底，风向悄然发生变化，事情开始朝着许多人都料想不到的趋势发展。

刘聃很聪明，在夏侯渝还来不及反应之前，就亲自登门拜访顾香生，就刘筠做的那些蠢事请罪，又承诺会好生管教儿子，以后绝不让他再找麻烦。刘聃身份贵重，又是亲自出马，不单将刘筠抽了三十鞭，饿了个半死，又送上几大车的厚礼，如此诚意拳拳，顾香生也不好与他多做计较，双方达成和解，这件事就此揭过，待夏侯渝知晓之后再想找刘家的麻烦，却被顾香生拦住了，他也只能作罢。

不少人知道这件事之后，除了感叹兴国公礼数周全之外，也觉得他有些小题大做。

再怎么样，这毕竟是刘筠惹的事情，让他自己出面也就够了，赔上整个兴国公府的脸面，去给一个妇人道歉，即便这个妇人即将成为皇子妃，那也是不受宠的皇子正妃，不太值当。

这种舆论的改变来自皇帝。

就在刘聃上门请罪的事情发生之后不久，皇帝从宫中遣使为顾香生添妆，又在京城赐下府邸，以示恩遇。

顾香生在齐国没有娘家，到时候要出嫁，总不能在长春观出发，赐府是有必要的，哪怕成亲前一日再迁进去走个仪式也好。至于添妆，她嫁的毕竟是皇子，既然没有娘家人准备嫁妆，总不能自己给自己准备，这也可以看作是皇帝给儿子的补偿。

但令人瞩目的，却是添妆的内容。

因为那些东西，有一半是当年孝惠皇后入宫时的嫁妆。

孝惠皇后没有子女，她去世之后，这些东西自然也好端端地被封存在宫中，多年来一直未曾动过。这次皇帝下令清点皇后旧物，除开那些已经陈旧腐朽的绫罗绸缎，以及褪了色的首饰之外，其余像宝石玛瑙一类的头面宝珠，都被单独装箱，送到顾香生那里去。

齐国富庶，皇帝私库也不是穷到要拿皇后的遗物当赏赐——没有人会这么以为，那么皇帝这样做，极有可能就是为了表示对儿子的弥补，至于另外一层更深的含义，即便有人想到了，也觉得那是不可能的。

伴随着皇帝的添妆送到长春观，隆庆长公主也亲自上门添妆，以表祝贺。

满京城勋贵官宦人家的女眷，见状都有些坐不住了。

隆庆长公主何许人也？天子亲妹，虽说不是同母所出，但长公主生母对皇帝有抚育之恩，因着这一段渊源，隆庆长公主与皇宫一直走得很近，她紧跟皇帝步伐，几乎成为一个风向标，众人若想揣摩皇帝心意，看隆庆长公主行事总是没错的。

如今长公主亲自上门为顾香生添妆，皇帝的心意自然也毋庸置疑。

在这几位成年的皇子里头，皇帝并没有表现特别青睐谁的倾向，夏侯渝因为出身和早年经历的缘故，优势并不明显，但也不能说完全没有可能性，齐君行事颇有些随心所欲，天马行空，连底下老臣都未必能看透猜透。

再说伐魏，这件事对齐国有重大意义，也是显而易见的军功，但柴州就并非如此了。眼下齐国将重心放在伐魏上，必然顾此失彼，对回鹘的防卫有所疏忽，如果未来三年内，回鹘人没有进犯也就罢了，夏侯渝等于在柴州坐三年冷板凳，无功无过；若是回鹘人进犯，夏侯渝又是否能够击退敌人，不丢失一城一池？

守住了城是本分，未必有功，丢了城却是大罪，所以柴州等边陲之地才被视为畏途，夏侯渝的任命在旁人看来也等同于流放。

不过皇帝现在既然拿皇后的嫁妆来为顾香生添妆，这起码传达了一个信息：他对这个儿子，并不是全然无视。

也是借此告诫那些趋炎附势的小人：无论如何，夏侯渝都是皇子，朕可以随意处置，但容不得别人轻忽。

于是乎，长公主的登门仿佛一个信号，昔日鞍马稀少的长春观，一时间竟然门庭若市。

兴国公夫人高氏自然不必提了，有了丈夫的提点，她一下子拿出几匣子成色上好的宝石来给顾香生添妆作脸，这不仅是在捧皇帝的场，同时也是在给儿子闯下的祸事做弥补，顾香生自然领她这份情。两相接触之下，高氏发现顾香生其实很好相处，并不像外界传的那样咄咄逼人。彼此性情投契，两家女眷私下走动也多起来，这是后话了。

婚期定在五月初五，那天正好是端午，根据司天监的推算，这一日诸事大吉，宜行婚娶，更合夏侯渝与顾香生两人的八字。

诸事大定，迎亲那日，顾香生从京城宅邸出发，因她娘家人没在齐国，便由徐澈、于蒙二人替代，于蒙更充当了娘家兄长的身份，亲自将她背上皇家过来迎亲的涂金银装肩舆，后面另有行障坐障各一抬、掌扇四人、障花十树、灯笼十盏、童子侍女共八人等，俱是严格按照规格来的。

除去一开始送来皇后陪嫁之外，后面皇帝再也没有为这桩婚事开过什么特例，不过这也已经足够了。当日顾香生嫁给魏临时，魏临虽然还是思王，可毕竟刚刚被废太子不久，连婚事都不敢过于张扬，一切中规中矩，没有出格之处，这次夏侯渝为了让顾香生能风光大嫁，甚至将自家王府都掏空了，所有值钱东西都往顾香生那儿搬，再让她以陪嫁的形式带入王府，也好让外人不敢再小看这位未来的肃王妃。

便连婚服，虽说一针一线俱有规制可循，但夏侯渝偏偏独出心裁，非要在一些细节处进行改动，譬如顾香生的绣鞋，上头原本该是珍珠，夏侯渝却让人将其换成渤海明珠，婴儿拳头大小，在日光下伴随着裙摆摇曳熠熠生辉，令人惊叹，也令不少女眷欣羡不已。

到了此时，再没人会觉得夏侯渝娶顾氏只是圣命难违。

一个男人能对女人如此花心思，这本身就已经能够说明许多事情。

顾香生穿着喜服坐在床帐边上，听见外头隐隐传来觥筹交错和说笑声，热闹得很，不过那些热闹自与她没有关系。从古至今，新娘拜完天地之后，便只能在这儿等待敬完酒的新郎归来。

屋子里很安静，苏木和朱砂本是要在这里陪她的，却被她撵出去歇息了——为了准备婚事，她们也已经有许多天没睡好。

她低头看着婚服上精致的绣纹，连袖子边上的祥云金线都一卷三叠，细密得无可挑剔。

时下女子婚服并非后世熟悉的凤冠霞帔，而是花钗翟衣，头上花钗大小八树，以金和宝石制，这都是有严格规定的，按照品级依次递降，顾香生现在是亲王正妃，比太子妃略差一等，而婚服主色则为狄青色，蚕丝织就的锦衣，上以翟鸟为纹，隆重异常，这与在魏国时是一样的，如今齐、魏两国，礼仪规章基本都是沿用前朝，大同小异。

一个人一辈子嫁了两次并不稀奇，稀奇的是两次都嫁给差不多身份的人，连皇子妃都当了两回，这样的婚服也穿了两次，这不能不说是一件很奇妙的事情。

然而细微处终究还是有些不同的，譬如上一回嫁人，她固然也有欣喜，更多却是对未来的忐忑与恐惧，不知道自己与魏临能否白头偕老，不知道自己能否应付在皇宫里的生活，更不知道自己到底能不能做好自己的分内职责，让魏临满意，也让自己满意。

夫妻同心，这句话说起来简单，实际上人心之复杂难测，天底下又哪里会有一模一样的两颗心？

即便有，那也多数是因为心疼爱护对方，所以愿意妥协退让，争取与对方一致，又或者紧追对方步伐罢了，若是另外一方不知爱惜珍惜，这样的“夫妻同心”，迟早也会变成离心，而渐行渐远。

顾香生轻轻舒了口气，将思绪从乱七八糟的想法里拉回来，勉强平复有些紧张的心情。

早晨上妆之前吃过些点心，现在已经傍晚了，为了避免频繁如厕或弄花了妆，喜娘一般连水都不让喝，顾香生摸着肚子，觉得饥肠辘辘，但看着桌上那些点心又没什么胃口，也不想喝酒，只好作罢。

夏侯渝还未回来，也许是脱不开身，顾香生等得百无聊赖，索性从边上柜子里摸出本新近上市的风月话本瞧了起来。

婚房里原本不可能放这种东西，要放也是放春宫图，但顾香生早料到会出现这种情况，便让人悄悄将书混进来，不出所料果然派上了用场。

看了一会儿，眼皮渐渐沉重，头上梳了复杂的发饰，人也没法儿躺着，她便只好倚靠在床边打盹。

昏昏沉沉之际，一阵若有似无的香味飘来，她的眼睫毛颤动几下，神志渐渐恢复为清醒状态。

耳边传来一声轻笑。

顾香生不用睁开眼睛也知道是谁。

“你在外面吃香喝辣，我却在这里饿肚子！”她嗔怪道，脸上却是带着笑的。

“所以我给你带了些菜过来，都是现做的。”夏侯渝笑嘻嘻地道，将手里的烤鸭放下。

烤鸭是片好的，夏侯渝拈了一块喂顾香生，后者自然而然地张嘴叼过来，皮脆肉嫩，温热有余，的确是刚做好的。

桌案上还有桂花粥、蜜汁火方和虾饺，盛粥的小碗还冒着腾腾热气，香味掺杂着在屋子里飘散，一下子勾得她食指大动。

“你不用在外面敬酒了？”顾香生也拈了片烤鸭喂他，另一只手不耽误拿汤匙舀粥。

夏侯渝其实并不饿，他怕空腹喝酒容易醉，特地吃了不少东西垫肚子，不过难得享受美人亲自喂食的待遇，无论如何也要赏脸，他美滋滋地将鸭肉咬入口中，顺道舔了舔美人的纤纤食指，惹来对方一记毫无威慑力的白眼。

他索性将人抱入怀里，将碗接过来一勺勺地喂。

“我敬了一轮便借故溜了，让大兄和六郎、七郎留下来帮我挡挡场面。”

夏侯淳跟夏侯渝不对付，但这种场合正可发挥他身为长兄的气度和能力，又能在众人面前大大露脸，所以夏侯渝一说，他便毫不犹豫地答应下来，颇为爽快。

老大愿意抢风头，夏侯渝更乐得轻松，他心中归心似箭，巴不得能快一点儿回来看见人。

洞房花烛夜，他梦了好多回，但哪一回都没有现在来得真实。

朝思暮想的心上人就在自己面前，金钗翟衣，笑靥如花。

她好端端的，没有因为颠沛流离而受伤，更没有因为那些坎坷的经历而落下阴影，眉目如画，洒脱自在，一如当初夏侯渝看见的顾家四娘子。

夏侯渝此刻的心情，有点像自己仰望多年的月亮终于从云端下来，让自己不仅能看得见，还能拥入怀中，得偿心愿，他心里满满都是感激和庆幸。

见对方定定地凝视着自己，顾香生嫣然：“难不成我脸上长出了胡子？”

夏侯渝握紧她的手：“你没长胡子，是我想这一天想了太久，头发都快等白了。”

顾香生抿唇一笑：“我比你年长三岁，便是白头，也该是我先白才对。”

夏侯渝柔声道：“在我心里，你就是七老八十，也还是我的香生姐姐，一点儿都不老。”

顾香生挑眉："等我真的七老八十，你只怕就不这么说了。"

夏侯渝一本正经："说不定我那会儿已经垂垂老矣，耳聋眼瞎，还要指望着你照顾，肯定得比现在更谄媚。"

顾香生有些忍俊不禁，旋即又想起一事："你什么时候去柴州？"

夏侯渝道："等陛下下旨吧，总归还可以借着新婚多赖上几日，陛下就是再铁石心肠，也没有强要新婚夫妇分别的道理。"

顾香生美目一睇："我与你一道去。"

先前赐婚旨意颁下来之后，所有人就开始围绕这件事忙起来，反而是顾香生和夏侯渝两个当事人最超脱，然而他们也没多少机会见面，前者忙着将《奇女子列传》彻底定稿，后者则忙着在兵曹与吏曹之间奔走，了解柴州的情况形势，又要奉帝命与其他皇子一道每日朝会听政，直到成亲前几日，二人才得以将诸多琐事抛开。

夏侯渝故作轻佻地勾起她的下巴："春宵一刻值千金，香生姐姐，我们安歇吧。"

顾香生又好气又好笑，直接捏住他的耳朵："别转移话题，我要与你一道去柴州！"

夏侯渝"哎呀、哎呀"地叫疼，见她不为所动，只好走撒娇路线："香……生……姐……姐……"

顾香生柔声道："今儿个你叫姑奶奶也没用了。"

她自然明白夏侯渝不肯答应，是不希望她一起去涉险，但正因为如此，顾香生才更要跟着。

"阿渝，我不是那等只会畏缩在他人身后等着别人来保护的弱女子，你与我成婚之前就知道了，不是吗？"

夏侯渝拥住她，闷闷道："可我不想你受哪怕是一丁点儿的伤害，你从前孑然一身，世人只瞧见传奇，我却只有心疼，如今终于有光明正大的理由可以护住你了，你也要给我这个机会才是。"

顾香生忽而眨眨眼，俏皮一笑："跟你在一起，你可以护着我，我也可以护着你，不是正好吗？我好不容易才逮着这么一个又听话又能干，长得还算过得去的夫君，若是弄丢了该上哪儿哭去？"

夏侯渝龇牙咧嘴故作恼怒："我这样还算过得去？"

顾香生逗他："不算过得去，难道过不去？"

这话没说完，她就直接被扑倒。

“呀，头上的钗子还没拆下来……”

“我帮你……”

“还有合卺酒……”

远远地，外边厅堂的喧闹声传来，却已经入不了屋里人的耳。

锦被覆绣床，红烛昏罗帐，云起梅花，雨落春蝶，多少言语已赘，自无须细说。

伐魏的脚步并没有因为他们成婚的事情就停顿下来。

五月初八，也就是夏侯渝、顾香生成婚后的第三天，齐国大军从江州入魏，直逼象州。

象州位于魏国都城以东，距离都城大约两个日夜的路程，当初魏善据地为王，便是以象州为界，非是他不愿意跨过这条线，而是象州易守难攻，魏善与程载在此地与严遵所带的军队交战数回，均铩羽而归，最后不得不在象州前止步，自此毫无寸进之功。

这次齐军南下，同样冲着象州而去，严遵领兵相迎，击退齐军，而此时齐军却另有一支兵力悄悄绕过象州，直取魏国都城位于南方的屏障迦南关。

迦南关守卫薄弱，兼且毫无防备，此战溃不成军，迦南关守将投降，迦南关失守，齐军得以深入魏国腹地剑州，直奔魏国都城而去。

而此时，正好是七月中旬，距离齐军南下，才刚刚过去两个月有余。

齐人如此神速而又悍勇的战斗力，不单令魏国始料未及，更勾起魏国人关于当初齐、魏交战的阴影，在气势上首先就略逊一筹。

魏君反应过来，赶紧抽调各地兵力前往剑州阻止齐军，并命严遵死守象州，绝不能令齐人前进一步。

魏国不是吴越、南平之流，齐、魏之间注定要打一场旷日持久的战争，尽管实力上略胜一筹，齐国也不可能像吞并南平那样，直接攻取一城又一城。

然而就在七月下旬，齐国北面传来消息，回鹘人又一次集结大军南下进犯，柴州告急。

【第四十章】谁家男子从远征

回鹘人虽然在草原上建了个回鹘汗国，但谁都知道这不过是个名头，他们本质上就是游牧民族，没有中原民族的固居文化，喜欢以战养战，这样的民族要么被同化，要么被征服，没有第三条路可走。

对齐国而言，征服回鹘所需要付出的代价太大，得到的回报又太少。如果现在天下一统，犹有余力，夏侯礼也许会选择来一次大规模征战，一劳永逸地将回鹘人赶出这片草原，但现在中原还未统一，齐君不可能将齐国兵力浪费在回鹘人身上，事有轻重缓急，他必然会先将目标对准魏国。

有这么个邻居在边上，这是齐国的幸事，也是齐国的不幸。

幸运的地方在于这样如狼似虎的邻居能够充分调动齐国人的危机感，让齐国统治者不至于在建国之后耽于享乐，还能时刻保持警惕；不幸则在于回鹘人每年都会不请自来，跑到齐国“打秋风”，这让皇帝不得不分散一部分兵力常驻在边境，以防止回鹘人的骚扰。

不过回鹘人的进犯是有规律的，春夏之交，草原上水草丰美，牛羊成群，一般是他们休养生息的时间，等到秋冬之际，草原上万木凋零，缺衣少食，回鹘人就会进犯齐国边境。

好一些的情况是，回鹘人被齐国击退，又或者劫掠一笔就走；坏的情况则是，譬如柴州这样的边陲重镇直接被回鹘人攻破血洗。回鹘人没有入主中原的兴趣，他们最喜欢的就是血洗边境城池，留女去男，烧杀抢掠，将所到之处毁个精光，卷走大笔金银财宝、车马牛羊，连带中原百姓都会成为他们的苦力奴隶，这才是让朝廷最为头疼痛恨的地方。

不过现在正是春夏之际，论理说回鹘人不会选择在这个时间进攻，而且皇帝之前也曾派人仔细调查过，发现回鹘现在的大汗死了，他的几个兄弟和儿子正为了汗位争得不可开交，没空来骚扰齐国，这也是齐君会选择此时伐魏的重要原因之一。

“回鹘人的这一次举动，称得上十足蹊跷。”

说这句话的时候，夏侯渝刚从宫里回来，一路骑马，又赶得急，难免出了一身薄汗。顾香生原本正在书房中整理史料，听说他回来，便过来相迎。

她接过侍女手中递过来的温热帕子，正要为他擦去额头上的汗，却冷不防被一双手臂直接搂上近前，肌肤隔着薄薄的衣裳相贴，臊得左右侍女当即便赶紧掩面退下，将此处留给自家郎君和娘子。

顾香生倒没害臊，只是被吓了一跳，回过神白了他一眼，直接将帕子覆在他面上：“自己擦吧！”

夏侯渝笑眯眯接过，又道：“这位娘子，真是对不住啊，沾了你一身汗，待会儿与我共浴洗尘如何？”

顾香生好气又好笑：“都什么时候了，你还有心思开玩笑！陛下是不是命你即刻赶赴柴州？”

夏侯渝点点头，这才敛了笑容：“回鹘人来势汹汹，我疑心魏国私下和他们达成某些互惠约定，这才说动他们在这个时候来攻城。”

这种可能性不是没有，顾香生想起永康帝在位末期那段风雨飘摇的日子里，齐国也曾与魏国有过交战，当时魏临就想过利用回鹘人来牵制齐人的办法。

“柴州那边现在是何情形？”

“回鹘人原先打的是彭州，在贺玉台那里碰了壁，这才绕到柴州来。柴州刺史许玮虽为沙场老将，但已经上了年纪，年前刚刚递了致仕的折子，只是陛下未准，竭力挽留，但我怕他守不了多久。”

皇帝显然也有这种考虑，这才让夏侯渝赶紧出发。

顾香生道：“你此行前去，可有兵力相随？”

“有，陛下让于蒙带两千兵力随我前往，又让贺玉台随时驰援。”

于蒙先前在金吾卫里任职，金吾卫虽好，却不是他的意向所在，于是顾香生让夏侯渝去说了情，将人给调到京畿守卫军里去。顾香生在邵州与他共事过几年，对他带兵的本事有所了解，有这样一个人在，还是比较放心靠谱的。

“什么时候出发？”

“明早。”

顾香生微微蹙眉，旋即又松开：“那我这就去收拾衣裳，明日一早就能与你一起走。”

“香生姐姐！”

纵然是成了亲，夏侯渝还改不了这个称呼，从前的亲昵如今反倒成了闺房乐趣。

他伸手要去拉顾香生，却不防对方起身起得猛了，眼前一阵发黑，又软软坐在椅子上。

夏侯渝大惊失色，忙将她抱住：“你怎么了？”

顾香生不在意：“就是起身起得太快而已。”

她不当回事，夏侯渝却非要找个大夫来看，因为他知道顾香生素来身子康健，冰天雪地里也活蹦乱跳，非同那些弱质纤纤的女子。这股晕眩来得太不寻常，若是因为操劳过度而引起的，他便可以顺势将她留在京城，不让她和自己一同去柴州受苦了。

谁知道大夫上门一号脉，还真就诊出问题来。

肃王妃有孕了。

“你……你没把错脉吧？大夫，再号一号吧！”夏侯渝呆滞半晌，竟冒出这么一句话来。

他私下虽然经常撒娇耍赖毫无气度风仪可言，但在人前还是挺会装模作样的。眼见他现在连样子也不“装”了，可见内心震撼，对这个消息一时半会儿还有些克化不了。

孟大夫虽然不是太医，但也是京城出了名的坐堂大夫，闻言就有些不高兴：“殿下，老夫不至于连喜脉都分不清，王妃的的确确是怀孕了！”

夏侯渝的神情脸色这才慢慢发生变化，从不敢置信到喜色浮上眉梢，可这喜色之中又夹杂着一丝隐忧，看起来有些古怪。

孟大夫心下连道咄咄怪事，但他只是一个普通大夫，知道王府中的事情不是自己应该多问的，看见了也当没看见。

“王妃身体底子好，这一胎也很稳，然则切忌劳神苦思。”

夏侯渝回过神：“可需要开几服安胎药？”

孟大夫摇摇头："是药三分毒，王妃脉象平稳，并没有非吃不可的必要，可以用食补来替代，殿下若有需要，回头我开几个食补的方子便是。"

"如此再好不过，那就多谢大夫了。"

他亲自将孟大夫送到门口，因为魂不守舍，还差点一脚绊在门槛上摔跤。孟大夫哪里还敢让他送，忙道："殿下留步，殿下留步！"

身后顾香生扑哧一笑："你看你把人家孟大夫都吓成什么样了！"

夏侯渝摸了摸鼻子，走回来，半跪下来，将手轻轻覆在她的小腹上："香生姐姐，我很高兴，却又很担心。"

顾香生听出他的弦外之音，指尖轻轻碰触他的鬓发，顺着往后捋。

对她怀孕，夏侯渝自然是很高兴的，但高兴之余，他即将远赴柴州，这意味着他们很可能要暂时分离。

先前他还在发愁要如何说服对方留下来，现在果真可以将她留下来了，他又不放心她一个人留在京城里了。

这对平时的顾香生来说自然不成问题，但现在开始，她就不是一个人了。

如果可以选择，夏侯渝宁愿这个小家伙不要这么快到来。

顾香生也轻轻一叹："他来得可真不是时候！"

夏侯渝握住她的手："若是可以的话，我真不想离开你。"

顾香生柔声笑道："何必作此小儿女之态？若没有这事，你便是拦着，我也要去柴州，如今我留在京城，定会好好照顾自己，你放心就是。三年晃眼就过，回鹘人也并非天下无敌，我相信你的能力，守住柴州不成问题。"

夏侯渝虽然没有上过战场，但这次随行中有知兵的于蒙，作为一州刺史，他存在的意义在于知人善任，懂得听取下属正确的意见并做出判断，而非亲自出马冲锋陷阵。

"我知道你相信我，我也不会令你失望，可我就是舍不得你。"没有外人在，夏侯渝毫无压力地软语撒娇，甚至将整个脑袋贴到她小腹上，"你要乖一点，别让你娘受累，不然等你出来看我怎么教训你！"

听到他的孩子话，顾香生忍不住想笑，又要强捺下即将离别和担忧的愁绪，心里一时五味杂陈。

却听夏侯渝低声道："伐魏之事，我估摸着，陛下可能要亲征。"

顾香生吃了一惊："陛下已经决定了？"

"还没有，众臣在劝，但恐怕他们是劝不住的。"

顾香生仔细想了一下，现在齐、魏战局胶着，因为回鹘人骚扰边境的事情，朝中颇有些异议，说是本来就不应该伐魏，甚至还有人劝皇帝从魏国退兵。

像夏侯礼那样的性子，只要下定决心做一件事，就不会管别人怎么想，中间即便有什么阻碍，他也会排除万难去达成。这种情况下，亲征不失为一种选择，天子在前线，士气总会更加高涨，而且夏侯礼也并非纸上谈兵的皇帝，登基前他就曾经驻守过彭州，直面过回鹘人，还打过几场仗，这一点比魏国两代皇帝都强多了。

她这头犹在沉吟，夏侯渝便道："其实我担心的不是陛下，而是陛下若是真要亲征，必然会让人监国摄政。"

话只说了一半，但顾香生已经明白了。

皇帝不在京师，然而京师总得有人看着，最合适的人选莫过于皇子监国。以皇帝的行事作风，肯定不会让一个皇子总揽大权，也会让丞相从旁协助，但群龙无首的局面总归会导致人心浮动。如今除了一个夏侯渝远赴柴州，其他成年皇子都在京城，个个野心勃勃，都是不甘落后的主儿，山中无老虎，猴子称大王，可以想象，到时候京城会有多热闹了。

"所以让你留在京城，我有些不放心！"夏侯渝叹道。

顾香生道："其实这未尝不是一件好事，我留在京城，起码还能帮着打听一些消息。依你看，陛下会让哪位皇子监国？"

"应该是大兄和七郎吧，大兄毕竟占了长子的名分，不让他上说不过去；七郎行事谨慎，陛下也较为欣赏。"

顾香生歪头笑了一下："你的运气总是不太好，小时候被派往魏国，如今又被派往柴州，若你留下来，监国的皇子里说不定还有你呢！"

这话也只有她能说，旁人只当肃王很忌讳当年去魏国为质的那段经历，轻易不敢在他面前提起。

夏侯渝无奈道："你就别打趣我了，监国这种活儿，听着风光，做好了无功，做坏了则罪加一等。陛下虽然英明，可也多疑，到时候免不了要起些风波。你只管自己保重，旁的我都不求，只求你们母子平平安安，便是让我折寿十年我也甘愿！"

顾香生白了他一眼："狗嘴里吐不出象牙！"

王妃有孕的事情很快就传遍了，肃王府上下一片欢天喜地。紧接着夏侯渝隔日就要起程的消息一并传出来，众人又不敢过于高兴了，生怕刺激了王妃。

实际上顾香生根本没有那么脆弱，她如今不过二十岁出头，做过的事、走过的路、见过的世面却已经是许多人大半辈子都没经历过的，即便心里再舍不得，她也不可能哭哭啼啼抓着夏侯渝的袖子不让他走，否则这便不像她了。

天子旨意一下，并没有给夏侯渝太多准备的时间，翌日一大早，天还没亮，他就已经穿戴完毕。因为他这次远行，整个王府上下也跟着调动起来，黄珍作为幕僚随行，上官和依旧留在府里。

夏侯渝原不想惊动顾香生，好让她多睡一会儿，但顾香生素来浅眠，更何况这样大的动静，夏侯渝刚起身下榻，她也就跟着醒了。

"我吵醒你了？"他回身歉然道。

"没有，我平素差不多也是这个时辰起来的。"侍女将外裳捧来，夏侯渝接过，帮顾香生穿上。

"我不在京城，你要照顾好自己，修史的事情不要太费心了，我倒宁肯你多出去走走。还有，你在学堂的时候多留神，别被那些冒冒失失的小孩儿冲撞了，我会让苏木她们也跟着你……"

后续的声音直接被顾香生一手掐灭了。

夏侯渝的嘴巴被她捏成"鸭嘴"形状，边上婢女都在捂嘴忍笑。

顾香生甜甜一笑："殿下别唠叨了，该上路啦！"

夏侯渝委委屈屈地闭了嘴。

顾香生带着众人将他送出门口，张叔早已牵了马在外面等着。黄珍虽是文人，但这几年跟着夏侯渝东奔西跑，骑术还算精湛，也跟着牵了匹马，另有侍卫随从十数人。

"于蒙还在城外等着我去会合，我该走了。"夏侯渝捏了捏她的手。

"保重！"顾香生回以一笑。

千言万语，尽在这两个字之中了。

夏侯渝上了马，最后回过头深深看了顾香生一眼，目光里似有许多话要说，但终究什么也没说。他扬鞭策马朝城门方向疾驰而去，一行人跟在后面，伴随着马蹄声渐行渐远。

顾香生站在石阶上，直至对方的身影消失在视线中，方才转身回去。

夏侯渝的预料没有错，到了七月底，齐军依旧被拦阻在象州和迦南关两处地方，毫无寸进。眼看粮草一日日消耗，又有北面回鹘人虎视眈眈，朝中关于撤兵的声音越来越多。此时魏国那边也送来和议书，提出希望重新修订盟约，结两国百年兄弟之好，互不侵犯，魏国那边甚至还退了一步，说愿意每年供给齐国十万贯的岁金。

十万贯听起来不少，但到了国与国这个层面上，实在不值一提，魏国拿出这点钱，根本不费什么事。但这种妥协低头的态度，令齐国国内不少人感到满意，觉得不妨先答应下来，反正齐国现在一时半会儿也不可能攻陷魏国，再耗下去，齐国也未必占得了什么便宜。

但齐君明显有着完全不同的想法，他并没有答应魏国的条件，这件事反而促使他终于下定决心，决定亲征魏国。

这些事情不是什么秘密，顾香生身在京城，身份使然，离权力核心圈子也近，就算她自己不刻意去打听，上官和也会将消息送到她面前来。

八月初，夏侯渝抵达柴州。

就在他到柴州之前的两日，柴州刺史许玮正好因为指挥作战心力交瘁，在官邸中病亡。回鹘人不知怎的听到风声，举兵来犯，夏侯渝到柴州的那一日，正好就遇上了回鹘人攻城。

许玮的死让柴州很是乱了一阵，回鹘人如狼似虎，柴州差点就守不住。这时候幸好是于蒙带去的那两千兵马及时赶到，发挥了作用，加上他们带去的“万人敌”，仗着兵力增援和火弹之威力，生生抵挡住回鹘人的攻势。

两日之后，回鹘人退兵，柴州得以保住。

不过这并不是结束，而是开始。

夏侯渝击退回鹘人之后，意味着他正式在柴州确立了自己作为行政军事统帅的权威。但夏侯渝并不满足于此，他在柴州站稳脚跟之后，就开始谋划着要给回鹘人一点颜色看看。

而此时，伐魏的战事进展并不顺利。

魏国求和的提议被齐君驳回，紧接着齐君又决定亲征，朝中自然而然分成几派：一派主和，主张答应魏国的提议；一派主战，但不赞成天子亲征；还有一派不但主战，而且也拥护天子亲征，认为亲征能令士气高涨，有助于齐军早日攻下魏国。

主和的以文官为主，包括丞相于晏在内，都进行了委婉劝谏。但也有例外，譬如中书侍郎殷溥，原为寒门子弟，被皇帝一手提拔，素来对天子忠心耿耿，他就十分赞成皇帝亲征。

夏侯礼在位三十余年，天威隆重，无以复加。这些反对的声音其实起不了多大作用，他若是一意孤行，众臣也奈何不了他，更不必说皇帝的拥护者其实并不少。武将们早已磨刀霍霍，想通过伐魏来建功立业，天子一旦亲征，中军帐就不是他们说了算，如此就算战事出现失误，天子也怪不到他们头上去，这是两全其美的事情。

八月中旬时，战事又发生了新变化。

齐人越过迦南关进攻剑州数次未果，反被魏国大将邹文桥用计诱敌深入，大败齐军，致使齐军连原本已经占据的迦南关也丢失了，不得不退回迦南关外的武阳县。

此事一出，魏国欢声一片，而齐君勃然大怒，最终决定亲征。

天子一旦下定决心，底下的人自然都要跟着运转起来，亲征所用盔甲仪仗、大军行进所需的粮草、禁卫军里哪些随行，哪些又留守京师，等等，上令下行，这一件件、一桩桩确定下来倒也快速。到了八月底，亲征大军浩浩荡荡从京城出发，南下前往魏国。

与此同时，皇帝命景王夏侯淳、谨王夏侯洵二人监国摄政，于晏等从旁协助。

自八月以来，天气一反往年常态，不仅没有慢慢凉快下来，反而越发炎热。有条件的人家不得不从街上买了冰放在家里降温，没条件的便只好尽量往外跑，大树底下挤满了纳凉的人，晚上百姓人家也不在家里睡了，直接就在院子里头打地铺。

顾香生的小腹逐渐显怀，这一胎倒是安稳得很，前三个月也没出现旁人常有的孕吐和不适。只是怀里总好像揣着个火炉，坐下没一会儿就觉得热，又得起身走动。到了晚上更不得安生，总热得没法睡，想用冰块又怕伤了身体和孩子，只好忍着，整晚让人打着扇，如此方能睡上两三个时辰。

这样一番折腾，饶是原先活蹦乱跳，这会儿也被折磨得有些憔悴。

“娘子，灶上刚熬好鸡汤，您可要用一碗？”苏木推了门进来道。

朱砂正站在顾香生身后给她捏着肩膀，见状忙朝她摇摇头，苏木不明所以，赶紧住嘴了。

顾香生头也不抬，笔下没停，直到手边的信写好，方才搁下笔，长舒了口气。

“先放着吧。苏木，你去将上官先生请过来一趟，我有些事要和他说。”

苏木应了一声，转身便出去了。

朱砂探头过来，有些担忧：“娘子，您不与郎君说您身体不适的事情吗？”

顾香生摇头：“说了有何用，他又不可能从柴州千里迢迢跑回来，只能平添他的担忧罢了。现在柴州那边战事也正吃紧，万不能让他因此而分心！”

说话间，苏木引着上官和匆匆过来了。

没等顾香生开口说话，上官和便道：“娘子，不好了！”

他脸色有些不好看，胸口还在不住起伏，想必是正也要过来，在半途遇见苏木，所以苏木才回来得如此快。

这话一出口，顾香生神色也为之一变，立马就想到是不是夏侯渝那边出事了：“是肃王有事？”

上官和赶紧摇头：“是别的事！”

顾香生对苏木、朱砂道：“你们先到外面候着。”

非是不信任她们，只是有些事情，知道的人越少越好。

苏木、朱砂自无异议，顾香生和上官和谈正事的时候，她们素来是要避开的，这点又与别的人家不同。

在常人眼里，世风再开放，主母与外男说话，毕竟还是要有婢女在边上守着，以免落人话柄。然而顾香生成了肃王妃之后，皇帝并没有将她的爵位免除，也就是说她身上依旧挂着济宁伯的爵位，虽说这只是个虚名，顶多再领点俸禄，没什么实质性的作用，但无形中也表明了顾香生的身份并不拘于内帷。

夏侯渝早有言在先，顾香生与他一般，俱是肃王府的主人，彼此无内外之分。即便是他在府里的时候，与上官和、黄珍等人议事，也从来不刻意避开顾香生。

这种事若放在别的幕僚眼里，兴许会觉得自己被慢待了，又或者对自家郎君不以为然，觉得他惧内。但一来顾香生的经历在齐国几乎人人皆知，只要不是傻子，就不会将她当作寻常女子来对待；二来上官和跟随夏侯渝日久，也知道顾香生在他心目中，乃至在王府里是个什么地位，说句更直白些的话，如果顾香生坚持要做一件事，哪怕是杀人放火，他们这位五殿下非但不会拦着她，估计还会帮着添火加柴。

房门一关上，顾香生便问：“不是殿下那边出了事？”

上官和连忙摇摇头：“不是郎君，是陛下，听说陛下生病了！”

顾香生紧紧拧眉：“这消息可确切？”

“陛下亲征之后，朝中一应重大奏疏依旧要送交前线，由他亲自批阅。但最近一段时间很是蹊跷，所有奏疏都只盖了印，又或者由旁人代笔，并非陛下亲笔。而且据说天气太热，前线有些士兵染了时疫，所以有不少人开始猜测会不会是陛下也……染病了。”

这不是没有可能的事情，皇帝年过五旬依旧精力旺盛，很多事情喜欢亲力亲为，连出征都不忘让人把重要奏疏加急递到前线。京城里虽说有皇子和丞相在，但在这么一个强势皇帝的阴影下，注定他们只能是陪衬，而不可能是主角。

但一个人的精力是有限的，皇帝毕竟上了年纪，身体底子再好，也不可能一边打仗一边还要管国内的事情，今年天气又热得不同寻常，军中条件远比平时在皇宫里简陋，生病也是情理之中的事情。

上官和见顾香生没有反应，忍不住道：“娘子，我们是不是要早做打算？”

他的话语焉不详，但顾香生一听就明白了。

皇帝如果当真染了时疫，这件事就可大可小。往小了说，皇帝很快病愈，军心没有丝毫影响，大家该怎么样还怎么样；往大了说，皇帝病重，随时有可能出现不测，那么齐军就必然要班师回朝，到时候国不可一日无君，皇帝没有立储，到时候会是怎样一番混乱可想而知。

这种情况下，夏侯渝人还在边陲，鞭长莫及，当然是最不利的。

顾香生问：“依你看呢？”

上官和道：“给郎君去信，让他秘密回来，若是陛下真有个万一，那几位皇子要……郎君也好及时反应。”

顾香生摇摇头：“其中要担的风险太大了，万一陛下没事，这些只是谣传，那么殿下这样做就是死罪。别人正愁自己对手太多，你自己就将把柄给递上去，这是搬起石头砸自己的脚。”

上官和也知道这件事太冒险了，但自古与皇位有关的事，其实说到底都是在赌博，不到最后一刻，谁也不知道自己是赢是输。

老皇帝虽然多疑善变，但总归是位有为之君，这次亲征伐魏势在必得，照理说不会在这件事上故布疑阵，动摇军心，现在消息都传到京城来了，可见前线那边已经压不住了。

这种情况下，谨慎和犹豫很有可能会错失良机。

他将自己的想法与顾香生一说。

顾香生道：“上官先生，你有没有想过，阿渝身边能用的，满打满算其实也只有于蒙那两千余人，京城兵力则有三万，金吾卫大将军钟锐，对天子忠心耿耿，绝无二心，在天子授意的情况下，他绝对不会让阿渝进城，两千对三万，实力悬殊，更何况这两千人还是千里迢迢从柴州赶回来的，兵疲将惫，如何能在景王手下占便宜？”

她顿了顿，又道：“这且不说，如果阿渝将柴州守兵也一并带回来，柴州就会面临无人可守的局面。一方面这些人动静太大，只怕还没到京城就会被拦截下来；另一方面，回鹘人如果知道柴州空虚，定然会派人攻取，届时遭殃的只能是百姓。我相信以阿渝的为人，他也不愿意看见这种事情发生。”

上官和叹道：“娘子所言甚是，我也是一时糊涂，考虑不周，唯恐郎君失了先机！”

顾香生温声道：“上官先生一心一意为阿渝打算，我岂有不知之理？心里自是只有感激的。只是此事关系重大，万万急不来，只能从长计议。这样吧，你先设法联系上宋帆，从他那里打听景王动向。”

夏侯淳身边的宋帆是夏侯渝的暗线，这件事上官和是知道的，他闻言就点点头：“我这就去。”

上官和本来不是冲动鲁莽之人，只是方才被皇帝染病的消息一时冲昏了头脑，现在冷静下来，就知道顾香生的安排才是最稳妥的。

这么大的消息，不单他们坐不住，还有别人比他们更坐不住。他们刚刚听见这个消息的时候都忙乱了一阵，更何况是素来冲动的夏侯淳？他不跳起来才怪。

上官和离去之后，顾香生坐在书房里思索了一阵，将朱砂、苏木喊进来：“我要去一趟嘉祥公主府，你们先去准备马车。”

苏木快言快语：“娘子，现在都傍晚了，明儿再去吧。”

朱砂扯扯她的袖子。

顾香生满腹心事，也没空与她们多说，两人便退了出来，朱砂对苏木道：“娘子这么晚还要出门，想必是有要事，你没见方才上官先生走的时候，迎面都没看见我们。”

苏木迟疑：“会不会是郎君那边出了事？”

朱砂摇摇头：“我也不晓得，咱们还是赶紧去准备吧，车上得多垫几层软垫才行，娘子的身体不同往日……”

对顾香生的突然上门，嘉祥公主有些讶异。

“嫂嫂有事让人递个话过来也就是了，何必亲自跑这么一趟。”她亲自迎出去，又扶着顾香生的手，两人往花厅的方向走。

顾香生就笑："我又不是琉璃做的，身体结实得很，哪里有那么金贵。"

嘉祥公主扑哧一笑："你觉得不金贵，五兄可宝贝得很呢，若他还在京城，你就等着天天被跟前跟后吧，他哪里敢让你这么随意就出门？"

当日皇帝赐婚的时候，人人都不看好，甚至还为夏侯渝抱不平，结果现在再看皇室这几对皇子夫妇，反倒是夏侯渝和顾香生这两人最为琴瑟和鸣，羡煞旁人。在嘉祥公主看来，顾香生原就是夏侯渝费尽千辛万苦求来的，不可能不加倍珍惜，现在顾香生又有了身孕，若无意外，往后两人只会更好，没有更差的。

顾香生道："前两日孔先生那边有些事要我做，我便没能过来看你，你还好吗？"

皇帝出征，不在京中，这种时候京里一般是不行宴饮的，否则等皇帝一回来，发现人家将士在前方浴血奋战的时候，你却在后方饮酒作乐，到时候必然讨不着好，所以那些平日喜欢行宴的达官贵人，宁可去青楼馆子行乐，也不想在家里办宴被人抓住把柄，这样一来，京城表面上反倒平静了许多。

嘉祥公主道："还好。上回我不是与嫂嫂说过先开一间专门为穷人治病的医馆嘛，陛下离京前我曾去请示过，陛下同意了，但让我先开一间小的。这些天我让人去物色门面，应该很快就能定下来了。"

刘筠自从那次在门口被赶走之后，就再也没来自寻难堪，嘉祥公主自然也乐得清净。据说刘筠被兴国公痛揍一顿之后赶出家门，现在住在外头的宅子里，夫妇二人眼下虽然还未和离，但其实已经各过各的了。看在刘家的面子上，皇帝兴许不会让公主休夫，但嘉祥公主若是想在府里养几个面首，皇帝约莫也是不会管的。

顾香生笑道："那可好，若有什么需要我帮忙的，可不要客气。"

嘉祥公主挽着她的手臂："嫂嫂放心吧，我不会与你客气的。上回你曾提过有位在邵州开药铺的周娘子，可否介绍我认识，药材进货这些事，可能需要她帮忙。"

提起周枕玉，顾香生便摇摇头："真是对不住了，我曾派人回过邵州，那边的掌柜说周家暂时不准备在京城开药铺了，周娘子目前也不在京城，至于去了哪里，对方不肯说，我也没好再问。"

她估摸着因为徐澈的缘故，周枕玉知难而退，不愿再多做纠缠，索性一并断绝与他们这些人的联系，免得让人误会她对徐澈纠缠不清，其心性之坚定利落，令人既佩服又感叹。

话说在周枕玉离京之后，徐澈还真找过几回，也问过顾香生，却一无所获，只得怏怏作罢。

嘉祥公主不知其中内情，只觉得惋惜："那我再另外想法子吧。嫂嫂忽然登门，想必是有要事？"

"的确有件事想托你，只怕你觉得为难。"

"嫂嫂这说的是哪里话，若有什么我能办到的，还请不吝开口。"

顾香生将朝中传言略略一提，然后道："此事未经证实，却已传得满城风雨，我心中有些不安，还想请你去一趟隆庆长公主那里，长公主与陛下素来亲厚，说不定能知道一些确切的消息。"

嘉祥公主听罢面色大变。

这传言是刚刚才有的，她这两日又都在为医馆的事情奔走，竟也还未得知。

皇帝染病，真假未知，这对一个国家，尤其是一个还处于战事之中的国家而言，无疑有着举足轻重的影响，一旦处理不好，随之而来的可能就会是山崩地裂，嘉祥公主不谙政事，可她不会连这样的严重性都不了解。

"朝中现在可有什么定论？"她问道。

顾香生摇首："这种事情无论真假，怎好大肆宣扬，所以我才想托你去长公主府上探探风声。"

她与隆庆长公主交情不深，贸然上门会显得唐突，此事唯有托付给嘉祥公主。

嘉祥公主道："嫂嫂也别来回奔波了，你就先在这里歇着吧，若无意外，我也很快就能回来。"

顾香生握住她的手，感激道："你这份恩情，我与殿下都铭记在心。"

皇帝没立储，但凡自诩有些能力的成年皇子，都不可能放过对那把椅子的觊觎。嘉祥公主这样说，从某种程度上来说，已经隐隐表明了她跟夏侯渝、顾香生站在一边的立场。

在旁人眼里，夏侯渝并不是一个有力的竞争人选，更不必说他现在还远在柴州，嘉祥公主答应得如此痛快，对顾香生而言无异于雪中送炭。

嘉祥公主抿唇一笑："嫂嫂与我客气什么，先时我与刘筠闹翻，除了你，又有谁肯得罪兴国公为我出头？好啦，先不说了，我这就出门去，你且等着我的消息吧！"

她性子温吞，这会儿倒是风风火火，也不梳妆打扮了，直接就让人准备马车，匆匆离开。

顾香生坐在花厅，自有人奉上热腾腾的茶点，朱砂、苏木也在旁边陪着闲话家常。

她本以为嘉祥公主这一去，起码得下半夜才能回来，谁知道茶盅里的茶水还未见底，人便回来了。

“长公主闭门谢客，不肯见我。”嘉祥公主回来得有些急，人还气喘吁吁，便迫不及待地过来告诉顾香生这个消息。

顾香生一怔，没想到会是这样的结果。

“长公主是什么时候闭门谢客的？”

嘉祥公主苦笑：“我也不晓得。照例说平日我去，历来都是不需要通报的，今日倒是稀奇了，但我猜怕是不止我去找过她，在我之前应该还有人去，她便索性谁也不见了。”

隆庆长公主的反应意味着什么？

这边碰了壁，顾香生一时倒真是想不出什么法子了。

既然嘉祥公主这边打听不出什么消息，顾香生也不宜久留，很快就返回肃王府。

好巧不巧，上官和那边也因为见不到宋帆而提前归来。

两人再次在书房碰面，顾香生问：“宋帆那边是怎么回事？”

“宋家仆人说他身体不适，无法待客。”

这么巧？顾香生微微蹙眉。

上官和也道：“这事儿太巧了，宋帆虽然跟着景王做事，但现在这个时辰，无论如何都应该散值在家才是。”

宋帆避而不见的可能性不大，他原本就是夏侯渝派到夏侯淳身边的眼线，更兼夏侯淳曾与他有仇，若说有谁恨不得夏侯淳倒霉，一定非宋帆莫属。

唯一的解释就是，宋帆不在家，而且他不想让别人知道，所以下人如此回答。

他被什么事情所耽误，直到现在还回不了家？

上官和难免产生很不好的联想，这种联想影响了他的心情，让他脸上浮现出一丝焦躁。

“娘子，看来陛下生病的事情极有可能是真的，而且病情恐怕轻不了，否则长公主和景王不会如此反常！”

顾香生沉吟不语。

上官和心里有些着急，不由得起身在书房里来回踱步。

他倒不是非要坚持让夏侯渝回来，顾香生的分析是有道理的，事到如今，局势一片晦暗不明，夏侯渝就是这个时候回来也没什么用处，如果皇帝真有个不测，头一个要乱起来的，就是京城。

虽然三万金吾卫在钟锐手里，但其他皇子谁也不是省油的灯，景王夏侯淳手上就有五千兵马驻扎在城外，这是皇帝原本为了以防万一而派给他的，一旦大军出现意外情况要撤回来的时候，他这五千兵马就可以前去接应。另外夏侯淳与夏侯洵还有监国大权，若想趁乱做出什么，也不是不可能的事情。

他们现在没法得到更加确切有用的消息，只能坐在这里干着急，这种无能为力的滋味，才是上官和心生焦虑的主要原因。

顾香生毕竟是有孕在身，今天殚精竭虑加上出门一趟，疲色不知不觉就在面上带出来。

上官和于心不忍，也觉得自己焦虑过甚了，忙道："娘子不如先去歇着，若有什么事我再让人呈报给您。"

干坐下去也无济于事，顾香生就点点头："上官先生也不要熬夜了，还是早些……"

这话还没说完，敲门声就响起来。

朱砂站在外头："上官先生，王府后门来了个人，他说他是宋先生派来的，想见您一面。"

宋帆？

上官和与顾香生对视一眼，两人都想到了宋帆。

"上官先生且去看看！"顾香生道。

上官和拱一拱手便匆匆离去。

"现在什么时辰了？"顾香生问朱砂。

"子时过一刻了，娘子先歇了吧。"

顾香生揉揉眉心："我歇不着，有没有吃的？"

朱砂忙道："有、有！刚炖好的枸杞鸡汤，还有桂花藕粉，您想要哪样？"

顾香生现在一听鸡汤就想吐，赶紧道："来一碗藕粉吧！"

此时正是盛产莲藕的季节，将新鲜莲藕采摘上来，洗干净，切块再磨成泥状，然后小火熬煮，加入蜜糖，直至黏稠状，上面撒上干桂花，便是一碗清甜降火的桂花藕粉。

在富贵人家，藕粉的制作只会更加讲究，像顾香生眼前这一碗，朱砂还特地用荷叶状的玉碗来盛，半透明的藕粉上面几点金黄桂花，幽香淡淡，比鸡汤要令人开胃得多。

只是还没等顾香生将手里这碗藕粉用完，上官和就去而复返，神色怪异。

顾香生见状，心知有事发生，便想让朱砂先退下，上官和却已经开口了："娘子，宋帆那边传消息过来，说是景王欲谋大事！"

"啊！"

这一声却是朱砂发出来的，因为太过震惊，她手里的托盘直接失手掉落在地上。

顾香生缓缓吐出一口气："他的兵马都在城外，钟锐又如何肯让他进城？"

上官和苦笑摇头："不知道，那人说宋帆现在在景王那里，无法轻易脱身，想必他也是费尽辛苦才让人传了这么个消息过来的！"

"娘子，出大事儿了！"苏木步履匆匆，后面还跟着管家张芹等人，"外头街道上忽然多了许多兵马！"

上官和面色一变："是冲着肃王府来的吗？"

苏木也说不清楚："应该不是。"

顾香生对张芹道："张叔，劳烦你让人出去打探打探，若有什么不对，就立刻回来，别枉送性命！"

张芹答应一声，马上就去办了。

书房里一时呈现出异样的寂静，没有人说话。顾香生捏着手上那碗桂花藕粉陷入思索，连藕粉凉了都没有发觉。

没有让他们等太久，大约半个时辰之后，张芹就回来禀报了："娘子，那些兵马是景王的，他不知用了什么法子让城门重新打开，一路就奔着皇宫去了！"

在场之人齐齐变色。

他们最不愿意看到的事情还是发生了。

宋帆刚刚传出来的消息也变成了现实。

朱砂颤着声音，六神无主："那我们现在该怎么办……"

上官和苦笑："只能寄望于钟锐能拦住他了！"

顾香生道："夏侯淳原就冲动鲁莽，众所皆知，但也不至于急成这样，没等天子的消息落实就贸然发动兵变，这背后怕是有人在怂恿挑唆！"

但现在说这些已经无用，如果钟锐拦不住他，京城就会被夏侯淳掌握，在京城的所有皇子也都等于落入他的手中，甭管皇帝的病情是否属实，只要夏侯淳拿京城这些人的性命来要挟，几乎就无人奈何得了他，除非皇帝完全不在乎这些人的性命。

所有人忐忑不安地等待着，张芹继续让人出去打探消息。

然而打探回来的消息并不令人乐观，夏侯淳的兵马在进城时几乎没有遇到任何阻拦，负责金吾卫的钟锐也一直没有露过面，群龙无首，钟锐手下的金吾卫就有些不知所措，有些人投靠了夏侯淳，还有些人在左右观望。

上官和不可思议道："钟锐是出了名地对陛下忠心，总不能就这样投向景王吧？景王这一出闹得实在太过冲动了，等他冷静下来怕是要后悔的！"

还没弄清皇帝病情和事实原委就贸然发动兵变，皇帝估计也不会想到他挂了个监国的名头，手上只有五千兵马，就敢做出这样胆大包天的举动来。

顾香生原本也是心乱如麻，听见上官和这话，心头一动，反而冷静下来："你觉得怂恿景王这么做的人有可能是谁？"

夏侯淳有些目无余子，寻常人不会被他放在眼里，所以能怂恿动他的人，肯定要有一定的身份，而且夏侯淳这么做，对这个人是有利的，对方也很了解夏侯淳一点就着的爆竹性子。

想到这里，上官和与顾香生几乎同时想到了一个人：夏侯洵。

这位低调谨慎的七殿下，奉命与夏侯淳一起监国，可见皇帝对他的看重，隐隐也有让他来牵制夏侯淳的意思。

不管在何处，夏侯洵都摆出一副与世无争的样子，先前跟夏侯渝同赴渤州办差，最后因为宫中起火而提前归来，说是担心老父身体，皇帝事后对乐正评价说此子过于稳妥谨慎，却也没有否定他的孝心。

这样一个人，因为监国的缘故，必然时常与夏侯淳见面接触，又因为行事低调，处处甘于人后，夏侯淳不会对他有太大的戒心，所以他想煽风点火，一定事半功倍。

此时张芹派去打探消息的人又回来了，说是夏侯淳的兵马就停在皇宫东门外面，暂时没有再前进一步的意思。

上官和很奇怪："难道钟锐将兵马收缩在皇宫内城里头了，等着景王去自投罗网？"

顾香生缓缓道："皇宫这一进，就再也没法回头了，饶是景王冲动，此时也应该感到后怕了。"

上官和眼前一亮："那兴许还有挽回的余地！"

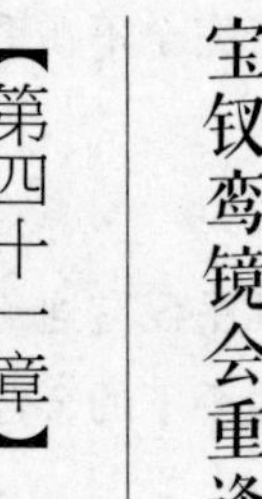

【第四十一章】宝钗鸾镜会重逢

夏侯淳这个老大憋太久了，一心一意做着皇帝梦，所以被人一怂恿，立马就上了当。

但他毕竟还不是被欲望完全冲昏了头脑，连半点思考能力都没有，兴冲冲地到了皇宫外头，看见那些高大的宫墙，指不定就想起他那个在外征战的皇帝老爹，脑子也跟着渐渐冷静下来，这时候知道要后悔了，可惜骑虎难下，一时进退两难。

上官和道："景王看来还未下定决心，此时若有人去劝说，一场兵祸说不定能消弭于无形。"

顾香生颔首："有可能，不过去劝说的人选却不太好定。"

上官和拱手："我愿前往一试。"

顾香生摇头："上官先生去冒险也无用，景王自大，寻常人去说他未必听得进去，阿渝与他有过节，他知道你是阿渝的人，必然也不会听你的。"

上官和迟疑："那请长公主或嘉祥公主去呢？"

顾香生叹了口气："嘉祥公主的话，景王定是听不进去的，至于长公主，她摆明不愿蹚浑水，所以去了也未必能请得到。我倒是想到另外一个人选。"

"谁？"

"桓王。"

桓王便是老八夏侯潜，上回宫里走水，他装疯卖傻独善其身，后来皇帝派太医几番诊治，太医也没敢把话说死，只道痰迷心窍，要慢慢恢复。顾香生和夏侯渝知道他是装疯，皇帝未必不知道，但既然连皇帝也睁一只眼，闭一只眼不予过问，大家也不可能去找麻烦，夏侯潜也就随之逐渐淡出众人的视线。

夏侯潜虽然受宠，但他打从一开始就表现出无心皇位的态度，加之行事疯疯癫癫不着调，就连夏侯淳也不会将他当作有威胁的对手。

上官和也听夏侯渝提过夏侯潜装疯避祸的事情，闻言就道："桓王肯出面吗？"

"事关京城安定，总得试一试才知道，若是让景王进了宫，到时候他就是不想造反，也不能不反了。不管陛下病情是否属实，京城一乱，外头也安定不了，咱们这些在京城里的，全都是瓮中之鳖，想跑也跑不了。"

景王这人行事冲动，最后被逼走投无路，难保不会来个狗急跳墙，又或者脑子一热，直接将京城里的这些达官贵人一户户屠戮过去，这都是有可能发生的事情，所以劝住夏侯淳就等于在救他们自己。

上官和道："事不宜迟，那我现在就去找桓王！"

顾香生叫住他："上官先生且慢，你与桓王不熟，贸然过去只怕效果不大，还是我去吧！"

朱砂、苏木大惊失色："娘子万万不可！您现在有孕在身，现在外头乱，怎可轻易涉险？"

上官和也道："此事由在下去办即可，娘子请在家等候消息吧。"

顾香生道："我非是逞能，只不过上官先生你现在上门，怕是连桓王府的门都进不了，我毕竟还有几分亲戚情面在，夏侯潜总不好也将我拦在外头。"

朱砂忍不住道："娘子，景王若是发起疯来，长公主和于相那些人也要倒霉的，他们肯定会想法子，轮不到咱们去操心，您就别管啦！"

顾香生摇摇头，解释的却是上官和："你们只知其一，不知其二，正因为现在人人都不愿意出头，等着看好戏，看笑话，若是咱们肃王府能将此事解决，陛下若平安归来，届时会做何想法？"

朱砂和苏木"啊"了一声，她们只看眼前，却没有想过皇帝会有的反应。

顾香生道："好啦，现在时辰不早了，有什么话等我回来再说吧。朱砂，你现在跟着我去一趟桓王府，上官先生，府里就拜托你了。"

上官和拱手："娘子一路小心，让张管家多派几个人跟着您吧！"

顾香生点点头，苏木那边已经急急忙忙拿来披风给她系上。

马车很快就准备好，肃王府离桓王府不远，但今晚外面有些混乱，到处都是手执火杖的士兵，也不知道是金吾卫的人马，还是夏侯淳的人马。寻常百姓人家都关紧门户不敢出来，连打更的也不见踪影。张芹不放心，派了十来个孔武有力的家仆跟着，又亲自在前头引路。

所幸一路顺利，并没有碰见士兵，马车抵达桓王府门口，张芹上前敲门，敲了老半天才有人打开一条门缝。

“肃王妃来访，有要事见你们殿下，还请快点通报一声！”

对方还以为是乱兵敲门，正满脸警惕，却没想到对方报的是肃王府的名头，当下吃了一惊，眼睛朝外头马车溜了几圈，小声而快速道：“你且等等！”

说罢又将门关上，想来是回去通报了。

过了好一会儿，门才重新打开一条缝，对方却道：“王妃说殿下已经睡着了，恕不见客，请回吧！”

“慢着！”张芹眉毛一扬，眼明手快地按住将要关上的大门，“肃王妃亲自来了，难道你们没通报？”

对方不快道：“小人照实说了，王妃不见，非小人所能做主！”

“我有急事，若你家王妃怪罪下来，自有我担当，你不必担心！”

伴随着这句话，顾香生从马车上下来，张芹手上使劲，门后那人不由自主地噌噌噌连退几步，门被张芹推开来。

迎着对方惊异而不可置信的目光，张芹冷冷一哼，侧身微微弯下腰：“娘子请。”

当年夏侯渝逃离魏国时，途中遇见劫道的贼匪，张芹一人力战数人毫不落下风，如今上了年纪，老当益壮，也毫不逊色。

眼见顾香生直接就闯进来，对方有些慌了，又不敢拦她，只能连连高声道：“您别再往前走了！我们王妃都说了不见……”

吵嚷声引来旁人，府里的灯一盏接一盏地亮起，待顾香生一路走到厅堂时，桓王妃刘氏也在婢女的陪同下匆匆赶来。

她甚至连头发都来不及梳，只绾了个发髻，面露愠色道：“三更半夜的，五嫂这闹的是哪一出，不问而入难不成是顾家的教养？”

刘氏也是真恼火了，否则不至于说出这样不顾情面的话来。

顾香生面色如常，只作不闻：“对不住了，情势非常，我有要事与八郎面谈，还请八弟妹将他请出来吧。”

刘氏怒道："我家夫君病了不是一日两日，此事嫂嫂不是不知，缘何还说出这等糊涂话来。且不说他已经睡下了，便是还未歇下，如今神志不清又能与你说甚！"

顾香生淡淡道："平日里无事，八郎爱作甚便作甚，我也不过问，今晚外面的动静你不是没听见，若不能劝住景王，倒霉的人里头说不定就有你我。你带我过去，我把事情利害与他说明白，去不去由他来定。"

刘氏脸色一阵红一阵白，也不知是因为顾香生话语里暗示自己知道夏侯潜在装疯卖傻的事情，还是因为顾香生毫不客气的语气。

顾香生见她没动静，忍不住蹙眉低喝一声："愣着作甚，还不带路！"

刘氏被这一眼看得浑身一凛，也没来得及细想，身体就下意识地做出了反应，转身走了几步之后才有些懊恼，可后头顾香生已经跟了上来，没奈何，刘氏只得硬着头皮往前走。

刘氏带着顾香生在夏侯潜歇息的屋门前止步："嫂嫂稍等，我进去唤醒他。"

她进去之后，也不知道与夏侯潜说了什么，片刻之后，夏侯潜的声音大了起来："我不见！我不见！我不见！我要睡觉！呜呜呜！"

刘氏小声劝哄："你乖，见一面就让她走好不好？"

"我不！我就不！我不见妖怪！我不要见妖怪！"

朱砂听得瞠目结舌，顾香生却忍不住抽了抽嘴角，这都有点装过头了吧？

她也没等刘氏发话，直接就推开虚掩的门走了进去。

穿着单衣的夏侯潜看见她如看见鬼怪似的，直接就往床铺深处缩去。

顾香生无奈道："八郎，都什么时候了，别玩了。陛下不与你计较，你还真把自己当个傻子不成？装一时就罢了，难不成还能装一世？"

夏侯潜睁大眼睛看她："你是妖怪吗？快快报上名来，我找天师降伏你！"

顾香生眼角抽搐，再也忍不住，直接戳穿他："你被子下面放的是什么？"

没等对方反应过来，朱砂直接上前抽出被褥下露出一角的……春宫画册。

夏侯潜："……"

刘氏："……"

一个疯傻的人会躲在被窝里看春宫画册吗？

答案是显而易见的。

朱砂红着脸将画册放在旁边高几上，简直不知道要用什么表情来面对这位桓王。

顾香生倒还面色自如："说正事吧，景王忽然调了城外的兵入城，现在已经集结在皇宫外面，这事你应该也听说了，若让他冲进皇宫去，此事后果不堪设想，所以我想请你去当个说客，让景王冷静些，免得受了小人挑唆，轻易上当。"

夏侯潜一时还有些呆呆的，估计是在纠结"正常状态"与"装疯卖傻"之间的切换，过了好一会儿才尴尬道："这事我倒是不晓得，不过陛下命七兄与大兄共同监国，再不济还有于相他们在，局面总不至于失控的，几时轮得到我去出头？"

顾香生道："正因为所有人都同你这样想，等着别人去出头，所以等景王进了宫门再反应过来就为时已晚了。你想想，景王入了宫门，便是什么也没做，等陛下回来，又如何会不降罪？他存着这样的想法，一不做，二不休，直接屠宫或者以宫中诸人性命要挟，届时要如何挽回？即便陛下派人回来讨伐，也需要时间，这段时间内早已足够景王犯下弥天大罪了！"

见夏侯潜低头不语，她又加了一把火："你莫忘了，你母妃还在宫里，一旦景王入宫，冲撞了后宫，如何是好？"

夏侯潜面色一变，显是被她的话戳中软肋。

顾香生缓下语气："八郎，我知你看见前面几位兄长钩心斗角，不愿掺和，想置身事外，独善其身，这本是没错的，但也要看在什么时候。眼下景王受人挑唆怂恿，脑子一热犯了糊涂，事情犹有挽回的余地，你若能劝服他，稳定局面，不唯独是在救别人，也是在救自己。若能免去一场祸事，自然功德无量，陛下回来之后，必然对你赞赏有加。"

这番话一出，屋里一片安静，刘氏看了看夏侯潜，似乎想说什么，但刚张口又闭上嘴巴。

良久，夏侯潜苦笑："嫂嫂都找上门来了，我哪里还有不去的道理？便是为了宫里的母妃不受惊扰，我也当去的。"

顾香生松了口气："八郎如此通情达理，让我好生佩服！"

夏侯潜对刘氏道："事不宜迟，迟恐生变，你赶紧让人去准备，不必马车了，我骑马便可。"

不得不说，上官和、顾香生他们的确将夏侯淳的性格、行事料了个准。

此时的他，的确正在宫门前徘徊不定，犹豫不决。

金吾卫大将军钟锐本该在他进城的时候就将他拦下，没有出现的原因是夏侯淳跟钟锐耍了个心眼，事先用计将钟锐骗出来，然后在酒里下药放倒了他。钟锐压根儿没想到夏侯淳竟敢顶着监国摄政的身份，做下如此胆大包天的事情，此刻就算醒了，怕也是被五花大绑不得动弹。

没了钟锐的金吾卫群龙无首，加上夏侯淳本来就是监国，接管金吾卫名正言顺，这一路行来自然再无阻拦，有一小部分甚至加入夏侯淳所领麾下，成为他的一部分兵力。

至此，今夜的京师，再无人能够拦阻他。

夏侯淳原本还想一刀结束钟锐的性命，结果被宋帆好说歹说给劝住了。

宋帆之所以这么做，自然不是为夏侯淳着想，而是担心夏侯淳一旦开了杀戒就没完没了，将一场本来还可以挽回的祸事直接变成灾难。

然而夏侯淳身边像他这样想的人并不多。

夏侯淳性子冲动鲁莽，愿意待在他身边正经做事的幕僚本就不多，最后留下来的，自然都是阿谀奉承之徒。这些人巴不得夏侯淳明天就登基为帝，他们好跟着捞个从龙之功。

所以当夏侯淳那股热血上涌的劲头过去，开始在宫门前犹豫徘徊之际，反倒是这些人拼命在旁边劝说，希望他不要迟疑，直接带兵冲进去。

宋帆面上不显，心里却有些着急，他先前设法将消息送去给顾香生那边，不是希望顾香生出头，而是寄望于顾香生会告知其他人，最后起码有个人能出来阻止夏侯淳，否则以夏侯淳的行事作风，一旦闯入宫里开了杀戒，那可就不是轻易能够结束的，再加上身边这些人的怂恿……

他已经可以想象到可能会酿成的惨重后果。

然而此刻，宫门口依旧没有人出现。

眼看夏侯淳原本犹豫不决的心思再次被说动，宋帆急道："殿下，此事不可为，一旦陛下带着大军回来……"

另外一人嘲笑道："宋先生怎的如此胆小如鼠、畏首畏尾？陛下身在前线，若无事早该出来了，何至于连奏疏批文都由他人代笔？前线不比朝堂，主帅一日不现身，影响的是万千军心，难道宋先生待在殿下身边这么久，连这点道理都不懂？"

这些人眼红他受夏侯淳看重，话里话外千方百计挤对他。

宋帆也不理他们，还想再劝，夏侯淳却已经下定了决心，抬手示意他不必多言。

"满城宗室公卿，至今没有一个人敢露面！"夏侯淳面露嘲讽，"今夜的京城由我做主，待我占了宫里，坐稳那个位置，是杀是剐，还不是由我说了算！"

他心下已经笃定皇帝那边必然出了事，天子亲征群龙无首，届时新主登基，那些人除了回来拜首称臣之外，还能有什么选择？

耳边怂恿之声不断，有些甚至连"万岁"也喊上了，夏侯淳脑子一热，张口就道："下令人……"

"宫"字还未落音，远远便传来一声高喊："大兄且慢！"

马蹄声由远及近，数骑飞驰而来，定睛一看，为首的却是近来一直因为疯病而在家休养的夏侯潜。

夏侯淳当即就咧嘴一笑："哟，什么风把你给吹来了，不装傻了？"

夏侯潜脸皮比城墙还厚，直接忽视了对方的讽刺，笑道："好久不见，大兄精神爽朗，胜似往昔啊！"

夏侯淳哼笑："你小子少来这一套！别人都不敢露面，怎么就你来了？不会是来捡现成的便宜吧？"

夏侯潜拱手："大兄说笑了，我是来救大兄一命的！"

夏侯淳跟看傻子似的看着他，末了哈哈大笑："你来救我的命？"又对左右道，"你们听听，我这弟弟真是傻得无可救药，难怪太医说你痰迷心窍呢，我看你这疯病八成是好不了了！"

说罢，他沉下脸："来人，将他给我绑起来！"

"且慢！大兄请听我将话说完！今夜固然无人拦阻得了你，可你想想，陛下那几十万大军还在魏国呢，一旦陛下得知此事，率大军回来，以京城这区区几万的兵力，能抵挡得住几十万大军吗？届时你便是谋逆篡位，无君无父，人人得而诛之的乱臣贼子！大兄请三思！"

"陛下如今身陷魏国，生死不明，我身为监国，理当挺身而出，当仁不让。若陛下能平安归来，身为人子，我自当出城相迎，但眼下群龙无首，人心惶惶，我不出面稳定大局，谁又有能耐担当此事？"

他这番话倒是说得冠冕堂皇，打的主意无非是想抢在所有人面前将京城给控制住，若是皇帝那边有个不测，他就可以名正言顺宣布登基称帝。

夏侯潜叹了口气："只怕入了宫，大兄到时候就骑虎难下不由自己做主了！你本来就是监国，又是众兄弟之长，若陛下当真有什么事，你便占了名分之先，无论如何弟弟也该支持你，你又何必这般心急，多此一举？”

夏侯淳听他说到“弟弟也该支持你”时，面色稍缓，随即又冷哼道：“你支持，不代表别人也支持，总有些人觉得自己也有能耐坐一坐那把椅子！”

夏侯潜道：“大兄忠义双全，收服南平战功赫赫，我等兄弟没有不明白的。如果陛下无事，大兄坐镇京城有功，陛下无论如何也不会忽略你的功劳；若陛下出现不测，陛下既然让大兄来当这个监国，心意如何，难道还不够明白吗？我只怕大兄心性耿直，被人怂恿挑唆，当了那出头的椽子，对方正躲在幕后等着大兄上当，大兄可要想清楚，别中了别人的奸计！”

夏侯淳脸色阴晴不定，显然是被说中了心事。

夏侯潜见状，赶紧再添把火：“要我说，那人真是心怀叵测，自己不露面，却撺掇着大兄你去当出头鸟，等陛下回来，他再在陛下面前告上一状，这如意算盘可打得比谁都响啊！”

夏侯淳抿着嘴唇没说话，旁边几个幕僚见他有些被说动，不由得心急，忙想将他的想法扭转回来。

就在这时，御街尽头又出现一辆马车，紧随其后的则是几名骑着马的文臣。

夏侯淳左右士兵上前拦住他们，对方顺势下马，为首的便是于晏。

夏侯潜心道，老子冒险过来劝了半天，你们就过来摘桃子！

这个念头刚闪过，隆庆长公主就从马车上下来，几名文臣簇拥着她上前。

夏侯淳并未下马，仅是拱了拱手：“姑母来得巧啊！”

隆庆长公主对他的讽刺充耳不闻，只神色肃然道：“大郎何故命人在京城四处戒严，难道有贼子作乱不成？”

夏侯淳道：“侄儿正是怕有人居心叵测趁机作乱，方才准备坐镇皇宫，没想到还是惊动了姑母！”

隆庆长公主道：“你做得很好，不过此事本该由钟锐负责，为何反倒是你在此忙活？钟锐人在何处，让他给我滚出来！”

夏侯淳睁眼说瞎话：“我也四处找不见钟锐。”

隆庆长公主道：“既然如此，金吾卫就暂且由你来掌管吧。依我看，宫门就不必进了，京城四处可以加强戒备。我已经派人去给陛下请安了，现在前线战事吃紧，想必陛下指挥战役，一时也没能抽出空来，过两天应该就会有回复了。你既担着监国之职，便能者多劳些，等陛下率军凯旋之日，我再为你请功。”

说话时，她的眼睛紧紧盯住夏侯淳。

在她的目光逼视下，后者不得不表态：“都是为国尽忠，何言辛苦，姑母言重了！”

这话一出，便是将自己与那闯宫篡位的乱臣贼子撇开来，表明自己没有谋逆之心。

夏侯淳左右的几个幕僚都难以避免露出失望之色，但隆庆长公主与于晏等人俱在此处，他们也不敢多说什么。

一场可能会发生的宫变戛然而止，包括夏侯潜在内的所有人，都暗暗松了一口气。

在长公主的催促下，夏侯淳也派人装模作样地去找钟锐，至于最后找不找得到，那就是另一回事了。

谋朝篡位这种将脑袋拴在裤腰带上的活计，讲究的是一鼓作气，现在夏侯淳一退，再想谋事，也提不起那个胆子了。

众人又言不由衷地寒暄几句，夏侯淳便带着人离去。

等他走远，隆庆长公主拍拍夏侯潜的胳膊，意味深长道：“难得你平日里不爱生事，关键时刻竟能站出来！看来你的病是彻底好了。”

夏侯潜干笑一声，赶紧转移话题：“姑母怎么来得这样迟？我差点就说服不了大兄，好险！”

隆庆长公主叹了口气：“我去找于相商议事情了，没想到差点来迟一步，幸好有你在。”

她没有说跟于晏商量什么事，夏侯潜也不多嘴过问。

但隔天一大早起来，他就听说昨夜下半夜，景王府被人给包了饺子，包括撺掇夏侯淳谋宫的那几个幕僚，全被一网打尽下了狱。

夏侯潜这才知道，昨夜隆庆长公主与于晏等人之所以姗姗来迟，是因为要趁夏侯淳来不及反应之际，暗中调动了部分忠于天子的金吾卫，等将夏侯淳劝回去后，就直接把景王府上下软禁起来，任是夏侯淳再暴跳如雷后悔不已，也无济于事了。

为了安抚人心，隆庆长公主甚至与于晏等人私下伪造一道旨意，以皇帝的口吻说明前阵子因为战事僵持，军中不少士兵感染时疫，所以没能及时批复奏疏，让夏侯淳、夏侯洵凡事与于晏等人多商议，除非报不可的大事之外，其余小事能免则免，不必频繁往复送呈前线。

隆庆长公主和于晏等人这么做无疑是担了风险的，因为伪造圣旨，不管出于什么原因，都罪责难逃，万一皇帝回来之后不高兴，想要收拾他们，也有现成的借口。

当然，他们这么做不是出于私心，而是为了大局的稳定。无论如何，夏侯淳被软禁起来之后，他手底下那五千士兵群龙无首，掀不起什么风浪，也就只能缴械投降。

此事了结之后，隆庆长公主等人陈述事情缘由并快马呈报前线给皇帝，却依旧迟迟等不到皇帝的回复。直到九月初三，前线才传来一个令人震惊的消息：齐军秘密入蜀并由蜀入魏，打了魏国一个措手不及，魏国西面接连两三个州府沦陷。

魏军不得不调集兵力到后方与齐人进行作战，然而这样一来，两线作战必然顾此失彼，齐人则趁机重新攻下迦南关及剑州，又绕到象州后方，与正面攻打象州的齐军进行两面围堵，直接迫使象州粮草消耗殆尽而不得不开城投降。

剑州、象州的接连失守，导致齐军再无拦阻，与魏国都城只有咫尺之遥，齐军也的确没有停下铁蹄，一路直奔潭京而去。

峰回路转的发展令人目瞪口呆，谁也没想到皇帝在前线悄无声息的时候，另一方面却派人暗度陈仓，悄悄入蜀，从蜀道去偷袭魏国后方。

齐国皇帝病重不治的消息甚嚣尘上，不单齐国这边信以为真，人心惶惶，连魏国那边，也因为齐军毫无动静而放松戒备，甚至还有传闻称齐君已死，齐国内乱，不日便要退兵，谁知却是被狠狠摆了一道，僵持的战况自此出现一道分水岭。

所有人突然意识到，皇帝这一回亲征，说不定还真能大获全胜，将魏国纳入齐国的版图。

然而这一次被坑得最惨的，不是魏国，而是夏侯淳。

这位景王殿下满心以为老爹已经遭遇不测，自己身为长子又是监国，理所当然得继大统，谁知到头来却是空欢喜一场。别人家是儿子坑爹，到了齐君这里，变成爹坑儿子，一场病重谣言便弄得人心不安，更让夏侯淳按捺不住当先跳出来，结果事实证明他的作为不过是一个笑话。

这些事情与顾香生的关系不大，自那天晚上从桓王府回来之后，她便闭门不出，在家歇息。直到九月初八，也就是重阳前一日，孔道周那边派人过来相请，说是有事与之商议，她这才带上苏木、朱砂等人，乘着马车到孔府拜访。

老先生年逾七旬，满头花白，却精神矍铄，拿着已经完成三分之一的史稿出来，兴致勃勃地要与她分享。

“这是新近刚刚整理好的，你先看看，若有什么修改提议就与我说。”

顾香生谦虚道：“修史诸位先生渊博多才，几曾轮到我来指手画脚？”

孔道周眼睛一瞪：“智者千虑，必有一失，更何况我们还不敢称智者。你在邵州时便已参与主持修史，如今就算陛下不说，也该给你过目的，我不将你与寻常女子等同对待，你更不该看轻自己才是，又怎能妄自菲薄！”

顾香生连忙道歉：“多谢先生高看，我定当尽心尽力！”

孔老先生这才满意颔首，捻须道：“你如今有孕在身，倒也不必过于辛劳，只要有空时看看便可，有什么建议，着人递个话来就是了，不必自己再跑一趟。你先前修的那几篇‘奇女子列传’，我也已经将其放入定稿的那一部分里头，你可以一并看看。”

顾香生自然答应下来。

孔道周又道：“其实明年开春，我可能就要离开京城，因为怕你到时候行动不便，见面不便，是以今日才先请你过来，也算是亲自道别。”

顾香生有点吃惊：“好端端的，先生怎么突然要离京？”

孔道周道：“也不算突然，修史的事情现在各司其职，有郑敦谨和袁臻他们在，断不至于出现什么差错，我不过是挂个名罢了，与其留在京城蹉跎光阴，倒不如趁着自己还能走动的时候去各地讲学，否则再过两年，就算有心也无力了！”

顾香生就叹道：“先生之风，高山仰止，我素来是钦佩的。既然先生主意已定，我也不好再劝阻，您但凡有什么需要，还请不吝开口，如今我虽是闲人一个，但总还能帮上些忙。”

孔道周笑道：“你放心，我不与你客气，当富贵闲人也没什么不好，只是我这把老骨头闲不下来罢了！”

顾香生也笑：“听说先生要四处讲学，我倒是有个想法。如今放眼天下，官办学府顶多一县一个，委实太少了，民间书院若能兴起，非但有助于让更多的百姓知书识礼，也能培养出更多栋梁之材，供朝廷选人之用。最重要的是，民间书院不若官学那样刻板，培养出来的人才定也更加灵活多变，所以我想上禀朝廷，让朝廷出面鼓励地方办学，不知先生以为如何？”

孔道周想了想，点头道："此乃惠及后代子孙的千秋大事，若朝廷能准许，自然再好不过。"

现在皇帝出于政治需要，大力扶持寒门子弟，这个建议倒是很有可能被通过。书院一多，能学习的地方就多，良性竞争之下，官学也会想方设法提高自己，这对读书人来说，当然是好事。

二人正讨论着，外面有人来报，说是谨王夏侯洵前来拜访。

孔道周就叹了口气。

顾香生问："先生何故叹息？"

孔道周道："恭王已经登门拜访过好几回了，每回我都借故避而不见，他还真是毅力可嘉！"

顾香生能明白孔道周的想法，他当自己是个纯粹的读书人，不想与政治扯上纠葛，尤其是在当年被逐出魏国之后，老先生就一心一意扑在钻研学问上，因着在邵州的渊源，方才与她走得近一些，爱屋及乌，连带夏侯渝也受益。

皇帝对孔道周这种品性高洁的大儒很是尊重，见夏侯渝比其他几个兄弟更得孔老先生青眼，也对夏侯渝高看几分，偶尔还会考校他的学问，这对夏侯渝而言，却是始料不及的好处了。

其他几个皇子看见皇帝对孔道周的看重，自然都变着法儿想跟老先生套近乎。孔道周烦不胜烦，他想出门讲学，也未必没有躲清净的缘故。

但现在顾香生在这里，孔道周总不好再托词说自己不在，只能让人去将夏侯洵请进来。

夏侯洵很快就在孔家仆从的引领下过来，他看见顾香生在此，也有些意外："原来五嫂也在这里。"

顾香生含笑点头，算是打过招呼。

夏侯洵笑道："那可真巧了，我原本还想派人去给五嫂报喜的，这下省事了，还请五嫂稍待片刻，我先给孔先生问好。"

"七郎请便。"

夏侯洵便拱手给孔道周问好，后者不愿受他的礼，微微侧身避过："老朽何德何能，不敢当谨王殿下的礼。"

"明日便是九九重阳，重阳佳节素来有敬老尊贤的习俗，今年朝廷下令，凡在京七旬以上老人，均可去官府所设发米点领到一斗米，老先生德高望重，我这便将米亲自送过来，东西虽然少，也算是聊表心意，还请老先生勿要嫌弃。"

孔道周道："朝廷隆恩，我等感激涕零，何劳殿下亲自送上门来，实在不敢当！"

顾香生暗笑，心道，这位谨王殿下为了收买人心真是不遗余力。现在夏侯淳被软禁，监国就剩下夏侯洵一人，但实际上他能做的事情有限，因为大事都要呈禀皇帝，等皇帝做主，再不然也需要跟于晏等朝臣共同商议，他没法乾纲独断，只能在一些小事上下功夫。

但总的来说，他行事稳妥，也从不过分张扬，遇事与于晏等人有商有量，算得上一个很靠谱的监国。皇帝之所以挑他而不是老三或老六来当监国，显然是事先仔细考虑过的。

夏侯洵诚恳道："老先生年高德劭，连陛下也敬重不已，若不亲自登门，反是怠慢了。"

孔道周笑了笑没说话。

顾香生便问："七郎方才说有喜事要告诉我，不知喜从何来？"

夏侯洵笑道："柴州传来捷报，说在五兄与贺老将军的合击下，齐军大败回鹘人，并且还收复了宜州失地！"

顾香生大喜过望："此事当真？"

夏侯洵笑道："战报上明明白白写着的，怎敢欺瞒五嫂？"

这的确是件大喜事，齐、魏战事顺利，连带跟回鹘人的战役也接连获胜，可谓双喜临门。

夏侯渝去柴州的时候，没人看好他能立战功。别说立战功了，坐三年冷板凳还是好的，运气若是不好，说不定小命都得交待在那里。谁知一朝风云突变，竟还打了个大胜仗回来。

等天子归朝，论功行赏，保不准夏侯渝的功劳还要在他们这些守城有功的人之上。

夏侯洵面上不显，心里未必就没有这些想法。

不过对于顾香生而言，她最高兴的，自然是夏侯渝平安无事。

照这样的趋势，说不定不用等三年，他就可以提前回来了。

三人正在厅堂里说话，却听见外面忽然传来喧闹声，伴随着孔家下人的惊呼。孔道周皱起花白眉毛，正欲发问，便看见一人从外面闯进来。

对方的身影逆着光线，举目搜寻一圈，视线落在夏侯洵身上。

却见夏侯洵面色一变，起身就要往里走。

顾香生正好坐在孔道周下首，夏侯洵要跑向厅堂另外一扇门，就得从她身边路过。

正当众人还没反应过来时，那人已经大步流星走上来，一把揪住夏侯洵的后领。

夏侯洵双手下意识地乱抓起来，一不留神将刚好起身的顾香生给狠狠推了一把。后者被这一推，想凭借椅子阻住冲势却来不及，只能顺势往后退了好几步，眼看身体就要往后坐倒在地！

这一跌坐下去，只怕腹中胎儿就危险了！

孔道周见状大惊失色，奈何他年老力衰，反应迟钝，想去拉人却也来不及了！

若放在平时，这样的冲撞对顾香生而言根本算不上什么，但她刚刚一手护住腹部，另一只手却抓不到东西来稳固身形，只能连退几步，依旧刹不住身形往后倾倒，最终还是跌坐下来。

只不过身下传来一声闷哼，却是朱砂眼见情势不妙，飞扑上来给她当了垫背。

两人跌作一团，但顾香生有了缓冲，并未直接摔倒在地，仅仅手肘着地，算是不幸中的大幸。

那头夏侯洵却已经顾不上顾香生这边，因为夏侯淳直接将他撂倒，正一拳一拳落在他的脸上！

这一切来得太突然，所有人都没反应过来，就连孔道周也还维持着想要伸出手去扶顾香生的姿势。

“来人，快来人……啊！”夏侯洵不是坐以待毙的人，他也竭力想要反抗，奈何兄弟俩在武力值上差得太多，面对夏侯淳，他只有挨打的份儿。

夏侯洵带来的人从外面跑进来，三五个人上前要将夏侯淳拉开，居然还拉扯了好一会儿，才将夏侯淳给制住。这还是因为跟着夏侯洵来的人是金吾卫一员，若换了寻常随从士兵，未必能敌得过夏侯淳。

饶是如此，夏侯淳依旧挣扎不休，手不能揍，嘴里就骂：“夏侯洵，你这个挨千刀的龟孙子，奸猾小人，卑鄙无耻，老子打死你拉倒，免得你遗祸万年！”

在侍从的搀扶下，夏侯洵鼻青脸肿地爬起来，捂着脸口齿不清道：“夏侯淳，你发的什么疯！你不是被软禁在家吗？谁让你跑出来的？”

夏侯淳恶狠狠地盯着他，那模样看着如果不是有人死死按住他，他就要扑上来掐着夏侯洵的脖子了。

"你少装模作样，老六全都说了！他说是你让他在我面前挑唆的，还说你告诉他，让我去当那个投石问路的石子，好试探试探陛下是不是真病了，也能趁机铲除一个对手！"

夏侯洵怒道："他说什么你就信什么吗？他自己跑到你面前胡说八道，与我有何干系！你疯了吗？这也迁怒到我身上来！分明是他见我当了监国他却没有，蓄意想要挑拨我们兄弟的关系，你脑子都长哪儿去了，就不会多想想吗？"

他一说话，鼻血也流下来了，边上的人赶紧道："殿下别说了，等大夫来了先看看伤！"

夏侯洵也是气得很了，直接推开侍从的搀扶，指着夏侯淳的鼻子破口大骂："你这种性子，旁人一说就信，一刺就跳，活该被别人利用！有本事你就继续闹，等陛下回来，看他如何处置你！"

夏侯淳平生最怕的人莫过于老爹，见夏侯洵提起皇帝，当即便如同泄了气的皮球，不吭声了。

夏侯洵被胖揍一顿，对夏侯淳实在是恨入了骨，想揍人又对他的身手有些忌惮，只能冷笑道："姑母念在亲戚情面上，甚至没有将大兄下狱，只让你待在家中，大兄却还越过守卫闯出来，这个罪名该怎么算，回头你也自己去向陛下解释吧！"

他又对左右道："愣着作甚，还不将人带走！"

待众人将夏侯淳押走，他这才回过身，问顾香生和孔道周："五嫂和孔先生都没事吧，可要寻个大夫来看看？"

"不必了，我们回去之后再找。"顾香生的手肘火辣辣地疼，她自己估摸着应该是擦伤了。朱砂的腰也闪到了，疼得龇牙咧嘴。孔道周倒是没什么事，只是受了点惊吓。

老实说，顾香生压根儿不相信夏侯洵在这件事里什么也没做，但今日夏侯淳出来闹事，最倒霉的是夏侯洵，眼看他一张端正俊朗的脸现在已经变成猪头，她也不好再说什么。

想想今天完全是无妄之灾，夏侯洵也就罢了，顾香生和朱砂则完全是被殃及的池鱼。孔道周不放心她们这样走，还说要亲自送她们，顾香生却不让，只让孔道周送到门口，这才带着朱砂回去。

看见她们受了伤回来，肃王府上下都大吃一惊，赶紧让人去请大夫。

朱砂闪了腰，内服外敷，需要休养一个月左右，在此期间不能提重物。

顾香生袖子挽起来，手肘则是一片血肉模糊，虽然是皮外伤，但看着狰狞，也挺吓人的。

医女上药的时候，顾香生因为刺痛而微微皱眉，苏木看得眼眶都红了："景王明明都被关起来了，怎么还能跑出来？怎么就偏偏被娘子撞上了呢？"

顾香生无奈道："今日出门没看皇历呗，这已经算好的了，只是摔了一跤，若不是朱砂垫着，可能更严重。你回头去看看朱砂，让她好好躺着，别起来乱跑，照大夫说的，躺足一个月，免得留下什么后患。"

苏木点点头，又双手合十："老天爷保佑，娘子这胎有惊无险，必有后福，往后就平平安安，再没什么闪失了！"

顾香生好笑："看不出你年纪小小，却这样迷信神佛。"

苏木顿足："娘子还有闲心发笑呢！待郎君回来，婢子定要将此事禀报的！"

顾香生这才收了笑容，告饶道："别了，算我怕了你了。这种皮外伤，等他回来应该也大好了，你可别告诉他，不然我耳朵可要起茧子了！"

苏木咯咯笑："娘子天不怕，地不怕，最怕郎君啰唆，这话说出去都没人信！"

顾香生习惯性地要屈肘靠在榻上，一时忘了自己受伤的事情，待弯起胳膊才"嘶"了一声。

苏木忙道："您别动，不然伤口撕裂好起来又慢了。景王这样胡作非为，等陛下回来，治他个大逆不道之罪才好呢！"

说到最后，她的语气都有些恨恨然。

顾香生道："你放心，现在最恨他的人不是你我，也不是长公主他们，应该是夏侯洵才对。今日之事，很快就会传遍，夏侯洵是最要面子的人，心里对夏侯淳必然已经恨之入骨了。"

苏木蹙眉："那天晚上到底是谁怂恿景王闯宫的，难道真是恭王？"

顾香生缓缓道："不管是谁，在陛下眼里，景王闯宫是事实，这就足够了。"

夏侯淳光天化日之下殴打兄弟的事情过了几日，前线就传来消息，说皇帝起程回京了。

事实上齐军虽然形势一片大好，但还未兵临魏国都城，仗不能算打完，皇帝选择在这个时候回国就有些蹊跷了。

不过齐军并非全部撤退，皇帝只带走自己的亲卫，余下几十万齐军依旧由齐国宿将鲁巍带领留在前线。也就是说，齐、魏的战事还在继续，但皇帝不会继续亲自指挥了。

皇帝在起程回京的同时，又下了几道旨意，其中一道便是下令嘉奖柴州大捷的将士，并召回远在柴州的夏侯渝。

相比齐军在前线获得的胜利，柴州的大捷就显得有些暗淡无光了。夏侯渝回京的事情也没有引起多少人注意，大家的目光现在更多放在夏侯淳差点闯宫的事情上，揣测皇帝将会如何处置。

隆庆长公主和于晏等人也担心他们之前假传旨意的事情会受怪罪，忙不迭上疏请罪，于晏甚至还主动摘冠去职留家反省，等待皇帝回来处置。

九月廿一，皇帝一行终于回到上京。

比起去的时候，回来花费的时间有些长。

不过这些与顾香生没有太大关系，她怀有身孕，又非外臣，不必跟着出迎。但外面不断有消息传回来，说是皇帝的车辇根本没有在城外多作停留，直接就一路入宫了，又说皇帝入宫之后，连在外面求见的长公主等人也没有召见。

结果直到皇帝在宫里安顿下来，众人连皇帝的面也没能见上。

如此难免谣言四起，但无论如何，皇帝总算是回京了，在没有传出更糟糕的消息之前，所有人都松了一口气，登时有种主心骨又回来了的感觉。

他们从未像现在这样感到天子坐镇在皇宫的重要性，有皇帝在，再给夏侯淳一百个胆子，他也不敢贸然闯宫。

长公主与于晏等人却是战战兢兢。

伴君如伴虎，对于夏侯礼的性情，他们再了解不过。他再英明也是个帝王，同样有着多疑猜忌的毛病，有时候反应得越平静，就意味着酝酿的风暴会越大。是以如果被劈头盖脸一顿骂，他们反而会更安心一点，而不像现在这样提心吊胆。

“阿渝那边还没有消息吗？”顾香生拈起一枚杏脯送入口中，酸甜软糯的滋味让她有点停不下口，吃了一枚又一枚，一小罐杏脯很快就见底了。

她平日就爱吃零嘴，怀了孕之后更有些吃上瘾，一日下来几乎没停过嘴，可见腹中孩子将来一定也是个贪嘴的主儿。

眼看她目不转睛地看书，手一边还要再去摸蜜饯罐子，苏木悄悄将罐子拿开藏起来。顾香生摸不着罐子，终于抬起头："苏木，你又调皮了。"

苏木笑道："您吃得够多了，小心晚上不消化，时辰也不早了，该歇了！"

"什么时辰了？"

"亥时过两刻了。"

顾香生依依不舍地看了眼书上的内容："让我把这一页看完吧。"

话刚落音，书就被抽走，苏木故意板起脸："您现在本来就渴睡，晚上睡得迟，白日里又要没精神了！"

顾香生拿她没办法："你真是越来越像夏侯渝了！"

苏木扑哧一笑："娘子想郎君，还非要借婢子来作筏子！"

顾香生佯怒："死丫头，胆敢无礼！"

苏木笑着躲开她欲打来的手。

自打怀孕之后，顾香生一天睡觉的次数和时间都比以往多得多，几乎一沾枕头就睡过去。苏木见她闭上眼睛，就悄悄放下纱帐退了出去。

值夜的是另外两个婢女，苏木本不需要在外面守着，但自从顾香生受伤之后，她怕两个婢女伺候不周，就还是在外间守到子时。

今晚也不例外，子时一过，苏木进去看了一眼，见顾香生睡得安稳，这才放下心，准备回自己屋里去歇息。

哪知一踏出外间，迎面就走来一个高大的身影，差点没把她吓一大跳。

"啊！"将要出口的惊叫声到了喉咙边，随即又被对方紧紧捂住嘴巴。

苏木定睛一看，登时有种松懈下来浑身一软的感觉。

对方见她认出自己，这才松开手。

"你家娘子可是在睡觉？"他问。

"是，是，娘子刚睡下没多久。您……您什么时候回来的？"苏木有些结结巴巴。

夏侯渝风尘仆仆，身上还是一副在外面赶路的装束，连腰间长剑都还没解下来，可见一路来得急。

"刚到的。"夏侯渝漫不经心道，解下长剑丢给她。

苏木手忙脚乱地接过，还差点失手让长剑掉落在地上。

那头夏侯渝却已经大步往里走了。

掀开珠帘，里面的人果然还在安睡，身影透过纱帐影影绰绰能看个大概。夏侯渝停下脚步，仔细端详，只觉得仿佛比自己出门前还要瘦了一些。

他内心激动，却不敢上前，甚至怕自己衣裳上的尘土让她呛醒过来，站在原地愣了半天，方才想起脱衣服这个办法，忙将外裳除去，小心翼翼地掀开纱帐。

在心里梦里念了很多回的人此时正背对着他侧睡，身体规律地微微起伏，好梦正酣，并没有意识到床边正站着一个人。

夏侯渝慢慢弯下腰，贪婪地看着床上之人的眉目，很想伸出手去碰触，又怕惊醒了她，只好连呼吸都放轻。

实际上此时距离他离京远赴柴州，也才刚刚过了三个月不到，但感觉上，好像已经有一辈子那么长。

从前他总觉得自己是孤家寡人，哪怕身边有张芹跟着，哪怕回到齐国封王受爵，内心深处也总是空落落的。有时候夜深人静时，甚至有种自己依旧还和之前在魏国时一样的感觉。

只有在成亲之后，这种感觉才完全改变，就算远在柴州，哪怕浴血奋战，只要想起一个人，心里就会暖洋洋的，仿佛被日光照亮。

本以为还要熬过三年才能回来，到时候不知道出生的孩子还认不认得他，夏侯渝满心惆怅，只能夜夜空叹。没想到想打瞌睡，回鹘人就送来一个枕头，他沉住气，将计就计，与贺玉台联手，直将回鹘人打得爹妈都不认识，还趁机将宜州给收复回来，可谓近年来齐国与回鹘人交锋的一次大捷。

而他也因此得到了回京述职报捷的机会。

夏侯渝心想，反正柴州的战事已经告一段落，这次觐见，他一定要争取皇帝同意他留下来，起码也要待到孩子出生，否则自己就是抱着皇宫的柱子也不肯回去了。

他托着下巴，一边走神一边看着妻子发呆，忍不住伸手想碰一碰对方的脸颊，手到半途忽然顿住，转而伸向她的腰肢。

“好啊，你居然装睡！”

顾香生嘻一声忍不住笑出来，她其实在夏侯渝进来时就已经醒了，本来想再装睡一会儿，吓他一跳，没想到对方在床前半天不动弹，她这才露了馅。

夏侯渝故作怒气冲冲：“我还怕吵醒你，你却等着捉弄我呢！”

顾香生被他挠得痒痒直求饶，笑得连眼泪都冒出来了，手肘伤处不小心碰到床榻，笑容微微一滞。

夏侯渝早将她一颦一笑都放在心上，见她表情微变，当下跟着慌了起来：“怎么了？”

“没事。”

夏侯渝却握住她的手腕，将袖子往上一撩，脸色就变了。

“这是怎么回事？”

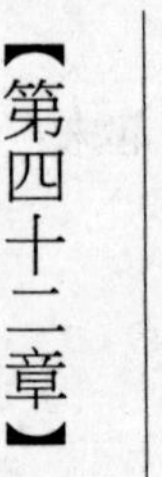

【第四十二章】神不外驰气自定

早在得到夏侯渝即将归来的消息之后，顾香生就交代府中上下不要过分渲染那天她受伤的事情，免得夏侯渝好不容易打个胜仗回来还要生气担心，谁知道千算万算，却是在自己身上出了差错。

得亏伤口还用纱布包着，否则若是他看见手臂上一层皮被蹭掉的样子，指不定得怎么激动。

“我没事，就是不小心蹭到了。”

夏侯渝那表情像是恨不得以身相代：“怎么会蹭到的？你的身手向来很好，是不是被人推撞的？”

顾香生没必要替夏侯淳隐瞒，便点点头，将那日的事情大致说了一下。

夏侯渝听罢冷笑不已：“我那大兄果真是个蠢的，被人轻易挑唆不说，都已经被软禁了还不安生，活该被人当枪使！”

顾香生道：“其实当时人人都觉得陛下凶多吉少，但只有他最沉不住气，当先跳出来。”

“但他千不该万不该，就是连累了你，夏侯洵装得再无辜也罢，我不信此事当真与他半分关系都没有，你受伤的这笔账，我一定会找他们算明白！”

顾香生嗔道：“别闹太过了。”

虽然夏侯渝什么也没说，她却有些明白对方想做什么。

这不由得让她想起从前与魏临在一起的时候，有些事情即便对方说明白了，她也觉得话有未尽之意，仿佛雾里看花，朦朦胧胧。

两相对比，这种感觉就越发强烈。

往事已矣，与魏临有关的事情，她想起的次数已经越来越少，甚至就连对方的形容举止也变得有些模糊起来。然而顾香生忽然发现，从前她所认为的心意相通，其实只是自己的一厢情愿罢了。

前尘遗憾，反而衬托出现下的可贵。

夏侯渝风尘未洗，却守着她不肯离开："来，你先躺下，是我把你吵起来了。"

"你急着赶回来，还没吃饭吧？"

"我不饿，要不等我去沐浴回来陪你躺着？"

"说了一阵话，反而清醒了，也有些饿。"

夏侯渝赶忙道："那我陪你吃，你想吃什么，让苏木吩咐下去做。"

顾香生没忍住，扑哧一笑。

夏侯渝莫名其妙。

顾香生摇摇头，含笑道："我忽然想吃炸酱面。"

她只是忽然觉得自己很幸运，因为这辈子能有一个人将她放在心尖上，如此珍视。

夏侯渝听见她想吃东西，自然只有高兴，起身道："好，苏木那丫头也不知跑哪儿去了，我去吩咐她们做。"

那头苏木听说两位主人想吃东西，急忙命人下去准备。夏侯渝则先去洗漱更衣，他动作很快，待吃的一一呈上来时，他也过来了，头发还有些湿漉漉的，洗去了疲惫风尘之后，俊美面容光彩照人，几个小婢女甚至有些不敢直视，低着头匆匆走过。

顾香生从苏木手里接过帕巾一边为他擦头发，一边笑道："你黑了不少。"

夏侯渝摸摸自己的脸："你喜欢白的，我就努力养白回来；你喜欢黑的，我就继续晒黑。"

顾香生哈哈笑起来："我喜欢阴阳脸，你能不能半面黑半面白？"

夏侯渝做出委屈情态："客官的要求闻所未闻，恕奴家无能为力啊！"

两人说罢笑作一团，夏侯渝连忙抱住她："你小心些，别扭到腰！"

顾香生一看桌上又笑了："我说要炸酱面，你怎么一股脑让人做了这么多种面？"

桌上除了炸酱面，另有阳春面和炒面、蜜汁莲藕、酱黄瓜、碎金饭等。苏木怕夏侯渝没吃饭，所以特意让人多做了些，还好顾香生怀孕之后，灶房一天十二个时辰，几乎有十个时辰是加柴火常热着的，准备这些倒省了开锅烧水的工夫。

夏侯渝道："可以换着吃，不腻味。"

他急着赶路，今日几乎就没吃过什么东西，早就饿得很了，端起碎金饭就开始吃，顾香生忙给他盛了一碗竹荪豆腐汤放在边上。

夏侯渝冲她笑了一下，接过汤碗，舀了一口喝下去，方道："我在官驿的时候接到陛下的旨意，说是让我明日入宫觐见。"

顾香生道："陛下自打回来之后，连朝会也没有举行，据说于晏等人至今没能见上一面，只像出门在外的时候一样，让人将奏疏递进宫里去，待他批阅之后再送出来，所以现在外面谣言不少，都说陛下病势沉重。但他既然召你进宫，想必身体应该没有大碍吧？"

夏侯渝放下汤碗，叹了口气："只怕恰恰相反。"

顾香生诧异："此话怎讲？"

"陛下先前出征在外，久无消息，众人都以为龙体有恙，是以蠢蠢欲动，魏人也如此觉得，殊不知陛下反而借此让人由蜀入魏偷袭，致魏国大败。此役之后，魏国情势一落千丈，齐人则士气大涨，一路长虹直逼魏国都城。如此下去，不出三个月，定能攻破魏国，逼得魏帝投降。"说到这里，他拍拍顾香生的手，略表歉意道，"我非针对魏国，仅是就事论事。"

顾香生回握住他的手，笑道："我晓得，你继续说。"

"陛下伐魏无非也是为着这一刻，但他一反常态直接先行回来，只留了鲁巍在那里，回宫之后也没有见过任何人，所以我私下揣测，陛下可能当真在前线受伤或生病了。"

言下之意，皇帝只是将计就计引得魏军上当，但之后他发现自己的身体已经坚持不下去了，所以才不得不提前回来，回来之后没有召见任何人，说明身体状况不是很好，又不愿让人知道，免得再度引起朝野动荡。

眼下虽然对魏战事局面大好，但毕竟还没有将魏国完全打下来，这种时候更加不能动摇军心民心，否则后方不稳，很容易就影响到前方。

想到这里，顾香生微微一震。

她望向夏侯渝，后者笑了笑："你想到了？"

顾香生深吸了口气，慢慢道："或许我应该提前向你贺喜。"

夏侯渝拿了个小碗给她舀些糖藕出来："现在道喜还为时过早，无论如何，等我入宫觐见之后再说吧。"

如果有旁人在这里，定会听得一头雾水，不知两人在打什么哑谜，但实际上这番对话的含意并不难理解。

夏侯渝说皇帝现在身体状况欠佳，以至于连外人都不能见，可见严重程度。

天子安危，身系社稷黎民。之前皇帝身体康健，他不想立储，底下的人也就由着他，但如果皇帝的健康问题浮上台面，不说朝臣肯定会上疏请立太子，几个皇子必然也会有些想法，即便撇开这几个外在因素，皇帝本人也必须考虑到江山承继的问题。

这种情况下，他不见外臣，却又急召夏侯渝回来，就显得意味深远了。

所以顾香生才会向夏侯渝道喜，因为他们俩都知道，这次召见，很可能是与帝位有关。

当然这也不一定，夏侯渝打了胜仗，皇帝召他回来，这是合情合理的事情，不能说皇帝一定就是看中了他。

所以事情还有可能出现变化，关键就在于明日的觐见上。

两人神色如常，一个吃面，一个喝汤，并没有因为这个推测而过分激动或惊喜。

顾香生且不必说，夏侯渝自小遭受磨难，再惊险的经历也曾遭遇过，又刚从与回鹘人交手的战场上回来，纵然对帝位有所期待，也不可能如何形于颜色。

顾香生吃了一块糖藕和一小碗炸酱面，外加一小碟酱黄瓜，觉得已经饱了，便放下碗筷看着他吃。

夏侯渝吃东西的动作很慢，这与教养无关，却是自小养成的习惯。从前在魏国当质子时俸钱有限，张芹只能将有限的月钱尽可能节省下来，以免用得太快，到了月底就无钱可用，所以夏侯渝吃穿用度，比稍微宽裕的百姓人家还要节俭些，一年到头难得做几身新衣，里面的单衣亵裤，通常是缝了又补。正因如此，饭桌上常常难见荤腥，久而久之，夏侯渝吃饭的时候也习惯细嚼慢咽，以便仔细品尝饭菜滋味。

如今看来，这细嚼慢咽的习惯却显得慢条斯理，分外优雅，不知情的定以为夏侯渝从小就受严师教导礼仪规范。

顾香生是少数知道内情的人之一，当时她和魏初就算有心帮忙，也不可能将夏侯渝每月的用度悉数包下来，只能是偶尔送些东西过去，杯水车薪，所以每回看见他吃饭，心中总会涌起无限感慨。

那些攀高踩低，曾经克扣夏侯渝薪俸的魏国官员，肯定也不会想到他还能有今日。

"在想什么？"

夏侯渝用了一碗碎金饭和一碗汤，外加把剩下的桂花糖藕解决掉，终于停下动作，扭头一看，便看见她在走神。

顾香生笑道："没什么，就是吃饱了就有些困意。"

"时辰不早了，也该安歇了。"他又摸摸她的肚子，"我不在的这段时间，他有没有折腾你？"

顾香生微微一笑："没有。听说别的人怀孩子，前三个月总会多少有些孕吐，可我半点也无，也不挑食，可见他将来出生了，也是个乖巧的孩子。"

夏侯渝喜滋滋："那肯定是我出门前的警告奏效了，他才乖乖不敢闹你！"

他将耳朵贴上去："你做得很好，爹爹回来了，你再安静待上几个月，就能与爹娘见面了，如果你不乖，敢闹你娘，到时候看我怎么收拾你！"

说到最后，语气都有些杀气腾腾起来，顾香生甚至能感觉腹中胎儿动了一下，像是被老爹的话吓到，又像是不满威胁表示抗议。

她好气又好笑："你真是越活越回去了，连没出生的孩子也用威胁手段！"

夏侯渝笑道："怕什么，他定是听得懂的。"

二人闲话一阵，便上榻歇息。

因为怀孕的缘故，顾香生更喜欢侧睡，夏侯渝怕她身上增加负重，只敢轻轻搭着她的腰，有一下没一下地轻抚其背。

这种轻重适中、带着安抚意味的接触令顾香生觉得很舒服，身边传来夏侯渝熟悉而干净的气味，她微微弯起嘴角，很快就进入了梦乡。

隔日一大早，夏侯渝就进了宫。

他只道自己来得早，但到大成殿时，便见夏侯淳、夏侯沪等人已经在偏殿坐着了，这才知道得到召见的不止他一个。

几个成年兄弟基本都到齐了。

夏侯渝定睛一看，差点没笑出声。

老大夏侯淳独自坐在一边，谁也不搭理，夏侯沪坐在另一边，两人之间的坐席相隔有些距离，夏侯洵和夏侯潜则坐在靠门边的位置，正小声说着话。

几个人之间泾渭分明，外人一眼看过去，就知道谁跟谁不和。

其中夏侯洵脸上还有些残留的青紫，这是伤势将要痊愈的迹象，但看上去反而显得更加可笑，他心里必然是恨极了夏侯淳，两人之间的座位离了十万八千里。

见夏侯渝进来，除了夏侯淳之外，其他人都起身与他见礼寒暄。

夏侯洵更是拱手郑重道："我真是对不住五兄，五嫂好端端地摔了一跤，皆是被我连累，还请五兄恕罪！"

夏侯淳却仗着长兄的身份动也不动，见状只冷哼一声，从牙缝里冒出八个字："厚颜无耻，趋炎附势！"

顾香生之所以会摔倒，虽然跟夏侯洵也脱不开干系，但严格来说，那天的冲突本来就是夏侯淳引起的，若非他不管不顾，也不至于出现那种意外。得亏是顾香生没有大碍，不然夏侯渝现在的反应断不至于如此平静。

饶是如此，夏侯渝也早将这笔账记到了心里的小账本上，等着下次有机会再一笔笔算回来。他见夏侯洵道歉，便淡笑道："七郎不必在意，此事本是意外，非你所愿，幸而你五嫂并无大碍，否则我现在也不可能这样平静了。"

夏侯洵一听这话，就知道夏侯渝心里肯定还没释怀，便笑道："前日我让朱氏去探望五嫂时，正好遇上五嫂在歇息，朱氏不敢打扰，就先告辞，若是五嫂无碍，今日我再让朱氏登门一趟，也好让我们尽一尽心意，稍解心中歉疚。"

换作从前，就算出了顾香生的事，他也未必会将夏侯渝放在眼里，更没有必要如此低声下气。但今时今日的夏侯渝，立了战功，封了王爵，已经不是昔日初到齐国、无权无势的年轻皇子了。

夏侯淳目无余子，只当夏侯渝还是当年人人可欺的齐国质子，但他看不清形势，不代表别人也看不清。

夏侯洵将话说到这份儿上，夏侯渝也不好再爱理不理："你五嫂今日要去看望孔老先生，只怕不在府中，你让弟妹改日再去吧，免得白跑一趟。"

夏侯潜插话进来："五嫂可真得孔老先生青眼，要知道老先生见了我连话都不多说两句呢！"

夏侯渝笑道："八郎的病想必是大好了？"

夏侯潜摸摸鼻子，半分不见尴尬："已经好多了，多谢五兄关心。"

夏侯淳见夏侯渝在那里谈笑风生，人人围着他转，犹如众星捧月，心下冷笑；再看老三夏侯瀛，一个人坐在边上，不声不响，也没上去凑热闹，他一把心火熊熊燃着，无处可泄，忍不住讥讽道："三郎，你这些天闭门读书，到底读出个什么来，陛下今日召见，想来是准备嘉奖你了？"

夏侯瀛瓮声瓮气道："总不如大兄得的嘉奖多！"

夏侯淳大怒，正欲发作，却见门外宫人走进来。

"众位殿下，陛下已经用完早膳了，正在内殿等你们，还请各位殿下随我来。"

夏侯淳想起自己今日之前还被软禁起来的事实，心头登时一凉，火气也去了大半，面上颇有些怏怏。

其他人看在眼里，也不去撩拨他，大家各有心事，随着引路的宫人来到内殿站定。

虽说面君不可直视，但实际上不可能真的全程低头不看，偷偷瞄几眼，只要不过于失礼，皇帝也不可能这样就将人治罪。

夏侯淳等人迫不及待地抬头搜寻皇帝身影，却见前方软榻上坐了个人，身形面容明显比先前瘦削苍老许多，以至于几个人一开始都疑心自己花了眼，不敢确认。

皇帝轻轻咳嗽一声，连声音都变得有些无力，浑然不是出征前那副斗志昂扬的模样了，可见生病受伤的传言非虚，再联系这些天他匆忙回朝，又足不出宫，谁也不见的事，众人难免心头惴惴，猜测皇帝病情已经到了何等严重的地步。

然而面上谁也没有表现出来，俱同往常一样，规规矩矩地行礼。夏侯淳生怕老父当先追究他闯宫的罪责，也一反常态没有抢先开口。

夏侯沪见其他兄弟都不开口，便当先跪下道："儿臣恭祝父皇伐魏顺利，统一天下之日可期！"

他一跪下，其他人自然不好再站着，也跟着纷纷跪下："儿臣恭祝父皇！"

"起来吧。"皇帝淡淡道，声音听不出喜怒，一如平常。

但正是这样的语气，反将所有人的心都提了上来。

"朕出征在外，本以为有于晏等人从旁辅佐，大可放心将朝政交给你们，没想到，朕还是高估了你们的能耐啊！"

夏侯沪没抬起头，心里却忍不住幸灾乐祸，想到自己不是监国，反正无论如何都骂不到自己头上，接下来挨骂的必然是老大和老七了。

果不其然，下一刻，皇帝又道："夏侯淳，朕给你五千兵员，是让你帮钟锐的忙，以备不时之需，不是让你为非作歹的，你趁着朕生病的消息传回京城时，集结兵力，意图闯宫登基，你真是朕的好儿子啊！”

话至最后，已然带上浓浓的讽刺之意。

夏侯淳大声喊冤：“父皇误会儿臣了！儿臣是因为京城人心不稳，又听说宫里有人想要趁乱行不轨之事，这才不得不出动兵力戒严京城，以稳定局面，免得有人趁机生事，谁知姑母和于相他们却误会了儿臣，以为儿臣要闯宫，还请父皇明鉴！”

当夜闯宫之事历历在目，包括夏侯潜在内的许多人都亲眼看见，难为他还能想出这么一番颠倒黑白的辩词来。

夏侯潜没忍住，扑哧一声笑出来，又赶紧捂住嘴。

夏侯淳回头狠狠剜了他一眼。

皇帝问：“八郎，你有什么话说？”

夏侯潜忙将头摇得像拨浪鼓：“没有，没有，儿臣只是一时岔了气！”

皇帝瞥了他一眼，懒得与他计较，目光依旧放在夏侯淳身上：“你这是不见棺材不掉泪啊，当别人的眼睛都是瞎的？你觉得朕是相信你多些，还是相信你姑母和于晏等人多些？就算你姑母他们说谎，难不成全京城的人都在说谎？夏侯淳，朕总以为你年纪渐长，做事总会长进一些，也给了你一次又一次的机会，谁知道你却一次又一次令朕失望！”

夏侯淳忍不住争辩道：“父皇交予儿臣的差事，儿臣自问战战兢兢，从无懈怠，譬如兼并南平，儿臣为齐国攻下数城，就算没有功劳也有苦劳！又譬如留守监国，儿臣也一心一意公忠体国，不曾也不敢有半分僭越不臣之心，还请父皇勿要听信小人谗言！”

皇帝冷笑：“小人谗言？你姑母是小人，还是于晏是小人？全天下的人都是小人，就你夏侯淳是君子？”

夏侯淳大声道：“小人就是夏侯沪！若非他跑到儿臣跟前胡说八道，儿臣如何会受其挑唆！”

皇帝指着他怒道：“闭嘴！朕就是太纵容你了，才养成你这么个蠢货！自以为是，好高骛远，自高自大，目中无人，你自己说，你身上还有什么可取之处？！想闯宫就闯宫，敢做就要敢当！朕最讨厌的就是你这样，做了就做了，还畏畏缩缩找遍借口不敢承认，你若是真能成功谋朝篡位，朕也承认你的能耐，可你能吗？”

"陛下息怒！"其他人见皇帝动了真怒，赶紧道。

"乐正！"

"奴才在。"

皇帝指了指夏侯淳："让外面的人进来，将他押回府里去。"

夏侯淳急了："父皇！"

皇帝平静下来，语调却是前所未有的冰冷："有篡位之心，闯宫之实，朕没有当场要了你的命，诛了你全家，已经是分外开恩了，回去听候处置。"

又对乐正叫进来的宫卫道："将景王府都给围起来，没有朕的命令，一只苍蝇也别想飞出去。"

夏侯淳再要抗辩，却直接被堵上嘴拖走了。

夏侯沪心头忐忑，没等皇帝开口，连忙道："父皇明鉴，儿臣绝对没有做过大兄说的那些事！"

皇帝看着他："如今天子在外，鞭长莫及，京师无人坐镇，大兄以监国摄政之身执掌大政，名正言顺，弟自当拥护之。这句话，是不是你说的？"

夏侯沪一身冷汗，瞠目结舌，无论如何也想不通，自己私底下和夏侯淳说的话，怎么会传到皇帝耳朵里。

狮子终归是狮子，就算是生病了的病狮，也不是旁人所能小觑的。

夏侯沪一个激灵，连忙道："父皇恕罪，其实儿臣也是一时糊涂，才会听信旁人，去找大兄说了这么一番话！否则儿臣又不是监国，即便大兄倒霉了，儿臣也得不到半分好处啊！"

皇帝看了夏侯洵一眼，后者正低垂着头，看不见表情。

"这么说，你承认这番话是你说的了？"

夏侯沪咬咬牙，老大前车之鉴不远，他哪里还敢不承认："是。"

"夏侯淳轻易听信你的怂恿，那是他蠢，怪不得旁人，但你其心不正，同样该死，跟夏侯淳一样，回去听候处置吧。"

夏侯沪颤声道："阿父，阿父，我不是有心的，我也是一时鬼迷了心窍……"

皇帝挥挥手，不愿再听下去，自有左右上前将其带了下去。

夏侯洵在旁边提心吊胆，只怕夏侯沪方才会将他拖下水，谁知皇帝没让夏侯沪说完，两人对话半天也没牵扯出他的名字，然而他并没有因此放下心，反而越发忧惧。

皇帝连夏侯淳和夏侯沪兄弟俩私底下的对话都能知道，不可能不知道他跟夏侯沪说的话。

“七郎。”

“儿臣在！”他忙道。

“这次你做得很好。”皇帝缓下语气。

夏侯洵有点茫然，他一时分辨不出皇帝到底是不是在说反话，不敢马上接话，过了好一会儿，才小心翼翼道：“儿臣惶恐，不敢当父皇如此夸奖。”

“怀州、资州等地今年大旱，你及时下令开仓赈灾，使得灾情得到控制，没有进一步蔓延，酿成更严重的后果；恰逢重阳，你又下令给京城七旬以上老者发放米粮，这些都做得很好。重阳素有敬老传统，往后每年重阳也可照今年的做法来。”

在经历过方才的雷霆震怒之后，现在的春风化雨显得尤为可贵，夏侯洵受宠若惊：“这些都是儿臣的分内职责。”

皇帝笑道：“该你的功劳也不必谦虚，谦虚过了头就成了虚伪了。”

夏侯洵诺诺应是。

皇帝道：“朕此番亲征，多亏你们兄弟几人齐心协力，五郎收复宜州有功，七郎监国摄政亦有功，至于八郎……”他看了夏侯潜一眼，后者的表情惴惴不安，兼且有几分心虚。

“隆庆都与我说了，你大兄闯宫那夜，幸得你及时赶到，将他劝下，否则后果不堪设想。”

夏侯潜忙道：“咳，其实……其实儿臣也没做什么……”

皇帝淡淡道：“病好了就行，你母亲担心得很，成日在宫里为你念佛祈福，你该去看看她。”

他越是轻描淡写，夏侯潜就越是心虚：“是，儿臣待会儿就去！”

“三郎、七郎，你们先出去吧，朕要与他们再说会儿话。”

夏侯洵忍不住看向夏侯渝，却见他八风不动，面上波澜不惊，似乎并不担心皇帝接下来会对他说什么。

其实想想也是，当其他兄弟都身陷京城这个旋涡的时候，唯有他独善其身，征战在外，当初看似荆棘重重，现在他却破开荆棘，直接斩出一条比别人还要宽敞的路来。

夏侯洵心下有些懊恼，然而如果重来一次，他也不可能会跟夏侯渝交换，主动请缨远赴柴州的。

夏侯瀛从头到尾没得到过父亲的一句询问，但他本来就什么事也没做，眼看其他兄弟或多或少都受到申斥，见皇帝怒火没波及自己，心里反倒庆幸，听见这句话，当即如获大赦，赶忙便起身告退。

待他离去，殿中便只剩下夏侯渝与夏侯潜二人。

夏侯潜滴溜溜转着眼珠，心里有些奇怪，他看出皇帝明明想与五兄说话，却不知为何要留下自己。

只听得皇帝道："五郎，朕想让你认在皇后名下，如何？"

夏侯潜禁不住微微张着嘴巴，被这句话砸得晕头转向，他下意识地扭头去看夏侯渝，因为动作太快，甚至还听见自己脖子发出轻微的声响。

夏侯渝脸上也有些意外，却没有像夏侯潜那样失态，他低头思忖片刻，郑重拜倒："孝惠皇后离晖久照，坤德无疆，儿臣何德何能。认皇后为母，本属三生之幸事，然而儿臣本有生母，生母虽出身微贱，亦曾生育过儿臣，慈恩所在，儿臣不敢或忘，是以陛下提议之事，儿臣不敢受。"

夏侯潜的嘴巴张得更大了。

他没想到皇帝会提出这种建议，更万万没有想到的是，夏侯渝竟有胆子拒绝。

老天爷，难道他耳朵出现幻听了吗？

为什么要让他在这里旁听这种事情啊？万一皇帝老爹觉得没面子，他岂不是要被迁怒了？

众所周知，孝惠皇后无儿无女，陛下至今也未另立中宫，由此可见对孝惠皇后旧情难忘。膝下儿子那么多，成年的有六个，未成年的更多，可这么多儿子，他偏偏只提出让夏侯渝认在皇后名下，这意味着什么？

齐人不大讲究排序和名分，若你有足够能力，非长非嫡，同样也可以继承大统，譬如如今这位齐君夏侯礼，当年在众兄弟中，他排行第三，也非皇后嫡子，最后却成了皇帝。究其根由，除了他前面两位兄长都早逝之外，自然也因为他行事手段、能力都足够强的缘故。

但不大讲究，不等于完全不在乎，否则先前惠和郡主那些人也不会推出一个先帝长孙来，想要趁机夺回所谓的"正统名分"。

夏侯渝生母出身微贱，人人皆知，许多人甚至连他生母姓什么都不知道。这个默默无闻的女人，早已湮没在后宫许许多多红颜早逝的女人之中，如果不是她有一个叫夏侯渝的儿子，而这个儿子又很争气，为自己挣出一条通天路，现在根本不会有人记得她。

所以，当皇帝提出让夏侯渝认在皇后名下时，夏侯潜就意识到，自己头顶那些兄长的如意算盘要落空了，他们算计来算计去，费尽心思，皇帝却要将皇位传给这位回国没几年的五兄。

更令他吃惊的是，这种天上掉下来的馅饼，夏侯渝居然拒绝了。

真不知该说他不识好歹，还是高风亮节啊。

难道他想以退为进？夏侯潜暗暗想道。

果不其然，皇帝闻言冷笑道："你这是在欲迎还拒，想要挟朕加封你的生母？"

夏侯潜的心怦怦直跳，简直都快要从胸腔里跳出来，他也不知道自己为什么会这么紧张，要知道他又不是被皇帝询问的那一个，但他扪心自问，若易地而处，他是绝对没有勇气这样回答的。

从这一点来看，起码夏侯渝的胆子就要比他大很多。

夏侯渝并未被皇帝的这句话吓得面色煞白，连连请罪，仅仅是面色更为凝重，他叩首道："儿臣断断不敢有此妄想。先母出身卑微，能够被追封为嫔，想必她九泉之下，已觉得不胜荣幸。只是生母一生短暂，她所能留给儿臣的，也仅仅是这点血脉亲缘罢了，如果连儿臣都嫌弃她的出身，认皇后为母，便是先母不在意，儿臣内心也不得安宁。苍天日月在上，儿臣若有虚言，定遭天打雷劈，请父皇明鉴！"

皇帝哼笑："说的倒是比唱的还动听！你这么聪明，不会不知道朕这么做的用意，认在皇后名下，从此之后你便是皇后嫡子，立为东宫也名正言顺，否则何以服众？"

虽然心里早就有所准备，但听皇帝这么直白地说出来，夏侯潜还是觉得呼吸粗重了许多。

那头夏侯渝却依旧挺直了背，维持叩首的姿态，没有言语。

此时此刻，夏侯潜也禁不住佩服起他的定力。

有能力的皇子不是没有，夏侯洵就可以算一个，他监国期间做的那些事情，就得到于晏等朝臣的一致认可，方才连皇帝也夸奖了他。

但在夏侯潜看来，夏侯洵的耐性还是稍差了一些，因为夏侯淳闯宫那件事，肯定少不了他从中做鬼的手笔。

如果可以再过两年，夏侯洵应该会磨砺得更沉稳，不过夏侯潜意识到，自从亲征归来，皇帝的身体也许真的不太好，否则不至于如此匆忙想要定下储君人选。

就在他胡思乱想的当口，皇帝又道："你想清楚了，论出身，八郎生母是淑妃，他还娶了刘家的女儿，样样都比你强，你若不肯认在皇后名下，这皇位便要与你擦身而过了！"

夏侯潜吓得浑身一颤，忙不迭道："父皇，儿臣……儿臣无能，不足以担此重任，还请父皇收回成命！"

话刚说完，他就感觉到两道灼热的目光自上而下盯在他的后背上，夏侯潜当即就不敢开口了。

"滚出去！"

夏侯潜如获大赦，赶紧爬起来跟在夏侯渝身后就想出去，谁知身后却传来皇帝的声音："朕让夏侯渝滚，几时说过让你滚了？你就这么迫不及待想跑吗？"

见夏侯渝回过头隐蔽地给了他一个"自求多福"的眼神，夏侯潜当即就哭丧了脸，缓缓回身，扯出一抹比哭还难看的笑容："儿臣误会了，以为父皇让儿臣也滚呢！"

皇帝冷冷看他："朕看你说话比朕还有条理，这病好得挺快啊！"

夏侯潜嘴角一抽，哪里还敢作死说瞎话，只得老老实实道："儿臣不懂事瞎胡闹，让父皇操心了，儿臣有罪。"

"这哪里是胡闹，是谋虑深远才对啊！上回宫里走水，你为了避祸，直接就装疯了，一劳永逸，这一招高明得很啊，哪天教教朕怎么装，朕也学一学，嗯？"

老爹语调越是柔和，夏侯潜就越是心惊胆战："儿臣有罪……"

皇帝哼笑："既然疯都疯了，怎么不一疯到底，反倒还痊愈了？这不浪费了你苦心经营的局面嘛，避祸也避不成了，还被朕拎出来，是不是觉得忒冤枉啊？"

夏侯潜老老实实道："是儿臣胡闹，上回宫里走水，儿臣见大兄他们进了宫就没人影，于相等人又进不去，心想父皇可能另有谋算，又怕别人拿着儿臣的名头来作筏子，所以情急之下才想出那样一个馊主意。谁知事后骑虎难下，只好一路装下去，这次亏得是五嫂点醒了儿臣，儿臣才幡然悔悟。"

见他没有丝毫隐瞒，皇帝的面色这才好看一些，没好气道："起来吧！"

夏侯潜赶紧爬起来，朝老爹讨好一笑："您是知道儿子的，儿子平日里就爱胡闹，这回知道错了，一定痛改前非，绝不再犯！”

皇帝冷哼：“你这话，鬼都不信！朕问你，方才朕让你五兄认在皇后名下，你心里有什么想法？”

夏侯潜小心翼翼地偷眼瞅他：“儿臣没什么想法。”

皇帝掀眉：“又不老实？”

夏侯潜赶紧道：“其实，是有那么一点想法的。儿臣觉得，五兄文武双全，上马能打仗，下马能办差，比儿臣能干百倍，最难得的是，他少时经历过磋磨，在外面也见过风雨，这一点与儿臣等其他兄弟都不一样，所以儿臣觉得，父皇若是立他为储，是桩利国利民的大好事！”

皇帝不动声色：“噢？你就这么长他人志气，灭自己威风？你出身比他好，从小的起点也比他高，妻子还是皇后娘家的人，立他为太子，你就真的服气？心里不会觉得不舒服？”

夏侯潜不敢因为皇帝平淡无奇的语气，就真的将这席对话当成闲话家常，要知道这里头字字句句，无不是诛心之论。皇帝固然是父，可也是君，一个回答不好，那可不是闹着玩儿的。

“术业有专攻，论治理江山百姓，儿臣不如五兄，也不如七兄，儿臣有自知之明。”

“术业有专攻，朕怎么不知你有专长？你是擅长胡闹，还是擅长看春宫图？”

怎么连这个都知道？夏侯潜的冷汗当即就淌下来了：“儿臣、儿臣、儿臣……”

他灵光一闪：“儿臣最近正在看治河的著述，历朝历代，河患甚重，魏国境内河流众多，每逢夏秋之交，总会泛滥成灾，往后齐国若将魏国纳入版图，这些事情也需要提上日程，儿臣想为陛下分忧。”

说完，他忍不住给自己点了个赞，多么机智的回答啊，这下父亲肯定会很满意了吧？

“治河？”皇帝果然有点意外，“难为你还有这份心思，这样说来，《水经注》四十卷，想必你也已经看完了？”

夏侯潜艰难道：“还……还没，只看了前面两卷。”

皇帝有些不满意：“怎么才两卷？”

“儿臣是逐字逐句地研读，所以看得慢些……”

“那朕就给你一个月，将《水经注》熟读，再将前朝谢与熙的《治河歌》

背下来，一个月后，朕要考考你。”

夏侯潜的脸登时垮了下来。

皇帝拖长语调：“到时候若是答不出来，想来是京城安逸，令你没法亲身体验河患之危，你就自己找个河患频发的州县去亲眼见一见吧！”

夏侯潜忙道：“儿臣一定努力研读，不负父皇所望！”

他心里那个苦啊，跟吃了十斤黄连也差不多了。这完全就是没事找事，搬石头砸自己的脚！

说了这么多，皇帝也有些累了。

“行了，时辰不早了，你母亲还翘首企盼，等着你去探望她呢，别耽误了。”

夏侯潜赶忙行礼：“请陛下保重龙体，儿臣告退。”

皇帝就着乐正端上来的参茶喝了一口，又拿温热帕子往脸上一搭，忍不住舒服地喟叹出声。

乐正心疼道：“陛下一说就是一上午，这都累坏了吧！您的伤还没好，太医嘱咐过了，要多休养，不然身体虚弱，很容易就会引发别的病症，像上回您在前线病成那样，奴才都吓坏……”

说着说着，忍不住低头抹泪。

“好啦，好啦，一大把年纪了，还哭哭啼啼的，也不怕你那些徒子徒孙看了笑话！”皇帝摆摆手，自嘲道，“不服老也不行了，朕这一趟出征归来，受伤又生病，这才越发觉得自己老了！”

他可以自言老，乐正却不能跟着附和，反而道：“陛下龙马精神，哪里老了？奴才服侍陛下数十年，陛下除了今日操劳以至于须发星白之外，连面容都没什么变化呢！”

皇帝又好气又好笑：“你这话说出来，自己不亏心啊？朕跟前不缺你一个溜须拍马的！幸而这次老天垂怜，朕还能苟延残喘拖着一条老命回来，否则打下魏国，齐国却生内乱，那才是为天下人耻笑呢！”

乐正知道他指的是夏侯淳，也跟着叹息一声：“大殿下的确莽撞了些。”

“何止莽撞，简直是没脑子！”一说起他，皇帝就火冒三丈，“朕看他打仗还有一手，本以为孺子可教，谁知年纪越大，脑子却越是糊涂，稍微被人一撩拨，就当了马前卒，朕怎么就生了这么个蠢货！”

说到生气处，他甚至咳嗽起来。

乐正连忙拍抚其背：“陛下息怒，龙生九子，各有不同，幸好五殿下、七殿下他们个个能干，八殿下虽说顽皮些，但心地也是好的，您看，这一出事，他立马就懂事了，可见还是个孝顺的。”

皇帝没好气：“懂事？就像他自己说的，若没有顾氏去骂醒他，这会儿估计他还在装疯呢！”

说到这件事，乐正也有些啼笑皆非：“八殿下看着是年轻爱玩些，又不想惹麻烦，所以才会做下那些荒唐事，方才他向您保证要熟读《水经注》那会儿，奴才可都瞧见了，八殿下那脸色苦得啊，奴才差点就笑出声了！”

皇帝颜色稍缓，旋即又叹了口气：“趁着朕身体还行的时候，得赶紧将人给定下来，这样朕还能手把手教一些，免得朕什么时候撒手就去了——”

乐正打断他，红着眼眶道：“您好端端的，又说这些丧气话，陛下万寿无疆，福如东海，一定不会有那一天的！”

皇帝淡淡一笑，话语之中不掩豪气：“人固有一死，帝王也不例外，朕视若等闲，你又何必自欺欺人？只可惜如今魏国还没打下来，也不知朕还能不能看到那一天。”

乐正强笑：“魏国已如强弩之末，如今不过是在苟延残喘罢了，以鲁帅之能耐，奴才想着，三个月内怎么也能拿下来了，届时陛下可就是天下共主了！”

皇帝白了他一眼：“别乱拍马屁，还有大理未拿下，如何能称天下共主？”

乐正笑道：“奴才不谙军事，可久在陛下身边，也听了一星半点。大理与世无争，国君生性柔弱，想来不会比魏国更难，连魏国都可以几个月就攻下来，大理就更加不在话下了。”

皇帝却忽然沉默下来，过了片刻，方道：“五郎没回国前，朕原本属意的是七郎，从他监国所做的这些事情也可以看出来，他这人行事稳妥老成，当个守成之君，起码是没有问题的。”

乐正点点头，皇帝素来看人很准，万事也自有一套判断标准，这种时候他只需要静静倾听便可以了，不必多嘴。

“但现在齐国还远远不到守成的时候，北有回鹘人虎视眈眈，南有魏国、大理未平，就算朕在有生之年将这些地方打下来，能不能守得住，依旧要看后人。七郎稳妥有余，魄力不足，这是一大缺陷。再有大郎闯宫一事，他在背后推波助澜，事后却不敢露面，还不如八郎来得胆大。”说到这里，皇帝忍不住摇摇头，“一个人可以有野心，但不能没有杀伐果断的气魄，尤其是一国之君，喜阴谋诡计无妨，有些事情，却得堂堂正正行阳关大道，鬼蜮伎俩只能一时奏效，却无法一世管用，在这一点上，七郎还是想不透。

“五郎呢，光明正大有了，背地里的手段他也不缺，有勇有谋，有战功，也有办差事立下的功劳，除了母家出身差点，也没什么可挑的。但正因为他母家和妻室娘家都不显，也不必担心日后外戚把持权柄的问题，连坚辞皇后养子名分的事都可以说是为了孝道，没什么可挑毛病的。可朕这心里呢，总觉得五郎好过头了，这些事情，会不会是他事先料到，故意做给朕看的表面文章？若是的话，他这心机城府，未免也太深沉了。”

乐正心头咯噔一声，想要张口，但话到嘴边，又吞了回去。

皇帝看似在与他说话，实际上不过是在自言自语，根本不需要乐正的任何建议，乐正要是这会儿说话，必然会让皇帝以为他和夏侯渝是一伙儿的，只能起到相反的效果。

话不能说，那便只有沉默。

这位陛下固然英明神武，可真要多疑猜忌起来，那也够人喝一壶的。若他将夏侯渝看成大奸若忠之人，到时候夏侯渝别说继承皇位，只怕连前程也难保。

尤其是夏侯淳闯宫的事情刚刚过去不久，皇帝心里必然非常硌硬，觉得自己还没死，儿子们就开始算计自己屁股底下的位置了，这种时候，其他皇子无论做什么，难免都会让皇帝多想几分。

想及此，乐正不免暗叹一声。

就在这时，外面传来宫人的脚步声。

不一会儿，对方出现在门口，神色古怪，欲言又止：“陛下，肃王出宫之后直奔景王府去了……”

没等皇帝训斥，乐正便皱眉道：“有话直说，天子面前岂可吞吞吐吐？肃王去景王府作甚？”

宫人忙道：“据说肃王借口探望，进去之后便将景王给打了，两人打作一团，守着景王府的人一时拉不开他们，就赶紧派人进宫来禀报了！”

“什么？！”乐正一呆。

再看皇帝，也同样面露意外：“胡闹！将他给朕叫进宫来！”

乐正忙道：“陛下息怒，太医说了，您不能动气，要不让奴才先出宫去看看？”

“不必，就将他叫进来！”

宫人领命而去，乐正则小声道：“陛下，该用午膳了，要不先用膳吧？”

皇帝"嗯"了一声，语气倒听不出如何生气。

乐正心里有数，忙让人去摆膳。

夏侯礼不搞崇尚节俭那一套，不过他也不喜欢大肆铺张，按照他的喜好，一顿饭十来个菜，冷热荤素样样俱全。自打受伤生病之后，御膳里的素菜就占了大多数，这让喜欢肉食的皇帝很不习惯，每回上来都要抱怨。

今日乐正见他心情不快，擅作主张加了一个山药炖鸡，皇帝见了居然欢喜不已："这个好，虽说山药炖着不好吃，但总算见着肉星了，你瞧瞧前几日上的那些菜，哪里能叫肉菜啊！"

乐正笑道："太医可没让您吃这个，是奴才偷偷加的，只能今日吃一回，明日可没有了！"

皇帝叹气："朕英明一世，到头来居然被太医管得束手束脚！"

乐正赔笑："太医也是为了陛下的龙体着想，您且忍忍，等身体养好了，想吃什么，奴才都让人去做！要不奴才让人去请丽妃娘娘来陪您吃饭？"

"算了，让朕吃顿清净饭，她来了定要为六郎说话的。"

两人正说着，外面有人来报，说是肃王来了，正在外头候见。

皇帝道："让他进来。"

夏侯渝走进来，嘴角和眼角都有显而易见的青肿，嘴角估计之前还流血了，没擦干净，下巴残留着一点血痕，另一边颧骨则高高肿起。

乐正见状，不由得倒抽了一口凉气。

夏侯淳武力过人，不可能是任人殴打的主儿，这两个人打架，那必然是两败俱伤的结局。

不过看夏侯渝的样子，就知道夏侯淳肯定也没好到哪里去，说不定比他更惨。

皇帝却连眼皮也没抬一下，指指旁边的位置，对乐正道："再让人做一道桂花鱼。"

乐正明白这是留饭的意思，忙给夏侯渝递了个眼色，后者乖乖坐下。

"你跑去景王府作甚？"

夏侯渝道："上回大兄跑到孔先生府上去找七郎，结果当时顾氏正好也在，无端端遭了池鱼之殃，手上一块皮都被擦掉了，亏得她身边的侍女忠心护主，否则现在后果不堪设想。臣心下不忿，就去找大兄理论。"

皇帝道："你这叫理论吗？是直接拳脚相向吧！"

夏侯渝低着头没说话。

皇帝气笑了："你对顾氏可真是没话说啊，往后她要星星要月亮，你也给她摘啊？要是她想当女皇呢？你是不是也二话不说，直接把祖宗基业拱手送人啊？"

夏侯渝委屈道："父皇这样说，可就折杀儿臣了，这江山社稷是父皇的，不是儿臣的，儿臣万万不敢有半分觊觎之心。儿臣等夫妻二人在京城行事谨慎，从来只有别人找我们的麻烦，再说顾氏向来明理通达，从不提非分请求，儿臣也是不忍她受委屈，这才去找大兄的。"

"说你一句，你就回十句！"

夏侯渝又垂下头做小媳妇状。

皇帝见状有些头疼，心道，老五固然是能干的，但毕竟年轻，行事也有冲动的时候，今日在宫里看着还沉稳镇定，谁知转头一出宫就把自己的哥哥给揍了。

但方才的些许疑虑也随之烟消云散。

热腾腾的桂花鱼端来，皇帝用筷子虚点了点："吃吧。"

乐正让人给夏侯渝盛了一碗饭，夏侯渝没急着动筷，反而关切道："父皇怎么用得这么清淡？"

皇帝没说话，乐正帮着答："太医说了，陛下要尽量以食代药，肉吃多了对身体不好。"

夏侯渝点点头："原来如此，还请父皇为天下黎民、江山社稷保重龙体，您是儿臣等的主心骨，万万不能有丝毫差错。"

皇帝抬眼，正好对上他坦荡无私的目光，心头微暖。

"知道了，吃饭吧，吃完饭自己滚去太医院上药。"

"是。"

【第四十三章】国破不悔当年意

夏侯渝还以为自己会被痛骂一顿，结果直到吃完饭告退，皇帝都没有再多说一句话。

等他回去，肃王府的人见他鼻青脸肿，纷纷大吃一惊，唯独顾香生一脸不出意料，只看着他笑：“又胡闹了。”

夏侯渝故作不满：“你怎么能在孩子面前说我胡闹呢？万一被他听了去，以后觉得他爹成日都在胡闹如何是好？”

顾香生笑不可抑：“好，好，你没成日胡闹，你只是偶尔胡闹，快去洗手吃饭吧！”

“用过了，陛下那儿留饭了。”夏侯渝将手贴在她小腹上，一本正经地道，“别听你娘亲瞎说八道，你爹我刚在柴州打了个大胜仗，将回鹘人打得哭爹喊娘逃回去了，估计一两年内都不敢打咱们的主意了，你爹是大英雄，记住了吗？”

说罢，他惊喜道：“他动了，定是听懂了吧？”

顾香生嗔道：“往后等他出来了，你们自个儿说话说个够，别总隔着我的肚皮交流！”

夏侯渝就笑：“那可好，到时候他肯定跟我亲！”

顾香生摸摸他脸上的伤处：“去太医院上过药了？”

“上过了，不妨事的，都是皮外伤。”

调侃归调侃，顾香生还是有些心疼的："往后莫要如此冲动了。"

夏侯渝笑了一下："今日进宫的时候，陛下想让我认在皇后名下。"

顾香生眨眼："那你怎么回答的？"

"我拒绝了。"

顾香生想了想，很平静地点点头："拒绝得很对。"

若换了别家的女眷，怕是要欣喜若狂又怪责丈夫不识时务，但顾香生何许人也，从夏侯渝寥寥几句前因后果，便已大致推断出当时的情形。皇帝说那番话，纵然有五分真心，另外五分则不无试探，如果信以为真答应下来，那才是真傻，皇帝反而会觉得你为了荣华富贵就忘了孝道，所以夏侯渝虽然拒绝了，却起码不会让皇帝有所误会。他后来与夏侯淳打架，虽说是为顾香生出气，可也正好给皇帝留下年轻不失冲动的印象，不被认为是心机深沉、步步算计，可以算是一石二鸟。

夏侯渝听见她的评价，登时便眉开眼笑："我家香生姐姐不同于寻常闺阁女子，甚至比那些朝臣都强。"

顾香生好笑："你便会说好听话吧，反正不要钱！"

夏侯渝抬杠："要钱的我也说啊！"

夫妻二人正开着玩笑，外面有人递了帖子进来，顾香生翻开一看，是兵曹侍郎家的女眷所投，说是明日想来拜访，询问肃王妃是否有空。

这年头登门做客，除非有急事，否则没有贸贸然直接在人家门外求见的，因为别人未必有空，这样会显得很失礼，一般都是先投递帖子询问。

先前夏侯渝改封肃王，众人只当是皇帝让他去柴州的弥补，并未太当回事，直到他在柴州打了个胜仗归来，大家这才惊觉肃王这块"冷灶"很有变成香饽饽的趋势，上门拜访的人也多了起来，有许多从前并不与肃王府来往的，不过是想趁机刷一下存在感，与肃王妃交好，免得以后见了肃王的面都尴尬。

夏侯渝因为打仗的缘故，和贺玉台等武将关系不错，但和兵曹官员甚少往来，见状便皱起眉头："怎么连兵曹侍郎家的女眷都上门了？"

顾香生笑道："这不是很正常吗？你这次回来，如果不再回柴州，陛下必要给你在朝中安排差事，你打了胜仗，在众人眼里便是知晓兵事的，去兵曹顺理成章，他们只是想提前与你交好。"

夏侯渝摇头感慨："穷在闹市无人问，富在深山有远亲，当日我刚到齐国，人人避之唯恐不及，生怕接近我就会染上瘟疫，如今倒是天壤之别了！"

虽是这样说，他却没有流露出愤慨的情绪，仅在平静叙述事实。

人与人之间素来不同，有的人经历过坎坷，会更加愤世嫉俗，有的人遭遇过困境，却只会更加豁达，夏侯渝便是后者，他虽然不乏心机城府，但不该计较的时候，同样不会斤斤计较钻牛角尖，反有通达大度的一面。

两人在后花园散步，顾香生挽住他的手臂，两人并肩走在一起，即便连孩子都有了，彼此之间那股如胶似漆的甜蜜却不减反增，有时连苏木、朱砂这等近身伺候的，看了都常常脸红。

顾香生笑道："最近上门拜访的人越来越多，桓王妃刘氏那边也派人过来下了两回帖子，咱们家只怕从未有过如此热闹的时候，等你拒绝陛下提议的事情传出去，不知人会不会少一些。"

夏侯渝开玩笑："应该会。陛下最好再下一道旨意，将我的封号改回远王，估计立马门可罗雀。"

顾香生扑哧一笑："那可好，到时候我便轻松了！"

两人走过园中栈桥，夏侯渝扶她在凉亭里坐下："你若不想见，一个都不见也无妨，我只想你做乐意做的事情，过想过的日子。"

"若我想上朝为官，你也乐意啊？"

"那正好，让咱们的孩儿在娘亲肚子里的时候就饱受熏陶，说不定还能早慧呢！"

顾香生早已习惯他私底下天马行空的胡说八道，闻言白他一眼，又绷不住笑，便只笑不说话。

夏侯渝将她的手紧紧握着，像是怕她摔着，脚下一步一步走得很稳："你非寻常女子，不可能拘于闺阁内宅，更比世上绝大多数男子来得能干，我早知这一点，更不愿委屈你，只要你好好的，无论做什么，我都高兴，我要的位子自己会争，不需要你委屈自己来帮我交际应酬。"

顾香生笑道："我不委屈，你别想太多，夫妻一体，本该互相包容，见些人、说些话能费什么事呢？只是我近来身体日渐沉重，有时候懒得动罢了，有你这番话，我心里快活得很，我家阿渝如今也是顶天立地的大丈夫了。"

夏侯渝搂着她的腰，让她慢些走："都要当爹了，偏你总还将我当小孩儿看！"

话虽如此，他却是欢喜的。两人之间的感情，历经岁月，如姐弟，如朋友，更是夫妻，丝丝缕缕，渗入骨髓，早已分不清到底是什么，可正因为如此，才越发无法割舍剥离。

夏侯渝想，他这一辈子，估计再也不可能遇上一个如此深爱的女人了。

他成长至今，点点滴滴都有顾香生的印记，他也根本无法想象失去了顾香生，自己到底会变成什么样。

一股忽然涌起来的恐慌让他脱口而出："要不等生完这个，你就不要再生了吧！"

顾香生奇怪："怎么忽然说起这个？"

夏侯渝蹙眉："我听说女人生孩子就像一脚踏在鬼门关上。"

顾香生这才知道他在担心什么，不由得一笑："我也听说生孩子凶险得很，不过你放心吧，出状况的终究是少数，只要胎位正，就不会有什么危险。"

她见夏侯渝依旧愁眉不展，好笑之余，也很感动。

顾香生有心转移话题："现在对魏战事进展如何？"

"象州、剑州已经攻下，魏国正面再无屏障，先前陛下命人秘密绕道入蜀，由蜀攻魏，魏国腹背受敌，难免顾此失彼。对魏作战的鲁巍是齐国老将，资历不逊于贺玉台，魏国局势并不乐观。"

夏侯渝考虑到顾香生的出身，用词很是谨慎斟酌。

但不管如何委婉，言下之意是明显的：魏国如强弩之末，败局已定。

究其根由，早在永康帝在位时，在对吴越、对齐国的几次战事上接连估计出错，对魏国兵力、军心已经造成损失，这是先天不足，等到魏临接掌皇位时，又被魏善分去一小部分疆土，那部分疆土后来甚至被魏善拱手送给齐国，导致魏临陷入被动。

在那之后，顾香生虽然已经离开魏国，没能亲身经历，但想想也知道，魏临与严家联姻，严家握有兵权，未必肯事事听从魏临，魏临想要做什么，必然也会受到一定程度的掣肘，若现在是太平盛世，边上没有其他国家，或许魏临还有时间慢慢与严家角力，将他们架空，但夏侯礼又如何会给他这个机会？

欲争天下，错失一棋都有可能全盘皆输，双方也不过是各出奇招，本无对错之分。

顾香生相信，今时今日若是换了魏国形势大好，魏临同样也不会放过对齐国咄咄进逼的机会，直到敌人彻底失败或投降为止。

"若魏国当真不肯投降，陛下会命人强攻吗？"她问道。

夏侯渝知道她在顾虑什么："应该会，不过鲁巍不同于大兄，他爱惜羽毛，不敢也不会屠城的，顾家没在军中效力，魏初又是女眷，这两者应该不会有大碍。先前我还特地去拜访过鲁巍，和他提过这件事，想必他会放在心上的。”说罢顿了一顿，“至于魏临，若他肯开城率民投降，陛下应该不会为难他的。”

顾香生摇摇头，她也不知道魏临会做何选择，离得远了，时间一长，她脑海中关于他的印象也逐渐变得模糊起来，甚至只剩下一个还算熟悉的名字。

“谢谢你帮顾家说话。”她朝夏侯渝一笑，“其实你在魏国时，顾家对你也没什么恩惠。”

不仅如此，顾经和许氏对她跟夏侯渝交好这一点非常反感，认为夏侯渝是敌国质子，又无前程可言，顾香生这样做，不仅会招人闲话，而且很可能牵连顾家，让人以为顾家与齐国有什么勾连。后来顾香生与魏临订了婚，顾经还曾特地嘱咐过她，让她不要与夏侯渝走得太近。这些事情，顾香生并没有告诉夏侯渝，但有时候大家一同出席宴会，夏侯渝不会感觉不到顾家人对他的冷淡。

又或者说，在当时，不单是顾家作如此想法，基本上魏国的那些世家贵族，就没有会去跟一个失势质子交好的。

齐国固然强大，夏侯渝在齐国又没地位，他们自然不觉得有必要费那个心思。

夏侯渝温声道：“你姓顾，你还认顾家一日，我便会将他们当作亲戚。”

顾香生嫣然：“我自然知道你是最豁达明理的，这一说起来，我也有些想念他们了。”

她虽然没明说，但夏侯渝也知道，这个“他们”，指的自然不会是她父母，当初在顾家，真正关照过顾香生的，也就一个焦太夫人，焦太夫人早就过世了，与她还称得上交好的，便只有小焦氏和顾琴生了。

“说不定很快就能见面了。”夏侯渝如是回道。

翌日一大早，夏侯渝入宫听政，顾香生却去了城门处。

孔道周离京，她自然要去送行。

老先生门生不少，顾香生过去的时候，城门口已经聚了一大群人。

在众多儒生当中，顾香生一个怀孕的妇人分外显眼，不知道的兴许还会投去几分异样的目光，但大部分人知道顾香生身份的，却绝对不敢小觑她。

不说古往今来少有女子参与修史，却说她在邵州守城与发明火弹的事迹，如今天下已经鲜有人不知，便是还有文人心下不屑，觉得传闻夸大其词，也得考虑她眼下身为肃王妃的身份，在她面前断断不敢狂妄无礼。

人一多，难免就耽误时辰，待将老先生送走，已经将近晌午了，顾香生原是准备回长春观去看看的，眼下也只能先打道回府了。

她虽然因为成婚怀孕的缘故搬离长春观，但一直都对学堂的事情保持关注，偶尔精力允许时还会过去授课，其余时间则交给席二郎和陈弗两师兄弟去打理，顾香生本也有借此锻炼他们能力的打算，见他们将学堂打理得井井有条，便索性不再插手，只在席二郎他们遇见难处来找自己时，才会帮一帮忙。

在顾香生看来，这两个学生，一动一静，性格正好互补，品行却都是上上之选，假以时日，稍加磨砺，未尝不能担当重任，兴许十数年后的朝堂，也有他们的一席之地。

不过眼下说这些为时尚早，顾香生并未刻意安排他们将来要往哪条路走，因为人生常常充满意外，她自己当初也从没想过有朝一日会留在齐国，嫁给夏侯渝。

马车回城的时候，顾香生还特意让人绕到卖蜜饯的铺子里，让人称了半斤黄梅、半斤蜜李子，又去城中有名的八宝记带了半斤水晶鸭舌和五香牛肉丝。

她和夏侯渝都是爱吃零嘴的主儿，她自己怀孕之后就更爱吃，闲暇时候手边几乎就没断过，神奇的是这样吃了许多，竟然也没有太过明显地发胖，兴许是那些东西全都让孩子吸收了的缘故。

可能是看见苏木在笑，有些不好意思，顾香生亡羊补牢："你们郎君昨日还说想吃鸭舌，这些买回去之后多半是要进他的肚子。"

苏木绷住笑："您是此地无银三百两吗？"

顾香生白了她一眼，见她忍笑忍得厉害，自己倒没忍住，也笑了出来。

马车刚行至肃王府门口，上官和、黄珍等人自里头迎了出来，二人俱是喜气洋溢，笑容满面。

"恭喜娘子！"顾香生一下马车，他们便不约而同拱手行礼。

顾香生奇道："二位先生何故如此，喜从何来？"

上官和道："方才宫里来了人，颁下旨意，陛下追封郎君生母为懿节贵妃，又任郎君为吏曹侍郎，郎君在宫里已经接了旨意。"

顾香生禁不住轻轻"啊"了一声。

昨日夏侯渝当面拒绝认在皇后名下之后，他们夫妻二人就曾在私底下讨论过皇帝会作何反应。

至坏的结果是，皇帝因为这件事恼羞成怒，不再看好夏侯渝，但一般来说，皇帝的器量胸襟断不至于狭隘到这个地步，后来他留夏侯渝在宫中吃饭的举动也说明了他非但没有生气，可能还对夏侯渝的回答感到满意。

今日追封的旨意也恰好说明了这一点，假若昨日夏侯渝答应得痛快，又或者稍稍表现出一点欣喜，皇帝未必会高兴，兴许还会认为你为了荣华富贵就不认生母，过于薄情。

不过碍于他对孝惠皇后的情分，将夏侯渝生母追封为皇后的可能性也不大，因为夏侯渝生母原本就不受宠，若非天大造化生了个出息的儿子，估计一辈子到头也不会留下什么痕迹，所以能够被追封为贵妃，就已经算是皇帝格外抬举了。

因为如今后宫位分最高的女子，也不过就是淑妃，若夏侯渝的生母被追封为贵妃，他的出身履历也会相对好看一些，虽然不如认皇后为母那样光鲜，但起码贵妃的儿子被封为储君，会比无名嫔妃的儿子被封为储君更名正言顺。

但让顾香生讶异的并不是这道旨意，而是方才上官和说，皇帝让夏侯渝任吏曹侍郎。

吏曹乃选拔人才、任用官员之所，六曹之中，吏曹为先，能在吏曹任职，是常人求不来的肥差，更可借此了解从中央到地方的官员，熟悉部门运作，皇帝没让夏侯渝去兵曹或户曹，却让他去了吏曹，而且让他当尚书的副手，这个任命显然寓意深远。

虽然皇帝还没明确露出立储的意思，但他现在所做的，基本就是在为夏侯渝铺路了，明眼人都能看得出来。

上官和跟黄珍他们也正是看出这一点，才会欣喜交加。

顾香生心里也高兴，但面上还能保持冷静："陛下现在什么也没说，我们自然更不能形色于外，别说现在还未正式立储，即便立了储，我们就等于站在明处，盯着我们的眼睛也只会更多，越是这种时候，就越要保持谦逊低调。满招损，谦受益，无论何时，都是至理名言。"

上官和等人也是一时高兴忘了形，被她提醒，马上就反应过来，肃容应是。

顾香生又与他们说了两句，便与苏木回到自己院子里。

那头朱砂早已将午饭摆上，顾香生一见桌上的水晶鸭舌就笑了："你别摆上来，待会儿我忍不住吃掉，等他回来都没剩下一点了！"

朱砂笑嘻嘻道："郎君想吃就再去买，这有什么难的？"

顾香生道："都怪苏木，在路上说我吃得多，还要拿你们郎君当借口！"

苏木道："婢子不过是说了句大实话，就被您记仇记到现在，可见忠言逆耳啊！"

"什么忠言逆耳？"外面传来熟悉的声音，夏侯渝大步走进来。

"郎君回来啦！"苏木、朱砂忙上前伺候他脱下外裳，又端来清水给他洁面净手。

"你们先在外面候着。"做完这些，他拉着顾香生坐下，对苏木等人道。

待饭厅只余下他们二人，夏侯渝对顾香生道："刚刚传回来的消息，三日前，魏军在都城外的开阳县大败，一退再退，如今只剩下都城潭州以及西面的几个州县了。"

顾香生一怔，脸上却无半分意外，只叹了口气，缓缓道："迟早会有这么一天的。"

一场秋雨一场凉，原本今年有些热得出奇的古怪天气，伴随着两三场雨下来，突然之间就凉快了不少，夜里睡觉甚至需要盖上棉被了。

爬山虎悄悄变成了红色，雨水从上面滑落，滴答滴答，落在墙边的野花上，那里原本摆了不少茶花，俱是府里某个不能被提起名字的人留下来的。当初她入宫嫁为人妇，只拿走一两盆，其余都留给了小焦氏，但养花种草也要讲点缘分的，小焦氏也不是没有用心去照看，却总不能令它们像那人在时开得那样漂亮光鲜，后来更是慢慢枯萎，基本都死干净了。

小焦氏没有将那些花盆丢弃，便让人摆在墙边，偶尔目光所及，想起往事，心中难免唏嘘。

"娘子，饭菜都准备好了，小郎君派人传话回来，说在学堂里用午饭，就不回来吃了。"婢女阿容走过来，轻声打断她的凝思。

小焦氏站在廊下，闻声回过头。

她虽然看起来依旧年轻不失秀丽，但岁月还是在她脸上留下些许痕迹，尤其近两年，顾家分家之后，顾经、顾凌又不能出任官职，家中越发拮据，再不复往日富贵荣华，连带早年焦太夫人留下的不少东西，也或多或少被变卖挪用。婆婆许氏是个不通俗务的，小焦氏一个人要打理一大家子的日常生活，自然有些吃力。

然而顾家不少人将这一切都归咎于顾香生，认为是她的出走导致了今日顾家的没落，二房时不时的冷嘲热讽，令顾经尤为生气，并下令家中任何人都不许再提起顾香生的名字。

“郎君呢？你去问问郎君回不回来用饭，若是不回来，你就只上两个菜，我一人用足矣，那道鸡汤先煨着，等小郎君下学回来再给他送过去。”小焦氏道。

阿容应了一声，转身离去。

不一会儿，她又去而复返，脸上多了些笑意：“郎君回来了，说等会儿过来一道用饭。”

小焦氏点点头：“那你去将鸡汤一并盛上来吧。”

“是。”

顾凌妾室卫氏所生的那对双胞胎，在顾香生离开魏国之后不久就夭亡了，卫氏也因此没法再回京，紧接着小焦氏便怀了孕，生下现在这个儿子顾彤。

因着顾家的一连串变故，顾凌慢慢地也沉稳起来，不能再做官，便在家代人抄些文稿，以此赚点零钱，添补家计。他在文坛上没什么建树，也没遗传到父亲顾经的才情，唯独一手字练多了，却练出些味道来，久而久之，也有人上门求字。

家事如此，他与小焦氏夫妻二人的感情反倒好起来，患难见真情，顾经和许氏不顶用，唯有他们出面撑起家门，让顾家还能勉强支撑下去。

小焦氏见顾凌进来，本想说话，但看见他的表情，心头咯噔一下，不由得问：“出什么事了？”

顾凌面色凝重，婢女端上来净手洁面的水他也视而不见，直接就坐下来。

“魏军在开阳县大败，恐怕不久之后，齐军就要兵临城下了。”

饶是已经有心理准备，乍听到这句话，小焦氏还是禁不住失声道：“这么快？！”

顾凌叹了口气：“这不算快了，我听王令说，魏国西面的州县也陆续在沦陷，不知什么时候齐人就会截断我们的后路了。”

小焦氏沉默下来。

就算没有到前线亲眼看见战况，京城里还是弥漫着一股低落悲观的气氛，贵族公卿喜闻乐见的宴会也停止了，家家户户大门紧闭，连带街上的小贩生意都萧条了许多。因为两面受敌的缘故，百姓即便想逃也不知逃往哪里去，街上行人脸上或多或少都带着惶然与恐惧，那是对魏国与自己未来命运的担忧。

这几年齐国接连吞并吴越和南平之后，魏国人心里普遍都产生一种技不如人的想法，认为魏国也是迟早要落入齐人手里的，在这种想法之下，魏国又怎么可能打胜仗？

原先淮南王妃“病亡”之后，朝廷尚且还能给顾家几分体面，但等到顾香生在邵州的消息公诸天下，即便魏临没说什么，面对同僚的异样目光，顾经也没有脸面再待下去，只能上疏请辞，赋闲在家。

彼时焦太夫人过世，顾家各房的矛盾浮上水面，二房顾国和李氏更将顾家在外面受到的冷遇悉数推到顾香生头上，认为顾香生连累了整个顾家，又冷嘲热讽，怪责顾经、许氏教女无方，以致顾家沦落到今时今日这等局面。

顾经是何等爱面子的人，自然受不了这番奚落，也顾不上焦太夫人临终遗言了，当即就同意分家。

焦太夫人在时，顾家虽然已经没有人在朝充任显职，但自老国公攒下来的富贵还未完全消耗殆尽，分家时顾经请来族老，所有钱财田契俱被三房瓜分干净，顾经因是长房，自然得了大份，二房居次，三房是庶出，得了最少，四房的顾民因常年云游在外，连焦太夫人去世都没回来，顾家人疑心他早已在外面过世了，但毕竟还要留一份给他，免得有朝一日人回来了，却什么也得不到，这无论如何也说不过去，于是顾民分得的那份也暂且寄在顾经这里。

但顾经本身不懂经济，不事生产，家中还有婢女、仆妇、随从等要养，大户之家的日常开支尚且是一笔不小的数目，更何况是顾家这样的公卿世族，既要维持体面，又要锦衣玉食，自然很难坚持多久，期间顾经还曾抱怨小焦氏吝啬，将管家权交到许氏手中，结果却是三个月后，顾经想吃一顿烤鸭，都被告知账上已经没钱了。

不得已，管家权最后又回到小焦氏手中，上有公婆要赡养，下有丈夫孩子要照料，甚至还有个未成亲的小叔子，小焦氏左支右绌，异常艰难。

如今的顾家一落千丈，早已不是当日能与严、程两家齐名的三大世家之一了，分家之后更不值一提。然而它的地位又十分微妙，因为顾香生的缘故，人们每每提及她，忍不住就会将目光放在顾家身上，两者相隔何止千里，彼此再无瓜葛，却偏偏又是血缘至亲。

顾香生在邵州辅佐徐澈。

顾香生随同邵州军民归顺齐国。

顾香生受封济宁伯。

顾香生嫁给齐国皇子。

一桩桩消息传来，顾家人想装作不知道都不行，顾经不止一次在家中暴跳如雷，痛骂顾香生，认为若不是因为她，顾家的名声断然不至于此。

不过小焦氏注意到，近来随着齐人大军南下，越来越接近京城，伴随着魏国形势一日比一日糟糕，顾经这样的话说得也越来越少了。

顾凌见她沉吟不语，只当她被这个消息吓坏了，还反过来安慰她："你也别太担心了，王令说这次齐国主帅是鲁巍，此人素有仁厚名声，就算潭州难逃此劫，想来也不至于到最坏的地步，更何况……"

他没有再说下去，小焦氏却听出了里头的弦外之意。

更何况顾香生嫁给夏侯渝，怎么说也是皇子妃了，看在这个关系的分儿上，齐人想必不会太过为难顾家的。

小焦氏就问："朝廷可有什么消息？陛下那边呢？"

顾凌摇摇头："我现在都没有在朝为官了，哪里来的消息，也就只能偶尔从王令那边打听了。昨日我听父亲的语气，像是想让我写信给鲁巍，让他看在四娘的分儿上，到时候放我们顾家一马。"

小焦氏忍不住提高声音："信已经写了？"

顾凌皱眉："没有。你那么大声作甚？吓我一跳！"

小焦氏道："阿翁可真是糊涂！且不说两军交战，私通信件，能不能到齐人手里，若被朝廷发现，一个通敌叛国的罪名扣下来，咱们都要百口莫辩了！四娘身在齐国，陛下没有迁怒我们，已然是天大造化，这时候顾家正该低调谨慎，最好让陛下忘了我们的存在才是，阿翁居然还反倒主动去撩拨陛下的底线，这不是找死又是什么？"

顾凌苦笑："我知道，这些道理我都懂，我昨日也劝父亲了，他却说四娘欠了顾家那么多，为顾家做点事，是她的本分。你别急，我已经让府中下人留意了，若有信件流出，必然会报到我这里来的，我也不会让父亲干这种糊涂事的！"

小焦氏这才稍稍松一口气，嘴角露出讥讽的弧度："照我说，四娘哪里欠顾家了？当年先帝赐婚，她便嫁了，这桩婚姻为顾家挣来了多少荣华富贵，没有她，顾家早就没落了，哪里还等得到今日，这些阿翁怎么不说？后来陛下想降妻为妾，娶严家女儿，这事咱们改变不了，但本来也不该掺和，去伤四娘的心，结果呢？阿家居然亲自去当陛下的说客，劝四娘心甘情愿自降为妾！你说天底下有这样当亲娘的吗？我若有了女儿，必然如珠如宝，宁可自己受过，也绝不让她受半点委屈，阿家倒好，对亲生女儿也如此狠心，我还真是不敢苟同！”

虽然知道她说的是事实，但父母到了妻子嘴里变得一文不名，顾凌还是有些不舒服：“我爹娘也是为了顾家着想，当时那种情况下，如果顾家没有派人去劝四娘，陛下一定会觉得我们也心怀不满的，再说后来四娘不是也没听吗？”

小焦氏淡淡道：“我若是四娘，易地而处，说不定我也要走，明媒正娶的妻子，转眼却成了妾室，你们男人有你们男人的天下胸怀，可难道女人就是可以随意处置的物品不成？四娘这一走，反倒走出一个锦绣灿烂来，当年她若是留在魏国，甘愿为妾，今日又是个什么下场？阿翁怕是连个能写信求救的对象都没有了。”

顾凌投降：“好好好，我说一句，你就说十句，我说不过你，吃饭，吃饭！”

小焦氏一人撑起家门，纵是手里能腾挪的钱再少，她也毫无怨言，顾凌看在眼里，心中对妻子也多了不少敬佩，成婚之初那些争吵别扭逐渐远去，没了卫氏或其他什么妾室横在中间，两人的感情反倒比从前更好些。在外人看来，顾凌似乎变得有些“惧内”，然而若没有爱护珍惜作为前提，自然也谈不上畏惧了。

阿容捧着鸡汤罐子进来，小焦氏亲手给顾凌舀上，顾凌见碗里还有个鸡腿，便道：“这个你吃，我喝汤便可以了。”

小焦氏笑道：“我吃翅膀，那鸡我让人分作两半，还有一半留给大郎晚上回来再炖汤给他。”

顾凌点点头，刚捧起碗，忽然想起一事：“阿宝的亲事，昨日父亲问起，你心中可有什么合适的人选？”

小焦氏苦笑：“这可问倒我了，眼下局势动荡，谁个有心思嫁女儿，还是等等吧！”

顾凌也觉得父亲想起一出是一出，不禁摇头。

说到局势动荡，小焦氏心里便有些不安。虽说魏临先前没迁怒顾家，那是还没到山穷水尽的地步，一旦走投无路，他会否怨恨顾香生，从而将怒火发泄到顾家身上，也是未知之数。

虽然是魏国人，可再早几十年，天下一统的时候，哪里还分谁是哪国人？小焦氏没兴趣关心最后谁当皇帝，也不想为了谁的江山去殉国，她和绝大多数人一样，都只想过安安稳稳的日子罢了。

无论如何，希望这场仗能快些结束！小焦氏暗暗叹了口气。

大政殿内，也有不少人正有着与小焦氏类似的想法。

但他们没有一个敢主动开口，俱静静端坐于坐席之上，低垂着头，任令人窒息的氛围在殿中蔓延开来。

形势发展至今，胜负已经显而易见，魏国获胜的一点点希望，也在开阳县的战事中被彻底打碎。

所有人都明白，摆在朝廷面前的，如今只有两条路可走：要么死战到底，要么投降。

千古艰难唯一死，能选择活着，没有人愿意死，更何况他们不是皇帝，不用背负江山社稷，更不用背负将祖宗辛苦打下来的江山拱手让出去的负罪感和骂名，所以许多人嘴上不说，内心未尝不盼望着自己的身家性命最后能得以保全。

但这些话，大家都在等着别人先说，免得自己被扣上未战先降，没有气节的罪名。

皇帝没有说话。

有人偷偷抬眼朝他那里看，发现皇帝平视前方，正襟危坐，面无表情，好像是在发呆，又好像在思考，也不知什么时候才能回过神来，心中不免哀叹一声，动了动身子，看看别人没有动静，只好重新低下头，也装出沉思状。

王郢跪坐在下首最前方的位置，将众人的表情和小动作悉数收纳眼底。

他上了年纪，这样的场合即便是坐着，对他而言也是折磨而非乐事。

想想魏国今时今日的局面，他也不由得暗暗叹息，下巴上的花白胡子微微颤抖，一如他风烛残年的人生。

平心而论，魏临登基以来，战战兢兢，无一日不勤政，更无先帝好逸恶劳、骄奢淫逸等毛病，在内政处理上，他的表现也比较出色，这得益于他从小受孔道周、朱襄等名士的教导，又在登基之前有过处理政务的经验，若是放在天下太平的大一统时期，毫无疑问，他足以担当一位出色的守成中兴之主。

魏临出生时，既是皇后嫡子，又是皇帝长子，身份显赫，无以复加，彼时魏国强盛，与齐国并驾齐驱，魏临则是实实在在的天之骄子，也不知有多少人羡慕他会投胎，生下来就在帝王家，还从小就被立为储君，然而等他渐渐长大，却得了父亲的猜忌，从高高云层之上跌落泥底，由天之骄子变成废太子，当人人觉得废太子没有希望时，他又挣扎着从泥沼里爬起，从思王变成淮南王，从淮南王再登上皇位，这其中的传奇跌宕，只怕换作另外一个人，要么被废太子时就一蹶不振，要么隐忍不够中途夭折，都没法如他一样，成为最后的胜利者。

只可惜故事到这里并未完结，虽然登上皇位，可等待魏临的，依旧是内外交困的威胁，外有齐国虎视眈眈，兄弟自立为王，内有严家把持兵权，魏临必须在倚重严家与戒备他们之间寻找一个平衡点，既不能将所有希望都放在严家身上，又暂时不能与严家撕破脸，还要依靠严家打退外敌，而且还得保持自己的独立性，不让自己成为严家的傀儡，其中难度可想而知。

王郢旁观者清，对这一切自然看得清清楚楚。

不过在他看来，严家之所以坐大，魏临自己也并非全无责任，只是这些事情现在再追究起来也已经毫无意义了，眼下最为关键的，自然还是魏国将要面临的困局。

自己身为百官之首，三朝元老，食君之禄，担君之忧，本来就应该出面当这个罪人的，王郢如是想道。他颤巍巍起身，弯腰拱手：“陛下，臣有话说。”

魏临并没有神游物外，听见王郢的话，他顺势将目光收了回来，面色淡漠，看不出丝毫波动。

“讲。”

王郢正要开口，却听外面宫人高声道：“报——前方加急奏报，参将裴缪求见！”

魏临对这个人名有点印象，隐约记得对方是在严遵手底下打仗的，但因性情过于刚正，眼里揉不得沙子，并不得严遵重用。

“让他进来。”

这话说完之后过了一会儿，门口便出现一名武将，发鬓凌乱，没戴头盔，周身弥漫着一股血腥气，当他大步流星走进来时，那股血腥气便跟着飘荡进来，令两边的官员不禁都抬袖掩住了鼻子。

单是这个细节，便让魏临唇角微微露出一抹嘲讽。

这样一个朝廷，要如何与齐人抗衡？

“陛下！”对方走到半途，忽然扑通跪了下来，“严遵率军投敌了！”

“什么？！”

“严遵怎敢如此？！”

“嗡”的一声，原本平静的大殿如同一锅水沸腾开来，众人脸上或惊愕，或恐慌，大殿内一下子不复方才的平静。

魏临冷冰冰的面具终于裂开一条缝，他的面容痉挛了一下，藏于袖下的拳头握紧，语气却还是平稳的："这是什么时候的事？"

那参将以头抢地："就在昨夜！末将听闻严遵的打算之后，趁其不备偷跑出来，骑上一匹马便连夜赶回来报信！"

王郢当先反应过来："陛下，严遵一降，京城危殆，宜早做打算！"

其他朝臣纷纷响应："王相说得不错，还请陛下早做决断！"

魏临沉默半晌，道："除王郢之外，其余都先退下。"

众人面面相觑，却不敢再说什么，只能起身行礼，陆续离去。

偌大殿内，仅余帝相二人，连宫女内侍都被屏退了。

魏临道："王相事君尽忠，无可指责，如今反倒是朕要累你晚节不保了。"

王郢原本还算平静的心情，听了他这句话，却忍不住悲从中来，语调也带上了泣音："陛下……"

魏临也算是他打小看着长大的，谁能料到今日君臣竟要走上这样一条路！

大难临头，魏临的反应却比谁都要平静："你觉得朕是降好，还是战好？"

王郢的嘴唇颤动半晌，吐出一句话："若是要降，还请让老臣出面，请陛下在人前也说此事为老臣一手促成，是老臣竭力劝说陛下归降，与陛下无关！"

魏临摇摇头，没说话，也不知是同意，还是不同意。

"……罢了，你先下去吧，让朕再好好想想。"

看着王郢微弓着腰离去的背影，魏临目光深沉，片刻之后，他闭上眼睛。

"陛下？"杨谷从外头进来，悄无声息上前，压低了声音。

魏临睁开眼睛。

这种时候，就算他不想听、不想看，也总会发生许多事情。

"陛下，皇后带着两位殿下在外面。"

"她不在交泰殿，来这里作甚？"

"皇后穿着素服，去了头冠，奴才看着，像是来请罪的。"

"让她进来吧。"

他眯起眼，看着逆光走进来的皇后严氏，她身后还跟了一男童一女童。

"臣妾拜见陛下。"严氏素服披发，朝魏临跪下，行了个大礼。

女童手里牵着弟弟，见母亲跪下，忙也跟着跪，小小的面容没了笑容，有些不知所措。

魏临淡淡道："你知道你父亲率军投敌的事情了？"

“是。父亲投敌叛国，其罪当诛，臣妾身为严家女，却未能劝谏父亲，以致他铸成大错，臣妾有罪，特来向陛下请罪。”

她的声音婉转哀愁，如同一曲动听的琵琶调子，即便素面朝天，也依旧不掩国色。

然而魏临并未有一丝动容，反而哂笑：“你既是来请罪，为何还带着儿女？可是想以儿女来令我心软吗？”

严氏娇躯微微一震：“臣妾断不敢有此念！”

她落下泪来：“臣妾自入宫以来，从不倚仗父兄权势骄横无状，侍奉陛下恪尽本职，臣妾所作所为，陛下自当看在眼里，可出身如何非我所愿，陛下又何必以此诛心之论，来伤我的心！”

美人流泪，自是更加赏心悦目，纵然生育过儿女，严氏的姿色依旧能令人怦然心动。

跪在后面的那双儿女见母亲哭泣，都上前给她拭泪。

严氏满心悲怆，见状愈悲，忍不住将他们搂入怀中，放声大哭。

然而魏临还只是坐在那里冷冷看着，仿佛事不关己。

他心里有一股熊熊燃烧的怒火，叫嚣着让他过去，亲手将这个女人掐死。

这个女人的父兄，把持魏国的兵权，如今又直接向齐人投降，将魏国数万兵力拱手送给敌人。

但另外一个声音在告诉他：这不能怪她，毕竟她也是受害者，她的父兄抛下家眷投向敌人，压根儿就不管他们的妻女在故国会如何，更不必说这位在深宫里的皇后了。

两股声音在内心交战，令魏临温雅的面容上闪过一丝狰狞。

小孩子敏感，这丝狰狞被男童捕捉到了，他吓了一跳，根本不敢上前喊人，反而往母亲身后躲。

作为皇后嫡子，魏隽本该受封东宫，但魏临除了给他与其他皇子那样的王爵之外，并没有给予特殊的荣宠，即便严家向他施压，他也找了借口推托过去。

“你……”魏临深吸口气，缓缓开口。

严氏抬起头，满面泪痕，楚楚可怜。

魏临心底那股无名火又冒了出来：“你出去，在交泰殿待罪，朕不想看见你。”

严氏咬住下唇，没有辩驳，带着儿女默默退下。

然而她不在跟前，魏临非但没有冷静下来，那股火气反而愈烧愈烈，直有将一切都破坏殆尽的欲望。

为什么会是这样？

他明明已经足够努力了！

为什么连上天也不给他机会？

既然不想给他机会，为何当初又要让他生为皇后嫡子，为什么不让他托生在刘氏或李氏那些人的肚子里？

书案上所有东西都被扫落在地，他双目通红，望向杨谷。

“去，给朕拿一样东西来。”

“陛下！”

“要鸩酒。”

杨谷一震，跪了下来，失声喊道：“陛下！”

“还不去！”

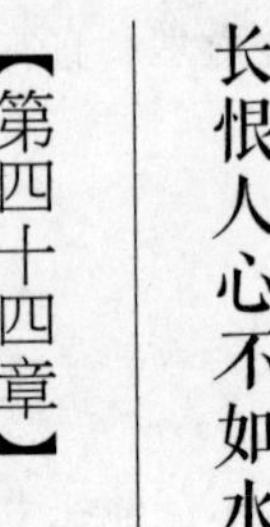

【第四十四章】长恨人心不如水

杨谷泣道："陛下，还没到那一步，您别，您千万别想不开啊！现在还有机会！"

魏临面露讥诮："机会？早在太祖皇帝没将程、严两家的兵权削干净之时，朕就已经没有机会了，后来所有的一切，不过都是徒劳。"

杨谷见他神色冷硬，嘴唇张张合合，终究什么也不敢说，只能抹一把脸，弓着腰转身出去，许久之后，才捧着一壶酒过来。

鸩酒不需要去找太医调配，每代皇室都会秘藏些许药物，其中有丹药，也有毒药，将药丸放入酒中化开，便是现成的毒酒。

拜先帝爱好房中术所赐，皇宫里有一间宫室，专门用于存放各式各样的丹药，其中不乏剧毒丹药。魏临登基之后，政务缠身，仅仅将先帝重用的那些宫人遣走，甚至还顾不上让人清理这些宫室，没想到此时居然会派上用场。

现在回头一看，简直是天大的讽刺，莫非先帝早就料到魏国会有今日，所以冥冥之中留下这些毒药，让他有朝一日能用上？

想及此，魏临忍不住呵呵笑出了声。

杨谷故意没有带酒杯，就希望皇帝呵斥他，这样他可以趁机再劝皇帝改变主意。

头顶传来皇帝的笑声，杨谷不由得睁大眼睛，面上浮现恐慌之色："陛下，您别吓奴才啊！"

他担心皇帝受刺激过甚以致心性癫狂了。

魏临收了笑容，淡淡道："你将酒放下，然后去交泰殿。"

"陛下？"

"去交泰殿，若是皇子和公主都在那里，就将他们带走，然后让严氏好自为之吧。"

杨谷浑身一震。

魏临看他："还不去！"

杨谷咬了咬牙："是！"

在外人看来，皇帝的话说得隐晦含糊，可宫里人说话本来就是这个样子，说半句，留半句，"好自为之"是什么意思？分明是让皇后自裁，所以才让他先将皇子公主带走。杨谷明白，陛下对公主和皇子还有一份骨肉亲情在，不忍他们将来成了亡国奴任人摆布，但对皇后严氏，他并不打算放过。

魏临将目光从杨谷心事重重的背影上收回来，落在眼前的酒壶上，慢慢伸出手。

国破家亡，皇帝除了以死殉国和投降归顺，还有第三条路可走吗？

魏临忽然想起来，前朝时，宣帝昏聩无能，当年任前朝大将的魏国太祖率先起兵，各地藩镇纷纷响应，这才有了后来的齐、魏并立，宣帝眼见四面楚歌，走投无路，直接一把火将宫室烧了，连自己和数十名誓死效忠的宫人一并烧死在里面。太祖皇帝为了表明自己的正统性，便扶植了前朝一名旁支宗室为帝，又让对方将皇位禅让给自己。

然而历史何其相似，太祖皇帝只怕不会想到，数十年后，这一幕再一次重演，而这一次的主角，却是自己的后代子孙。

难道这世上果真有因果报应？

魏临捏住壶柄，将玉壶提了起来。

里面的液体轻轻摇晃，并不多，这样的剧毒，一口下去也就够了。

可就算是因果报应，为什么不是应在先帝身上，却是应在他这里？

魏临忽然觉得不忿。

为什么偏偏是自己？！

这明明是先帝留下的烂摊子，先帝倒好，享乐一生，在世的时候极尽猜疑，对儿子们也用上帝王心术，到头来拍拍屁股就走了，却要他来收拾残局。

凭什么？

凭什么？！

为什么是他来喝这毒酒？就算要喝，也该是先帝喝才对！

魏临从来没有像现在这样对先帝怨恨至极，他的脸上似哭似笑，扭曲狰狞，若杨谷在此，定会以为他失心疯了。

但魏临知道自己没有。

他的神志从来没有像现在这样清醒过。

他甚至觉得，当初先帝废太子，他就应该顺应时势，索性就当个赋闲的亲王，早早跑到封地上去，如今肯定已经天高皇帝远了，就算没法对抗齐国，腾挪进退的余地也会更大，断不至于像如今这样，背着整个江山社稷，动弹不得。

谁让他内心不甘，非要挣扎着东山再起？结果好了，他高估了自己的能力，换来现在的结局。

魏临凄怆又似自嘲地笑了一声，闭了闭眼，再睁开时，他忽然抄起手中玉壶，高高举起，狠狠掼在地上！

玉石与地面碰撞，“啪”的一声，清脆无比。

脆响过后，自然是玉壶粉碎，再无完好，连带里头的毒酒也都洒落一地。

他直起上半身，手按在桌案上，胸口剧烈起伏，对着空荡荡的大殿，厉声痛骂：“先帝误我！严氏误我！时不与我！”

杨谷跌跌撞撞跑进来时，便听见最后一句话，他脚下一个踉跄，直接往前扑倒。

“陛下，不好了！皇后……皇后不知所终，皇子和公主也不见了，交泰殿没人了！”

眼下人心惶惶，宫门守卫不可能依旧还像往日那样尽忠职守，有些对前景悲观的，直接就不知躲哪儿去了。宫女内侍个个行色匆匆，像是后面有鬼怪在穷追不舍，杨谷没有仔细留意，但他估计已经有人偷偷逃出宫去了，只是他万万没想到，皇后从这里回去之后，直接就带着皇子和公主消失了。

皇后入宫时，陪她嫁进来的严家婢女有十来人之多，这几年在魏临有意无意的压制下，皇后如今身边就剩两三个靠得住的了，这些人出了宫，又能往哪里去？

先前战事吃紧，皇帝对后宫疏于防范，皇后若趁机预谋后路，并不是不可能的事情。

听见这句话，魏临面无表情。

杨谷许久等不到他的回应，又见玉壶碎片被摔得满地都是，心中忐忑不安，不由得出声："陛下，是不是让奴才去将皇后和皇子他们找回来？"

魏临却忽然冷笑出声，答非所问："既然所有人都没把这魏国江山当回事，朕又为什么要为先帝留下的烂摊子负责？"

"啊？"杨谷傻眼，一时不知要怎么接话。

魏临道："不用管皇后他们了，你现在去找王郢，就说朕愿降，但要转告齐人，让他们派出能做主的使者来和谈。"

说到这里，他的唇角露出一个讥诮的弧度，也不知道是在嘲讽谁："让王郢告诉齐人，让他们别忘了，托贵国济宁伯的福，我们守城尚有'万人敌'这等火弹，朕若是下令硬扛到底，怕是齐人大军再剽悍，也够他们喝一壶的！"

"阿爹，外头都在说，陛下要与齐人和谈，此事是真是假？"

花厅之内，王令大步流星走进来，顾不上抹去头上的汗水，便开口问道。

"是真的。"王郢叹了口气，以往他最注重礼仪，但眼下已经无心去训斥王令的失仪了。

"怎会如此？难道我等今日当真要做亡国奴不成？"王令失声道。

王郢沉声道："如今严家已降，陛下手中无可用之兵，不归顺又能如何？难不成真要死守到底，给齐人屠城的借口吗？到时候不过是百姓枉死罢了？"

王令的心神犹在震惊之中，不太能接受这个事实："可是……"

王郢道："事到如今，说句大不敬的，魏国这江山，也是太祖皇帝从前朝末帝手里夺来的，风水轮流转，魏国气数已尽，齐国有能者居之，也是理所应当的。陛下是个外柔内刚的要强之人，他能放下帝王自尊，同意归顺，这是百姓之幸事，否则若真打起来，你我性命是小，这满城百姓又能跑到哪里去？"

王令知道父亲所说句句在理，但情感上，他从出生便已是魏国人，如今故国将要消失，他却要成为新朝的顺民，感情和观念上一时还难以扭转过来，他忍不住恨恨道："若非严氏父子，也不至于沦落至此！"

王郢摇摇头："严氏父子就算不降，魏军数量也不及齐军，若要追根溯源，先帝在时，如果能够将严家和程家的兵权收回来，局面当不至于此，最起码魏国与齐国还有一拼之力，如今却是……唉！"

前尘种种，今事种种，归根结底，不过是一声叹息。

王令问："您与齐人那边接触过了？他们怎么说？"

王郢道："我已派人去给齐军主帅鲁巍送信，想必过不了多久，就会有回音了。齐军围而不攻，无非也是想等魏国主动归降罢了。我听说那鲁巍素有仁厚名声，断不至于咄咄逼人，待回信来了再看如何，若对方要我亲自去谈，少不得我还得走一趟。"

"那我也随父亲去！"

这话刚说了没多久，外面就有下人来报，说是城外齐军派人捎来信件。

王郢让人将信拿过来，拆开一看，由上而下，一目一行，末了轻嘶一口气。

王令好奇心大起，但没有父亲允许，他又不好失礼地凑上前去一起看，王郢素来讨厌这种行为。

"父亲，信上说了什么？"

王郢将信件递给他："鲁巍说，他只负责打仗，不负责和谈，齐国特使已经起程，此时正在途中，过不了多久就可以抵达这里，届时将由他全权负责与魏国和谈事宜。"

王令一边看信一边问："那和谈的特使是？"

"夏侯渝。"

老父说话的当口，他也正好看到那里，一个没忍住，与王郢一样，他也轻轻倒抽了一口凉气。

对魏人来说，夏侯渝这个名字自然再熟悉不过，大家也都是老相识了。

可谁又能想到，当年那个柔弱不堪的小质子，有朝一日会咸鱼翻身，直上青云呢？

而他因为娶了顾香生的缘故，更与魏国有着千丝万缕的联系。

王令问父亲："我听说夏侯渝在齐国如今已经封了肃王？"

齐君追封夏侯渝生母为懿节贵妃的事情，此时还未传过来。

王郢颔首长叹："我自忖有识人之明，却也看走了眼，没想到这夏侯渝竟是一条潜龙！"

王令蹙眉："他与魏国有故，想必不会太为难魏国吧，更何况还有顾氏这一层关系。"

王郢道："当年他在魏国过得并不好吧，顾氏离开魏国也是迫不得已，怕只怕他挟私报复，心怀旧怨，存心想给陛下一个难堪，更何况正因为有顾氏这一层关系在，只怕……"

他摇摇头，没再说下去。

顾家听说这个消息，反应却是与王郢截然相反。

“阿婧，你说的可是真的？”顾经禁不住面露喜色，坐都有些坐不住了，上半身微微向前倾。

“阿翁和夫君俱是这么说的，那封信我也看过了，想来再过不久，夏侯渝便会入城，不过他定然要先去宫里找陛下的，来不来顾家，犹未可知。”顾琴生的声音不疾不徐，如珠玉璁珑，因为日子过得舒坦，岁月在她脸上没留下多少痕迹，除了面颊丰腴一些，面容依旧不失绝色。

当年闻名京师的三位美人，程翡红颜薄命，严氏入宫为后，顾琴生嫁为人妇，虽说皇后看上去尊贵，严家又手握兵权，但真正论起来，反不如顾琴生来得舒心。

王令风流多情，婚后一度遣散外室小妾，但后来又故态复萌，顾琴生伤心了一阵，也与他闹过一阵，发现王令本性难改之后，也就索性撂手不管了，一心一意抚养自己所出的两个儿子，闲来绣花作画，日子过得也算悠闲自在。

“顾家是四娘的娘家，既然他娶了四娘为妻，我自然也是他的岳丈，夏侯渝若知礼，就该过来行礼认亲才是。”顾经很快从惊喜中恢复过来，开始捻须端起岳丈的架子了。

许氏脸上却还有些迟疑：“四娘性子倔强，只怕她心中对早年那些事还有所埋怨，不肯让女婿过来呢！”

顾经动作一顿，沉下脸道：“天下无不是之父母，她自小在顾家长大，顾家不曾短过她的吃穿，又费心教养，这些恩德她若不记得，那也与狼心狗肺无异了！再说当年情势所迫，陛下有命，我们别无选择，又能怎么办！”

顾琴生想说什么，小焦氏递了个眼色过来，她知趣闭嘴了。

仆从自外头进来：“禀郎君，二房三房的郎君娘子们在门外求见呢，您看见还是不见？”

分家之后，二房的人觉得族老分配不公，又说大房有意吞掉四房的东西，上门闹过几回，两家的关系恶劣至极，反倒不如长房和三房这种同父异母所出，起码还能维持表面上的和气。

换了平日，顾经连听见二房的名头都觉得厌恶，今日春风得意，难得大发慈悲：“让他们进来。”

顾琴生适时起身：“阿爹，难得来一趟，我想去看看侄儿们。”

顾经挥挥手：“让你兄长嫂嫂陪你去吧。”

顾琴生不愿见李氏他们，正可借机避开，顾凌和小焦氏想来也知道她心中所想，带着她来到自己的院落，并未叫来儿女添乱，三人总算得以坐下来好好说话。

“叔叔婶婶他们必然是听说了陛下将要归降，夏侯渝入城的消息，方才上门来拜访的。”顾琴生道。

三人心知肚明，这些年下来，顾凌也早就看清二房的势利，顾家失势，二房立马就想抽身，完全不顾血缘亲情，如今眼看魏国归顺，顾家因为顾香生的缘故，又有翻身的架势，便急急忙忙上门来弥补关系了。

遥想当年焦太夫人在时，顾家好歹还算团团圆圆，上下一心，哪里像现在这样？

顾凌摇摇头，完全不想多说：“听说你昨日去探望二娘了，她还好吗？”

顾画生自打被送入尼姑庵清修之后，就从众人的视线中彻底淡出了，顾凌和顾琴生念在同胞兄妹的情分上，还会偶尔给她送些东西过去，尼姑庵顾凌不方便去，只能托小焦氏过去。但据说顾画生的脾气并不好，这么多年也没什么长进，依旧对周围人事充满怨怼，青灯古佛从来就没消磨她心中的怨气，每回见到顾琴生和小焦氏都会絮絮叨叨说起当年的事情，久而久之，她们也减少了探望的次数。

“还是老样子！”顾琴生叹了口气，也是拿这个妹妹毫无办法。

“你们说，陛下见了夏侯渝，该不会谈崩吧？”见兄妹二人相对叹息，小焦氏连忙转移话题。

这个问题，顾凌没法回答，顾琴生也没法回答，唯一能够回答的人，正在宫里。

杨谷一直疑心自打听见严氏投敌之后，魏临就已经性情大变，因为严氏带着皇子公主逃离宫廷之后，他也未曾派人去追，反而召王郢入宫，同意归降，之后便连宫中四处逃窜人心惶惶的宫人也不管，就在大政殿住着，一日三餐，悉如从前，就连奏疏公文也都一一批阅，有条不紊，浑然没有即将成为亡国之君的不安与绝望。

然而杨谷在旁边伺候，却是越看越惊悚，只觉得魏临其实已经疯了，只是面上还看不出来罢了。

“去给朕泡一杯参茶。”魏临嘴里说道，手中依旧运笔如飞。

过了片刻没见有人回应，魏临抬眼，就见杨谷直愣愣地看着自己，表情变幻不定。

“你怎么了？”他皱起眉头。

杨谷鼻子一酸，突然跪了下来，哽咽道：“陛下，您要是心里难受，就哭出来吧，您别吓奴才啊！”

魏临一怔，竟然还笑了：“起来，朕有什么难过的？”

“陛下……”

“做一天和尚撞一天钟，在其位，谋其政，朕现在一日还没归降，就一日还是魏国皇帝，自然要将这些事情做好，难道朕非得哭天抢地，寻根绳子上吊，才算是尽了本分？”

杨谷嗫嚅：“奴才不是这个意思……”

魏临淡淡道：“放心吧，朕没发疯，便是为了那些见不得朕好的人，朕也不能疯，他们一个个都投敌卖国，临阵脱逃了，朕那个卖国求荣的好弟弟，如今正在齐国过好日子呢，凭什么他们逍遥自在，朕就得来承担这个恶果？”

杨谷这才明白，皇帝既没有寻死，也没有发疯，所谓的投降，也并不是在说什么反话气话，而是真的打算将魏国拱手相让。

他跟随魏临多年，亲眼看着他从东宫太子的位置上跌落下来，而后又一步步坐上那把最尊贵的椅子，没有人比他更清楚魏临为此付出多少代价。当年为了坐稳皇位，他不得不与严家合作，抛弃发妻，可付出这么多，到头来，却依旧是个亡国的结局。

杨谷忍不住为魏临抱不平，他觉得这一切根本就不是魏临的错，他只不过是承担了两代先帝造成的那些恶果罢了。

换作寻常人，付出一切得来的皇位，却又变成镜花水月，哪里会有不伤心不难过的呢？

杨谷一下一下地抽噎，一边哭一边抹泪：“陛下，您太难了，您太难了啊……”

魏临额角痉挛了一下，似乎想说什么，又没有动，只是面上表情忽然放空下来，连手中动作也停止了，许久之后，方道：“去吧，去倒杯参茶来，总不至于连这个都没了吧？”

“有，有！”杨谷抹干眼泪，连忙站起来，“奴才这就去给您泡茶！”

魏临出神了好一会儿，这才提笔继续写道：

“皇祖有感前朝昏聩，起兵反梁，创三世基业，天下莫不服膺。承天命之昭，赖祖宗之灵，朕自登基，至今六年有余，然则薄德匪躬，上干天怒，致君臣不和，民心思变……"

写到这里，他的手不由得微微颤抖起来。

突然，魏临将笔掷于地上，整个人伏在案上，放声大哭。

夏侯渝是在王郢父子的亲自引领下入城的。

与他同行的，还有数十人的亲随侍卫，鲁巍还想派一支军队随行保护，却被夏侯渝拒绝了。

有城外的齐国大军在，只要魏国不是昏了头，就不会轻举妄动。

魏临面上温雅，却心比天高，是个极其骄傲的人，若是带大军入城，保不好激起他的反抗心理，反倒不美了。

虽然时至今日，齐国根本不需要和谈劝降，只要轻松围困上数日，便足以让城中粮草殆尽，人畜俱亡，不战而降。但一来夏侯礼想博一个好名声，二来顾香生毕竟出身于此，即便是为了妻子，夏侯渝也希望能够尽可能通过和平而非战争的形式来解决此事。

潭京对于他而言并不陌生，他有一大半童年和几乎所有的少年时期都在这里度过。

他甚至还记得路旁哪个铺子是顾香生和魏初曾经带他去逛过的，而今招牌也还在，只是店面看着老旧了几分。

"肃王殿下故地重游，可有衣锦还乡的感觉？"旁边王令开口道。

从前他与夏侯渝相交甚少，见他从一介备受冷遇的质子，摇身一变成为战胜国的特使，心里难免有几分异样，忍不住就脱口而出了。

王郢眉毛一耸，忙拱手道："犬子无状，言语失礼，还请肃王殿下勿要与他计较！"

他本以为儿子与夏侯渝怎么也算个连襟，听说顾氏在闺中时便与儿媳妇比较亲近，将王令带上，说不定还可以缓和气氛，谁知道王令一出口便得罪人，效果反而大打折扣了。

夏侯渝摆摆手，轻笑一声："王相不必如此，其实令郎这么问，倒也无可厚非。从前我在魏国，的确是人人都瞧不起。还记得当时每到冬天，发放下来的炭都是人家拣剩下的，烧起来烟尘四起，我更是年年旧衣，难有换新的时候。贵国先帝日理万机，想必不会记得我这样小小的人物，是以我每每耻于出门，生怕被他人嘲笑。”

说起自己旧日的窘境，夏侯渝面色淡然，并无半分不适，反是王郢老脸微红，听出他在说“日理万机”的时候特意加重了语调。

当日夏侯渝在魏国受冷落，他也不是没有耳闻，可诚如夏侯渝自己所说，当时谁会为了一个小小的质子去出头呢？连王郢这等被外人交口称赞的贤相，不也同样没将他放在心上？

“不过，话说回来，现在我反而要感谢贵国先帝才是。”他话锋一转，“若非有那段日子的磋磨，我也不知道什么叫天将降大任于斯人也，必先苦其心志，劳其筋骨，才会更加珍惜以后，反观自小就生于富贵温柔乡的贵胄公子，固然天赋过人，但若以此自满，不善加利用，顶多也只能充作一文人耳，王相觉得我所说的，是否有理？”

他虽然是对着王郢说话，眼睛却时不时看向王令。王令何其聪明，自然知道他在说自己，不由得有点难堪，想要开口反驳，却直接被其父一只手按在肩膀上，以示警告。

“肃王殿下所言甚是，正所谓长江后浪推前浪，一代新人换旧人，老朽已经垂垂老矣，这以后的天下，还是要看你们年轻人的了！”

王郢倒没觉得夏侯渝这番话是特意在针对自己儿子，因为对方所说都是事实，怪只怪魏国当年有眼不识泰山，轻慢了对方，人家现在春风得意，调侃两句也并不过分。

夏侯渝反而温言道：“老丞相客气了，我临行前，陛下曾再三交代，老丞相乃魏国栋梁，让我不可怠慢，还让我转达他对老丞相的问候。当年人称魏国有文王武程，可惜程载已死，王相老当益壮，他日仍可继续为新朝效力。”

王郢摇头道：“多谢陛下垂爱，老朽受宠若惊，只是廉颇老矣，我近来眼花耳鸣，颇有力不从心之感，怕是不服老都不行了！”

夏侯渝笑了笑，没再多言，又对王令笑道：“方才我多说了两句，王郎君不会生气了吧？”

王令勉强一笑：“没有的事。”

夏侯渝道：“我妻甚为想念姐妹，来时特地嘱咐过我，让我问候大姐姐她们，未知她们现在可好？”

“甚好，甚好！”

夏侯渝见他言语敷衍，心道夫妻俩感情怕只是平平，便不再多问。

一行人入了皇宫，王郢原是想让王令陪夏侯渝进宫，此时却已改变了主意，没让王令跟着，而是亲自将夏侯渝送到大政殿。

杨谷早就等候在门口，见状忙迎上来："这位便是肃王殿下吧，陛下有命，令奴才在此恭迎！"

夏侯渝含笑点头："有劳。"

王郢道："殿下与陛下面谈，里面自有书记官，老朽不便在旁，就在外面等候。"

"王相慢走。"

他这次来，代表的是齐国，自然也随身带了书记官，好随时记录和谈内容，再拟为正式条文。

杨谷微微躬身，手朝内一引："肃王殿下请。"

夏侯渝带着书记官随他进去，一眼就看见魏临，后者穿着礼服端坐正中，双手放在膝盖上，表情平淡，目光也正好注视着他们。

杨谷道："陛下，这位便是肃王殿下。"

夏侯渝拱手行礼："夏侯渝见过陛下。"

魏临凝视了他片刻："我将为亡国之君，肃王何必多礼？"

夏侯渝落落大方："魏国一日未灭，陛下就一日还是魏国的陛下，行礼是应有之义，否则反是失礼了。"

魏临微微抬手："请坐下说话。"

"多谢陛下。"夏侯渝依言坐下。

魏临道："一别多年，肃王变化许多。"

夏侯渝笑道："当年尚且年幼，加上日子过得拮据，只在赴宴时方能大快朵颐，想来因此显得有些瘦小了，随着年岁一长，容貌自然也就随之变化。"

魏临道："当日是我魏国亏待了你。"

夏侯渝摇摇头："魏国的确亏待了我，不过那与魏国关系不大，若非齐国将我送来为质，我也不至于受那些苦，话说回来，小时候受些苦，未必就没有好处，陛下不必感到抱歉。"

魏临对夏侯渝的印象，仅止于当年看花灯时，众人在六合庄的那一面之缘，后来虽然在宴会上屡屡遇见，可真正论起来，两人并没有太多的交集。彼时魏临正为了自己的处境而焦头烂额，费尽心思想要稳固地位，如何会去对夏侯渝多加注意？

可是再没有关系，因为顾香生，距离千山万水的两个人，也由此扯上了关系。

魏临很清楚，若非顾香生，夏侯渝今日不一定会出现在这里。

但对方究竟是以胜利者姿态高高在上过来嘲笑他看他落魄模样的，还是别有他意，魏临就猜不出来了。

夏侯渝没有趾高气扬，没有露出讥讽的表情，甚至没有用严氏父子来刺激他，这都令魏临有些意外。

但意外不等于有好感，眼前此人代表的是敌国，代表的是即将夺走他江山的那个国家，魏临无论如何都不可能对夏侯渝表现出的友善感到高兴的，更何况还有顾香生这么一层因素。

“朕若降，魏国打算如何处置朕？”魏临缓缓问出正题。

夏侯渝道：“封魏国公，赐食邑一万，等同亲王。”

魏临笑了：“这个待遇倒是优厚了，听说南平君王降了之后，也仅仅封侯而已，没想到朕的爵位还能比他高上一等。”

夏侯渝道：“陛下自登基以来，夙兴夜寐，战战兢兢，治国无一不勤，惜天时未合，人心难聚，方致今日，魏国之败，非陛下之过。”

魏临定定看着他，似乎没料到夏侯渝会说出这样一番话。

从头到尾，他也觉得自己已经尽力了，但魏国这驾马车，依旧滑向不可测的深渊，魏临心中有愤恨，有不甘，更有不足为外人道的悲痛和愧疚，可这些情绪通通不能在外人面前表露出来，是以几天前他才会情绪崩溃以致大放悲声。

“她还好吗？”魏临忽然问道。

“她”指的是谁，不需要问，夏侯渝也知道。

夏侯渝道：“她很好，这次因有身孕，就没有与我一道过来。”

魏临沉默许久，蓦地笑出声：“朕当年曾答应过她不纳妾，后来却因情势所迫，不得不另娶严氏，她因此离开魏国，可见气性之烈，如今兜兜转转，却依旧嫁给与朕当日身份相仿的你，这又有何区别？有朝一日你若为了皇位而舍弃她，难不成她还能毅然决然带着孩子远走高飞吗？”

夏侯渝淡淡道：“这种事情不可能发生。”

魏临语带戏谑：“为什么不可能呢？话还是别说得太笃定为好。朕听说齐君对肃王很是看重，齐国没有皇后嫡子，肃王未尝不可一争，可你的出身毕竟是硬伤，即便将来登上皇位，难道齐人愿意看着你立一个魏国女子为皇后？更不必说这名魏国女子还是从前的淮南王妃。朕并非瞧不起顾香生，可朕身为皇帝，更知道坐上皇位之后，一切就都身不由己，若以后齐人想让你立一位齐国世族出身的女子为后，你还会毫不动摇吗？”

夏侯渝定定看了他片刻，摇摇头：“恕我直言，陛下问出这个问题时，本身就已经落了下乘。我自会用我一生来待她，她也如是，我们不必向旁人交代。”

魏临沉默良久，方道：“是了，你说得没错，朕本不该问，只是我还有一事不解，望肃王为我解惑。”

“陛下请讲。”

“你在魏国时日已久，是否早就倾心于她？”

夏侯渝很坦然：“不错，早在少年时，我便对她心生倾慕，可惜后来造化弄人，圣旨一下，她嫁入宫中。”

魏临脱口而出：“这么说，你们在宫外时便已有私情？”

夏侯渝长眉一扬，断喝一声：“陛下慎言！你这样说，不单辱没了顾香生，也辱没了你自己！”

魏临面色微白，抿紧了嘴唇不发一言，面部轮廓依旧，却不复温雅，反而显得冷硬。

其实话一出口他已经后悔了，往事历历在目，那些言笑絮语、恩爱场面无法作假，他只是看见夏侯渝，看见昔日的失败者一跃成为胜利者，心气难平一时口快，所以才会说出这样的话。

他没说话，夏侯渝也没再开口，只是面色犹带怒意，冷冰冰的。若说先前他还带着一丝善意的话，此刻这丝善意已经消失无踪，荡然无存了。

时移势易，魏临不得不略略低头：“是朕方才失言了，还请肃王见谅。”

“陛下言重了。”话虽如此，夏侯渝的脸色依旧不那么好看。

魏临又道：“我尚有一事不明，还请肃王解惑。”

兴许是认清自己的处境，他的自称也发生了变化。

“陛下请说。”

“严家父子归顺之后，不知贵国打算如何处置。”

“若无意外，自然是封赏有加。不过陛下放心，他们的爵位无论如何也不可能比你高的。”

“我那位皇后严氏，想必现在也在你们那儿了？”

夏侯渝也没隐瞒：“不错，严皇后昨日带着儿女逃出城，被鲁将军手下的人捉住，此时已被妥善安置，陛下不日便可与他们共叙天伦。”

魏临脸上露出一抹讥诮的笑容：“共叙天伦？那倒不必了。”

他的笑容隐去：“我有一个条件，杀了严氏父子，连同我那位妻子在内，我必将亲自出迎齐军，双手将玉玺奉上。”

夏侯渝淡淡道：“这个要求有些过分了，严氏父子也是率军投降，别说杀俘不祥，待他们回国，陛下也要委以官职的，怎么可能说杀就杀呢？陛下对他们不满，我可以理解，但齐国有齐国的法度，不能因为陛下的私情便胡乱处置人命。”

魏临道：“严氏父子今日可以反魏，他日利益足够，同样可以反齐，此等三姓家奴，贵国陛下用着难道就放心？况且他们在魏军素有威望，他们若死，齐国收编兵员也更加容易。”

夏侯渝还是摇头：“此事非我所能做主。”

魏临又道：“魏宫藏着一笔财物，出自前朝宫中，藏宝之处甚为隐秘，只有我才知晓，若无人指引，你们便是将宫廷翻个底朝天，只怕也难以寻觅，以严氏父女三人的性命，来交换这一笔宝藏，想必应该很划算才是。”

夏侯渝沉吟片刻，终于点点头：“陛下既然诚意拳拳，我也不好辜负。”

事实上，早在他离京前，齐君就已经交代了，像严氏父子这样的小人，最好半道上就让他们“病亡”，否则途中他们若是振臂一呼，难保不出什么乱子。不过对于严皇后，皇帝并没有放在心上，这个女人本来可以逃过一劫，但现在，她的夫君宁愿交出前朝财物，也要换她一死，她也就再无活路了。

即便知道对方在装模作样，魏临也不得不道：“多谢肃王成全。”

“陛下不必客气，以后你我同朝为臣，理当互相扶持，话已至此，我不妨再提醒陛下一声，严氏之所以能那么轻易逃出宫，是因为同安公主暗中相助的缘故。”

魏临冷笑：“我也料到了，刘氏死前定然为她留下后路，我念及兄妹一场，便是她兄长投敌叛国，我也没有将这笔账算在她头上，只将她软禁在后宫，却没想到她贼心不死，还串联严氏一并逃走。”

“陛下仁厚，可惜对某些人大可不必。”

魏临没有言语，他也并不是真的就不忍心杀同安，而是当初想拿刘氏母女来威胁魏善就范，谁知道刘氏一心为了儿子着想，见魏善谋反，当即在宫中自杀，余下同安公主一人，魏善自然也就不可能为了妹妹乖乖回来束手就擒。事后魏临见同安公主也掀不起什么风浪，便由她在冷宫中自生自灭，再没管过，没想到对方居然还跟严氏暗中勾结。

从大政殿出来，夏侯渝看了看日影，发现他们这一谈就谈了快一个上午。

杨谷侍立在外面，正站得昏昏欲睡，见他出来，浑身一激灵，忙行礼道："奴才带您出去。"

夏侯渝道："不必了，我曾数次入宫赴宴，倒还是认得路的，何况你们宫里现在也没几个人了，当不至于冲撞了谁才是。"

杨谷张了张口，不知答什么才好，那头夏侯渝已经带着书记官走出老远。

宫廷还是那个宫廷，因为人少了，愈显空旷，夏侯渝二人的脚步声踩在青石板上，一声一声，回音悠长。

走了一段路之后，夏侯渝忍不住回首，大政殿已经成了视野里小小的一点，再也不复他幼年时看见的宏伟壮丽了。

人貌非昨日，蝉声似去年。

不知怎的，他心头忽然浮现出这样一句诗。

"殿下？"书记官不知道他回头在看什么，也跟着回身去看，却什么也没瞧见。

"没事，走吧。"夏侯渝摇摇头，重新迈开脚步。

今年花胜去年红，可惜明年花更好，知与谁同?

人生总是如此，好与坏，当时铭记于心，历历在目，如今一看，俱付诸往事，不过哂然一笑。

还是惜取眼前人更为要紧。

顾家那边，顾经与许氏听说夏侯渝从宫里出来，便在厅中巴巴等候，谁知左顾右盼，却等不到夏侯渝登门拜访的消息，这时下人来报，说肃王往将乐王府上去了。

顾经的脸当即就拉了老长。

小焦氏好险才忍住了笑。

"这定是四娘教唆的！"顾经自然不敢埋怨夏侯渝，只能将怨气发泄到自家女儿身上。

"四娘委实过于不孝！当初一声不响就一走了之，这么多年都没往家里捎过信，做父母的提心吊胆，成日担心她过得好不好，她倒是好，在外头逍遥自在，如今再嫁也好，生子也罢，咱们一无所知，还得靠外人传消息进来，成何体统！成何体统！”

顾经拍着书案，一连说了好几声“成何体统”，可见心情之愤慨。

许氏忙道：“夫君息怒！兴许是肃王与将乐王府太妃另有要事商谈呢，咱们再等等也不迟。”

“阿爹，阿娘，肃王真是四姐夫吗？”顾准忍不住问，直到现在，他还觉得有些不真实。

顾香生当年离开时，顾准已经懂事了，但由于顾经的缄口不言，顾家没人敢告诉他顾香生离开了魏国，他也像外头的人一样，以为自己姐姐是“病亡”了。

“什么四姐夫！”顾经没好气，“我的女儿早就死了，你又哪来的四姐夫！”

顾凌无奈道：“如今魏国尚未正式归降，肃王若能过来拜访，那是他念在过往情分上；若是不来，谁也挑不出理。况且，虽说四娘嫁给肃王，可咱们谁也不知道四娘在齐国究竟过得如何，万一肃王这一上门，反倒使得四娘在齐国难做，这难道是我们希望看见的吗？父亲又何必说这些气话！”

换作几年前，顾凌绝对说不出这样通达明理的话，然而顾家这几年身陷困厄，太夫人撒手人寰，父母又指望不上，他反而渐渐立了起来，与小焦氏一道撑起这个家。

是以他说的话，顾经也不能不听进去几分。

只是听归听，心里却未必认同，他闷哼一声，没再言语。

顾准还待再问，被大兄一个严厉的眼刀子丢过来，登时缩了缩脖子，不敢再吱声。

小焦氏对顾凌递了个眼色，后者会意，对顾经道：“父亲，左右肃王一时半会儿也不会上门了，我们先行告退，就不妨碍您的清静了。”

顾经意兴阑珊地挥挥手：“去吧！”

先前夏侯渝进城，他的身份给顾经等人传递了一个错误信息，让他们以为顾家的春天又来了，于是二房三房频频上门联络兄弟感情，就连京中不少达官贵人也都悄悄前来拜访，让顾经在女婿面前为他们说些好话，不说保住这高官厚禄，最起码身家性命、积攒了多年的荣华富贵，谁也不想就这样交出去。顾经已有多年不曾尝过被众人追捧的滋味，一时有些飘飘然忘乎所以，差点觉得自己能够重拾昔日的名望地位。

这话才刚说完，外头便有人兴冲冲地跑进来："郎君，郎君！"

顾经满肚子火气没地方发，闻言便斥道："慌慌张张作甚！"

那家仆受了训斥却不以为意，反笑道："郎君，肃王殿下从将乐王府离开，听说是往这边的方向来了！"

顾经腾地起身："当真？"

"千真万确！先前您不是派人去盯着王府门口吗？是他回来禀报的，现在已经在路上了，想必过不了多久就能到！"

许氏"啊"了一声，摸摸鬓发："那我再去换身衣裳吧！"

顾经原也有此打算，听见许氏的话，却道："不必了，就这么着，难不成他还能嫌弃我们穿着不够光鲜？他想必也清楚，这些年顾家的确没什么进项，说到底这也是拜四娘所赐！"

许氏蹙眉："待会儿见了肃王，你可别这么说！"

顾经黑着脸没说话。

对自家父亲这种凡事喜欢端着文人架子的作风，顾凌已经不想去纠正他了，他与小焦氏相望一眼，两人很有默契地告退出去。

小焦氏道："阿翁固执，我们劝不了，但自己总不该失礼的。"

顾凌点点头："肃王上门，不管怎么说，都该亲自出去迎一迎，回头当着肃王的面，你别问魏国归降的事情，这毕竟是军国大事，问了徒惹肃王不快。"

小焦氏白了他一眼："这还用得着你说，我就是那么不知轻重的人吗？但你我不提，阿翁阿家却会提，上回我听阿家的意思，像是有点想举家随着肃王迁去齐国的意思。"

顾凌吓了一跳："母亲怎么会有这种想法？"

小焦氏道："应该是阿翁的想法吧，阿家何时拂过阿翁的意了？阿翁约莫是想着等魏国归顺，潭京的地位便要一落千丈，上京才是都城，届时要做官行文会，总该在上京才能办，所以才想着要到上京去！"

顾凌摇摇头："一面说四娘的不是，一面还想依靠四娘，天底下哪有这样的道理？"

小焦氏看了顾凌一眼，庆幸丈夫没有养成似公婆这样的性子："你可别说，阿翁还真觉得四娘欠了他，欠了顾家的。从前世人都说南顾北戚，将阿翁与北朝戚竞并列齐名，不瞒你讲，我在闺中时，也是读过阿翁与戚竞的文章的，私心里觉得阿翁文中的境界，比起戚竞，还要略逊一筹。阿翁的文赋，多为应酬所作，戚竞长于诗作，却多数是田园唱咏，两者相较，更为清新可爱一些。”

顾凌倒没有生气，反而压低了声音道：“其实我心里也这么想，只不过在父亲面前，这话是万万不能提起的！”

小焦氏扑哧一笑：“你当我傻的吗？自然不会去惹他老人家生气，我们也就是私底下说说罢了！”

二人正在说话，一行人已经骑着马由远及近出现在视线之内，为首之人黄衣玉冠，丰神俊朗，令人一眼就能注意到他。

小焦氏曾见过夏侯渝，但时隔多年，夏侯渝面貌也发生了很大的变化，她已经不大认得出来了，亲眼看见对方站在面前时，犹有些吃惊，因为在她脑海里，夏侯渝依旧停留在那个怯弱瘦小的少年印象上，完全没法让她与眼前这个俊美的年轻人联系在一起。

顾凌也有些惊讶，但他的惊讶没有小焦氏来得厉害，所以很快反应过来，上前道：“敢问阁下可是肃王殿下？”

出乎意料，夏侯渝对他们很是客气，同样拱手还礼，还露出了笑容：“不错，我是夏侯渝，兄长与嫂嫂别来无恙？”

顾凌本已做好了对方会端架子的准备，夏侯渝一下子表现得这般友好亲近，他反倒有些拘谨起来：“托你的福，我们都好，都好！”

小焦氏道：“阿翁与阿家恭候多时，肃王殿下里边请！”

夏侯渝笑道：“兄长嫂嫂无须如此客气，唤我阿渝便可以了，我来魏国前，香生姐姐曾千叮万嘱，让我一定要过来探望你们，看见你们一如从前，气色还好，我也总算安心了。”

小焦氏有些好奇，心说怎么都成亲了，还喊香生姐姐？然而从对方的言语之间，她又能感觉到顾香生与夏侯渝的夫妻感情应该是比较融洽的，否则夏侯渝也无须对他们如此和颜悦色，这令小焦氏稍稍有些安心。

顾经听说夏侯渝来了，既想亲自出迎，又放不下架子，只得端坐在上首，心中却有些煎熬，暗自埋怨顾凌他们怎么在门外磨蹭那么长时间。

待得外面忽然热闹起来，他便知道这是顾凌引着夏侯渝过来了，下意识想站起来，正好夏侯渝等人进来，他立马就僵住身体，觉得失了身份，反倒变成了膝盖微弯，不上不下的可笑姿势。

顾凌和小焦氏等人假作不见，依旧恭谨道：“阿爹，这位便是肃王殿下。”

没等顾经想好自己到底是要行礼，还是等对方先见礼时，夏侯渝就已经拱手道："小婿拜见岳父岳母。"

他还微微弯下腰，虽然弧度不大，但已足够让顾经原本准备站起来的身子又顺理成章地重新坐下。

许氏见顾经没开口，便笑道："不必多礼，你此行去见陛下，可还顺利？"

"有劳岳母惦记，尚算顺利。"

顾经捻须："这么说，陛下果真是准备归降了？不知何时开城？"

夏侯渝笑道："这是军国大事，内涉机密，恕我不能相告。"

顾经脸色一阵青一阵白，似乎没想到夏侯渝会如此直截了当地顶撞回来，偏生对方依旧面带笑容，根本弄不清他心里是怎么想的。

许氏忙接过话头打圆场："既是军国大事，自然不该我们过问，不说也是对的，不知你打算在此地待到何时？"

"若无意外，待事情处理完毕，我再起程回去。"

回答了跟没回答差不多，仔细一听全是废话。

许氏却没听出来，她觉得方才丈夫被驳了面子，想必不好再开口询问，便道："都是一家人，既然来了，不如就在府里住下吧。"

夏侯渝含笑道："城外有齐军大营在，我不好单独住在城内，还是与士兵们同出同入为好，以免惹来非议，也有妨顾家名声。"

话虽委婉，也是拒绝的意思，许氏便不好再说什么了。小焦氏适时插嘴："肃王殿下，不知四娘如今可好？"

夏侯渝道："她很好，只是我离京时，她已有了五个月的身孕，如今怕是身子日渐沉重了。"

说到顾香生，他面上自然而然流露出一丝温情和担忧。

小焦氏先是讶异，而后喜道："那可真是大喜事，我那儿还有些旧衣袍，是儿女们幼时穿过的，民间传说让刚出生的婴儿穿上别人穿过的旧衣服，会更好养活，若肃王殿下不弃，我这就去拿过来，您可以一并带回去。"

夏侯渝原还只是嘴角噙着矜持笑意，此刻却已经喜动颜色："那我就多谢嫂嫂了！"

小焦氏抿唇一笑："举手之手，何必言谢，我这就去拿，殿下请稍等！"

顾经轻咳一声："四娘怀孕，身边必然需要人照看，不知肃王准备何时将我们接过去？也好让我们与四娘一叙多年离别之情。"

夏侯渝却道："此处离上京路途遥远，我怎好让岳父岳母舟车劳顿，来回奔波？四娘身边有足够的人伺候，就不必两位千里迢迢赶过去了。”

顾经不料他竟是这般回答，当下又惊又怒：“四娘是我们的亲生女儿，难不成连面都不让我们见了？这是四娘的主意，还是肃王的主意？天家尚且重孝道，这话只怕到了哪里都说不通吧！”

夏侯渝奇道：“岳父何故大动肝火？我不让你们去，是为了您二老的身体着想，怎么反倒成了不重孝道？方才自我进门后，二位无半句提及四娘，我还当二老忘了有这么一位女儿呢，此时见岳父如此关心四娘，才知道我自己这是以小人之心度君子之腹了，天底下哪里有不将女儿放在心上的父母呢？”

许氏面色尴尬，顾经心头怒起，想要发作，一来忌惮对方的身份；二来对方满面笑容以调侃语气说出这样一通话，若是较真起来，反倒落了下乘。

虽说发作不得，但此时此刻，他对这位身份显赫的女婿已经心生恶感，了无兴趣，巴不得对方赶紧滚蛋。

有了这样的想法之余，心里终究是有些不甘心的，他闭上嘴巴，却给了许氏一个眼色。

许氏道：“肃王殿下为我们着想，我们自然也是明白的，不过四娘终究是我们的女儿，即便现在路途遥远，也总该找个日子去看看她，也看看我们的外孙吧。”

夏侯渝点点头：“这自然是应该的，待我回去之后，便寻个日子过来接二老过去。”

话虽如此，却没说具体到底是何时。

眼见顾经和许氏没有注意到这句话里的“漏洞”，还面露满意的模样，顾凌暗暗摇头之余，也发现父母确如小焦氏先前所说，他们关心顾家何去何从，更甚于关心几年不见的女儿。

小焦氏将东西装在一个小箱子里，让婢仆搬出来，夏侯渝没过手，但瞧着里面沉甸甸的，怕是不止装了衣服。

他也没说什么，只对顾经和许氏笑道：“公务繁忙，不多坐了，这就告辞，也免得叨扰二老。”

他一起身，顾家人便不好再留了，顾凌道：“我送您出去吧！”

夏侯渝也没拒绝：“那就有劳兄长了。”

出了厅堂，单独面对顾凌夫妇的时候，夏侯渝显得随和许多：“多谢兄长嫂嫂，我也带了些东西过来，是香生姐姐亲手准备的，还望不要嫌弃。”

顾凌忙道："您能上门，我们已经很高兴了，何必还费这些功夫！"

夏侯渝笑道："都是些上京土仪，不费什么钱，兄长嫂嫂都不是外人，无须与我们客气。"

顾凌只好道："让你们破费了。"

他对夏侯渝始终有些拘谨，小焦氏则不然，她仔细询问顾香生在齐国的近况，夏侯渝也都耐心一一作答，小焦氏又道："方才我给殿下的东西里头，有一方玉佩，乃太夫人生前想要留给四娘的，奈何造化弄人，没能亲手交予她，有劳殿下代为转交。"

夏侯渝唏嘘："我听说香生姐姐未出嫁时，太夫人对她教养良多，故此我也对太夫人心存感激，还请将顾家墓园所在告知，这两日我定要亲自前往拜祭，以告慰她老人家在天之灵。"

说到焦太夫人，小焦氏也红了眼眶："殿下有这份心，太夫人在九泉之下定会欣慰的。"

三人又寒暄两句，夏侯渝便告辞离去。

瞧着一行人渐行渐远，小焦氏扯扯顾凌的袖子，嗔怪道："我看肃王也不至于难以亲近，你方才何以从头到尾都束手束脚？难不成也和阿翁阿家一样，对他心怀不满？"

顾凌苦笑："你可知道，我听说前不久，齐君想让肃王认在皇后名下，肃王不肯呢！"

小焦氏"啊"了一声："此事我倒未曾听说，这是好事吧，肃王为何不肯，难道皇后不慈，还是他顾及生母？"

顾凌道："皇后早年去世，慈不慈的，我倒不知，不过肃王生母出身低微，否则当年他也不会来魏国，所以齐君此举，应该是想给肃王抬一抬身份吧。"

"那肃王拒绝了，齐君没发怒？"

顾凌面色古怪："齐君非但没发怒，据说还追封了他的生母为贵妃。"

一个寻常皇子得了宠，封个王爵，多给点食邑也就罢了，何必还要抬高他生母的身份？这就只有一个解释：皇帝希望他以后的母家身份能够更高一些，以免遭遇旁人的非议。

小焦氏喃喃道："如此说来，肃王前途无量，四娘也有可能……"

她没再说下去，夫妻二人对视一眼，顾凌知道她要说什么，点点头："如无意外，应该是有可能的。"

小焦氏笑道："说不得四娘这辈子生来就是要当皇后的命，丢了一个魏国皇后，如今看来，不仅不是坏事，反而是好事，塞翁失马，焉知非福？"

顾凌摇摇头："作为兄长，我只觉得惭愧，当年四娘落魄时，我也没能帮得上忙，如今即便她飞黄腾达了，我们也不该去奢望她对我们照拂什么。爹娘实在是糊涂，方才看肃王的模样，分明是对他们心生反感了！"

小焦氏道："顾家日后还是你当家，你心里亮堂就好，爹娘想什么，咱们也阻止不了，炊金馔玉是吃，粗茶淡饭也是吃，只要夫妻同心，什么日子过不得？我先前还怕四娘没有娘家可依靠，会在齐国孤立无援，如今来看，肃王待她一心一意，大可不必为她担心，当年错过一次，现在倒未尝不是幸事了！"

"你说得极是！"顾凌握住她的手，两人相视一笑。

那头夏侯渝出了城，与鲁巍等人说起魏国归降事宜，鲁巍这阵子也忙得很，严氏父子带着军队来降之后，为了避免这些降军凑在一块儿有哗变的机会，他必须将这些人分作几股，分别编入不同的营里。魏国归顺之后，城内也还有一批禁卫军，这些人的去向归处都要一一料理妥当，以免带回齐国的途中发生意外，齐军也得留下一批人驻守在这里。

众人正说到将齐国公卿贵族悉数带回上京等候发落时，帐外小兵便掀开布帘进来："殿下，外头来了个人，说是您的故人，想求见您一面。"

夏侯渝扬眉，他在魏国待的时间长，故人自然也多，有一两个听说他身份不同了，有事相求的，也并不奇怪，不过见与不见，都在他自己。

"对方可曾表明身份？"

那小兵道："她说她姓胡，看身形应该是个女人。"

姓胡？女人？

夏侯渝顶着周遭人等暧昧的目光想了片刻，终于想起对方是何方神圣了。

"不见。"他干脆利落道，"还有，这女子怕是从魏宫逃出来的，你叫上几个人，将她带回去给魏君。"

那小兵却道："殿下，那人好像料到您会这么说，她说，您要是这么说，她就让小人转告一句，说是她手里头，有肃王妃想要的东西。"

夏侯渝皱眉，面色不善地瞅着那小兵看，直看得对方腿脖子有些颤抖，这才淡淡道："你将她带到我的营帐去，让她等着。"

小兵领命而去。

胡维容在营帐中坐了半天，终于等来夏侯渝的身影。

若非她那句话，夏侯渝原是懒得与她多说的，毕竟两人素无交集，而且夏侯渝有了先入为主的观念，知道先前胡维容历经两代皇帝，在后宫屹立不倒，此番从魏宫里偷跑出来，必是眼见魏国将要归降，担心自己前途叵测，是以过来请求庇护的。

“胡氏拜见肃王殿下。”

果不其然，胡维容外罩一袭黑色的兜帽斗篷，将浑身都掩在黑暗中，脸上更是粉黛未施。

夏侯渝无意与她多作寒暄，直奔主题：“说吧，你手里有什么东西是肃王妃想要的？”

胡氏弯起嘴角：“不知殿下可还记得，当年发生在魏宫的乙酉宫乱？”

夏侯渝自然记得，虽然他没有亲身经历，但他也知道，那一年还是先帝在位的时候，几个名不见经传的后宫嫔妃居然联合起来，想要皇帝的命，纵然最后功败垂成，但这件事震惊了宫廷，也震惊了天下。他回齐国之后，齐君也曾两度提起这件事，以此告诫众皇子，不要轻视任何一个小人物，更不要如永康帝一样昏庸。

但他不知道胡氏此刻提起这件事的用意。

“记得不记得，与你要和我说的话，有什么关系？”

【第四十五章】诸王夺嫡波澜起

胡维容虽然有些忐忑，但她很好地将这一丝忐忑给掩藏了起来，看上去依旧平静。

“还请殿下听我细细道来。”

“自从先皇去世之后，先皇留下的嫔妃悉数都被遣往高阳殿颐养天年，我自忖青春年少，不愿就这样虚耗下半生光景，便主动向陛下提出，想充任内宫女史，掌内宫书局，陛下同意了，另赐我先皇昭仪的位分，这样我便可以在藏书阁自由出入。”

不得不说，夏侯渝先前也将胡维容往坏处想，以为她想以色相诱达到什么目的，现在看来，却是自己想错了。

不过夏侯渝面色如常，并无半分尴尬歉意，他对胡维容本来就没什么好印象，自然也不可能因为这番话而改观。

胡维容道：“乙酉宫乱，外面虽然传得沸沸扬扬，但大部分都是道听途说，当年还有许多内情不足为外人道，先帝甚至不让史官记载在起居注上，而后新帝登基，时过境迁，更没有人去追究。然而我是当年的亲身经历者之一，这些事情，我借着出入内宫藏书阁的便利，通通都将其记载下来，前因后果，包括宋氏那些人的临终遗言，也无一遗漏。”

说到此处，夏侯渝方有些动容：“你继续说。”

“我知道肃王妃在邵州修史的事迹，也知道孔大儒想为女子立传而遍寻史料的事情，在我看来，乙酉宫乱里的这些嫔妃宫女，虽然平生籍籍无名，更无丰功伟绩，别说跟帝王将相相提并论，只怕连稍有名气的文人也大大不如，然而她们被先皇逼迫走投无路，却有胆量奋起反抗，乃至付出性命亦在所不惜，彼此之间的情义，更足以感天动地。

“当年碍于先皇在位，我等虽内心暗自同情，却不敢出言求情，唯恐触怒先皇，自己也性命难保，只能眼睁睁看着她们赴死，而后新帝登基，更不可能准许这等于先皇名声有碍的内宫秘事流传于世，故而今日趁着肃王殿下来此的机会，我愿将这些东西悉数奉上，以备朝廷修史之用，其中更有一本内宫札记，为我这几年将所见所闻亲笔记下，想必对了解魏国后宫情形，也能派上些用场。”

夏侯渝这才知道自己小看了胡维容，这女人当年从一介地方官的女儿被选入宫，而后又历经两代皇帝，看见魏临执掌大权，就毫不犹豫地倒向他，又借着拥立之功而在后宫继续生存，直至今天。

关于魏临夺宫的那段往事，后来夏侯渝也曾听顾香生提过，隐约知道魏国先帝那道遗诏，其实也脱不开胡维容的手笔。

这女人其实是彻头彻尾的利益主义者，哪边利益大，她就往哪边投靠，但你不能因此就说她不对，因为圣人也说了，君子不立危墙之下。

而她最聪明的地方是，她很清楚什么是自己应该做的，什么是不应该做的，像现在，她想让自己脱离魏宫，就不会蠢到利用色相来达到目的，而会选择“投其所好”。

“你很聪明。”夏侯渝看着她道。

胡维容苦笑：“多谢肃王殿下夸奖。”

夏侯渝道：“但我有些奇怪，当年你助魏临登上帝位，不可能知道魏国会败亡，那时候为何你能耐得住寂寞，选择在藏书阁消磨光阴，而非从魏临身上下手，让自己爬到更高的位置呢？就我所知，你并不是喜欢过清苦日子的人。”

胡维容倒也坦荡：“殿下说得不错，当年入宫，我本也是抱着青云之志的，奈何后来宫变事发，让我意识到先帝并不是一个好伺候的人，正好我善于临摹先帝手迹，陛下看中这一点，提出合作，我也答应了，等到陛下登基，问我想要领什么赏时，我便意识到，后位彼时已有人选，为了立严氏为后，陛下连顾四娘都可以舍弃，更何况是我这样无根无萍的小人物。我又非天香国色，还有服侍过先帝的污点，别说皇后了，只怕连高一点的妃位都无缘得到。则天皇后再厉害，从古至今也就出了一个，那等雄才伟略，更非我辈所能及。与其如此，倒还不如干脆自请闲居，看守藏书，还落得个自在。”

“那你现在为何又要献物？”

胡维容见自己说了这么多话，对方也没有赶她走，这才放下心道：“我知道陛下归降之后，这魏宫里头的一干人等必然都要随之同往上京，听候发落，好一些的，兴许还能继续跟在陛下身边，差一些的，指不定就要被发配给齐人为妾，甚至没入贱籍。殿下天人之姿，胡氏万万不敢仰望，更不敢有分毫妄想，只盼殿下看在我献物有功，又是昔日故人的分儿上，许我一条生路，让我的名字不必列入魏宫之中。”

夏侯渝挑眉：“这样就足够了？你所求仅止于此？”

胡维容垂首：“妾前半生历经跌宕，后半生所求，不过一桩如意姻缘，若殿下能成全，妾当感激不尽。”

夏侯渝道：“你的第一个愿望，我可以答应，不过你所献之物，我要先带回去，若肃王妃也觉得确有价值，你的第二个愿望，我也可以酌情帮你达成。”

胡维容大喜拜谢：“殿下大恩大德，妾当铭记于心，没齿难忘！”

“军中多男子，不方便你停留，这样吧，既然你已经逃出来了，我会让人寻觅一处民居，你先住下来，待我回京料理妥当，再让人接你过去，你看如何？”

“让殿下费心了，妾听凭安排，不过妾带着侍女出来，人力有限，随身只能带着那一本札记，其余书籍仍藏于内宫，殿下若是接手魏宫，还请多加留意这批书籍。”

“到时候我会派人入宫清点，你就跟着一并进去查看点收吧，有你在，想必不会有所遗漏。”

胡维容不想跟魏临打照面，自然也不愿意回去，没想到这句话说出口，却是自己给自己挖了个坑，她只能苦笑：“谨遵殿下命。”

十月初十，魏临开城率军民出迎，上交玉玺，奉齐帝为主，自此，魏国归顺。

史书上兴许寥寥数句便能带过，但在当时来说，远远没那么简单。

首先是清点魏宫财物。这些财物都是要分批运回齐国去的，加上后来魏临献的那一批，这些东西为数不少，但是齐国大军千里迢迢跟着过来征战，打下魏国，将士们没有功劳也有苦劳，军中难免会有见了财物眼红的，如果等到回去之后再封赏，有些人按捺不住，或者觉得自己官职太低得到不多的，就会直接在潭京里抢夺，对那些达官贵人甚至平民百姓下手，这又牵涉军纪的问题，也会影响民心治安。

所以夏侯渝就做主先拿出一部分金银，让鲁巍分给底下的将士们，以此犒劳他们的战功，再写奏疏上报齐君，又严令他们不得在城中劫掠，其中有一两个违反军纪的，当时就被鲁巍斩于军前了。杀鸡儆猴，其余人也就跟着老实下来。

其次还有魏国宗室、宫婢的安置问题。魏临和魏国宗室必然是要被送去齐国的，哪怕被当成吉祥物摆设供起来，齐国也不可能允许他们继续留在这里。于是鲁巍那边需要分出兵力护送他们去上京，其中像将乐王府老王妃和灵寿郡主魏初、万春公主等，这些人俱是女眷，于大局关系不大，与顾香生也素有旧交的，夏侯渝便没将她们列入名单中，反让她们留下来，继续在原处居住，又派了士兵保护，避免她们受到骚扰。

至于那些魏宫里的内侍奴婢，夏侯渝签了手令，给他们发放遣散费，一一遣散，少数像杨谷那样的近身侍从，则被允许跟着魏临赴齐。

这些事情梳理起来并不复杂，但真正做起来，则是千头万绪，譬如清点魏宫财物一项，没有一两个月，必然是做不完的，魏国宗室也不可能一口气就送过去，还得分批护送。

如此这般，待忙到来年一月时，鲁巍就发现肃王日复一日逐渐焦躁起来，整个人由里到外透着一股焦灼，也并非待人处事变得暴躁，但鲁巍与他相处久了，自然有所感觉。

鲁巍不明原因，便寻了个机会私下问他："殿下近来可是水土不服，身上不爽利？"

夏侯渝却道："我少年时在魏国度过，如何会水土不服？倒是军中有些将士不适南方湿热，纷纷病倒，军中医师不够，还得从城中多寻几个大夫来看病才是。"

鲁巍心说，你既然没有水土不服，那为什么浑身都焦躁不安？但这话有些交浅言深，不太好说出口。他为人谨慎小心，这阵子虽然因为朝夕相处的缘故，两人熟稔了许多，不过鲁巍在没有充分了解这位肃王殿下的性情之前，绝不会胡乱说话。

但他脸上欲言又止的表情已经出卖了他，夏侯渝见状就笑道："鲁将军有什么话不妨直说，难道我是很不好说话的人吗？"

鲁巍暗暗松了口气，心说你没笑之前是挺吓人的，而且越发像陛下了。

“我见殿下近来有些郁郁寡欢，不知是否担心交接不力？若是如此的话，大可不必担心，魏国已降，余下琐事不足为虑，军中士兵我也下令严加约束，断不至于发生像之前那样滋扰百姓的事情了。”

夏侯渝叹道：“亦秀误会了，你带兵素来军纪严明，众所周知，些许害群之马不足以说明什么，我之所以神思不属，非因这里，乃另有缘故。”

鲁巍今年不到四十岁，并非世家出身，而是通过武举当上武将，后来被皇帝破格提拔，又靠着实打实的战功一步步走到今天这个位置，可以说是寒门子弟出类拔萃的典型范例，他也感念皇帝的知遇之恩，其忠心自然毋庸置疑。

这些人心里也是有一杆秤的，诸皇子之中，他们自然更愿意亲近知兵而且善战的皇子，符合这两个条件的只有景王夏侯淳和肃王夏侯渝。

景王脾气暴躁，难以捉摸，正常人都不爱与他共事，肃王性情温和讲理，也愿意礼贤下士，难得的是又亲身上过战场，立过柴州的战功，所以像鲁巍，虽然与夏侯渝过往交情不深，但这段时间相处下来，也暗暗点头，觉得陛下若是属意这位殿下，将来说不定还能出位唐太宗。

可以说，齐君这些年在提拔寒门子弟的事情上卓有成效，军中虽然也有钟锐、贺玉台那样世家出身的武将，但像鲁巍这种也不在少数，再过数年，他们将会成为军队的中坚力量。这些人也很明白，他们能有今日，全赖天子所赐，是以世家会为了家族利益而在政治上有所倾向，他们却只会效忠于皇帝一人，这次齐君让夏侯渝过来接手归降事宜，未尝不是存着让他多与武将多接触的念头。

国虽安，忘战必危，这次魏国打下来，很多人势必会心生骄逸之心，觉得天下莫能与之匹敌，开始自高自大起来，但北边回鹘人依旧虎视眈眈，西南还有大理，甚至再南边的蛮族，也不时会起叛乱，这种时候放松警惕，等于随时准备将打下来的江山拱手让人，所以齐君希望通过这种方式让夏侯渝多看看天下大势，不要像寻常人那样沉浸在胜利里无法自拔。

他的目的的确是达到了，这些天见多了魏国宗室的落魄，又看见昔日高高在上的魏帝，如今成了身不由己的俘虏，夏侯渝确实感触良多，也暗暗告诫自己要引以为戒。

不过他近来焦躁不安，却是为了另一件事。

鲁巍好奇道：“殿下若是方便，不妨说出来，看我能否帮得上忙。”

夏侯渝摇摇头：“算算日子，我家王妃怕是要生产了。”

鲁巍恍然大悟，原来是肃王妃快生了，便失笑道："殿下不必担心，女人生孩子嘛，看着险，其实都是有惊无险，王妃吉人自有天相，定然不会有事的。"

他毕竟是武人，说话难免不那么文雅含蓄。

夏侯渝面露忧愁："话不是这样说，听说女人生孩子，都是一脚踩在鬼门关上，我如今身负皇差，不能说走就走，可一想到她独自一人在千里之外，也不知吃没吃好，穿没穿暖，我这心啊，就总是七上八下的，恨不能插上双翅飞过去呢！"

又不是寻常百姓，哪里会吃不好穿不暖？想想也知道，肃王妃身边肯定一群人在侍奉。

鲁巍没想到肃王竟是个爱妻狂魔，当即就听得嘴角一抽一抽的，觉得浑身有些发麻，又不好意思表达出来，只能轻咳一声，安慰道："殿下多虑了。"

谁知这一说，夏侯渝仿佛找到了倾吐烦恼的人选，拉着鲁巍不放："亦秀啊，听说你孩子都快十岁了，当年他刚出生的时候，你们想必欢喜得很吧，你快给我说说，尊夫人生产时是个什么情景，是否凶险，孩子多久才出来啊？"

鲁巍苦笑，他与妻子感情不错，家里也没纳妾，但这么久远的事情，他哪里还记得："殿下恕罪，我委实是不记得了。拙荆生产时，我正好在军营里，抽不开身，等回去的时候，孩子都降生了！"

"那尊夫人休养了多久啊？坐月子的时候是不是不能吹风？我听说连洗头都不能的，可有此事？我家王妃素来爱洁，到时怕是受不了的，也不知怎么办才好呢！"

鲁巍无论如何也没想到他们一个军中主帅，一个天潢贵胄，竟然会在魏国讨论起这种话题，不由得有些无力。他对这种话题实在是不感兴趣，奈何夏侯渝兴致勃勃，偏偏又是自己嘴贱先挑起来的，只得默默听着。

不过他还是因此听到一个有用的信息，夏侯渝一口一个"我家王妃"，又毫不掩饰自己对肃王妃的喜爱，夫妻感情想来是极好的，说不得他回京之后，要让妻子也多上门拜访肃王妃才是。从齐君这次的态度来看，只怕这位肃王殿下果真离帝位不远了，若平日里能打好关系，以后行事也方便些。更重要的是，武将先天就不如文官能说会道，朝上有人帮忙说话，效果也是不一样的。

二人正说着话，外头便有人匆匆进来，鲁巍正想呵斥，却发现对方是夏侯渝身边的黄珍，后者神色凝重，甚至都没朝鲁巍看上一眼。

"殿下，京城急件！"他说道，赶紧将信件递过来。

夏侯渝接过来拆开，几目扫过，当下也不复笑容。

鲁巍的心顿时提了起来，脑海里忽然冒出一个念头：难道是肃王妃出事了？

信是顾香生写来的，但不是她出了事。

信上写道，皇帝自从受了伤又染上时疫之后，身体就每况愈下，虽说宫中圣手无数，也有上好药材养着，但毕竟是上了年纪，年轻时仗着身体强壮，骑马摔过几回，也都没当回事，结果现在旧患加新伤，全被激发了出来。自打入冬以来，连冬至朝贺也没能如期举行，祭天仪式还是让天子的弟弟——平王夏侯信代为主持的。幸而有于晏等人在，朝政尚能维持正常运转，陛下偶尔也还会召见朝臣议事，但是次数越来越少。不过据见过皇帝的人都说，陛下显见老态，精神不佳，令人忧心忡忡。

顾香生是女眷，没有儿媳妇经常入宫见公公的道理，但身在王府，外面的消息并不缺乏，上官和自然有消息来源和渠道，桓王府如今与肃王府走得近，夏侯潜也会时不时通过妻子将这些消息传递给顾香生。

之前宫里起火那件事里，虽然看着情势已经非常危急了，上官和三番五次请求给远在柴州的夏侯渝写信让他尽快赶回来，但屡屡被顾香生压下来，如今连顾香生也沉不住气，亲自写信过来了，可见皇帝的情况的确十分不妙。

不过里头也不唯独讲述皇帝的病情，而是以闲话家常的口吻，顺便说起京城新近的市井传闻，又说及府中琐事，絮絮叨叨，足足好几页，相较起来，皇帝的事情在里头所占比重并不多，更像是顺便想起，一笔带过。

然而夏侯渝看罢信，却紧紧拧起眉头。

他自小就认识顾香生，很明白对方是个怎样的性子，顾香生看着清丽温柔，骨子里却自有一份不输给男儿的爽利豪气。就算两人浓情蜜意的时候，她也没干过长篇大论写诗赋传情之类的事，像这次写足好几页信纸的事情更是从来没有过。

信上只字不提让他回去的事情，但夏侯渝绝不会因此认为皇帝的病只是小病，没有大碍。

如果是小病，她完全没有必要专程写一封信让人千里迢迢送过来，更没有必要洋洋洒洒写那么多内容，只为了掩盖最重要的消息。

书信往来，就算交给再可靠的人投递，路上难免会有意外，难免会落入别人手中，这样也恰恰说明了顾香生的谨慎。

眼下这封信到了夏侯渝手里，该如何做，就要取决于他自己了。

鲁巍小心翼翼地问："殿下，该不会是王妃……"

夏侯渝回过神，叹了一声："是王妃写来的信，她说她想我了，唉，其实我也想她想得紧，只可惜差事还未办完，真恨不能现在就回去啊！"

有了之前那些话打底，鲁巍对这位殿下不分时间、场合的秀恩爱已经有些免疫了，虽然免不了身上又冒起一层鸡皮疙瘩，但他还是扯出笑安慰道："殿下少安毋躁，如今不少东西已经分批运回上京了，最后一批财物也已经清点完毕，不日便可起程，届时殿下可以先行一步，我殿后便是。"

换作平时，夏侯渝定要再逗一逗这位端谨严肃、不大会开玩笑的大将军，但现在他实在没这个心情，正好就坡下驴："亦秀说得是，我这就回房去写信！"

鲁巍忙起身："殿下慢走！"

潭京归顺之后，齐军随之入城，改为驻扎在城内，一开始还有人为了讨好夏侯渝，提出请夏侯渝入住魏宫，其中不乏魏国官员，连鲁巍也有些心动，毕竟他们带来的部将很多，而魏宫又足够空旷，但这个提议随即遭到夏侯渝的反对。

因为魏临即使已经归降，但魏国皇宫毕竟还有特殊的象征意义，这里曾经是天子的居所，夏侯渝与鲁巍贸然住进去，在当时看来也许算不了什么，但在有心人眼里，无疑可以用来大做文章，甚至在皇帝面前诋毁他们心怀不轨，有僭越之心。古往今来，这样的例子不在少数，多少人因为无心之失而被皇帝记在心上，从而落下失败的根源，夏侯渝自然不肯做这样的事。

鲁巍为人谨慎，本也是因为打了胜仗一时脑热，被夏侯渝拒绝之后便醒过神来，暗暗庆幸，也才意识到夏侯渝看着随性，但在有些事情上则心细如发，从不含糊。

所以眼下他们住的，乃原本属于一个魏国宗室的宅子，鲁巍与夏侯渝各住其中一个屋，听起来寒酸，部将们也都纷纷将好话送上，说殿下和将军严于律己，甘于自苦云云，实际上宅子雕梁画栋，每日又有丰盛菜肴，比行军的时候舒坦不知多少倍，哪里谈得上吃苦？

夏侯渝回到自己那间书房，黄珍后脚跟了进来，趁着方才几步路的工夫，他也一目十行将信看完了。

"郎君，娘子在此时写信过来，只怕京城情势有些不妙，这一来一回又费时日，您若要回去的话，还得早下决定才好！"

夏侯渝没说话，指节轻轻叩着书案，有点急促的节奏昭示了他此刻的内心活动。

按照正常行程，大约在半个月后，他将护送最后一批财物，连同魏国宗室起程归齐，但如果皇帝的病情不容乐观，半个月内足以发生太多事情，足以让他错过宝贵的机会。

但如果他提前回去，而皇帝的病情并没有那么严重，甚至他像上次那样仅仅只是为了试探人心才蛰伏不出，那么，夏侯渝的行为就是擅离职守，明晃晃将把柄递到看他不顺眼的人手里。

自从上回夏侯渝的生母被追封为懿节贵妃之后，大家看他的眼光也跟着微妙起来，其中不乏跟风追捧，讨好逢迎的，自然也有不屑一顾，暗地里嘲笑讥讽，甚至等待时机拖他下水的，所以越是这样，夏侯渝就越不能有半分差错。

回去与否，这是一个两难的抉择，因为所有人都不知道，等待在前方的，将是什么样的命运。

“依你看，我该不该回？”他问黄珍。

黄珍也不敢轻易回答这个问题，他踌躇半晌，斟字酌句道：“利弊相成。若不回去，错过时机，终身后悔；若是打点得当，又能说动鲁巍帮殿下掩护，殿下轻骑简装，快马加鞭，日夜兼程，数日可达，届时先让王妃派人在城外接应，未必会被人发现。”

这就是劝他回去的意思了。

夏侯渝“唔”了一声，不置可否：“像鲁巍这种寒门出身的武将，不会轻易靠向哪个皇子，我这些天刻意与他交好，他却仍然有所保留，这次说了，他未必会帮我，却很可能暴露我们的打算。”

黄珍拧眉思索片刻，忽而咬咬牙道：“在下倒有一计，也不知可不可行。”

京城现在的情形，其实比夏侯渝揣测的还要微妙几分。

三省六部制，官员们俱在，朝廷还能维持日常的运转，一些重要的奏疏在皇帝那里被积压下来，于晏没法子，只得三天两头进宫，有时候见得到皇帝，一些紧急的奏疏发放各个相应的官府衙门进行批阅，有时候见不着皇帝，奏疏就得继续压着，京城里的人个个长着一对顺风耳，不多时，皇帝龙体有恙，病情日渐沉重的消息便传了出来。

一开始大家都不敢上当，因为上回宫里走水的时候，皇帝才刚刚玩过这套把戏，谁知道他这回是不是故技重施，又起了戏弄试探人心的念头，尤其是大皇子夏侯淳因为上回的事被贬为庶人，大伙如今还记忆犹新呢，谁也不想当这只出头鸟，去捋虎须。

然而随着日子一天天过去，皇帝依旧没有露面，连冬至这样隆重的日子，原本应该由天子亲自主持的祭天仪式，最后也改由平王代行，朝野开始议论声四起，忽然发现皇帝自入冬以来，露面的次数屈指可数。又有传言说皇帝现在神志不清，语无伦次，压根儿就不复从前的精明，其中一次与大臣议事时，忽然就犯了病，冲着其中一名大臣叫出另外一个人的名字，事后那臣子一问别人才知道，皇帝问的那个人，早在二十年前就已经致仕了。

如此种种，很难不令人浮想联翩。

顾香生是没法进宫探视的，因为夏侯渝不在，她毕竟是女子，没有儿媳妇进宫见阿翁的道理，现在后宫又没有皇后或天后在，位分最高的于淑妃，是六皇子夏侯沪的母亲。

时间回到夏侯渝收到信的几日前。

“娘子，郎君那边，可有消息？”书房之内，上官和匆匆而来，张口便问。

顾香生摇首：“还没有。”

上官和顿足：“那可糟了！”

“怎么，发生了何事？”

“据说各地藩王不知从哪儿得来的消息，纷纷上疏要求进京探视天子，奏疏被于相压了下来，但他们不死心，又上疏说为社稷计，请陛下早立太子！”

所谓藩王，其实是齐国开国高祖皇帝夏侯晋的兄弟们，夏侯家在前朝是北方士族，属于高门大阀，豢养私兵的大家族。高祖皇帝起兵时，族中纷纷派兵援助，后来得了天下，为表酬谢，夏侯晋就将他那些亲兄弟、堂兄弟、表兄弟一个个都封了藩王。

不过他也吸取了汉代七国之乱的教训，模仿汉武帝的措施，规定这些藩王，不管生了多少儿子，是嫡子还是庶子，都能分得其中一块封地，分走其中一份食邑，再加上还有地方官和地方府兵的挟制监管，这些藩王也就闹不出大乱子，只能老老实实待在封地上坐吃等死。

但也有个别命长的，硬是从高祖皇帝熬到现在，手里牢牢抓着封地上的权柄，虽说一个封地不过相当于一座稍大点的府城，那些藩王完全没有跟朝廷对抗的本钱，可联合起来给朝廷添点堵，还是可以办到的。

夏侯礼不是一个心慈手软的皇帝，他在位期间，那些藩王被打压得大气都不敢喘，跟孙子一样伏低做小，唯恐哪点做得不好，给了皇帝削藩的借口，但现在得知皇帝身体不好，他们就忍不住出来蹦跶了。

顾香生微微蹙眉："这是什么时候的事？"

"就是前几日的事情，于相本还想压下来的，结果请立太子的事一出来，他想压也压不住了！"

"他们既然请立太子，想必也已有属意的人选。"

"那倒没有，他们只说现在回鹘人虎视眈眈，魏国又刚刚拿下，齐国离一统天下仅有咫尺之遥，容不得半分差错，国有长君，乃社稷之福，所以想请陛下早日立储，以安天下臣民之心，又说担心陛下身体，唯恐朝中有小人作祟，所以请求入京探视。"

顾香生沉吟片刻："这是投石问路。"

上官和点点头："我也是这么想的。于晏为人小心谨慎，不可能代陛下回应，若将他们的奏疏留中不发，藩王就会知道陛下状况不佳。"

顾香生道："此事只怕有人在背后推波助澜。"

上官和问："依娘子看，此人会是谁？"

顾香生没有说是谁，只道："应该不是那位先皇长孙。"

那位先皇长孙也是倒霉，原先在地方上当个闲散王爵，虽然无兵无权，起码也还算自在，但上回被惠和郡主等人拿来扯虎皮，做大旗，他自己没捞着半点好处，事后皇帝又下了一道旨意，说先皇长孙久在民间，疏于读书，以致容易被小人教唆，命他到当地府学好好读书，不求像其父一样学富五车，但起码也不能堕了先父的名声。

如此一来，那位长孙身边日夜有人随行监视，他自己是翻不起什么风浪了，这次藩王们也不太可能将他再拿出来做文章。

但若不是先皇长孙，那就只有当今皇帝的儿子们了。

景王夏侯淳首先可以排除，一来因为上回闯宫的事情，他已经被废为庶人，皇帝开恩，还让他住在原先的景王府里，只是外面派了人看守，形同软禁；二来夏侯淳本人没有那份谋略，再来一次，他恐怕还会选择闯宫，而不会想到让藩王们出面，自己则躲在幕后的办法。

上官和蹙眉："那就只有恭王、谨王和桓王了。"

顾香生道："照我看，桓王应该不大可能，上回他装疯卖傻，就是为了避过是非，没道理这次反而自己往是非里跳才是。"

上官和道："娘子仁和，待人处事俱往好处想，然而恕我直言，桓王先前那样做，也有可能是在扮猪吃老虎，示之以弱，降低其他皇子的戒心。”

“罢了，我们在这儿说再多也无用，你先出去打探消息，若有什么新的进展，再进来与我说。”

“是。”上官和拱手应下。

这番交谈过后，顾香生和上官和还未意识到局面会出现什么样的变化。

不单是他们，就连其他人，虽然私底下也都跟着议论纷纷，但心底本能觉得事情会像上回的走水事件那样——皇帝在紧要关头忽然出现，只要他一露面，朝野立马就会稳定下来，所有问题将迎刃而解。

夏侯礼统治齐国三十年，带给这个国家的，不仅是属于他个人的深深烙印，更有齐国上下自觉或不自觉的依赖性。大家已经习惯了夏侯礼在位的日子，也觉得在这位皇帝陛下的带领下，齐国蒸蒸日上，虽说不是人人每餐都有肉吃，但起码普通百姓也能有条活路，过年还能吃上一顿饺子，宁为太平犬，不为乱世人，相比动荡流离、内战不休的其他各国，他们已经十分幸福了。

假若皇帝出什么状况，受到影响的绝不只有齐国上层的达官贵人们，普通百姓也会担心新帝登基之后，原本的薄赋会不会变成重赋，日子还能不能继续过下去。

更重要的是，齐国现在刚刚收服魏国，虽然大获全胜，可也折损了不少兵力，正该开始休养生息的时候，如果此时皇位更迭当真出现什么问题，回鹘人肯定会抓住机会南下。数十年前，当时天下还是梁朝做主，皇帝昏庸，朝廷无能，回鹘人大肆抢掠南侵，无数中原百姓被杀害，又或者成为回鹘人肆意驱使的奴隶，有些直到现在还没法回归家乡，其中更有姿色好些的妇女，直接就被充作回鹘人的军妓，肆意奸淫，她们生下来的孩子，也不可能被当作回鹘人，而要继续为奴为婢。

活得久一些的老人，至今依旧可以回忆起回鹘人的凶残。当年的上京，还不叫上京，而是梁朝的冀州，冀州同样被回鹘人过来扫荡一圈，那种惨痛，他们记忆犹新，此生绝对不想再经历第二回。

然而无论绝大多数人的期望是怎样的，日子一天天过去，皇帝依旧没有露面，朝议已经中断了。于晏等人偶尔入宫奏事，但据他们所说，他们也没能见着皇帝，而是隔着一道竹帘奏事，于晏等人往往将奏疏上的内容念完，半晌才等到皇帝一句半句的回复。

如是到了一月中旬，新春佳节过后，快要临近上元灯节之际，按照制度，朝廷官员从除夕那天开始休沐，一直到上元灯节，今年因为收服魏国的缘故，原本应该大肆庆祝的，但皇帝的情况不明，给节日蒙上了一层阴影。

自然，城中灯会集市，一样也没少，御街左右，东门附近，依旧是全上京城最热闹的去处。

“你来便来了，为何还带这么多东西？”

肃王府内，顾香生看着嘉祥公主让人抬进来的箱子，嗔怪道。

嘉祥公主掩口笑道：“都是些补身子的药材，孕妇吃了也不妨事的，你让人拿去炖汤喝，产后也该多补补的，还有这些也不唯独是给你的，大部分是给你肚子里那个的。我府上去年让人在南边采买了些上好的料子，你看着给他多做几身衣裳被子也是好的！”

她看着顾香生显得有些沉重的身子，好奇道：“太医来把脉，说了是男是女吗？”

顾香生笑道：“他们哪里敢打包票，若说了是男的，生出来是女的，岂非自砸招牌？”

嘉祥公主有些羡慕：“不管是男是女，他父母生得好，自己肯定也是个漂亮的小娃娃。说来也奇怪，我其他那些兄长，也不乏家中妻妾生了孩子的，可我倒像是头一回当姑母似的，想想将来你肚子里的小娃娃喊我姑母，我就欢喜得很呢！”

顾香生抿唇笑而不语，她自然知道那是因为嘉祥公主与她交好的缘故，爱屋及乌，所以连带她的孩子也喜欢上了。别家孩子虽然也喊她作姑母，可从生下来，公主也未必见过几面，又谈何感情？

“听说明日六福寺有祈福法会？”

嘉祥公主道：“是。空见大师的经讲得极好，我已经让人去订了位置，预备明日抽空去听一听，你如今行动不便，我也不敢叫你一起。”

顾香生惋惜道：“看来只能等明年了，他们家的斋菜，我是久闻其名的，可惜一直无缘品尝，今年想来也是去不成了。”

嘉祥公主就问：“我看魏国那边的财物已经一批批运送回来了，难道五兄还未回来吗？”

顾香生摇首：“陛下让他负责到底，如无意外，他应是要等到最后一批财物归国时，再护送魏国宗室一并起程吧。”

嘉祥公主欲言又止，终是忍不住压低了声音道："依我看，嫂嫂还是赶紧去信，让五兄早日归来的好！"

她能说这句话，本身已经表明了立场，顾香生也没有隐瞒："前几日已经去信了，可也没那么快有回音，只怕现在才刚刚收到信，回与不回，你我尚且无法判断，更何况你五兄身在千里之外，更难以辨明局势。"

嘉祥公主忧心忡忡地叹了口气："我听说昨日六兄、七兄他们进宫去探视陛下，钟锐倒是没有拦着，反倒是到了大庆殿外时，被乐正拦了下来。六兄、七兄不敢硬闯，最后还是退却了。"

顾香生"咦"了一声，这倒与上次有些不同了。

"没见着陛下？"

"没见着。"

上回夏侯沪等人是连宫门都进不去，这次却是被拦在寝殿外面。

但这种变化并不意味着是好事，恰恰相反，很可能正是由于皇帝没有下令封锁宫门，所以钟锐才不敢拦着夏侯沪他们。

如此，一般有两种情况：一是皇帝不觉得有封锁宫门的必要；二是皇帝没能来得及或顾得上下这个命令，换言之，皇帝的病情很可能已经严重到没法理政了。

这个结论不难得出来，其他人肯定也能想到。

嘉祥公主今日借着送东西上门，其实也存着过来商量询问的心思。

她深吸了口气，握住顾香生的手："嫂嫂，怎么办？我有些害怕！"

上次虽然也怕，可毕竟当时事发突然，没有太多时间让她反应，事后也证明是虚惊一场。但同样的把戏，皇帝肯定不可能玩两次，现在储位未定，人心浮动，如果皇帝在这个时候撒手人寰，很难想象之后会发生什么样的变故。现在几个皇子，已经被废为庶人的且不说，单是成年皇子中，就有不少野心勃勃、舍我其谁的，更何况未成年的皇子里边，也不乏母家得力的，到时候大家谁也不服谁，纷纷调兵遣将，互相混战一通，也不必回鹘人乘虚而入了，齐国也肯定会大伤元气。

想到这些，再想想老父的身体，嘉祥公主心里就难受得很，她虽然从小到大，没受到多少来自父亲的关爱，甚至在婚事上也不如意，可那并没有让她养成愤懑或骄纵的性子。

"应该不会有事的，陛下雄才伟略，预事在先，想必早就有了后招，说不定是想趁此机会将那些藩王一并给收拾了。”

其实顾香生也有些忐忑，因为这次的情况远没有上次那样好把握，但她总不能在嘉祥公主面前露怯，那只会让对方更加担心。

听了她的话，嘉祥公主脸上的表情果然放松多了：“说得也是，我也听五兄说过，陛下早就有收拾藩王的打算，上回走水的事情，那些人没掺和，陛下没有理由收拾，这回他们自己跳出来，陛下定是早有预料。”

然而这话刚说完过了两日，顾香生他们便得到一个消息：各地藩王忽然像约好了一般，分别于几日前带着私兵离开藩地，陆续入京。

于晏不敢怠慢，随即入宫请示，离宫之后便以皇帝的名义下旨，令各地藩王原地待命，不准入京。

如今齐国兵力大部分还在魏国，一部分则留在边陲驻守，震慑回鹘人，余下各州府的府兵兵员有限，且不说能不能镇压藩王，更重要的是，齐国不能在这种时候起乱子。

夏侯礼当了三十几年皇帝，名头终究还是能吓唬吓唬人的，当时准备入京的十个藩王，便有四个胆子小点的，被这道旨意给吓住了，果然不敢再前进一步，但还有六个听而不闻，依旧往京城的方向进发，他们的属地离京城也近，很快就在上京城外咫尺之遥的保德县集结，六方汇作一股，以端王夏侯哲，也就是皇帝的堂兄为首。

朝廷规定，各地藩王麾下的兵员不能超过一千人，但有的人偷偷豢养私兵，只要数量不过分，又没闹大，地方官不想多事的，也就睁一只眼，闭一只眼了。这点人数，换作平日，王师一出，立马溃不成军，肯定掀不起什么大风浪的。

但这次六位藩王，有些带了两千人，有些带了四千人，合起来居然也有三万，正好与京城守卫不相上下。

这些人到了保德县就不再前进了，而是派人向朝廷递信，说他们关心天子病情，想亲自入宫探视，若是陛下能出来说句话，他们二话不说，立马下跪请罪；若陛下迟迟未露面，他们就要怀疑天子是不是被奸佞小人挟持了，如果是这种情况的话，他们这些人就会立刻冲进宫去清君侧，护卫天子周全，保卫大齐江山。

这话说得天花乱坠，冠冕堂皇，可谁都知道，来者不善，善者不来。

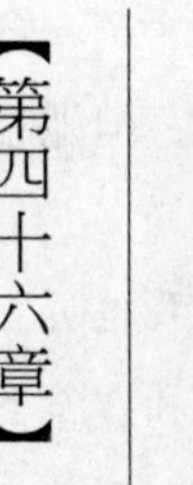

【第四十六章】风雨惊澜奏太平

“三郎，你觉着陛下会不会在这个节骨眼上突然露面？”

说话的人叫夏侯振，论辈分，皇帝应该喊他一声叔叔，不过他的面相显年轻，约莫平日里保养得也好，看上去与皇帝差不了多少。

夏侯振的父亲在当年夏侯家起兵时，着实给了不少助力，所以他父亲事后被高祖皇帝封为安王，以彰其功。

每个王朝一开始，皇族之间必然是团结一致，其乐融融的，高祖皇帝也没想到以后自己的儿子会因为这些藩王头疼，所以一些功劳大的藩王，还给了他们世袭的权力，安王便是其中一家。

皇帝夏侯礼当年在兄弟里排行第三，登基前人称三郎，但夏侯振这声“三郎”，喊的却不是夏侯礼，而是端王夏侯哲在宗室里的排行。

夏侯哲闻言就笑了一声：“四叔，你就别多虑了，咱们这么折腾，以皇帝的性子，他要出现，早就出现了，哪里还容得下咱们到了京城外边还不露面？依我看，他十有八九是出事了。”

“三郎说得有理，”边上的惠王夏侯致接过话，“夏侯礼连他儿子都容不下，更不要说我们了，若现在没事，肯定早就气急败坏让钟锐那条狗出来收拾我们了……”

他好像觉得“收拾”两个字有点太杀自己的威风，讪讪顿了一下，随即改口：“城内现在有消息了吗？若是对方还没消息传来，我们真要攻进去？”

夏侯哲哼笑："当然不，夏侯洵也是个卸磨杀驴的主儿，若是进了城，咱们才真是成了乱臣贼子，白白给他送去一个收拾我们的借口！"

惠王皱眉："咱们难道就不能换一个支持吗？夏侯洵那厮心眼多得很，说话做事又不够利索，再说他娘的出身甚至还没有夏侯沪高呢！"

夏侯哲道："正是因为他出身寻常，才只能依靠我们，若是扶持夏侯瀛那样的蠢货，即便他登上皇位，也斗不过他那帮兄弟！夏侯沪呢，他娘是于淑妃，外祖家又是大齐世族，出身是够好了，可正因为他的背景好，将来继位之后，肯定不会听我们的摆布。只有夏侯洵，他出身一般，外家无靠，朝中支持他的也多是文臣，就算他不想听我们的话，登基之后也只能靠我们，到时候我就让他同意咱们养兵，再以拥立之功赐予我们更多的藩地，等我们兵强马壮，又何惧他翅膀长硬了要收拾我们？"

惠王拊掌大笑："妙！三郎果然足智多谋，难怪安王要让你来当这个头！"

夏侯哲也笑道："都是各位叔叔兄弟抬举，我哪里有什么能耐呢，要光靠我这点兵力，就算兵临城下，也只会给人看笑话，所以还是得咱们所有人团结起来才行啊。会哭的孩子有奶吃，十六郎他们几个，被于晏等人吓一吓，就真的不敢动了，真是㞞货！"

其他几个藩王也都纷纷笑了起来。

安王道："你们先别高兴太早，听说皇帝还有个儿子，如今领兵在外，到时候他带人杀回来，又要如何是好？咱们这几万人，充其量只能吓吓城里那帮人，若是鲁巍手底下那些杀过回鹘人的兵，我可不敢硬抗！"

夏侯哲道："四叔不用担心，这些事情，我早就想好了，没有皇帝的诏令，鲁巍是不敢擅自回来的，到时候夏侯洵登上帝位，就等于已经拥有了正统名分，鲁巍若还想支持别的皇子，那与造反又有何异？更不必说贺玉台那老东西现在远在边陲，还要对付回鹘人，根本抽不开身回来，等他们反应过来，早就大势已定了！"

安王点点头，脸上露出明显放松的神情："听你这样一说，我心里就踏实多了，那咱们现在应该做什么？"

夏侯哲正待说话，便见外面有人送来一封书信。

他拆开一看，见诸位叔伯兄弟都眼巴巴地盯着自己瞧，便笑着将信顺手递给离他最近的夏侯振："夏侯洵让我们给城里的人递信，就说明日一定要见到陛下，若不然，后日一早就开始攻城。"

安王将信翻来覆去地看："上面怎么没有夏侯洵的印或落款？不会是有人假冒的吧？"

夏侯哲笑了笑："我前便说过，夏侯洵素来小心，在这等细节上，怎会让人有抓把柄的机会？他早先便与我约好暗号，这里头的确有他标记好的暗号，应是他无疑了。"

与夏侯洵的联系一直由夏侯哲进行，既然他说是真的，那就一定是真的。

不过其他几个藩王却更关心另一件事："他让我们攻城？想得美！到时候恶名让我们担，好处由他拿，他连写个信都不敢落款，将来出了事就一推六二五，咱们上哪儿喊冤去！"

安王更是生气："夏侯洵这小子算盘打得真精啊，还真把自己当根葱了，咱们要是到时候打出支持夏侯瀛或夏侯沪的旗号，看他上哪儿哭去！"

等众人七嘴八舌发泄完怒气，夏侯哲才缓缓道："咱们这点人马，吓唬吓唬人可以，当真攻城，只怕是没什么胜算的。不过此事合则两利，分则两害，诸位叔伯兄弟也不用太生气，左右咱们跟夏侯洵也是各取所需。但这封信，起码说明了一件事！"

他抖了抖信笺："皇帝一定是出事了，所以胆小如夏侯洵，都已经等不下去了！这是咱们的大好机会，今后能不能成一方霸主，就要看咱们这次的表现了！我这就去信，说可以在城外为他壮声势，逼迫那帮文臣尽快选择，但他到底能不能成大事，就要看他自己的了！"

其他几人互相看一眼，点点头，都觉得这个提议可以接受，他们出了力，又不至于担上太大的风险，进可攻，退可守，没什么可挑剔的。

"七郎，此事宜早下决断，夜长梦多，等五郎回来，局面与现在可就是两样了！"

说这话的人是六皇子夏侯沪，而他说话的对象是七皇子夏侯洵。

换作几年前甚至是几个月前，夏侯沪绝不会想到自己会选择支持另外一个兄弟，因为那时候他自忖母妃位分后宫最高，自己又文采风流，必然是最被父亲看好的那一个，谁知道出了个走水事件，夏侯沪被皇帝一通连骂带训，彻底吓破了胆，自此之后就歇了对皇位的心思。

上回夏侯渝离京之后，夏侯洵就主动来找他，说现在夏侯渝的生母已经被追封为贵妃，皇帝的用意呼之欲出，如果他们再不结为同盟，等夏侯渝得了大位，第一个要收拾的，只怕就是他们俩了。

夏侯沪当时还觉得没所谓，说夏侯渝得了帝位也好，只要不是那个残暴嗜杀成性的夏侯淳，一切都好说，到时候大家安安分分俯首称臣，夏侯渝应该不至于丧心病狂赶尽杀绝的。

夏侯洵就意味深长地看着他，说："我记得当年夏侯渝初回上京时，你可没少嘲笑奚落他啊，你觉得他会因为你不跟他争就心存感激？"

夏侯沪想想还真是，当时自己瞧不上刚刚回齐国，跟乡巴佬似的夏侯渝，没少在宴会上出言调侃他，夏侯渝自然什么也没表现出来，夏侯沪说什么，他就低着头听，要么笑脸迎人，从来不曾因此跟他起口角，夏侯沪觉得无趣，久而久之也就懒得说了，不过现在一回想，他却惊出一身冷汗。

夏侯洵见了他的表情，就拍拍他的肩膀，说："其实你不用害怕，我也没少在暗地里给他下绊子。既然陛下至今没有立储，皇位自然有能有德者居之，咱们从小交情就不错，我若能成大事，不说别的，肯定不会像夏侯渝那样对你怀恨在心。到时你想当闲王就当闲王，想逍遥自在就逍遥自在，不是更好吗？"

也正是这一番对话，让夏侯沪下定决心，彻底站到夏侯洵这一边。

此时兄弟俩正在夏侯洵府上的书房里，夏侯洵神色还算淡定，夏侯沪却有些坐不住了。

"六兄少安毋躁，若无意外，此事今日便能有所进展。"

夏侯沪不明其意："能有什么进展，总不会是陛下忽然醒过来吧？话说回来，你能确定陛下当真是出了事吗？总不会又和上次一样，最后将我们所有人玩得团团转吧？"

夏侯洵道："魏国本来就尚未平定，若此事传到那边，谁知道会不会有魏人不甘失败，趁机兴起波澜？陛下若想考验儿子们，绝不会用这种损人不利己的法子。"

夏侯沪神色一动："这么说，陛下很有可能真的已经……"

虽然天家父子之间的亲情并不那么纯粹，但在这些皇子幼年时，除了夏侯渝之外，其他人都曾得到过来自皇帝的关爱，所以乍听到这个坏消息，夏侯沪的心情也实在称不上美丽。

于淑妃如今代掌六宫宫务，夏侯洵就不信夏侯沪当真一点儿风声都没听到："难道于淑妃没与你说？"

夏侯沪叹了口气："我母亲也见不着陛下的面啊！上回还是半个月前，她在门口站了半天，好不容易得到陛下的许可入内，结果从头到尾陛下就只与她说了三句话，让她好生打理后宫，在那之后，我母亲就再没见过陛下的面了。”

后宫没了皇后，皇帝又是个强势的，素来不会让后宫左右自己的想法。在承光一朝，后宫和外戚的影响力降到了最低，几近于无，所以于淑妃没法见到皇帝的面，是再正常不过的事情了。

听见对方的境遇和自己一样，夏侯洵暗自松了一口气，露出戚容：“事到如今，人心惶惶，也该是立储的时候了。”

夏侯沪道：“你放心，我是站在你这一边的，与于家亲厚的一批朝臣，届时都会支持你。”

夏侯洵起身拱手，郑重道：“一世人，两兄弟，多谢兄长仗义，弟弟我就不说什么客气话了，以后我大事能成，自然忘不了你的天大功劳！”

夏侯沪哈哈一笑，拍拍他的肩膀：“你也知道是兄弟，这么客气作甚？有你这句话就成了！其实我这人，打从上回被咱们老爹坑过之后，就怕了退了，不敢再奢望更多，我也知道我这脑子只能吟风弄月，不是坐在皇位上整天操心哪里战乱哪里发大水的料，以后只要能当个富贵闲王，再将我的母亲接出来颐养天年，我就心满意足了。”

夏侯洵也露出笑容：“六兄的愿望定能实现。”

两人正上演手足情深，外边来了人，说有要事要禀告。

夏侯洵心里有数，面上却还不动声色，让人进来。

对方进得书房，见夏侯沪也在，便愣了一下。

夏侯洵温声道：“不妨事，六兄不是外人，你只管说。”

那人先向夏侯沪行礼，而后道：“郎君，六殿下，外头又出大事了，据说藩王们往城里递进来消息，口口声声说陛下一定是落入奸人之手，才会久不露面，他们要求明日见到陛下，说是若明日还不能得见陛下无恙，后日便要攻城清君侧了！”

夏侯沪面色一变：“不可能吧，他们也才几万人，钟锐手底下的人不是比他们多吗？这些宗室胆子也太大了，完全是吃定了陛下无法露面，才会有恃无恐啊！”

夏侯洵道：“但他们的威胁正好给了我们机会。”

夏侯沪转念一想，大喜道：“不错，我们可以以此为借口，要求入宫觐见！”

夏侯洵点点头："事不宜迟，我这就入宫，六兄可要一起？"

夏侯沪有点犹豫，因为上次他正是因为想入宫看热闹捡便宜，所以才被皇帝捉了个正着，眼下都有心理阴影了。

犹豫半天，最后还是看热闹的心理占了上风，他嘴上虽然说不要皇位，支持夏侯洵，可谁又真能超然物外？皇帝若真当面开口要他继位，会往外推的才是傻子，夏侯沪心底总还存着这么一丝幻想。

"我与你一起去吧，有什么事也好有个照应。"片刻之后，他下了决定。

夏侯洵自然是面露感激的："那快走吧。"

钟锐的脚步从来没有像现在这么急促，这么匆忙。

他本就生得魁梧，走起路来，一步能当别人两三步，此时又比寻常时候还要快上几分，简直称得上健步如飞了。

后面的士兵跟得气喘吁吁，他却浑然未觉，并作几步跑上高高的汉白玉台阶。

但一到宫殿门口，他的脚步立马就放缓了，整个人的动静也跟着小了下来。

"劳烦你们进去通传一声，就说我来了，请乐内监出来说话。"他对门口的内侍道。

后者答应一声，转身入内。

没过一会儿，乐正就出来了，两人走到一旁的柱子边上说话。

钟锐开口先问："陛下龙体如何了？"

乐正眉头紧锁："还是那样，醒了就说胡话，这几日都没个清醒的时候，后宫来了几拨人想见，我都没让见。"

他见钟锐满头大汗："钟将军行色匆匆，想是有急事？"

钟锐苦笑："不单是急事，还是大事，出大事了！藩王们递了消息进来，说明日一定要见到陛下，不然后日就要攻城！"

乐正"啊"了一声，面露怒色："他们竟然如此大胆！"

钟锐顿足："那些藩王满打满算才几万兵力，彼此又各有算计，真打起来，金吾卫尚能应付，债多不愁，我还不是担心这个！我是担心于相他们，还有众皇子，这事一出，他们肯定是要入宫闹着见陛下，请陛下决断的。乐内监，这事拖不下去了，要不就实话实说吧，真出了大事，咱们都担不起责任啊！"

乐正叹了口气："事已至此，我也料定是拖不下去了，否则就白白连累钟将军陪我担了这恶名！”

钟锐苦笑：“你我都知道自己是为陛下办事，忠心耿耿，可外人不知，要是真被当成败坏社稷、把持朝政的小人，咱们这冤要向谁诉去？”

乐正点点头：“你我尽力了，若再有人要求入宫觐见，你就别拦着了，都让他们到大庆殿来吧。”

这话才刚说了没多久，那头宫外果然就陆续来了人。

夏侯洵两兄弟不算快，比他们更快的是于晏等文臣，他们一听到消息之后立马就赶往宫门来了。

任谁都知道，如今这个局面，只要皇帝一露面，所有事情就迎刃而解，那些宗室总不可能当真造反。就算他们脑子坏了，真敢攻城，夏侯渝和鲁巍还有几十万大军在潭京，到时候赶过来驰援，这些人就要吃不了兜着走。更何况皇帝秉政数十年，积威甚重，若是知道他没事，那些宗室立马就老实了。

大皇子夏侯淳如今被废为庶人，关在府里出不来，三皇子夏侯瀛平日看着不问俗务，听见这个消息，也急急忙忙赶来皇宫，生怕被人占了什么便宜。

连同后到的夏侯洵兄弟以及隆庆长公主、嘉祥公主等近支宗室，一干人在宫门外面做好了跟钟锐撕破脸的准备，谁知道后者二话不说就将他们放了进来，倒让众人错愕老半天。

趁着去大庆殿的路上，于晏拉住钟锐就问：“事到如今，那些藩王在外头鼓噪不休，陛下总不可能还不露面，你老实说，陛下是不是下不了床了？”

他的声音不大，但周围几个人都竖着耳朵，倒也听了个大概。

钟锐长叹一声，也不说是与不是，只道：“于相，您也别问了，等会儿见着陛下您就知道了。”

于晏听这语气，似乎比自己想象中还要严重，心头不由得咯噔一下。

一行人也无心说话了，路上默默无言，到了大庆殿外，便有小黄门迎上来：“乐内监请诸位入内之后，勿要大声喧哗，惊扰了圣上！”

众人是知道乐正在皇帝跟前的地位的，心头虽有不满，但也没人愿意当出头鸟，便都鱼贯进去，脚步刻意放轻。

乐正就站在内殿与外殿的那扇门口，从他的角度，正好可以看见里面的动静，又能看到于晏等人进来。

“拜见各位贵人。”人太多了，乐正也没法一个一个行礼，便如是道。

隆庆长公主蹙眉：“闲话休提，陛下到底如何了？”

乐正垂首："陛下的情况不太妙。"

隆庆长公主的声音带上怒意："胡闹！不妙是怎么个不妙法？你先前百般拦着不让我们见，如今却跟我们说不妙，那些藩王可在外头可劲儿地闹呢，陛下若有个万一，你千刀万剐都难辞其咎！"

语气虽是极其严厉，但她仍旧很注意压低了声音。

乐正道："奴才也不是有意隐瞒，是陛下先前清醒时交代的！"

隆庆长公主急了："你倒是把话说清楚啊！"

乐正眼眶一红，哑声道："陛下……陛下他现在不认得人了！"

众人惊愕交加，隆庆长公主的表情更如遭遇晴天霹雳。

"什么叫不认得人了？"

乐正垂泪道："贵人们进去见了便知晓了。"

也无须他说，隆庆长公主早已抢先一步走了进去，夏侯洵等人连忙紧随其后。

众人在外头的时候，便闻到一股浓重的药味，走进内殿，越靠近龙榻时，那股味道就越浓郁呛鼻，直往七窍里钻，令人恶心欲呕。

但谁也顾不上掩鼻，因为他们已经瞧见了躺在龙榻之上的老者。

对方闭着双目，两鬓斑白，脸上全是斑点和老态。

"阿兄！"隆庆长公主鼻子一酸，泪珠滚动，再也忍不住，直接就扑了上去。

夏侯洵他们虽然不像长公主这般失态，但脸上的震惊也是难以掩饰的。

于晏前儿回见过皇帝，总算还没有那么惊讶，但他也不知道乐正说的"认不得人"是什么意思，便问："乐内监，这到底是怎么回事？"

乐正垂泪道："原先出征之前，陛下时不时就会犯怔忡之症，当时找太医来看过，说是陛下多年来一直通宵达旦批阅奏疏，心神损耗过甚，要好生将养。但是太医开的药陛下总也不肯喝，奴才劝了也没用，三碗能喝个一碗，奴才就要烧香拜佛谢天谢地了，所以这病也就时好时坏，所幸并无大碍，陛下也不让奴才多嘴。谁知陛下亲征的时候，一不留神从马上摔下来，又染上时疫，当时情形凶险，后来虽然渐渐有了起色，但终归是伤了底子，以致邪毒入侵，心脉瘀阻，病情加重……"

隆庆长公主接道："所以那会儿陛下提前回来，又闭宫不出，还有一大部分是为了养病？"

当时皇帝将消息瞒得严严实实，没让这个消息传出宫去，除了乐正和几个为他诊治的太医，竟无人知道，大家都以为他是摔伤未愈又感风寒，绝想不到他身上还有更加严重的病症。

现在回过头想想，皇帝借着宫里走水的那件事将一批人发落，吓得所有人都老老实实，所以那些怀有异心的人，这次也不敢轻举妄动，生怕又是皇帝在坑人。

乐正点点头："是，当时陛下的病情便很不乐观，怔忡之症频频发作，引发了心神恍惚，有时候竟还不大认得人，还三不五时便发烧，说些胡话，太医也诊不出个所以然来，只能开了治怔忡的药，让陛下先安神定气，再论其他。陛下清醒时，偶尔就会召朝臣入宫，将积压下来的朝政料理清楚，但时日一长，他清醒的时间也越来越短……"

说到这里，他已经忍不住哽咽起来。

夏侯沪怒道："乐正，你这是存的什么心！陛下都到这份儿上了，你还不告诉我们，还死死瞒着，你这存的是什么心？！想挟天子以令诸侯，想逼宫谋反吗？"

乐正道："殿下恕罪，是陛下让奴才这么做的。陛下担心他的病情传出去之后，会引发局面动荡，是以让我不准往外说。而且前些日子，吃了太医的药之后，陛下已经感觉好了许多，是这两日才又说起胡话来的，陛下自己也没想到病情会忽然变得这么严重。"

夏侯沪看了躺在床上人事不知的老爹一眼，冷笑道："你说是陛下让你这么做的，你有何证据？空口说白话谁不会呢！"

夏侯洵沉声道："事到如今，多说这些已经无益，国不可一日无君，陛下现在这样，还是要早些立储才行，城外那些藩王，无非也是看准了这一点，所以才肆无忌惮，若是东宫定下来，他们还如何敢放肆！"

夏侯沪道："七郎说得有理，无论如何，现在得赶紧先立个太子，才好出面代朝廷处理这些事情，讨伐藩王也好，处置政事也罢，咱们总得有个主心骨吧？"

他这话说出来，一时却没有人接话。

不单于晏没吱声，连隆庆长公主也沉默以对。

反倒是几名宗室，夏侯洵早就暗中联络好了，闻言便道："六郎说得不错，为今之计，还是早立太子为好！"

隆庆长公主道：“等陛下醒来，再说此事吧。”

那要是陛下醒不过来呢？

许多人都这么想，可这当口，谁敢这么说？

夏侯洵心中不免有点焦灼，他看出隆庆长公主并没有支持他的意思，这并不是一个好兆头，先前他也曾几次三番上门拜访这位姑母，但最后都吃了闭门羹，隆庆长公主摆出一副不问世事的架势，可谁都知道这女人一贯是紧跟皇帝步伐的，夏侯洵总觉得她那边应该早就听说了一点什么风声。

可隆庆长公主不支持他，又能支持谁？难不成去支持夏侯渝？

想及此，夏侯洵不由得暗暗咬牙。

一个半路冒出来的杂草，怎配与他这种从小就受到精心培育的皇子抗衡？

夏侯洵虽然从未表露出来，但在他心里，其实是不大看上夏侯渝的，总觉得对方根本没有资格与他争皇位。

可皇帝的表现又是那样明显，先是追封他的生母，又让他去魏国负责归降交接事宜，这明摆着是要让他立功，好多挣些本钱，如此种种，有心人都不难猜出皇帝的意图。

但猜归猜，只要皇帝一日没明确下旨立储，夏侯洵就绝不甘心。

如今夏侯渝还未回来，皇帝却已经连话也说不出，这岂非是天意？

皇帝好强了几十年，总觉得自己还行，不肯早立太子，谁料一朝风云变幻，这个举动却正好给了夏侯洵天大的机会。

他若能趁此将大事定下来，就算事后夏侯渝再回来，还能做什么？还不得跟着别人一样拜倒在他脚下山呼万岁？自己占了名分大义，夏侯渝若是不服，若敢起反心，那就是谋逆了，谁也不可能再支持他。

夏侯洵早已将这些利害关系计算清楚，所以就算隆庆长公主不开口，他也要逼着对方开口。

据他所知，长公主并不是夏侯渝的人，更不可能为他所收买，眼下这种情形，除了推出一个能够主事的新君之外，别无他法，藩王们叫嚷着后日攻城，长公主总不可能非要坚持到夏侯渝回来，为了大局，她更可能选择自己。

“长公主，如今……”

只是，夏侯洵才刚说了这几个字，便传来乐正的惊呼声：“陛下！”

霎时间，众人的注意力都被吸引过去，没人再去听夏侯洵说什么。

夏侯洵：“……”

他满心郁闷，可也不得不跟别人一样赶紧凑到龙榻边上。

那头皇帝刚刚醒来，勉强转动头部，用浑浊的眼珠在众人身上扫了一圈，也不知认出人来没有。

长公主上前几步："阿兄，我是五娘啊，您能认得我吗？"

"五娘……"皇帝困难地吐出这两个字，似乎是在回忆。

长公主连连点头："对，我是五娘，是仙麓，你的妹妹！"

皇帝的神色恍惚了一会儿，终于问："你嫂嫂呢？"

长公主愣了一下。

见她没说话，皇帝又道："皇后呢？她不是说去给朕取枇杷膏吗？怎么去了那么久？"

长公主完全蒙住了："阿兄……"

其他人也都一脸晴天霹雳，他们不知道皇帝这是病糊涂了，还是真糊涂了。

乐正更是嘴唇颤抖，脸色通红，似乎是在使劲忍住，让自己不要放声大哭。

长公主强笑道："阿兄，你想必是记错了，嫂嫂已经去世二十年了呢！"

"二十年……"皇帝喃喃重复了几遍，"可朕方才看见她了，还很年轻，就从那边进来，说朕久咳不好，要给朕拿枇杷膏，但朕等了很久，也没见着她回来，你去承香殿瞧瞧，她是不是被什么事给绊住了……"

"陛下！"乐正再也忍不住，伏地大哭了起来。

皇帝皱眉盯着他看了半天："你这阉奴，怎么老了许多，头发都白了？"

乐正泣不成声："陛下……"

众人这才确定，皇帝是真糊涂了。

夏侯洵没等其他人说话，抢前一步，跪下道："陛下，如今藩王就在外头，朝中群龙无首，乱作一团，还请您早日下令立储，以安臣民之心！"

皇帝看了他好几眼，才道："你是……七郎？"

夏侯洵见皇帝还认得自己，大喜过望："是，正是儿子！"

皇帝长长叹了口气，好像刚从一场大梦中醒来，神情却更显萧索。

他久久沉默，众人都差点以为他睡着了，但此时此刻，谁都能看出皇帝情况不佳，随时都有驾鹤西归的可能，在场有几个心急的，忍不住开口又唤了几声，希望皇帝能赶紧将大事给交代了。

长公主也擦干眼泪道："阿兄，如今京城内外人心惶惶，几个藩王趁您生病，便集结兵力在城外叫嚣，说要入城清君侧，您快些好起来吧！"

皇帝冷笑一声，只是这笑声哽在喉咙，又换来一阵剧烈的咳嗽，乐正连忙上前拍抚其背。

众人递水的，慌乱的，出去喊人进来伺候的，殿内登时乱作一团。

“一群跳梁小丑，不足为惧！”皇帝咳嗽好一阵，勉力抬起手指，分别指了指于晏和乐正等人，“朕早已将遗诏拟好，安放在承香殿里，于晏和乐正知道，钥匙由于晏、冯朝、刘聃三人保管，咳咳，他们知道位置，待五郎回来，便可宣诏。”

这声五郎一出口，夏侯洵的面色立时就煞白一片，浑身僵硬，动弹不得。

事到如今，即便皇帝没有明说让夏侯渝继位的话，可那意思已经再明显不过了。

他周身发冷，只觉得自己辛辛苦苦为之努力奋斗了许多年的目标，顷刻就塌陷了。

即便按照长幼排序，也轮不到夏侯渝来继承皇位啊！

更何况这厮的生母身份又低，还在魏国待了那么多年才回来，连书都没正经读过，他懂什么，又能干什么，他怎么配得上九五至尊这个位置？！

寒心过后，夏侯洵的神情便彻底阴沉下来。

夏侯沪小声而快速道：“陛下病糊涂了，他说让五郎回来，又没说让五郎继位，遗诏既然被几个人把持，那么他们几个联合起来想做什么手脚也不是不可能，之前乐正一直隐瞒陛下病情，居心叵测，他的话不能信！”

这番话让夏侯洵冷静许多，心道，不错，我暗中布置了许久，今日也是到了该收获成果的时候了，绝不能因为父亲的一席话就自乱阵脚！

事情还没有到完全无法挽回的境地，除非夏侯渝现在就站在这里，他们当着大家的面宣读遗诏，否则只要他不在，便还有可以操作的余地。

这番话声音不高，但边上仍旧有几个人听见了。

三皇子夏侯瀛神色一动，但终究还是低下头去，装聋作哑，反正不管怎么弄，皇位也不可能掉到他头上，他又何必做些吃力不讨好的事情？

八皇子夏侯潜暗自冷笑一声，忽然高声道：“陛下，您的意思是，要立五兄为储，是吗？”

夏侯沪翻了个白眼。

但此刻皇帝忽然剧烈咳嗽起来：“朕有些头晕，朕想好好睡一觉……”

长公主不忍再逼他，忙回头给夏侯潜递了个眼色，又对皇帝道：“阿兄，您好生歇息吧，我们就在边上守着，有什么事您唤一声便可！”

皇帝“唔”了一声，在乐正的服侍下躺了下来，刚闭上眼睛，却又微微张开，抓着乐正的手道：“你去给皇后说一声，枇杷膏找不着就算了，让她早些回来，她离开许久，朕想她了……”

乐正的表情似哭似笑，拼命点头：“您先歇着，奴才这就去请皇后过来！”

长公主也难掩心酸，她知道帝后感情极好，皇后故去多年，皇帝也未立新后，这对于一个帝王来说，本身就已经很难得了，要知道古往今来多少帝王，一边怀念早逝发妻，一边又另立新人的，其实也不在少数。

可她没有想到，自己依旧低估了这份感情，皇帝在病重时，念念不忘的人，不是如今后宫里活着的哪个嫔妃，而是在许多人心里早已面目模糊了的皇后。

此情此景，她也只能一声长叹，心下唏嘘。

然而并不是所有人都拥有像长公主这样的心情，更多人关心的是另外一件事。

老皇帝眼看就不行了，他虽然属意夏侯渝，可夏侯渝眼下并不在这里，外面藩王们又咄咄逼人，谁知道他们会不会真的打进来，到时候老皇帝不济事，新君又未立，群龙无首，很容易生出更大的乱子。

“陛下如今重病在床，如何能到城上视事，那些藩王叫嚣明日就要攻城，情势紧急，此事当如何了结，长公主，于相，还请赶紧拿个主意才是！”一名宗室开口道。

“是啊！是啊！当务之急，我看还是先推出一位监国摄政的人选来吧，有了主心骨，大家才好做事啊！”其他人附和。

“依我看，谨王人品端庄，老成持重，又有办差经验，是最适合的人选了。”说这句话的人姓叶名昊，官居户曹尚书，与滕国公冯家乃姻亲，母亲也是宗室女，如此一来，他就既是文臣，又与宗室走得近，属于两边说话都有些分量的人。

长公主看了他一眼，道：“这不妥吧，陛下还在，哪里需要什么监国？有什么事，让于相先代办就是了，陛下既然说了让五郎回来，就等五郎回来再说。”

叶昊道：“长公主此言差矣，藩王要见的是陛下，于相出面又有何用？”

长公主怒道：“现在五郎还未回来，你说这些有何用！大不了我亲自去城门处见他们，与那些乱贼说个清楚，行不行？”

叶昊拱手：“公主息怒。陛下病重，所有人都看见了，他老人家甚至当着我们的面说要找皇后，可我们都知道，皇后早已亡故，陛下如今怕是心神迷乱，不能自已，他所说的话，自然也不能作为凭据，只有将遗诏拿出来宣读，一切才能明了。”

事已至此，于晏不能不开口：“陛下早有吩咐，遗诏要等肃王在场的时候，方可宣读。”

乐正擦干眼泪站起身：“各位贵人，早在几日前，奴才便奉陛下之命，去寻肃王回来，如今想必肃王已经在路上，且再等等，说不定很快就能到了。”

滕国公冯朝道：“既然如此，就劳烦于相与乐内监先到承香殿将遗诏拿过来吧，待肃王回来，即可宣读。”

夏侯洵待要说话，却被冯朝一个眼色制止，后者又道：“不过在那之前，为防藩王久等不耐，我也赞成先让一位皇子出面暂代监国之职，以安人心。”

冯朝身为滕国公，说话分量比叶昊还要重上几分，连长公主也不能不考虑他的话。

这时外面来了人，说是藩王们已经兵临南门，正在城外鼓噪，说是要见陛下，否则明日寅时一过，就要开始攻城了。

长公主大怒：“钟锐何在？”

“卑职在！”

“你这便带人去城门上，若有人敢攻城，当即格杀勿论！”

叶昊忙道：“此事万万不可，这些藩王虽然人数不多，但他们打着清君侧的旗号想见陛下，若陛下能露面，他们自然再无借口，若还攻城，自无道义可言，王师替天行道，人人拍手称快，若我们不分缘由便开打，百姓还会以为宫里当真出了事，我们才秘而不宣的！”

冯朝也道：“不错，如今陛下病情不明，万事以稳妥为上，既然陛下有交代，一切等五殿下回来再说，那我们就等一等，在此之前，得先有个人出来主持局面。”

长公主被他们说得心烦意乱：“暂代监国就暂代监国，总得先有个人出去应付了那些趁火打劫的贼子才行！”

冯朝道：“诸皇子中，七殿下最为稳重，可担此任。”

长公主不是不知道，叶昊和冯朝都向着夏侯洵说话，但现在他们只是想要夏侯洵暂代监国，并没有违逆陛下的意思，谁也挑不出个不是，恰恰相反，如果夏侯渝回来，当真继承了大统，他反过来还得感谢夏侯洵在这段时间的功劳。

她扫视了周遭一圈，乐正正在龙榻前与太医小声说着话，一心扑在皇帝身上，无暇旁顾，最有发言权的尚书令于晏与兴国公刘聃，此时却垂眉敛目，不发一言，其他人，有些分量的，大多倾向夏侯洵，一部分人保持中立观望态度，还有一些支持夏侯渝，都是些寒门出身的官员，虽说能出现在这里的，品级都不会低到哪里去，但比起其他人而言，这些人的分量就有些微弱了。

其实也不是不能理解的，打从前朝起，在朝为官也好，两姓联姻也罢，事事都讲究门第出身，虽然大家嘴上说英雄不论出身，有才不论贫富，但事实上，门第阶级观念一直根植于人心。

像夏侯渝，即便皇帝抬了他母亲的身份，可谁都知道，他生母不过就是一个籍籍无名的宫婢，因为受了恩宠才飞上枝头，能被追封为贵妃，也是沾了儿子的光，假若现在夏侯渝能认在皇后名下，支持他的宗室可能会更多一些，但他没有，更有他在魏国长大的经历，所以大家心中难免对皇帝的决定不以为然，觉得夏侯渝更像南人，而非北人，对他缺乏认同感，而宁愿选择夏侯洵。

长公主见状，不由得暗暗叹息，终于让了一步："罢了，你们说怎样就怎样吧！"

监国的人选就此确立下来，此时夜幕已经开始降临，劝退藩王的事情是当务之急，虽然夏侯洵很想留下来等到皇帝再次苏醒，但他还是不得不临危受命，带上人就往外走。

临走前，他寻了个机会，将冯朝悄悄喊到一旁："舅父，你给我透个口风，遗诏上面，写的到底是不是五兄？"

他虽然唤冯朝为舅父，但夏侯洵的母亲并不是冯朝的亲妹妹，只能算是远房表妹。

冯朝摇摇头："其实我也没有见过，当初陛下当着我们的面，将匣子上了四重锁，并将钥匙分别交给我、刘聃、于晏三人，少一个人，那匣子都打不开。"

夏侯洵心头冰凉："这样说来，我是全无希望了？"

冯朝一笑："其实也未必，若夏侯渝不能及时赶回来，匣子又彻底烧毁了呢？"

夏侯洵心头一跳，继而狂喜："难怪舅父先前一直胸有成竹，原来是早有谋算！"

冯朝拱拱手："胸有成竹不敢当，但我既然已经说了要全力帮助殿下，自然是要说到做到，你我之间远比夏侯渝亲近，我不助你，又能帮谁呢？"

夏侯洵道："那于晏和刘聃那边……"

冯朝笑道："刘聃是个老滑头，陛下在时，他自然一切听陛下的；陛下不在了，他肯定靠向强者，皇后没有留下子女，他们家又没有当皇子的亲外甥，他帮谁不是帮呢？就算不明确倒向我们，肯定也不会主动出面和我们作对的。至于于晏，如果匣子都毁了，单凭他一个人，也掀不起什么风浪。"

夏侯洵大喜，忍不住抓着他的手："有舅父在，我大事可成！"

"殿下放心，你自去吧，这里有我，你若能劝服藩王们退兵，这又是一桩天大的功劳，到时候陛下一去，匣子没了，我们先下手为强，拥立你为新君，夏侯渝就算活着回来又能如何呢？"

夏侯洵深深一拜："那一切就托付给舅父了！"

心头大石落下，他连走路的步伐也坚定几分。

冯朝看着他风风火火离去的背影，并未转身入内，而是往另外一个方向而去。

夏侯洵带着人出了宫门，直奔南门而去。

在路上的时候，他心头便已经盘算好了：先劝住那些藩王，让他们不要轻举妄动，等到了宫内，再以藩王施压，让长公主等人听话，至于夏侯渝那边，他与冯朝早就商议好，派人在他回京的必经之路上伏击，就算不能要了他的命，也必让他身受重伤，拖个十天半月，让他无法及时赶回来，以皇帝现在的身体，肯定拖不了太久，等夏侯渝回来时，一切为时已晚，大局已定。

但如果在此期间陛下又醒过来，并且亲口说出要夏侯渝继位呢？

不，绝对不能让他醒过来，只要皇帝神志清醒过来，他们所做的一切，就都白费了！

想及此，他心里霎时浮现出一个阴险而大胆的想法。

先等等看，等等看再说，夏侯洵深吸了口气，对自己道。

现在局势于他有利，有滕国公和叶昊等人站在他这边，还有那些宗室官员，只要夏侯渝没在这个时候出现，皇帝又开不了口的话，就算于晏和长公主反对，只怕也无济于事。

随着马蹄声踏踏，夏侯洵的心头渐渐安定下来，他两腿一夹马腹，又驱策马匹奔得更快一些。

临近城门时，前方的喧哗鼓噪声越来越大，间或居然还有隐隐的欢呼声。

夏侯洵拧起眉头，几乎疑心自己听错了。

“你去前面看看，发生了什么事。”他对随从道。

随从领命而去，在情况未明的时候，夏侯洵不想再往前走了，便下令原地待命。跟在他身旁的钟锐张了张口，原想说什么，最终还是闭上了嘴。

夏侯洵没瞧见对方眼底一闪而过的轻视，还在找话题与对方搭话：“钟将军这些日子守在陛下身边，人看着都清减了不少，你职务繁重，还要多多注意身体才好啊！”

金吾卫守卫皇宫与京城各门，重要性不言自明，但钟锐之前并不与哪个皇子走得特别近，让夏侯洵想跟他拉近关系都无从下手。

钟锐淡淡道：“多谢殿下关心。”

夏侯洵还待再说的一大堆话霎时被钟锐不咸不淡的态度给堵住了，只好讪讪住嘴。

他们并未等太久，那个去查看情况的随从很快就回来了，还给夏侯洵带来一个惊人的消息。

“殿下，肃王妃正在那儿，据说她上了城门楼，还、还……”随从跑得气喘吁吁，话也说得不连贯。

夏侯洵听了又急又怒：“还什么，谁让她跑去那里的？”

随从道：“还一箭将端王的脑袋给射中了！”

夏侯洵完全呆住了。

钟锐看了他一眼：“殿下，现在该如何？”

夏侯洵回过神，犹有些不敢置信：“她怎么敢、她怎么敢如此胆大包天？！是谁让她这么做的？”

他也顾不上钟锐了，当即大喝一声：“都随我前去看看！”

众人还未动身，前方便传来一个清亮的女声：“我家娘子说了，乱臣贼子，人人得而诛之，有什么杀不得的？七殿下如此紧张，莫不是跟叛贼有什么勾连？”

伴随着这个声音，前方出现一行人，为首的是两名骑士开路护卫，其中一个女子，便是刚才说话之人。

后面是一辆马车，马车后面，则有护卫随行，浩浩荡荡，前呼后拥。

车队在夏侯洵他们不远处停下，帘子掀开，里面出来一人，正是顾香生。

她对夏侯洵与钟锐点头颔首致意：“七郎和钟将军来得正好，那些贼子在城外喧哗闹事，我已将为首之人射杀，群龙无首，如今他们正慌乱得很，余下的事就交给两位了。”

话说得轻描淡写，好像自己不是刚杀了个人，而是在谈论今日的天气。

即使大腹便便，但她给人的第一印象，肯定不会注意到她的肚子，而是她周身的气势。

夏侯洵完全无法形容自己此刻的感受，只觉得自己好好布置的局面被顾香生毁了一环，心头愤怒无以复加，只恨不得上前掐住她的脖子，将这个女人掐死。

“陛下命我平乱，嫂嫂却越俎代庖，这是何意？”他冷声道，“外面那些可是藩王，是朝廷亲封的藩王，更是大齐的宗亲！你说杀便杀了，难道以为仗着你是肃王妃的身份便可横行无忌？肆意杀害藩王，该当何罪？”

顾香生淡淡一笑：“七郎也不必急着给我扣帽子，这些人顶着藩王的名头，在外面叫嚣闹事，威胁陛下，这不是乱臣贼子又是什么？方才我的侍婢已经说过，乱臣贼子，人人得而诛之，就算我不杀，别人也要杀，难不成七郎不杀？你不提他们与谋逆无异的行径，反而口口声声称他们为宗亲，难不成还准备为他们辩白？”

夏侯洵恨声道：“该如何处置，我心里有数，用不着你来横加指责！在陛下没有定他们的罪名之前，他们就是宗亲！你擅作主张，就跟我入宫去向陛下请罪吧！侍卫何在，将她拿下！”

“慢着！”钟锐出声阻止。

夏侯洵道：“钟将军这是何意！”

钟锐慢慢道：“窃以为，肃王妃所为，并无不妥。”

夏侯洵冷冷道：“这么说，钟将军也是打算违抗命令了？”

钟锐还未回答，顾香生就笑道：“谨王何必为难钟将军？即便你不说，我也是要入宫的。”

夏侯洵道：“闲杂人等，非皇命不得入宫，更何况是杀害藩王的有罪之人！”

他言语冷淡，实是对顾香生的观感已经厌恶到了极点，连表面文章都不愿做了。

顾香生也不动怒，笑吟吟道：“陛下还未发话呢，谨王倒先将我的罪治了，难不成陛下传位于你了？如此我倒是要跪下来喊万岁才是！”

她也没等夏侯洵说什么，转身入了马车，又在马车内说了声“走”，车队便往宫门处开进。

夏侯洵原想拦住，可对方行动太快，还未等他下令，旁边钟锐便道：

"让道！"

钟锐带来的人闻言纷纷避让到一旁，只剩下夏侯洵和他带来的几名随从侍卫，总不能螳臂当车，他只得掉转马头往旁边让开，眼睁睁看着顾香生离去。

"她杀了端王，钟将军为何视而不见？"他扭头质问钟锐。

钟锐面露难色："她毕竟是肃王妃，总不能寸步不让吧，殿下是龙子龙孙，自然无妨，卑职安敢冒犯？"

夏侯洵也顾不上与他扯皮，他更担心顾香生入宫之后不知会做出什么事，就想赶忙追上去，便急急对钟锐道："宫门处的事情就交给你了，我先去宫里看看，免得妇人无知，冲撞了陛下！"

钟锐忙道："有殿下在，卑职如何敢擅作主张？如今端王身死，其他藩王还不知会不会趁机攻城，还请殿下亲临指挥才是……"

但他话还没说完，夏侯洵就已经策马朝顾香生他们的方向追了上去，将钟锐远远抛在身后。

"将军，咱们现在该怎么办，要不要跟上去看看？"长史询问。

钟锐摇摇头："宫里有乐内监在，应该出不了什么差错，咱们先将那帮藩王镇住再说。端王一死，群龙无首，余下人等必然不敢再妄动，亏得有肃王妃这一箭，若换了我，身份不同，还真不好下手！"

二人一面说话，一面朝城门处赶了过去。

却说夏侯洵追在顾香生等人后面，紧赶慢赶，好不容易将将追到大庆殿，才追上顾香生他们。

他也不知道一个快要生产的孕妇，何以走路速度竟能那么快，心里正忍不住问候顾香生的祖宗八代，便听见殿内忽然哭声震天。

夏侯洵的脚步当即就僵住了，脸上露出难以置信的神情。

那一瞬间，他脑海里首先浮现的，是狂喜。

狂喜之后，又是惭愧和悲伤。

然而夹杂在惭愧和悲伤里的，还有惊恐。

他再也顾不上顾香生了，拔腿就往大殿跑去！

谁也没想到，皇帝这一睡，就再没醒过来。

彼时大家正聚在外殿，小声说话，商议事情，突然就听见乐正大叫一声"陛下"，心里都暗道不好，赶紧起身就往内殿跑，便看见乐正正扶着床柱跪在地上，大放悲声。

夏侯洵跑进去的时候，大殿里头已经哭声一片，所有人都跪伏在地上，嘉祥公主更是哭成泪人，差点就晕过去。

但夏侯洵第一反应是望向滕国公冯朝。

后者正好也朝他看过来，先是摇摇头，又给了一个让他安心的眼神。

夏侯洵稍稍定下心，冯朝的表情说明一点：皇帝并未在死前再指定储君，他似乎觉得自己立了遗诏就足够了，所以没能等到夏侯渝回来，而是在睡梦中去世。

所以现在对于夏侯洵而言，就是万事俱备，只欠东风了。

他趁着众人悲伤哭泣，还没反应过来的时候，悄悄走到冯朝身旁，还想问承香殿里那个匣子的事情，那是一个能够让他顷刻间功败垂成的危机。

冯朝似乎知道他想问什么，扯扯他的袖子，将手伸过来，在他掌心写下“已妥，少安毋躁”六个字。

就在此时，桓王夏侯潜忽然大声道：“于相，兴国公，滕国公，如今该把遗诏拿出来宣读了吧！”

夏侯洵暗自冷笑，心说，夏侯渝到底给了你多少好处，让你这样不遗余力帮他说话，到时候可别哭。

长公主也醒过神来，抹了把眼泪道：“八郎说得不错，于相，乐内监，遗诏在哪儿？还请快快拿出来宣读，也好早日安定人心！”

于晏哑声道：“长公主，陛下说过，遗诏要等肃王殿下回来，才能宣读的。”

长公主顿足：“都什么时候了，事急从权，就算陛下准备传位于五郎，他在与不在，又有何妨？总归有遗诏在，我们也都在，诸事先准备妥当，等他一回来，马上就可以登基了！”

于晏面露迟疑，看了乐正一眼，道：“那，劳烦乐内监与我一道，去将那遗诏匣子取过来？”

因为皇帝驾崩的缘故，乐正好像一下子老了几岁，他点点头，扶着床柱勉力爬起来，旁边的小黄门连忙上前扶他。

“奴才这就与于相一道过去。”

二人一前一后，往外头走去。

夏侯洵见状，忍不住有些着急，却还得强自镇定。

然而就在两人刚走出门口时，差点就撞上迎面跑来报信的小黄门。

“不好了，承香殿走水了！”

众人俱是一惊，唯独夏侯洵与冯朝二人心下暗喜，松了口气。

长公主怒道：“好端端的怎会走水？还不快救火！”

小黄门急急道：“都已经在扑救了，可那地方原先就没什么人在，火刚烧起来的时候，没能及时发现，就、就……”

长公主大声质问：“你也知道没什么人在，那怎么还会走水呢？”

乐正跑上前，呵斥那小黄门：“还愣着作甚？快带我去看看！”

眼看乐正离开，众人面面相觑，有的选择跟上去，有的选择留下。

夏侯沪忽然道：“若是承香殿烧没了，那遗诏岂不也没了？”

久不出声的兴国公刘聃，此时反而慢悠悠开口：“莫急，莫急，等他们回来，自会有个结论的。”

皇帝依旧静静地躺在那里，但在场的人早已不单纯是在哭他，这哭声之中，更夹杂了许多难以言喻的复杂滋味。

顾香生觉得有些累。

她的身体状况毕竟不同以往了，方才那一箭耗费了她不少力气，如今揣了个笨重的肚子，连下跪都没法子，只能靠着墙边站着，稍作歇息。

不多时，乐正等人回来了，他面色苍白，脚步凌乱，手中更是空空如也。

众人一看，便知事情不妙。

夏侯沪跟在后头进来，看热闹不嫌事大地嚷嚷起来：“不得了了！整个承香殿都被烧了个遍，遗诏怕是也给烧没了！”

兴国公刘聃面色大变，并作几步迎上前：“乐内监，此事当真，遗诏没了？”

乐正有气无力地叹了口气，没说话。

他礼数周全，换作以往不至于如此，此时想必也是万念俱灰的缘故。

刘聃也不与他计较，只是跌足长叹：“这可如何是好？”

长公主失声道：“怎会如此？！承香殿虽然离得远，又罕有人迹，但那里不算小，怎会一下子烧个精光？难不成之前就没人发现吗？定是有人故意纵火，要严查到底！”

冯朝道：“长公主说得不错，此事关系重大，必有蹊跷，不过眼下最重要的，还是立新君的事，国不可一日无君，只有立了新君，陛下才能瞑目。”

于晏缓缓道：“滕国公说得好，国不可一日无君，陛下方才临终前，曾说过等肃王殿下回来，再颁遗诏，可见心中属意，便是肃王，如今虽无遗诏，也要照陛下的心意来办。”

叶昊道：“于相此言差矣，陛下虽然说让肃王回来再宣诏，可并没有说要传位于肃王，如今没了遗诏，您可不能信口开河，陛下还在这儿看着呢！”

于晏怒道：“若陛下不是属意肃王，缘何又会说出让他回来再宣诏的话？他怎么不将大皇子也召进宫呢？”

冯朝好声好气道：“于相不必动怒，咱们也是就事论事，一腔碧血丹心，日月可鉴。陛下要等肃王归来，不一定就是要传位给他，更有可能是希望所有皇子都在场，能够听见遗诏，夏侯淳已经被废为庶人，便不能再算皇子了，陛下自然不会提及他。”

于晏冷笑：“那依滕国公看，您觉得谁最合适当新君呢？”

冯朝斯斯文文道：“这话我说不好，还是让大家来说吧，哪位皇子最得民心，自然有最多人支持。”

“滕国公这话就说错了！”出声的居然是顾香生，她方才闭目养神，已经渐渐将精神养了回来。

“在场哪里有庶民？如无庶民，怎么算得上民心？您若要看民心，应该找个铜锣到大街小巷敲，逐个询问了，那才叫民心。”

冯朝淡淡道：“恕我直言，肃王妃，您终究是内帷妇人，此等国之大事，怕是没有您说话的份儿。”

“那我呢？我也是妇人，难不成我也没有说话的份儿？”长公主高声道。

冯朝忙拱手道：“长公主自然不同！”

“那我嫂嫂怎么就不能说话了？”这回质问的却是嘉祥公主，她不知何时醒转，在侍女的搀扶下缓缓起身，“我嫂嫂出入疆场，箭术如神，参与修史，兴办蒙学，所做的一切，只怕比在场许多男人都要多得多，连陛下都曾夸她‘胸怀锦绣，内蕴高华’，试问你们谁能做到？”

冯朝没想到向来温和的嘉祥公主都会突然发难，便道：“公主误会了，臣不敢对肃王妃无礼，只是肃王妃身为肃王女眷，事关立储，她理当避嫌。”

顾香生道：“滕国公说得好，与此有关的都该避嫌，那滕国公身为七殿下表舅，照理也是应该避嫌的吧？”

夏侯洵道：“眼下最要紧的，是立了新君，好为陛下发丧，五嫂又何必抠着些许字眼不放？”

长公主怒道：“陛下已经有圣意，又何来推举之说？七郎，你别混淆视听！”

夏侯洵分毫不让：“敢问姑母，陛下的圣意在何处？还请拿出来让我等一看！”

“你！”长公主一噎，怒目相向。

夏侯洵道：“你们口口声声说陛下属意五兄，可五兄现在连人影都见不着，这天底下哪里有新君连先帝发丧都不在场的道理！他不在场，又如何主持大局？他不在场，又如何理政问事？如何安定民心？如何震慑城外那些野心勃勃的藩王？”

“你怎知我不在！”

夏侯洵还待再说，冷不防被这个声音一截，浑身便是一震。

他缓缓望向声音来源处，面上俱是震惊。

再看冯朝，亦是一脸难以置信。

门外士兵举起熊熊火把，将黑夜彻底照亮。

他们簇拥着夏侯渝，如同天降神兵一般，出现在门口。

夏侯渝浑身浴血，一身战袍已经染红，分不清是他自己的血，还是别人的血。

但他面上不见疲色，双目凌厉如刀，心里有鬼的人，被他视线一扫，都不由自主低下头。

“五郎，你终于回来了！”长公主又惊又喜。

“有劳姑母挂念，有劳各位惦记！”他拱手朝长公主等人致意，又不着痕迹地朝顾香生的方向看了一眼，轻描淡写道，“路上出了点意外，所以来迟了。”

夏侯洵面不改色：“五兄平安回来就好，陛下驾崩，你快去拜一拜吧！”

夏侯渝闻言神色一肃，大步朝皇帝那里走去，“扑通”跪了下来，喊了一声“父皇”，语带哽咽，郑重拜了三拜。

顾香生慢慢走过去，手轻轻按在他的肩膀上。

夏侯渝起身，反手按住她的手，轻轻拍了一下。

此时此刻，他们无法做更多亲密的举动，也没法说太多的话，但两人默契，早已无须言语。

他对众人道：“陛下遗诏在何处，新君为何人，还请拿出来宣读，好让我等拜见新君！”

夏侯洵道："方才承香殿起火，遗诏已经烧毁……"

"谁说遗诏已经烧毁？"于晏大声道，"遗诏完好无损！"

夏侯洵面色一变："不可能！方才乐正……"

乐正慢慢道："陛下留了一手，遗诏有两份，一份存放在承香殿，还有另外一份，存放在龙榻之下，正是为了防止出现意外的状况！"

叶昊质问："若遗诏有两份，为何陛下方才不说？谁知道是不是你们私下篡改私藏的！"

于晏道："遗诏乃陛下亲笔所写，上有玉玺盖印，是与不是，见了便知！陛下英明神武，早就料到会出现今日这样的状况，所以筹谋在先，任是某些小人绞尽脑汁，终究也是邪不胜正！"

"邪不胜正"四个字一出，在场许多人的脸色登时微妙起来。

夏侯渝一回来，顾香生的心神就完全松懈下来。

先前一系列事情，虽然她表现得很镇定，但终究耗费了太多精力，现在一放松，倦意立马就席卷而来，整个人变得昏昏欲睡，竟连后面于晏与乐正将匣子拿出来，刘聃等人打开匣子，乐正宣读遗诏的事情，也都恍恍惚惚，犹堕梦中。

耳边隐隐传来动静，似乎是旁人在说话的声音，又似乎是众人跪拜夏侯渝，山呼万岁的声音，这样重要的时刻，顾香生原也想勉力睁开眼睛，可眼皮就跟黏住了一样，无论如何也醒不过来。

这一觉好像睡得很长，再度醒来的时候，外头天已经蒙蒙亮。

苏木惊喜道："娘子，您可算是醒了！"

顾香生没看见夏侯渝的身影，不由得微微蹙眉，她甚至疑心昨晚的一切，只是自己的一场梦。

"殿下呢，他还没从魏国回来？"

苏木扑哧一笑，随即意识到先帝刚刚驾崩，又忙敛住笑容："您说什么呢，现在该改口称陛下啦！陛下正忙着为先帝发丧的事呢。昨夜您忽然倒下，吓了我们一大跳，还好太医说您是太累睡着了，婢子都没瞧见过陛下急成那样，就您睡着的时候，他也每隔一刻钟就进来看一次，这会儿刚走呢，婢子这就去请陛下来！"

"别……"顾香生刚想阻止她，门口便出现了一个熟悉的身影。

"你醒了！"夏侯渝大步走过来，脸上满是看见她醒来的喜色，又要努力控制笑容，差点没把表情整扭曲了。

“我方才还以为这一切是在做梦。”

握着他的手，感受对方传递过来的温度，顾香生的心终于逐渐安定下来，就这么坐在床上，将他的腰搂住。

“还好不是梦。”

“当然不是梦。”夏侯渝道，握住她的手拍自己的脸，“你瞧，我会疼，所以你不是在做梦。”

顾香生忍了又忍，还是没忍住，扑哧一笑。

但随即又皱起眉头。

夏侯渝紧张起来：“怎么了？”

“我……我好像要生了……”

● • ● ○

1. 回首

夏侯渝到现在还记得，先帝还在世的时候，有一回将他召进宫，让他陪着自己在宫里闲逛。

皇帝指着承香殿对他说："这是皇后曾经住过的地方，其实皇后怀过孩子，只是后来没保住，如果那孩子还在，一出生肯定就会被朕立为储君，将世上所有最好的东西都送到他面前。"

两人走到另一处，皇帝又指着不远处的宫殿群道："那是朱境殿，住着你六弟的生母于淑妃，你六弟出生那会儿，你还没去魏国，你有印象吗？"

夏侯渝点点头："有，儿子记得朱境殿的景致是宫里最好的，当时我远远看着都觉得漂亮，总想去那里玩，可奶娘总不让，说被人发现了会不高兴，那时我住在明义殿，隔壁就是太妃们住的地方，草木凋零，景色荒芜，心里就很羡慕。"

皇帝笑了起来，问："那你有没有偷偷跑去朱境殿玩？"

夏侯渝也笑："有，偷跑过去一次，奶娘还不知道，因为我很快就回去了，只看了一眼，那会儿正好瞧见一个小孩儿，在宫女的簇拥下蹒跚学步，边上还有一位穿着漂亮衣裳的妇人，满脸慈爱，后来我才知道，那就是于淑妃。那会儿我听见于淑妃在给服侍六郎的宫婢说，让她去准备一份牛肉锅贴，好回头给六郎填肚子，那会儿我听了也馋，回去就问奶娘要，可明义殿没有小厨房，那天晚上吃的还是小米粥和蜜糕。”

皇帝拿手指头点点他：“你啊，居然隔了这么久，还记得那天晚上吃了什么，可见是个记仇的！”

夏侯渝俏皮道：“儿子记仇，可也记恩啊，父母的生养之恩，至今铭记于心！”

皇帝当时便敛了笑容，问他一句话：“你可怨朕？说老实话，朕不治你的罪。”

夏侯渝沉默片刻，方轻声道：“若说怨，其实还是有怨的。当年在魏国，遭人白眼，受人冷遇时，也曾想过，为何我要生在帝王家，为何我生在帝王家，结果却是个不受宠的皇子，为何我的生母出身不高，为何那么多皇子，却偏偏是我受命去当质子，一天一天地想，心里的怨越来越深。直到有一天，有人跟我说，三才之中，人与天地并列，能托生为人，本身就是一件幸事，每个人生来都是要做大事的，但他们会遭遇许多困境坎坷，也会因享乐而消磨意志，汉高祖刘邦当年起于寒微，甚至连个皇子的身份都没有，最后照样也能成就大业，为什么你就不行？

“听完那番话，我的心一下子就敞亮起来，好像积累了多年的灰尘，被人扫了个干净，再无余垢。从那个时候起，我就告诉自己，不要被小小的困境打败，就算再难，也要努力挣出一条生路，更何况我在魏国都城看过真正的贫民，那些人衣不蔽体，不要说吃顿饱饭了，有时候穷起来，连儿女都要卖掉，那才是真正的人间炼狱，相比起来，我的确是应该庆幸且珍惜的。”

皇帝静静听完，问：“给你说这番话的人是顾香生吧？”

夏侯渝没隐瞒，点点头：“是。”

皇帝微微一笑：“看来你这妻子是娶对了，娶妻娶贤，难怪你之前一意孤行要娶她。”

夏侯渝眼里漾起温暖的涟漪：“是，这样的人，许多人终其一生也未必能遇见，但若是遇见了，就要好好珍惜。”

皇帝不知想起什么，目光望向承香殿的方向，一时没有说话。

夏侯渝也不敢打扰，两人就这么站着。

过了许久，皇帝出声：“做人做事，眼界要放开，格局要大气，记仇没错，但如果心中只有仇怨，是成不了气候的，但如果他明明有怨，却非要强颜欢笑，说自己毫无怨言，虚伪至极，这样的人，做做小事还可以，做大事却是不行的。为人如此，为君更是如此，你要时刻谨记。”

夏侯渝神色一凛，垂手肃立：“是，儿子记住了。”

皇帝又道：“朕问你有怨与否，你若说没有，朕是不信的。在你回齐国之前，朕一直没有关注过你，即便你回来之后，假若你平庸寻常，今日朕也不会与你说这番话，你可明白？”

“儿子明白。”夏侯渝心中隐隐有些猜测，但皇帝没有明说，他也不能问。

这番话天知地知，当时皇帝身边，除了他之外，还有乐正在，所以也没有传出去。

在那之后，夏侯渝远赴魏国，最终连皇帝的最后一面也没能见上。

对于先帝，夏侯渝一开始是怨，后来则是敬。

敬他有一代明君的气魄胸襟，即便自己不是他最喜欢的儿子，他也愿意给自己机会，将江山的重担交给自己，反观魏国永康帝，正因为他自己的私欲和喜好，将魏国的大好局面搅得一团糟。

先帝也许不是一个足够合格的父亲，因为他的儿子太多了，而他身为皇帝，又注定不可能面面俱到。但他是一个合格的皇帝，将自己生前所能做的，都已经做了，留给继承者的，是一个欣欣向荣、一切才刚刚开始的齐国。

先帝也许早已料到，也许并不知道，父子俩这一席长谈，解开了长久以来埋藏在夏侯渝内心深处一个最深的心结，以至于后来，夏侯渝登基之后，也并没有出现兄弟相残的惨剧，恭王夏侯沪、谨王夏侯洵，仅仅是被废为庶人，没有被要了他们的性命。

因为一个自信、有能力掌控局势的帝王，并不需要失败者的性命来巩固自己的地位和权力。

先帝的一生，是传奇的一生，在他在位期间，终于初步结束列国纷立的局面，将碎裂了数十年的天下中原又重新聚拢在一起，变成一块完整的疆域，若他还能活得更长一些，说不定还能看见一统天下的那一天。

而现在，这个担子落到了夏侯渝的手里。

夏侯渝暗暗发誓，自己一定要对得起先帝的托付，将这个帝国发扬光大，令它重新屹立于中原，成为世所瞩目，不比汉唐逊色的盛世王朝。

路，就在脚下。

2. 夫妻

从魏至齐的路，夏侯渝走过一回。

那次是魏、齐交战，他私自离开魏国，路上历尽艰辛，不知是否能平安抵达齐国，不知回去之后会否受到更严厉的惩罚，前程未卜，满心忐忑。

这次则截然不同，虽然回去之后情形莫测，也许比上次更甚，但这一次，即便身边的幕僚心急火燎，夏侯渝也还力持镇定，有条不紊地安排好一切，然后才带着亲随抄小路回齐。

鲁巍那边，对方是个谨慎小心的性子，从不站队，夏侯渝自然也不担心他会因为自己提前离开而去通风报信，只是没想到对方会如此知情识趣，还没等自己提出来，他就表示可以配合夏侯渝进行掩护，不会让这边的人发现夏侯渝他们提前回去，以免走漏风声。

兴许他也觉得皇帝传位给夏侯渝的可能性很大，所以提前示好来了，夏侯渝并不需要想那么多，有时候人到了一定位置，看人想事都可以尽量简单化，不必那么伤神费脑，鲁巍想开了，愿意提前站队，这也说明他觉得夏侯渝的机会更大，这是好事。

所以即便路上遇见装扮成劫匪的刺客拦路，夏侯渝也并没有像黄珍那样两边眉毛皱得都快连在一起了，因为这反而说明了一件事：京城的确出了什么事情，又或者说，皇帝的病情很可能非常严重，或许到了不容乐观的地步，否则某些人不会这样急着在半道上拦他——他们选择这个时候回来，赌对了。

将刺客擒住，夏侯渝让手下留了两个活口，又加快速度，赶回京城。

然而他们终究是迟了半步，皇帝刚刚驾崩，夏侯渝没来得及与他说上半句话。

长途跋涉的疲惫一下子涌上来，让夏侯渝整个人都变得有些麻木迟钝，原本应该很悲伤的心情，也变得淡淡的；于晏、乐正等人拿出遗诏匣子与夏侯洵等人交锋的时候，他也没什么反应；众人跪伏下来，齐声高呼拜见新帝的时候，夏侯渝面上看着淡定，内心依旧是疲惫而麻木的。

直到看见顾香生晕倒，他脑海里才好像有根弦被拨动，整个人都跟着活了起来。

太医说她只是因为太累而睡着，夏侯渝也不敢大意，又让另外几个太医轮流诊断一番，确定无碍，方才放下心。

他也很累，握着顾香生的手，不知不觉就趴在床边睡着了。

这一觉睡得很踏实，几乎无知无觉，只是毕竟姿势有些别扭，被乐正轻声叫醒的时候腰酸背痛。

天还没亮，但有许多事情要做，处理夏侯洵他们都可以押后了，当务之急是先帝的丧事，白绸麻衣都要赶制起来，皇帝驾崩的事情也要陆续昭告天下，最重要的，还有新帝登基的事情。

先帝生前没有公开立储，仅仅是以秘立遗诏的方式选定继承人，所以新帝的袍服肯定没有做，这会儿还要夜以继日地赶工。

幸而睡了一觉，夏侯渝方才有力气接见一批又一批的臣子宗亲。

隆庆长公主和夏侯潜是站在他这一边的，于晏等忠于先帝的文臣自然也没什么可说的，但除此之外，朝中还有一批人，先前并不看好夏侯渝，而更看重七皇子夏侯洵，这些人听见新帝确立之后，匆匆忙忙赶过来，有的是为了表忠心，免得被新帝清算，有的则是为了探听虚实，再做打算，众人心怀各异，夏侯渝都要一一应付，而且对不同的人，要有不同的处理方式。

像对于晏、刘聃这等忠臣，自然是要和颜悦色，加以慰勉，暗示登基之后一切也不会大变，先让他们安下心来。

对冯朝、叶昊这等投机分子，也暂时不宜处置，先稳住他们，因为今晚事发仓促，他还没有站稳脚跟，等一切安定下来再解决也不迟。

现在最要紧的是……

夏侯渝听见顾香生抱着肚子说自己可能要生的时候，整个人都蒙住了，完全不知所措，面临皇位危机也无法让他这样惊慌过，还是苏木反应过来，第一时间冲出去喊来太医。

为了这一胎，原本所有准备都已经就绪，但那是在王府，不是在宫里，现在顾香生马上就要发动，已经不可能再回王府去了，只能在宫里生，所以人手和东西都要从王府里搬。

这些事情自然有人去做，夏侯渝一直守在顾香生身边，握住她的手不放，脸色比将要生产的顾香生还要苍白，完全不复方才处理政事时的有条不紊。

顾香生不得不从疼痛中抽出空来安慰他："你别担心，不会有事的。"

"嗯，我没担心，我陪着你，你别怕。"夏侯渝勉强挤出一丝笑容，虽是这样说，但他还是没有放开对方的手。

大行皇帝停灵于此，自然不能在这里生产，离大庆殿最近的是大政殿，但那里之前被一把火烧掉了，就只剩下很少被使用、荒废已久的紫宸殿了。

紫宸殿这地方有点来历，据说高祖皇帝在这里驾崩，后来不知怎的还传出闹鬼的传言，继位的先帝就将这里给封存起来，但事急从权，也就顾不上那么多了，夏侯渝与顾香生并不忌讳这些，就将产房临时安在其中一处保存较好的偏殿内。

所有人立刻跟着忙碌起来，端热水的，送巾子的，布置产房的，去王府喊人的，苏木在旁边劝夏侯渝出去，夏侯渝却怎么也不肯，还很不高兴："帝王乃紫微帝星，百无禁忌，更何况即将出生的是我的孩儿，这里躺着的又是我妻，哪里有不吉利之说？那不过是男人疏忽妻子给自己找的借口罢了！"

众人面面相觑，都没想到新帝会说出这番话，乐正也来劝，说产房有血光，不利于帝王。

对乐正，夏侯渝还是要给几分面子的："乐内监不必再劝了，我知道你是好意，不过这次我是一定要看着的，你们只管做你们的事情，当我不在便好了。"

乐正哭笑不得："陛下误会了，可恕奴才直言，您在这儿看着，医婆和宫人都不敢放开手脚，反倒累了王妃。"

虽然以顾香生跟夏侯渝的感情，册封皇后是迟早的事情，但一日未册封，她名分上就还是肃王妃。

这话还有几分道理，夏侯渝犹豫了起来。

顾香生也拍了拍他的手："你出去吧，在外面等消息就好，正好也能处理些正事，免得误了大事，有事我会喊你的。"

夏侯渝无法，只得点点头："那你有事一定要喊，我就在外头，隔一扇门，马上能听见。"

虽说女人生产等于一只脚踩在鬼门关上，但像新帝这样，还没生就活像生离死别的，也太夸张了。

宫人们看着觉得好笑，又暗暗有些羡慕，都觉得这位新皇后将来怕是要独宠椒房的。

3. 鹣鲽

顾香生曾经对夏侯渝说："你对我，其实是近似于姐弟一般的感情，因为你在最困难的时候遇见我，我拉了你一把，其实也并没有帮太多的忙，可你总觉得是我帮助你脱离困境，所以才会倾心于我的，对吗？”

夏侯渝认真地想了想，摇摇头：“不是。你看我，小时候就没了娘，有爹和没爹也差不多，虽说挂了个皇子的身份，听着无比光彩，可你也知道我在魏国过的是什么日子，随随便便一个小官，都能瞧不起我。可正因为我经历过这么多的坎坷，才知道一个人愿意毫无所求地对自己好，是多么可贵的事情。小时候是倾慕你，长大了，这份倾慕就变成爱慕，因为你对我好，所以我也想对你好，无论怎样，都希望你平平安安，喜乐无忧。”

此时此刻，一墙之隔，听见顾香生在里面生孩子的动静，听见她低低的呻吟和闷哼，夏侯渝又想起了两人曾有过的那一番对话，心里不住对着上天，对着齐国的列祖列宗，对着先帝祈祷，希望她能平平安安。

身为一个即将登基的帝王，即使在这种时候，依旧有络绎不绝的人和事前来找他。

于晏在给夏侯渝汇报事情的时候，他嘴上虽然应是，表情也很镇定，但给人的感觉就是左耳进，右耳出，明显心不在焉。

“陛下，陛下？”于晏有些无奈，不得不三番五次地把他的心神从里边给拉回来。

夏侯渝“唔”了一声，居然还神奇地记得于晏方才说的内容，还有条不紊地复述了一遍，末了道：“于卿的提议很好，就照你的意思办吧。”

既然皇帝听见了，于晏也不好再追问下去，又见他整个人完全绷着，忍不住安慰了句：“陛下不用太担心，王妃平素身体康健，这一胎想必也不会艰难的……”

这话才刚说完，里头便传来一声拔高了调子的尖叫，像是顾香生在苦苦忍耐之后实在没法忍受，才不得不发出的宣泄。

夏侯渝一刻也待不下去，没等旁人出声阻止，他就抬步冲了进去。

产房内密不透风，所有人正全神贯注集中在顾香生身上，冷不防夏侯渝进来，她们一回头，登时吓得面无血色。

自古以来，男尊女卑泾渭分明，相传女子产房污秽，会给男人带来厄运，即便再深爱妻子，也没哪个男人愿意不顾忌讳陪在妻子身边。

当然，丈夫又非大夫，就算陪在身边也帮不上一点忙。

可夏侯渝不仅是男人，还是皇帝，皇帝可以拥有三宫六院，只要他喜欢，多得是女人心甘情愿、前仆后继为他生孩子，虽然夏侯渝现在还没有，可并不代表以后没有。

这样一个身份的男人，本不应该因为妻子生孩子就如此紧张，脸色大变，乃至方寸大乱。

所有人都呆呆地看着夏侯渝冲到顾香生身边，握住她汗湿滑腻的手："你还好吗？要是太难受，咱们就不生了！"

旁边医婆听得哭笑不得，都这种时候了，哪里还能不生？难不成把孩子塞回肚子里去啊？

她不得不壮起胆子，战战兢兢地提醒夏侯渝："陛下，您，这产房，您是不该进的……"

夏侯渝不耐烦："朕就在边上看着，不碍你们事，你们做你们的便是了！"

皇帝不肯离开，医婆也提不起胆子再劝，只得束手束脚在旁边干活儿，颤着声音道："娘子再使点儿劲，很快就要出来了！"

顾香生没想到生个孩子比她以前天天练习弯弓射箭还要累，几乎有点精疲力竭："我使不上劲了……"

医婆急了："您可不能在这个时候松了这口气，不然时辰久了，孩子闷在里头，对大人小孩都很危险，赶紧咬咬牙，生出来就轻松了！参汤呢？快将参汤端过来！"

夏侯渝从没想过生个孩子竟是如此艰辛困难，连顾香生这种平日里活蹦乱跳的人，都要差点去了半条命，不由得跟着面无血色，盯着她的脸，视线几乎不肯移开分毫，也不知在安慰顾香生，还是在安慰自己："没事的，没事的！"

顾香生听得直想笑，却忽然就有了力气。

夏侯渝总不吝在她面前说自己遇上她是一件幸事。

可顾香生觉得，能够遇上夏侯渝，也是自己最大的幸运。

她握紧了夏侯渝的手，身体因为用力而微微僵直挺起，脖子上的青筋都已经爆出来了。

耳边人声鼎沸，她听不清那些人在说些什么，但唯一清晰的是，握着自己手的，始终有力温暖。

产房外头还有不少人等着，隆庆长公主、嘉祥公主都在，后者原先是在里头陪着顾香生的，但夏侯渝一进去，她反倒有些不好意思，也觉得自己多余，便先退了出来。

“怎么这么久？”里面不时传出动静，又有人端着血水出来，嘉祥公主看得心惊胆战，忍不住伸长了脖子问。

“这不算久了，我生大郎那会儿，足足疼了一天一夜呢！”长公主笑道，“女人生孩子就是过鬼门关，不过肃王妃福大命大，再说陛下也在里面，有天子之气镇着，不会有事的。”

嘉祥公主吐了吐舌头：“陛下怎么敢进去？这事儿若传到前朝，怕是有言官要进谏了！”

隆庆长公主淡淡一笑：“进谏又如何？依我看，这位陛下不是会任人摆布的主儿，以后可要热闹了！”

她看到夏侯渝对顾香生一片深情的情状，便已想到日后齐国说不定要出个古往今来不纳嫔妃的皇帝了，如此一来，前朝免不了会有些闲言碎语，话说先帝对先皇后念念不忘，可也没有为了她而荒废整个后宫，齐国这风水是怎么了，出的皇帝竟一个比一个情种不成?

思及自己的兄长，长公主不由得轻轻叹了口气。

正唏嘘时，里头便传来欢呼：“生了！生了！”

两人都腾地起身，疾步往里头走。

于晏等外臣不宜在此久候，早就退下了。

刚走进屋子，一股血腥气就扑面而来，嘉祥公主也顾不上那么多，忙问：“是皇子还是公主啊？”

一名医婆抱着襁褓笑道：“是位小公主呢！”

嘉祥公主心头哎呀一声，想到五兄对这个孩子的出生期待已久，这下难免要失望了。

在场众人，其实也不乏作如此想法的，有人暗暗为顾香生可惜，有人又觉得顾香生占了帝王的爱重已是幸运，又岂能事事如愿?

谁知夏侯渝和顾香生非寻常庸人，二者脸上全无失望，顾香生更不像寻常妇人那样满脸歉意地对丈夫说，让你失望了云云，反倒含笑对夏侯渝道：“完了，这下子可要多个像我这样倔强性子的女孩儿让你受累了！”

夏侯渝一边让人将孩子抱到跟前来让她看，一边还温柔地为顾香生拂去额上乱发：“像你有什么不好？能文能武，不让须眉。世人都说女不如男，朕偏不信，若是将来没有儿子，让女儿继承帝位又有何妨？总归出过一位则天皇帝，不算前无古人了！”

什么？！

听到这席话，抱着襁褓的医婆心头一惊，差点脚软，直以为自己耳朵出毛病了。

顾香生扑哧一笑：“莫要胡说，女帝这条路多艰难，何必让孩子受罪？”

夏侯渝道：“我不舍得让你受罪，以后的事情以后再说。你累了，先睡一会儿吧，我陪着你。”

顾香生的确累得很了，也不多话，看了他和孩子一眼，便合上眼皮，沉沉睡去。

屋子里依旧人来人往，夏侯渝却似乎完全不受影响，还接过宫婢递来的温帕子，亲手为顾香生擦拭脸上的汗。

看着他们旁若无人的情状，嘉祥公主忽然有些羡慕。

这世间，幸得一人，俪影成双。

4. 至疏

魏临万万没有想到，自己有朝一日，还能见到活着的严氏。

那是在魏国归降之后的第七个年头，彼时正好也是新帝登基的第七个年头。

夏侯渝登基的第二年，南方蛮族作乱，朝廷调派于蒙前往平叛，谁知那一年正好又遇上黄河泛滥，回鹘人见齐国将注意力放在南方那块，又忙着赈灾，觉得有机可乘，便带着人南下频频侵扰。

屋漏偏逢连夜雨，那些地方上的藩王因上回先帝驾崩时逼宫不成，后来被夏侯渝处置了好些人，只是夏侯渝事情太多，一时顾不上将所有藩王都清理干净，结果有几个藩王趁着接连出事，也跟在后头胡说八道一通，说皇帝得位不正，先帝死因有疑云云，扯虎皮，做大旗，跟着起事。

藩王作乱不足为惧，回鹘人才是心腹大患，老将贺玉台年事已高，精力不济，鲁巍又被调去剿藩王，夏侯渝便御驾亲征，亲自带了人去柴州打回鹘人，朝中一应事务则由顾皇后暂为代理。

这放在从前，自然是不合规矩的，从来只闻太后摄政，断断没有皇后摄政的道理，前头倒是有两位，吕后和武后，可正因为如此，有些人才更担心齐国蹈前人覆辙，牝鸡司晨，乱了朝纲。

当时便有不少人反对，可皇帝一意孤行，又将先帝在位时，令景王监国，结果景王监守自盗，差点造反的事情拿出来说，那些原想提议夏侯潜等人来代为摄政的臣子赶紧又将话给吞回去，生怕让皇帝误会自己居心叵测。

于是这事就这么定下来，自然也没少人背地里等着看笑话，但他们最后都大为失望，且不说天子亲征顺利，不过半年就将回鹘人打跑，自此龟缩在草原深处，好几年不敢来犯，顾皇后理政竟也井井有条，赈灾平乱供给粮草，几头不乱，令人叹服。

等天子归来，皇后却没有因此从前朝退出，反倒自此形成了惯例，每逢有大事，皇帝便会另设一座，让皇后一同旁听决断，有时候皇帝生病，也有皇后在，不致耽误正事，久而久之，竟出现唐时“二圣临朝”之局面。

起初自然也有不少人看不惯这种事情，纷纷上疏谏言，其中又以言官为最，连动摇江山社稷的话都说出来了，归根结底就是见不得女人对着他们指手画脚，不管这女人是不是比他们厉害。

然而皇帝不为所动，众人也无可奈何，固然有少数固执己见的因此请辞，但绝大多数人还是舍不得官位的，也不想为了这件事与皇帝争论僵持，毕竟时下世风开放，北方犹胜南方，众人见皇帝乾纲独断，不肯听劝，慢慢地也就息了这份心思。

久而久之，顾皇后听政，反倒成了惯例，被习以为常。

故此当咸宁七年，魏临以魏国公的身份入朝觐见时，正好那几日皇帝因身体不爽，便由顾皇后代为接见。

自打顾香生成为齐国皇后起，魏临只在每年宫宴上远远看见过她几面，对方容貌依旧不逊当年，甚至因为年纪渐长，反而更多了几分成熟风韵，端庄有之，气势有之，令人望而生敬，正是一国之母的风仪神采。

他没想到，有生之年，两人还能在私下的场合见面说话。

而这一次，换他对她行大礼。

往事不可追，然而这世上又有几个人能够洒脱到完全不将过往放在心上？

曾经是夫妻，如今却一个高坐，一个下跪，怕是只有神仙或圣人才能做到心如止水了吧。

魏临无法心如止水，所以他只能尽量不将视线与对方对上，免得勾起那一腔爱恨情仇。

然而眼前这个人的存在，无时无刻不在提醒他：他是个失败者。

魏临藏于袖下的手，无声无息地攥紧了拳头。

沉默尴尬的时间没有太长，顾皇后让他平身免礼，然后温声道："我知你心比天高，本也不欲召见你，以免你以为我有意折辱你。"

魏临拱手："臣何敢作如此想。"

顾香生听出他平静语调下的微澜，也并未多言，只道："今日见你，是因为有一个人想见你，托到我面前来，所以我想让你们见一见。"

魏临微微蹙眉，没等他领会对方的语意时，便听见顾香生道："出来吧。"

出来？谁出来？

总不会是让皇帝出来，夫妻俩联手给他难堪吧？

这个念头一闪而过，魏临脸上是全然的冷淡。

然而从后面走出来的，却是一个他完全料想不到的人。

严氏。

他原本应该已经死了的妻子。

魏临的瞳孔微微一缩，几乎就要直身而起！

他死死盯着严氏，确定对方正是他所想的那个人。

严氏去了华服美饰，一身荆钗布衣，颜色依旧动人。

她并没有因为看见魏临而惊恐，反而从容不迫，先向顾香生行了一礼，然后才向魏临微微屈膝："好久不见，夫君别来无恙？"

魏临渐渐平静下来，他明白夏侯渝骗了自己，严氏根本没有死。

实际上他也冤枉了夏侯渝，后者其实本没打算"收钱不办事"，只是魏国归降那会儿，正好碰上先帝病重，夏侯渝不得不日夜兼程赶回齐国，严氏父子的事情就此耽搁下来，还是等他坐稳了皇位，才派人去让严氏父子"病亡"，当时顾香生听说魏临与夏侯渝的交易之后，便说道："严氏父子把持兵权，本也是存着要挟魏临，凌驾皇权的心思，有因必有果，成王败寇，他们死也就死了，但严氏身为女子，从头到尾都没主动做过一件伤天害理的事情，当年嫁给魏临也非她所愿，后来严氏父子掌兵，更不是她劝阻得了的，不管她品行如何，当不至死，如若可能，还请陛下饶她一命。"

妻子难得主动提出一个要求，夏侯渝哪里会有不从？自然就同意了。

严氏逃过一命之后，一直隐居在京郊一处宅子里，像寻常妇人那样，甚至还亲自下地干活，左邻右舍只当她丧夫无子，却绝想不到这女子还曾当过一国皇后。

她与魏临所生的那一儿一女，原是被魏临带走，养在府里的，然而前不久，那儿子因染了风寒，一病不起，竟然就夭折了，她听说之后，才求到顾香生面前，希望能够与魏临见一面，并带走女儿抚养。

魏临不知其中内情，乍瞧见严氏，只觉得自己奉上魏宫宝藏，却还是被夏侯渝欺骗了，心头愤怒，连带看严氏的目光也早没了当年那一丝仅剩的柔情，而泛着全然的冷意。

二人久别重逢，无论是恩是怨，总有许多话要说，顾香生知道自己在旁边，许多话严氏便开不了口，于是起身离开，将内殿留给两人。

“殿下不多留一会儿吗？也听听魏国公要对严氏说些什么。”苏木在旁边道。

顾香生摇摇头：“至亲至疏夫妻，他们两人，早已无话可说。”

前半句苏木没听懂，听见后半句，她便道：“只怕魏国公一怒起来，会失手对严氏动粗呢！”

顾香生失笑：“你不了解他，他不是那种人，纵然恨极了严氏，他也不会失态至此。他隐忍了大半辈子，若无意外，也还会继续隐忍下去的。”

这样的人，心事藏得太深，无人可以窥透，若他愿意，可能还会留一条缝隙，稍微容许别人进驻一点点影子，可也只有一点点影子，再多却不能了。

顾香生曾努力过，她相信严氏也曾努力过，但后来事实证明她们都失败了。

人与人的追求本就不一样，魏临将皇位放在最前面，所以他必然会是这个性格，即便再来一次，他也不会有半分改变，半分后悔。

严氏既然看透了这一点，又有父兄的仇恨，此生与魏临必然也是形同陌路。

想及此，她低低叹了一声，也不知是为魏临，还是为严氏。

“陛下来了！”苏木低呼一声。

顾香生转头，瞧见大步朝自己走来的人，嘴角忍不住扬起笑意。

5. 旧人

如何处理好战败归降者的去留，对于胜利者这一方而言，其实也是一个棘手的问题。

南平是个小国，还算好办，这个国家的疆域加起来，也没有齐国的三分之一大，南平天子归降，将其封个侯爵也就罢了，余等宗亲大臣，那些个贤能的，皇帝想用便用，不想用便可以撂开不管。

但吴越和魏国是大国，处置起来就没有那么简单了。

吴越还好办，天子心高气傲，见江山亡了，直接就把自己给解决了，也不需要等齐国费心想怎么处置。吴越那些宗亲贵族，早先也没少蠢蠢欲动，私底下抱着复国的念头，不过在先帝的强势之下，这些通通折腾不起来。

到了魏国这边，魏临心性坚忍，从前被废了太子的折辱他也一路忍过来了，到如今想开了，越发不可能去寻死，宁肯当个富贵闲人，也要把命活下去。

换作心狠手辣一些的帝王，直接三尺白绫，一杯鸩酒，有的是借口让这个人在世上消失，从此皇位也就再无隐患。夏侯渝不是心不够狠，他只是觉得没有必要，因为除了魏临，他自己那些兄弟、边上的回鹘，甚至地方上不成气候的藩王，真正说起来，其实个个都是威胁，个个都是隐患。

可你能杀得过来吗？杀了张三还有李四，只要有皇帝这个位置，就永远会有人觊觎这把椅子，不思内因而依赖外力，却是本末倒置了。

当年与先帝一番长谈，便使他明白了一个道理：身为帝王，其实并不能为所欲为，恰恰相反，站得越高，胸襟眼界就要放得越宽，就越要学会容人容物。

大肚能容，容天下难容之事。

这不是为了赢得生前身后名，而是为了让自己快活。

因为为难别人的人，肯定也喜欢为难自己。

一个人若是真正强大起来，就不必去畏惧猜疑别人会用什么阴私手段。

人生短暂，他与顾香生相处尚且不够，励精图治，当个合格的帝王尚且不够，又哪里有那么多精力与时间去为难别人呢？

顾香生与他说过两句诗，“牢骚太盛防肠断，风物长宜放眼量”，他觉得特别好，甚至还亲手写了，让人裱起来挂在新修好的大政殿内殿，每回处理政事累了，一抬头就能看见这幅字。

所以对于魏国那些降臣，包括魏临在内，他并未多作留难，当然也没有重用其中大多数人，只让人迁到京城，好生安顿，令他们富贵一世，也就算是仁至义尽了。

丞相王郢倒是个人才，可惜年事已高，精力不济，夏侯渝有心要用，也不知如何用，而老子英雄，儿子未必好汉，王郢的长子王令虽有才，却仅止于文才，于政事只是平平，更无通透眼色可言，否则也不至于当初在夏侯渝入魏劝降时还出言相讥。

不过这些归降的人里边，也不能一个都不用，否则倒显得帝王小气了。新帝刚刚登基，就将上蹿下跳心怀不轨的谨王和恭王都贬为庶人，这份雷厉风行，所有人都看在眼里，知道新帝不是个好糊弄的，行事不免收敛了几分，也都睁大眼睛想瞧瞧他到底要如何处置降臣。

魏国皇帝就不必提了，身份敏感，又曾与肃王妃有过那样一段姻缘，是男人就不可能不耿耿于怀。众人都等着看皇帝将这个昔日情敌，今日的阶下囚收拾了，却没想到等了半天，皇帝愣是不处置，只封了个魏国公，不许离京，便好生养着，待他仿佛比待自己那两个不安分的弟弟还要好上几分。

于是众人才明白，夏侯渝不同于先帝，不能用揣测先帝的心思去揣测他，先帝尚且曾下手杀了自己的兄弟，这位陛下倒还宽宏大量，只将他们废为庶人，也没要了性命，这对他们而言就已经算是幸事了。

谁也没想到，魏国降臣中第一个被重用的，竟然是钟岷。

身为灵寿县主魏初的夫婿，钟岷在魏国时的表现并不算耀眼，因为他由始至终一直在地方任官，魏临记得此人处事公正，在当地很有些清名，不过当时他忙着与严家周旋，又要对付兄弟，没有将太多注意力放在此人身上，最重要的是，因为魏初与顾香生的关系，魏临对钟岷也有几分芥蒂。他始终记得当初顾香生是得了魏初的帮助，才能顺利离开魏国的，嘴上即便不说，内心却不可能完全不介怀。

谁知这样一个平平无奇的地方官，在魏国归降之后，却得到了夏侯渝的重用，将他从地方调到户曹，而钟岷也不负所望，在料理国家财政上表现出卓异的才能，官位由此跟着步步高升。

当日他娶魏初的时候还经历过一番不小的波折，人人都道他娶了县主攀了高枝，谁知风水轮流转，如今轮到魏家要仰仗他了，可见人生无常，世事难料。所幸魏初与钟岷始终夫妻情深，无论在魏国还是在齐国，两人互相扶持一路走来，夫唱妇随，妇唱夫随，毫无隔阂，终其一生。钟岷官至尚书令，一人之下，万人之上，却没有纳妾养外室，他与魏初的事情也由此被传为一段佳话，流传于世，这都是后话了。

却说顾家，新帝重用谁不重用谁，顾经本是无权置喙的，可新帝登基之后不久，随即便行册封大典封了皇后，风风光光让顾香生由正门入了宫，甚至不避人前拉起皇后的手，由此可见宠爱之盛，无以复加。照理说，顾皇后这样受宠，她的外家本也该顺势而起，成为本朝第一煊赫的外戚之家才是，可皇帝仅仅是封了顾经一个承恩公的爵位，旁的便再无声息了，既不提任用他在朝为官的事，更没什么额外的封赏厚赐，甚至也没下旨将顾家迁到京城来，还让他们住在潭州，要不是顾皇后盛眷隆厚，后宫连个旁的嫔妃都没有，别人一定会以为皇帝根本就不喜欢顾家这门亲戚。

顾经在潭州伸长脖子等了两个月，终于耐不住性子，一边遣人去京城询问顾皇后，一边在家里忍不住抱怨，说顾香生没有良心，说顾香生薄情寡义，自己当了皇后就不顾家里人死活，没有外家帮衬，看她这个皇后能当多久云云。

可怜顾凌听了两个月的絮叨，耳朵都快长出茧子来了，实在没忍住，对父亲道："当日没有顾家的帮衬，四娘也一路走到那样的位置了，她本也不需要我们的，再说爹娘当日如何劝她委曲求全的？她心里不埋怨我们，反而还肯让陛下给您封个爵位，已经是仁至义尽了，您就这样安安心心地颐养天年不好吗？为何非要去朝廷里当什么官呢？"

顾经何曾被儿子这样数落过，脸上当即就挂不住，勃然大怒要请家法，却是儿媳妇小焦氏哭哭啼啼闹到跟前，说阿翁若是处置夫君，不如连她一并处置算了。

这些年小焦氏掌家，没有功劳也有苦劳，顾经可以对儿子发火，却不好对小焦氏发火，此事只得讪讪作罢。

却说又过了半个月，去京城的人终于有了回音，与顾家仆从一道来的，还有天子的旨意。

顾经喜出望外，只当皇帝终于想通了，又或者顾香生终于想起要为父亲求官，便赶紧穿戴整齐，领了全家人出来接旨。

谁知旨意一念，他便完全愣住了。

只因这诏书里头的确是封官，但封的不是他，而是长子顾凌。

旁人听见儿子有出息，只怕是要高兴坏了，但顾经只觉得心头一把火烧得旺，待宣旨的官员将旨意念完，又拿过来仔仔细细看了几遍，发现从头到尾，唯一提到自己名字的地方，便是开头，将顾凌称呼为"承恩公顾经长子"。

"赵承旨，敢问您这次来，是不是还漏了一道旨意？"顾经忍不住问。

对方拱手笑道："承恩公言重了，陛下交代的差事，怎敢有所遗漏？"

顾经眼巴巴地问："那，难道陛下就只起用我儿？"

赵承旨笑道："陛下说了，承恩公年事已高，还是安心在潭京住着吧，顾家有顾凌一人足矣。”

这句话一出，便是彻底绝了顾经的念头。

顾经差点没气歪了鼻子！

6. 子女

咸宁元年的时候，顾皇后诞下一名公主，这便是后来史书上鼎鼎大名的广顺大长公主，当时皇帝还在皇后的床榻前开玩笑，说以后若无儿子，立个皇太女也未尝不可。

说者无心，听者有意，这话经由当时在场的乳母、稳婆、宫人之口隐隐约约传到了外头，众人大惊，便有朝臣忙不迭进谏，说古往今来都无此例，当年唐中宗那样昏聩软弱的一个人，宠爱女儿，可最后也未曾做出立安乐公主为皇太女的事情，此风不可长，否则天怒人怨云云，说得好像皇帝若是今日立了女儿当皇太女，明日齐国就要灭亡似的。

是个人都有逆反心理，别人越不让干的事情，自己就越想干，更何况是一国之君？皇帝听见这些传言之后，反倒冷笑几声，也不出来澄清，更不想纳朝臣的谏言。

公主一点点长成，周岁的时候便有了封号广顺。本朝公主以地名为封号，但既是封号，地名必然也都是好听的名儿。只是广顺公主这个封号一出来，又平生一些风波，不少老臣纷纷进言，说广顺是龙兴之地，也就是高祖皇帝的老家，怕折了小公主的福气，又抬出唐朝时的晋阳公主，说当年太宗皇帝便是因为宠爱晋阳公主，将李家的龙兴之地封给女儿，结果导致小公主年纪轻轻就早夭。

但这话对皇帝说是没用的，他轻飘飘一句“若你们觉得广顺不妥，那就东宫好了”，就将所有人的话给堵了回来。

彼时皇帝渐渐坐稳了位置，许多麻烦忧患虽然接踵而来，但夏侯渝并非自小长于深宫妇人之手的皇帝，他是经过风霜见过世面甚至上过战场的，这些事情一桩桩处理过来，竟也游刃有余。

直到后来，他御驾亲征，不顾朝野反对，让皇后监国，顾香生坐镇京城，为他处理后方事宜，夫妻携手，竟将齐国也经营得如铁桶一般。

然而美中不足的是，自咸宁元年之后，皇后就一直没有动静，国中内外上下臣民全都睁大眼睛等着，可就是等不来一位皇子的降生。

于是朝中渐渐又有了声音，请皇帝为了子嗣绵延纳妃，更有甚者抬出顾皇后来说事，说是皇后贤惠仁德，必然也不愿意看着皇帝膝下空虚，甚至还有流言传出来，道皇后早年生了公主之后便伤了身，没法再生育云云。

帝后二人何等人物，听后不过哂然一笑，从来不曾放在心上。

莫说夏侯渝不在乎，顾香生虽为女子，却也不是那些在深宫中眼巴巴每日只能盼着皇帝来临幸的妃子，更不是仗着皇帝爱宠便无所忌惮的宠后，即便不当皇后，她也自能走出一片天空；当了皇后，夏侯渝也从来没有像对世间其他女子那样看待她，将她拘在后宫，而是让她走向前朝，干预政事，顾香生竟也大大方方地接受，从未说那些“后宫不得干政”“女子无才便是德”之类的谦辞。

她的自信，不在她是否生育了儿子，而在她自身的能力，在她与皇帝的感情上。

这一点，足以为天下女子所欣羡。

皇后如此盛宠，皇帝又如此情深，自然有人担心害怕，有人羡慕不甘，幸而皇后外家势力平平，皇帝也没有格外优遇的意思，顾家仅有皇后兄长一人出仕，担任的也不是什么重要官职。

自然，这些不中听的闲话，大都是些腐儒，又或者看不惯皇后专宠的人说出来的，在皇帝身边的重臣，又或者对皇帝有所了解的官员，都不会不知道皇帝的心意，也不会不识趣地去劝谏，一来帝后尚且年轻，以后未必没有机会，二来皇后虽然参与朝政，却没有乱来。平心而论，若她不是皇后，而是男儿身，以她的才干，如今朝廷上必然也有其一席之地，只因这世间毕竟男尊女卑，是以才会生出许多闲话。不过时下风气还算开放，闲话归闲话，底下也没有太过激的反弹，若换了明、清，只怕臣子都要死谏了。

皇帝既然丝毫不动摇，那么任凭别人费再多的口舌也是枉然，广顺公主长到九岁时，后宫依然只有一位顾皇后，皇帝也只字不提纳妃的事情。

上头没有皇太后，谁也管不了皇帝，解决了藩王、南蛮、大理等诸多外患之后，只有回鹘之患依旧存在，只是轻易也不敢再挑衅，一年一回的侵扰变成了两三年一回，这些都是天子的功劳。皇帝威望日盛，闲言碎语的人再不敢到皇帝跟前说，否则一顿训斥都还是轻的，自然，私底下偷偷说也还是难免的，只是说了也没用，不过暗地里咬牙切齿，愤恨不解罢了。

纵然顾皇后膝下无子，皇帝依旧百般缱绻恩爱，便连顾皇后染了风寒卧病不起时，皇帝也是亲自端汤送药，不假他人之手，一如寻常百姓人家的恩爱夫妻，甚至为了方便照顾她，直接将政事搬到皇后寝殿，就在她床前批阅奏疏，为的是能多与她相处。这事传了出去，未免又让许多女人羡慕嫉妒，都说顾皇后前世定是修了天大的福，今生才有这样的福气，寻常人家尚且难觅这样一心一意的夫婿，更不必说富有四海的天家。

咸平十年，宫里传出久违的好消息，说是顾皇后有了身孕。

到了隔年，皇后诞下一子，所有人终于松了口气，且不论这孩子能不能健康成长，起码皇帝有了儿子，就不会再说要公主继承皇位的话，那些心怀不轨的人也不至于成天盯着皇位不放了。

这个儿子，被皇帝起名为夏侯昕。

与广顺公主夏侯瑧一样，这姐弟二人，有如此不同凡俗的父母，就注定了他们将来一定会在史书上留下浓墨重彩的一笔。

7. 因缘

江南多美人。

若正经论起来，天下应该是吴越那一块儿出的美人最多，但许多人依旧记得，当年魏国都城是何等热闹，什么“京城双璧”“京城三姝”“潭京十秀”云云。虽说都是些纨绔子弟酒宴之间私下编排出来的乐子，可不知怎的就流传开来，由此也可以想象当年美人如云的景象了。

每每宴会之时，云鬓花颜，轻纱绫罗，那一张张比花比月还要娇俏的脸，实在令人眼花缭乱，难分高下。旁的不说，单单顾家，便出了好几位美人，其中最出名的，自然是大女郎顾琴生。

当年的顾琴生，与程家的女郎程翡齐名，都是人人皆知的大美人。那年头高门贵女不必大门不出，二门不迈，顾琴生性子虽然柔静，可也是时常在宴会上露脸的人。程翡就更不必说了，多少人艳羡她能嫁给很可能会成为太子的益阳王魏善，多少人又觉得她将来可能母仪天下。然而多少年过去，一切风流云散，名门盛宴的座上宾，也不知还剩下多少张熟悉的面孔。

“听说程翡还没有死。”

皇宫里的榕树下，魏初与顾香生肩并着肩坐在一起，亲密无间，就像少年时一样，时光仿佛未曾在她们身上留下任何隔阂。

听见这句话，原本在斟茶的顾香生诧异抬首："这是真的？"

宫婢皆被屏退下去了，两人如今各有各的家，独处时光弥足珍贵，顾香生不愿让外人打扰。

虽然分开多年，但魏初的性情并未有太大变化，依旧爽朗利落，也不因顾香生成了皇后，便战战兢兢、无所适从起来，人前固然礼数周到，私底下却还是当年闺密相处的模样，每当她进宫的日子，顾香生连原本与皇帝约好的活动都要推掉，也莫怪皇帝屡屡吃醋。

魏初摇摇头："不知道。那还是在潭京的时候，我正好出门去裁衣裳，远远瞧见一眼，依稀仿佛是那个人，身形模样都像，只是打扮换了，我没敢认，结果一晃眼，人就不见了。"

又是依稀又是仿佛，这一听就不太真切，但顾香生没有怀疑魏初这番话的真实性，因为顾琴生也曾给她说起过，说是自己身边的婢女也曾遇见过程翡。当时她打扮寻常，就像普通人家的妇人，肤色好像也黑了不少，脸上还有伤痕，只是那一身气质，不是换了衣裳就能掩盖下去的，依旧令人十分注目。

彼时魏临已经登基，程家也随着程载的出走而一把火烧个精光，一夜之间，曾经荣光万丈的程家就成了叛臣贼子，程翡这个未来的益阳王妃也跟着成了永康帝的刀下鬼，她若是能活着，那肯定是中间又发生了什么不为人知的事情。程家家大业大，如果早有预料，保下她一条性命，倒也不是不可能，只是从此之后，就算她真的活下来了，其实也没有多大意思，毕竟程翡这个身份见不得光，而彼时父亲抛下一家老小远走，未来夫婿又浑然不顾她的死活，一个弱女子要隐匿身份生存，可想而知会有多艰难。

魏初叹道："其实我倒觉得，她还不如那一年跟家人一起死了，起码还有个伴，这世间也没多少个你，孑然一身还能独闯天涯，她这样飘零，肯定很苦！"

顾香生笑道："我怎么能算孑然一身呢？当时离京时，有诗情、碧霄陪着我，还有你派来的林泰、柴旷，没有他们，我焉能活到今日？只怕那时候就在席家村死于盗匪之手了！"

魏初揽住她，将头靠在她的肩膀上："你别总说那些来吓我，以你的本事，就算没有他们，你也总有别的法子来渡过难关。从前看着是我帮了你，可现在瞧瞧，又怎么不是你将我们所有人都救了呢？如果没有你，就未必有今日的陛下，没有今日的陛下，也未必有今日的齐国，哪怕是齐国灭了魏国，若非你们念在以往的情面上，我们这些亡国勋旧，哪里又会好过呢？可叹有些人非但不念着眼下的好，反倒还觉得这一切理所当然！”

顾香生失笑：“你是不是又听见什么闲话了？那些话你不必放在心上，陛下与我都不当回事。”

魏初忍不住数落：“还不是同安，她还当自己是昔日的公主呢，眼睛长在头顶，还成日妄想些不该想的事情！”

魏善出走之后，刘贵妃为了不成为儿子的累赘，在宫中自杀，她面善心狠，临了一片慈母之心，却也能得人一声唏嘘，余下同安公主不成气候，就继续被软禁在宫中。谁知她却与严氏搭上，还协助严氏离宫，最后又被齐军捉住，兜兜转转一圈，还是跟着魏国众人来到齐国。

按理说，战败国的女眷，要么充入宫掖，要么罚没为奴，夏侯渝没兴趣让她入宫，而且已经封侯的魏善也出面求情，他就顺势将同安丢给魏善，让他收留自己的妹妹，谁知道同安骄纵不改，居然还插手兄长的家事，闹出不少鸡飞狗跳的事情来。

想想曾经能够决定自己生死荣辱的人，转眼成了不值一提的蝼蚁，同安的半生，更映衬了顾香生的半生，令她回想起许多往事，由不得她不感慨。

“皇后殿下在想什么？”魏初探头看她，爱娇地挽起她的胳膊，一如当年。

顾香生笑了笑：“在想同安。我记得当年她心仪徐澈，还因此在宴会上给我下过绊子呢，当时还是魏国公给我解的围。”

魏初自责：“都怪我不好，不该提起她，你别想这些了！”

顾香生摇摇头：“别担心，我没介怀，只是有些感叹，当初的我，何曾会想过今日，当初的她，必然也不会想到今日！”

魏初好奇道：“说起徐澈，他为什么忽然要辞官离京？又去哪儿了？”

先帝在时，徐澈作为南平宗室，原是不允许离京的，但夏侯渝登基之后，就格外对徐澈开了恩，允许他自由行走，徐澈立时辞了翰林院的官职，飘然离京，至今也没个踪迹。

顾香生微微一笑：“他啊，他去找一个人了！”